TRADUÇÃO

Bruno Cobalchini Mattos

Homens de milho

Miguel Ángel Asturias

ÍNDICE

APRESENTAÇÃO 7

Bruno Cobalchini Mattos

PRIMEIRA PARTE | GASPAR ILÓM

 Capítulo 1 15
 Capítulo 2 29

SEGUNDA PARTE | MACHOLHÃO

 Capítulo 3 39
 Capítulo 4 47
 Capítulo 5 53

TERCEIRA PARTE | VEADO DAS SETE-QUEIMAS

 Capítulo 6 71
 Capítulo 7 77

QUARTA PARTE | CORONEL CHALO GODOY

Capítulo 8	95
Capítulo 9	119

QUINTA PARTE | MARIA TECÚN

Capítulo 10	131
Capítulo 11	141
Capítulo 12	157

SEXTA PARTE | CORREIO-COIOTE

Capítulo 13	199
Capítulo 14	227
Capítulo 15	235
Capítulo 16	247
Capítulo 17	307
Capítulo 18	325
Capítulo 19	347

POSFÁCIO 371

ADRIANA JUNQUEIRA ARANTES

APRESENTAÇÃO
Bruno Cobalchini Mattos

Em seu prefácio para a edição crítica de *Homens de milho* que integra a Colección Archivos (referência secundária para esta nossa edição, que utilizou como base a publicação da Alianza Editorial), o crítico literário britânico Gerald Martin descreve a obra-prima de Miguel Ángel Asturias como "um dos romances mais difíceis da América Latina", que "tem confundido e irritado muitos leitores" desde sua publicação em 1949. Martin é um dos maiores – se não o maior – especialista em Asturias, responsável por estudos abrangentes e aprofundados dos textos do guatemalteco e por traduzir muitos deles para o inglês. No entanto, após um ano de dedicação e pesquisa intensa para compreender os meandros e sutilezas desta obra durante o processo de tradução para o português, sinto-me na liberdade de oferecer uma visão discordante ao leitor.

Homens de milho é um romance complexo, e por diversos motivos. O mais evidente deles, que ficará claro logo de início, é a riqueza e a diversidade de linguagem. Em suas páginas desfilam jogos de sonoridade, neologismos e longas passagens de prosa poética ao lado de palavrões, canções populares e lendas tradicionais. Os diálogos, não raro recheados de termos que fogem à norma culta e à grafia convencional, variam enormemente a depender dos personagens; eles podem ser boiadeiros de pouca instrução, estudiosos autodidatas, andarilhos bêbados, mercenários diligentes, imigrantes europeus ou indígenas que se comunicam em um idioma que não dominam.

Também contribui para a complexidade do livro a onipresença da herança cultural maia, muito comum na sociedade da Guatemala (onde todo o romance se passa), mas exótica para a maioria dos leitores estrangeiros. Asturias evoca deuses, mitos e a cosmologia retratados em narrativas clássicas do povo maia, como o *Popol Vuh* e o *Chilam Balam*. Embora esses textos circulem há quase 500 anos, é muito possível que o público brasileiro se depare com essa simbologia pela primeira vez nas páginas a seguir. Soma-se a isso uma variedade de receitas, alimentos e animais característicos da América Central que são de todo desconhecidos por aqui. Para ampliar a leitura, incluímos uma série de notas que podem ampliar o entendimento do texto.

Por fim, a estrutura do romance é mais um fator de estranheza, pois não se parece à de nenhum outro. A numeração e a nomenclatura dos capítulos podem causar a impressão de que estamos diante de um compilado de fragmentos desconexos. Aos poucos, porém, os episódios vão se entrelaçando de forma inesperada. Acontecimentos mágicos coexistem com o realismo mais terreno dentro de um mosaico em que um único desfecho pode resultar de muitas causas contraditórias.

Não pretendo, portanto, negar a complexidade e a singularidade do livro que você tem em mãos. Desejo, isso sim, destacar que essa complexidade não implica necessariamente dificuldade. A mesma estranheza que pode ter irritado e confundido alguns leitores ao longo das décadas pode servir como fonte inesgotável de deslumbramento para outros. E nesse ponto acredito ter algumas sugestões valiosas para quem se depara com *Homens de milho* pela primeira vez: não espere dessa leitura nada parecido com o que você já conhece. Permita-se deixar levar por suas cenas fantásticas, por suas descrições táteis, por suas cores e seus cheiros, seus sabores. Não espere entender tudo de imediato, e busque aceitar a coexistência de narrativas muito diversas. Entregue-se ao prazer da leitura sem se preocupar muito com explicações e justificativas, pois elas emergirão das páginas por conta própria.

Homens de milho é um romance monumental que figura dentre os mais importantes já escritos na América Latina. Ao mesmo tempo, ele nada mais é do que um conjunto de histórias bem contadas. No final das contas, este é um livro sobre as muitas formas de se contar uma boa história, sobre como elas afetam quem as conta e quem as ouve e também sobre como influenciam e refletem os meios pelos quais circulam. Com ele, aprendemos que essa relação é sempre de caráter muito pessoal. Caberá a você estabelecer a sua.

Retomo Gerald Martin. Naquele mesmo prefácio, o crítico lamentava que *Homens de milho* fosse um romance relativamente pouco lido e estudado. No Brasil, isso se explica pelo fato de ele ainda ser inédito para nós – muito embora o seu autor, vencedor do Prêmio Nobel, apontasse-o como sua criação favorita. Mais de 70 anos após sua publicação original, enfim temos a oportunidade de preencher essa lacuna histórica. Desejo uma boa leitura sem nenhuma dose de irritação, mas repleta do prazer da descoberta.

**"Aqui a mulher,
eu o adormecido"**

12

PRIMEIRA PARTE

Gaspar Ilóm

1.

—**G**aspar Ilóm deixa que roubem o sono dos olhos da terra de Ilóm...

– Gaspar Ilóm deixa que arrebentem a machadadas as pálpebras da terra de Ilóm...

– Gaspar Ilóm deixa que chamusquem os cílios das pálpebras da terra de Ilóm com queimadas que dão à lua funesta cor de formiga velha...

Gaspar Ilóm mexia a cabeça de um lado para o outro. Negar, triturar a acusação do chão onde dormia com sua esteira, sua sombra e sua mulher, onde jazia com seus mortos e seu umbigo, sem conseguir se desfazer de uma cobra de seiscentas mil voltas de lodo, lua, bosques, aguaceiros, montanhas, pássaros e retumbos que sentia ao redor do corpo.

– A terra cai sonhando das estrelas, mas acorda naquelas que foram montanhas, hoje os cerros pelados de Ilóm, onde a juruva canta com pranto de barranco, voa de cabeça o gavião, anda a saúva, geme a pomba silvestre e dorme com sua esteira, sua sombra e sua mulher quem deveria destroçar as pálpebras dos que derrubam as árvores a machadadas, queimar as pálpebras dos que chamuscam a montanha e esfriar o corpo dos que atalham as águas do rio que dorme correndo e não vê nada além de talhos nas poças abre os olhos e vê tudo isso com olhar profundo...

Gaspar se espreguiçou, encolheu-se, voltou a mexer a cabeça de um lado a outro para triturar a acusação do solo, atado com sonho e morte pela cobra de seiscentas mil voltas de lodo, lua, bosques, aguaceiros, montanhas, lagos, pássaros e estrondos que lhe esboroava os ossos até transformá-lo em uma massa de feijão preto; gotejava noite de profundidades.

E ouviu, com o oco de suas orelhas ouviu:

– Coelhos amarelos no céu, coelhos amarelos na montanha, coelhos amarelos na água guerrearão com Gaspar. Gaspar Ilóm começará a guerra arrastado por seu sangue, por seu rio, por sua fala de nós cegos...

A palavra do solo convertida em chama solar esteve a ponto de queimar as orelhas de palha de milho dos coelhos amarelos no céu, dos coelhos amarelos na montanha, dos coelhos amarelos na água; mas Gaspar foi se tornando terra que cai lá de onde cai a terra, isso é, sono que não encontra sombra para sonhar no chão de Ilóm, e nada pôde fazer a chama solar ludibriada pelos coelhos amarelos que se grudaram em um papaial para mamar, transformados em papaias da montanha, que se grudaram no céu, transformados em estrelas, e se dissiparam na água como reflexos com orelhas.

Terra desnuda, terra desperta, terra milheira banhada por rios de água fedendo de tanto ficar acordada, de água verde no desvelo das selvas sacrificadas pelo milho transformado em homem semeador de milho. De saída levaram os milheiros com suas queimadas e machadadas contra as selvas avós da sombra, duzentas mil jovens mafumeiras de mil anos.

No pasto havia um burro, sobre o burro havia um homem e no homem havia um morto. Seus olhos eram seus olhos, suas mãos eram suas mãos, sua voz era sua voz, suas pernas eram suas pernas e seus pés eram seus pés para a guerra tão logo escapasse da cobra de seiscentas mil voltas de lodo, lua, bosques, aguaceiros, montanhas, lagos, pássaros e retumbos que havia se enroscado em seu corpo. Mas como se soltar, como se desvencilhar da semeadura, da mulher, dos filhos, da choça; como romper com o gentio alegre dos campos; como partir para a guerra com os feijoais a meia flor nos braços, as pontas de chuchu quentinhas ao redor do pescoço e os pés enredados nos laços da servidão.

O ar de Ilóm cheirava a tronco de árvore recém-cortada a machadadas, a cinza de árvore recém-queimada para a roça.

Um remoinho de lodo, lua, bosques, aguaceiros, montanhas, lagos, pássaros e retumbos deu voltas e voltas e voltas e voltas ao redor do cacique de Ilóm e enquanto o vento o açoitava na carne e no rosto e enquanto a terra levantada pelo vento o açoitava engoliu-o uma meia lua sem dentes, sem mordê-lo, tragado pelo ar, como um peixe pequeno.

A terra de Ilóm cheirava a tronco de árvore recém-cortada a machadadas, a cinza de árvore recém-queimada para a roça.

Coelhos amarelos no céu, coelhos amarelos na água, coelhos amarelos na montanha.

Não abriu os olhos. Já estavam abertos, amontoados entre as pestanas. Golpeavam-no as ondas do pulsar. Não se atrevia a mexer nada, engolir saliva, apalpar o próprio corpo nu por medo de encontrar a pele fria e na pele fria os profundos barrancos que a serpente babara sobre ela.

A claridade da noite gotejava copal entre as taquaras da choça. Sua mulher mal ocupava espaço na esteira. Respirava deitada de bruços, como se adormecida soprasse o fogo.

Gaspar partiu babado de barrancos em busca de sua moringa, de gatinhas, sem fazer ruído a não ser o das juntas de seus ossos que doíam como se por efeito de lua, e na escuridão, listrada como um poncho pela luz vaga-lume da noite que se embrenhava pelas taquaras da choça, seu rosto de ídolo sedento grudou na moringa como se fosse um peito e bebeu aguardente a goles grandes com voracidade de filhote há muito tempo sem mamar.

Uma lavareda de palha de milho tomou conta de seu rosto quando terminou a moringa de aguardente. O sol que arde nos canaviais o queimou por dentro: queimou a cabeça onde já não sentia o cabelo como cabelo, mas como cinza de pele, e queimou, na caverna de sua boca, o morcego da úvula, para que durante o sono não deixasse escapar as palavras do sonho, a língua que já não sentia como língua, mas como soga, e queimou os dentes que já não sentia como dentes, mas como facas afiadas.

Enterrou as mãos pela metade no chão pegajoso de frio, os dedos presos no fundo, no duro, na não ressonância, e as unhas com peso de balas de escopeta.

E seguiu escavando seu entorno imediato, como animal que se alimenta de cadáveres, em busca do corpo que sentia desprendido da cabeça. Sentia a cabeça cheia de aguardente pender solta como moringa na viga da choça.

Mas a aguardente não queimou seu rosto. A aguardente não queimou seu cabelo. A aguardente não o enterrou. A aguardente não o decapitou por ser aguardente, mas por ser água da guerra. Bebeu para sentir-se queimado, enterrado, decapitado, que é como se deve ir à guerra para não ter medo: sem cabeça, sem corpo, sem pele.

Assim pensava Gaspar. Assim falava com a cabeça separada do corpo, balbuciante, quente, envolta em bucha grisalha de lua. Gaspar envelheceu, conforme falava. Sua cabeça havia caído no chão como vaso semeado de mudinhas de pensamentos. O que falava o Gaspar já velho, era montanha. O que pensava era montanha rememorada, não era cabelo novo. O pensamento escapava por suas orelhas para escutar o gado passando por cima dele. Um destacamento de nuvens sobre cascos. Centenas de cascos. Milhares de cascos. O espólio dos coelhos amarelos.

A Piolhosa Grande se retorceu sob o corpo de Gaspar, sob a umidade quente de broto de milho do Gaspar. Levava-a cada vez mais longe em seu pulsar. Tinham ultrapassado seu pulsar para além dele, para além dela, onde ele começava a deixar de ser só ele e ela só ela e se tornavam espécie, tribo, torrente de sentidos. Apertou-a de repente. A Piolhosa se debateu. Gritos e penhascos. Seu sono esparramado na esteira como sua floresta de pelos com os dentes de Gaspar como pentes. Nada viram suas pupilas de sangue enlutado. Encolheu-se como lagarta-rosca. Um punhado de sementes de girassol nas entranhas. Cheiro de homem. Cheiro de respiração.

E no dia seguinte:

– Tá vendo, Piolhosa, de aqui um tempo vai começar o tumulto. Precisa limpar a terra de Ilóm dos que derrubam árvores a machadadas, dos que chamuscam a montanha com as queimadas, dos que atalham as águas do rio que dorme correndo e abre os olhos nas poças e se empodrece de sono..., os milheiros..., foram esses que acabaram com a sombra, porque a terra que cai das estrelas incontra lugar onde seguir sonhando seu sonho no solo de Ilóm, ou me adormecem para sempre. Ajunte uns trapos velhos pramarrar os retalhos, que não falte totoposte[1], charque, sal, pimenta, o que se leva pra guerra.

Gaspar coçou o formigueiro da barba com os dedos que lhe restavam na mão direita, desprendeu a escopeta, desceu até o rio e de um matagal abriu fogo contra o primeiro milheiro que passou. Um tal de Igiño. No dia seguinte, em outro lugar, abateu na mutuca um segundo milheiro. Um chamado Domingo. E dia após dia Igiño, Domingo, Cleto, Bautista, Chalío, até deixar a montanha limpa de milheiros.

O mata-pau é ruim, mas o milheiro é pior. O mata-pau leva anos para secar uma árvore. O milheiro acaba em poucas horas com o arvoredo só de atear fogo. E que arvoredo. As madeiras mais preciosas dentre as preciosas. Paus medicinais de montão. Como a guerrilha acaba com os homens em guerra, o milheiro acaba com as árvores. Fumaça, brasa, cinzas. Ao menos fosse para comer. É para negócio. E se fosse por conta própria, mas reparte os ganhos ao meio com o patrão e às vezes nem metade leva. O milho empobrece a terra e não enriquece ninguém. Nem o patrão, nem o meeiro. Cultivo para comer é o sagrado sustento do homem que foi feito do milho. Cultivo para negócio é a fome do homem que foi feito do milho. O bastão vermelho do Lugar dos Mantimentos, mulheres com crianças e homens com mulheres, não fincará jamais sua raiz nos milharais, por mais que vicejem.

---

1 **TOTOPOSTE:** Tortilha de milho servida fria. (Todas as notas presentes são da edição)

Desmerecerá a terra, e o milheiro partirá com o milhinho para outro lugar, até acabar ele mesmo como um milhinho descolorido em meio a terras opulentas, próprias para culturas que o tornariam rico ao invés de um zé-ninguém, mas por arruinar sempre as terras por onde passa ele segue pobre e acaba perdendo o prazer pelo que poderia ter de bom: cana-de-açúcar nas baixadas cálidas, onde o ar se achaparra sobre as bananeiras e trepa na árvore de cacau como um foguete nas alturas, que sem estalidos, solta bagas de amêndoas deliciosas, sem falar no café, nas terras aradas pingadinhas de sangue, no alumbre dos trigais.

Céus de natas e rios amanteigados, verdes, indolentes, confundiram-se com o primeiro aguaceiro de um inverno que foi puro pé d'água desperdiçado sobre as terras pretas e vazias, sem que ninguém pudesse fazer nada. Dava pena ver a cristaleira do céu desabando sobre a sede cálida dos terrenos abandonados. Nem uma semeadura, nem um sulco, nem um milheiro. Índios com olhos de água chovida espiavam da montanha as casas dos ladinos[2]. O povoado era formado por quarenta casas. Nos restolhos da manhã somente uns poucos moradores se aventuravam pela rua ladrilhada, por medo de serem mortos. Gaspar e seus homens divisavam os vultos e se o vento era favorável chegavam a ouvir o bulício dos quíscalos brigões nas mafumeiras da praça.

Gaspar é invencível, diziam os idosos do povoado. Os coelhos das orelhas de palha de milho protegem Gaspar, e para os coelhos amarelos das orelhas de palha de milho não existe segredo, nem perigo, nem distância. De casca de mamey[3] é a pele de Gaspar é de ouro seu sangue – "grande é sua força", "grande é sua dança" – e seus dentes, pedra-pomes ao rirem e pedra de raio[4] ao morderem ou rangerem, são seu coração na boca, assim como seus calcanhares são seu coração nos pés.

---

2 **LADINO:** Mestiço que fala somente no idioma espanhol.

3 **MAMEY:** Árvore frutífera cuja madeira é de boa qualidade para o uso em construções. Dá o fruto de mesmo nome, semelhante ao sapoti, conhecido por ser saboroso.

4 **PEDRA DE RAIO:** Nome popular usado para designar o sílex, variedade de quartzo, quando está em forma pontiaguda.

Somente os coelhos reconhecem a marca de seus dentes nas frutas e a marca de seus pés nos caminhos. Palavra por palavra, isso diziam os idosos do povoado. Escuta-se eles andando quando Gaspar anda. Escuta-se eles falando quando Gaspar fala. Gaspar caminha por todos os que caminharam, todos os que caminham e todos os que caminharão. Gaspar fala por todos os que falaram, todos os que falam e todos os que falarão. Assim diziam os idosos do povoado aos milheiros. A tempestade batucava seus tambores na mansão das pombas azuis e debaixo das cabanas das nuvens nas savanas.

Mas um dia depois de um dia, a fala nodosa dos anciões anunciou que a montada[5] se aproximava outra vez. O campo semeado de flores amarelas alertou o protegido dos coelhos amarelos sobre o perigo.

– Que horas a montada entrou no povoado? Para os ladinos ameaçados de morte pelos índios aquilo parecia um sonho. Não falavam, não se mexiam, não viam na escuridão espessa como as paredes. Os cavalos passavam diante de seus olhos como minhocas pretas, entreviam-se os cavaleiros com cara de alfajor queimado. Tinha parado de chover, mas o cheiro de terra molhada e o fedor de zorrilho entonteciam.

Gaspar mudou de esconderijo. No azul profundo da noite de Ilóm os coelhinhos rutilantes passeavam de estrela em estrela, sinal de perigo, e a montanha cheirava a calêndulas amarelas. Gaspar Ilóm mudou de esconderijo com a escopeta bem carregada de sementinha de breu – ou seja pólvora –, sementinha de breu, mortal, o facão desembainhado no cinto, a moringa com aguardente, um pano com tabaco, pimenta, sal e totoposte, duas folhinhas de louro grudadas com saliva nos ouvidos assustadiços, um vidro com azeite de amêndoas e uma caixinha com pomada de leão. Grande era sua força, grande era sua dança. Sua força eram as flores. Sua dança eram as nuvens.

---

5 **MONTADA:** Corpo de soldados montados em cavalos, normalmente usado para a vigilância de zonas rurais.

***

A varanda do Cabildo[6] ficava no alto. Abaixo se via a praça barriguda de água chovida. As montarias encilhadas cabeceavam na umidade fumegante de seus hálitos, os freios amarrados nas guascas e a cilha frouxa. Desde a chegada da montada o ar cheirava a cavalo molhado.

O chefe da montada percorria a varanda de uma ponta a outra. Um palheiro aceso na boca, a farda desabotoada, ao redor do pescoço um lenço de burato branco, calça cargo frouxa nas polainas e calçado campeiro.

O povoado só tinha olhos para a montanha. Quem não fugiu foi dizimado pelos índios que desciam das montanhas de Ilóm, a mando de um cacique pulso-firme e traiçoeiro, e quem se aguentou no povoado vivia socado em suas casas e só atravessava a rua se fosse em corridinha de lagartixa.

A notícia do anúncio tirou todos de suas casas. De esquina a esquina escutavam o anúncio. "Gonzalo Godoy, Coronel do Exército e Chefe da Expedicionária em Campanha, faz saber que, restabelecidas suas forças e tendo recebido ordens e efetivos, realizou ontem à noite sua entrada em Pisigüilito, com cento e cinquenta homens a cavalo bons de berro e cem a pé, ases no facão, todos dispostos a abrir chumbo e descer ferro contra os índios da montanha...".

Sombra de nuvens escuras. Remoto sol. A montanha azeitonada. O céu, a atmosfera, as casas, tudo cor de tuna. O homem lendo o edital, o grupo de vizinhos escutando de esquina em esquina – quase sempre o mesmo grupo –, os soldados fazendo sua escolta com tambor e corneta não pareciam de carne, mas de tomate-verde, coisas vegetais, comestíveis...

---

6 **CABILDO:** Também conhecido como Conselho Municipal, era uma instituição gerida pela Espanha fundamental na administração das cidades coloniais. Por meio dela, era feita a gestão do do governo municipal, se responsabilizando pelo policiamento das ruas, pelo recolhimento dos impostos e pelo funcionamento do setor judiciário.

Após o anúncio os conselheiros do povoado foram visitar o coronel Godoy. Feito o anúncio, chegaram em comissão. Dom Chalo, sem tirar o crivo da boca, sentado em uma rede pendurada nas vigas da varanda do Cabildo, fixou os olhos redondos em zarcos em todas as coisas, menos na comissão, até que um deles, após muito titubear, deu um passo à frente e se preparou para falar.

O coronel deitou os olhos sobre ele. Vinham lhe oferecer uma serenata com marimba e violão para celebrar sua chegada a Pisigüilito.

– E já que te surpresamos, meu coronel – disse o que falava – ajuíze o programa: "Muita mostarda", primeira música da primeira parte; "Cerveja preta", segunda música da primeira parte; "Morreu menina", terceira música...

– E a segunda parte? – cortou o coronel Godoy em seco.

– Sigunda parte num tem – interveio o mais velho dos que ofereciam a serenata, dando um passo à frente. – Aqui em Pisigüilito mesmo só se toca essas músicas já faz tempo e todinhas são minhas. A última que escrevi foi "Morreu menina", quando o céu recolheu a filha mocinha Nhá Crisanta e não tem outro mérito.

– Pois, meu amigo, é bom o senhor já ir solfejando pra compor uma música chamada "Nasci de novo", porque se a gente não chegava ontem de noite, os índios baixavam da montanha pro povoado nessa madrugada e nem a pau sobrava algum palerma de vocês pra contar história. Passavam por cima de todo mundo.

O compositor, com rosto de casca de pau velho, o cabelo esfiapado na testa como ponta de manga chupada, as pupilas mal visíveis entre as fissuras das pálpebras, ficou olhando o coronel Godoy, silêncio de trepadeira pelo qual todos sentiram deslizar a indiada que a mando de Gaspar Ilóm não havia perdido o gosto pelo que não tinham e sentiam vontade de gado, de aguardente, de vira-lata e pachulí da botica para esconder o suor.

O guerreiro índio tem o cheiro de seu animal protetor e cheiro aplicado: pachulí, água aromática, unto maravilhoso, suco de fruta, serve para disfarçar essa presença mágica e despistar o olfato de quem o procura para fazer mal.

O guerreiro que transpira pecari despista e se apruma com raiz de violeta. A água de heliotrópio esconde o cheiro do veado e é usada pelo guerreiro que expele por seus poros veadinhos de suor. Mais penetrante é o cheiro do nardo, próprio para os protegidos na guerra por aves noturnas, suadoras e frias; o mesmo que a essência de gardênias é para os protegidos das cobras, os que quase não têm cheiro, os que não suam nos combates. Aroma de pau-rosa esconde guerreiro com cheiro de cotovia. A dama-da-noite oculta o guerreiro que recende a colibri. A sampaguita, o que transpira mico-leão. Os que exsudam jaguar devem parecer lírio silvestre. Arruda para os com cheiro de arara-canindé. Tabaco para os que ao suar se revestem de folha de louro. A folha de figo dissimula o guerreiro-anta. O alecrim, o guerreiro-pássaro. O licor de flor de laranjeiro, o guerreiro-caranguejo.

Gaspar, flor amarela no vaivém do tempo, e a indiada, calcanhares que eram corações nas pedras, seguiam percorrendo o silêncio de trepadeira que se tramou entre o coronel e o músico de Pisigüilito.

– Mas, verdade seja dita– a voz do coronel Godoy se avivou –, se matam todos vocês e depois pisam em cima, não se perde nada. Um povoado onde não se pode ferrar uma montaria, puta que me pariu!

Os homens do coronel Godoy, amontoados entre a cavalaria, se levantaram quase ao mesmo tempo, espantando o quase-sono desperto em que haviam caído por estarem de cócoras. Um vira-lata com impinge corria pela praça feito um panchão, a língua de fora, de fora os olhos, resfolego e baba.

Os homens voltaram a mergulhar na própria inapetência. Sentando-se sobre os calcanhares para permanecerem imóveis por horas e horas em seu sono desperto. Vira-lata que procura água não tem raiva, e o pobre animal se revirava nas poças de onde saltava, preto de lodo, para se esfregar na parte baixa das paredes das casas que davam para a praça, no tronco da mafumeira, em um pau desgastado de amarrar animal.

– E esse vira-lata...? – perguntou o coronel na rede, tarrafa de pita que, estivesse ele no povoado que fosse, sempre o pescava na hora da sesta.

– Tá acidentado – respondeu o assistente, sem perder de vista os movimentos do cachorro, pé ante pé, preso a um dos pilares da varanda do Cabildo, perto da rede onde estava estirado o coronel, e passado um bom tempo, sem mudar de posição, ele disse: Tenho pra mim que comeu sapinho e se encachaçou.

– Vá averiguar, vai que seja raiva...

– E onde eu posso averiguar?

– Na botica, imbecil, que outro lugar tem por aqui.

O assistente calçou as sandálias e correu até a botica. O Cabildo e a botica ficavam praticamente frente a frente.

O vira-lata andava desatinado. Seus latidos estilhaçavam o silêncio cabeceador dos cavalos mesclados e o quase-sono desperto dos homens de cócoras. De repente ficou sem passos. Arranhou a terra como se tivesse enterrado caminhares e agora os procurasse porque precisava andar. Uma sacodida de cabeça, outra e outra, para arrancar com a cabeça tudo o que tinha preso no gogó. Baba, espuma e uma massa esbranquiçada cuspida do gogó para o chão, sem tocar os dentes ou a língua. Limpou o focinho aos latidos e se pôs a correr farejando o rastro de algum pasto medicinal, e a desordem serpenteante de seu passo fazia dele sombra, pedra, árvore, soluço, náusea, punhado de cal viva no chão. E outra vez em corrida, como jorro de água encurvado pelo vento, até cair de canto. Carregado pelo corpo. Conseguiu se levantar. Os olhos manchados, a língua pendendo, o rabo um chicotinho entre as pernas atenazadas, quebradiças, friorentas. Mas quando quis dar o primeiro passo tropeçou como estropiado, e o tropicão da agonia, numa rápida meia volta, deitou-o ao chão de patas para cima, forcejando com todas as forças para não partir da vida.

– Já num tá mais virando, né... – disse um dos homens acocorados entre os cavalos. Esses homens intimidavam. O que falou tinha a cara cor de nata de vinagre e talhos de facão diretamente na sobrancelha.

O vira-lata sacodia os dentes com batuque de matraca, preso à gaiola de suas costelas, à sua impinge, às suas tripas, ao seu sexo, ao seu sesso. Parece mentira, mas a existência se agarra ao que o corpo tem de pior durante a desesperação da morte, quando tudo vai se apagando na dor sem dor que, como a escuridão, é a morte. Assim pensava outro dos homens acocorado em meio aos cavalos. E não se aguentou e disse:

– Inda tá meio se mexendo. Custa acabar a sofrência da vida! Bom, Deus nos fez perecíveis, sem ressalvas... e pra que ia nos fazer eternos! Só de imaginar já me dá enjoo.

– Por isso digo sempre que ser fuzilado não é o pior castigo – acrescentou o do talho na sobrancelha.

– Não é castigo, é remédio. Castigo seria se pudessem deixar o vivente vivo pra vida toda, imagine só...

– Isso seria pura condenação.

O assistente retornou à varanda do Cabildo. O coronel Godoy continuava pendurado na rede, bigodudo e de olhos abertos, puro peixe na tarrafa.

– O boticário disse que deu pra ele de comer, meu coronel, porque estava com impinge.

– E você não perguntou o que o sujeito deu?

– Comida, disse...

– Comida, mas deu com quê?

– Com migalha de vidro e veneno.

– Mas que veneno era esse?

– Aguenta que vou lá e pergunto.

– Melhor ir você mesmo, Chalo galo! – disse a si mesmo o coronel Godoy, apeando da rede, os olhos zarcos como vidro moído, o veneno para o cacique de Ilóm no pensamento.

– E você – ordenou Godoy ao assistente –, vá procurar os que vieram me oferecer uma serenata e diga que eu disse pra fazerem essa noite.

A tarde se pôs toda amarela. O Cerro dos Surdos cortava as nuvenzonas que a tempestade logo queimaria como se fossem pó de sabugo. Pranto de espinhos nos cactos. Maritacas lamuriosas nos barrancos. Ah, se caem na armadilha os coelhos amarelos! Ah, se a flor da pimenta chilli, cor de estrela durante o dia, não apaga com seu perfume o cheiro de Gaspar, a marca de seus dentes nas frutas, a marca de seus pés nos caminhos, reconhecida só pelos coelhos amarelos!

O cachorro pateava no retouço da agonia, sem erguer a cabeça, meneando-se de pouquinho, barriga inchada, coluna eriçada, o sexo como aos berros, o nariz com espuma de ibaró. De longe se escutava que os aguaceiros vinham em cancha reta. O animal fechou os olhos e aderiu à terra.

De um único pontapé, o coronel Chefe da Expedicionária derrubou os três pés de taquara que sustentavam, em frente ao Cabildo, um vasilhame onde acabavam de acender uma tocha para anunciar a serenata. O homem que fizera fogo sofreu arte do golpe, e o assistente que saía à varanda com um candeeiro iluminado levou uma chicotada nas costas. Isso deu aos conselheiros o que pensar. Vozes apressadas gritaram "apaguem o fogo", "joguem terra por cima". E como raízes, granjeada novamente a vontade do coronel, gesticularam com os braços para saudá-lo. Apresentaram-se. O mais próximo do coronel era o senhor Tomás Macholhão. Estava entre o coronel, autoridade militar, e sua mulher, autoridade máxima, Vaca Manuela Macholhão.

Macholhão e o coronel se afastaram conversando em voz baixa. O senhor Tomás havia integrado a indiada do Gaspar Ilóm. Era índio, mas sua mulher, Vaca Manuela Macholhão, fez dele um ladino. A mulher ladina tem saliva de iguana para deixar os homens tontos. Seria preciso pendurá-las pelos pés para soltarem pela boca a viscosa astúcia de vaidosas submissas que faz com que sempre consigam o que querem. Com ela, Vaca Manuela ganhou o senhor Tomás para o lado dos milheiros.

Chovia. As montanhas sob a chuva da noite exalam cheiro de brasa apagada. O aguaceiro trovejava sobre o teto do Cabildo como o lamento de todos os milheiros mortos pelos índios, cadáveres de trevas que deixavam cair do céu alqueires de milho em forma de chuva torrencial incapaz de abafar o som da marimba.

O coronel alçou a voz para chamar o músico.

- Veja, mestre, essa musiquinha que você batizou de "Cerveja Preta", mude o nome, chame de "Santo remédio". E vamos dançá-la com dona Manuelita.

- Pois se o senhor manda, a gente muda, e dancem, vamos tocar "Santo remédio".

Vaca Manuela e o coronel Godoy sacolejavam os corpos na escuridão, ao compasso da marimba, como os fantasmas que saem dos rios quando chove à noite. Na mão de sua companheira, o Chefe da Expedicionária em campanha deixou um frasquinho, santo remédio, disse, para a impinge do índio.

2.

O sol espalhou seus cabelos. O verão foi recebido nos domínios do cacique de Ilóm com favo de mel untado nos ramos das árvores frutíferas, para que as frutas fossem doces; tocoyal[7] de sempre-vivas nas cabeças das mulheres, para trazer fecundidade às mulheres; e guaxinins mortos pendurados nas portas das choças, para dar virilidade aos homens.

Os bruxos dos vaga-lumes, descendentes dos grandes entrechocadores de pederneiras, fizeram o semeio das luzes com chispas no ar negro da noite para que não faltassem estrelas-guias no inverno. Os bruxos dos vaga-lumes com chispas de pedra de raio. Os bruxos dos vaga-lumes, moradores das tendas de pele de veada virgem.

Depois se acenderam grandes fogueiras com quem conversar sobre o calor que abrasaria as terras se viesse açoitando com força amarela, dos carrapatos que enfraqueciam o gado, do gafanhoto que secava a umidade do céu, dos riachos sem água, onde o barro se enruga ano após ano e fica com cara de velho.

Em volta do fogo, a noite parecia o voo denso de passarinhos de peito negro e asas azuis, os mesmos que os guerreiros levaram como oferenda ao Lugar da Abundância, e

---

7 **TOCOYAL:** Adorno usado pelas mulheres no cabelo.

homens atravessados por cartucheiras, as nádegas sobre os calcanhares. Sem falar, pensavam: a guerra no verão é sempre mais dura para os da montanha que para os da montada, mas no próximo inverno virá a desforra, e alimentavam o fogaréu com espinheiros de ferrões compridos, pois no fogo dos guerreiros, o fogo da guerra, até os espinhos choram.

Perto das grandes fogueiras outros homens ajeitavam as unhas dos pés com seus facões, a ponta do facão na unha endurecida feito rocha pelo barro das jornadas, e as mulheres contavam as sardas nos rostos, rindo sem parar, ou contavam as estrelas.

A que mais tinha sardas era a nana de Martín Ilóm, filho recém-parido do cacique Gaspar Ilóm. A que mais tinha sardas e piolhos. A Piolhosa Grande, nana de Martín Ilóm.

Em seu ventre de fôrma aquecida, em seus trapos finos de tão puídos, dormia seu filho como se fosse coisa de barro novinha, e sob o coxpi, touca de tecido ralo que cobria sua cabeça e seu rosto para prevenir o mau-olhado, escutava-se sua respiração com ruído de água caindo em terra porosa.

Mulheres com crianças e homens com mulheres. Claridade e calor dos fogaréus. Os homens perto na claridade e distantes na sombra. Todos no alvoroço das chamas, no fogo dos guerreiros, fogo da guerra que fará chorar os espinhos.

Assim diziam os índios mais velhos, com o movimento senil de suas cabeças sob as vespas. Ou melhor, diziam, sem perderem seu compasso de velhos: Antes de se trançar a primeira corda de sisal, as mulheres trançaram seus cabelos. Ou melhor: Antes que homem e mulher se enroscassem pela frente havia quem se enroscasse pelo outro lado da face. Ou: Alvarado[8] arrancou os brincos de ouro das orelhas dos senhores. Os senhores gemeram frente a tamanha brutalidade. E foram dadas pedras preciosas àquele que arrancou os brincos de ouro das orelhas dos senhores. Ou: Eram atrozes.

---

8 **ALVARADO:** No original "Avilantaro", é a expressão utilizada pelos indígenas para designar Pedro de Alvarado (1486-1541), conquistador espanhol responsável pela tomada de Guatemala, Cuba e outras regiões localizadas no Golfo do México.

Um homem para uma mulher, diziam. Uma mulher para um homem, diziam. Atrozes. A besta era melhor. A serpente era melhor. O pior animal era melhor que o homem que negava sua semente a quem não fosse sua mulher e mantinha sua semente fria como a vida que negava.

Adolescentes com cara de abóbora sem pintar brincavam em meio aos idosos, em meio às mulheres, em meio aos homens, em meio às fogueiras, em meio aos bruxos dos vaga-lumes, em meio aos guerreiros, em meio às cozinheiras que mergulhavam os colherões de cuia nas panelas de pulique[9], de sancocho[10], de cozido de galinha, de pepián[11], para rematar as malgas de louça envidraçada que iam passando e passando e passando e passando aos convidados, sem confundir os pedidos que lhes faziam, se era pepián, se era cozido, se era pulique. As encarregadas do piripiri borrifavam sangue de pimenta-malagueta nas malgas de caldo fulvo, onde nadavam chuchus de casca espinhenta cortados ao meio, carne gorda, flor de palmeira, batatas se desfazendo e güicoyes[12] em forma de conchas, e punhadinhos de ejote[13] e fatiados de inchintal, tudo com coentro, sal, alho e tomate para dar graça. Também aspergiam com pimenta-malagueta as malgas de arroz e caldo de galinha, de sete galinhas, de nove galinhas brancas. As tamaleiras, pretas de fuligem, vira e mexe retiravam das cumbucas borbulhantes os pacotinhos de folha de banana amarrados com cordão de junco. As que serviam os tamales abertos, prontos para comer, suavam como se estivessem ao sol de tanto receber na cara o vapor calcinante da massa de milho cozido, do molho de um vermelho ardentíssimo e de suas carnes interiores, empecilhos para aqueles que, após começarem a comer o tamal[14], só param após chuparem os dedos e assim conquistam a confiança dos vizinhos, por co-

---

9 **PULIQUE:** Refogado de pimenta, frutos, tomate verde cozido, arroz e pão moído.
10 **SANCOCHO:** Prato composto de carne, aipim, banana e outras verduras.
11 **PEPIÁN:** Iguaria de carne com molho especial.
12 **GÜICOYES:** Um tipo de abóbora americana.
13 **EJOTE:** Vagem comestível de feijão.
14 **TAMAL:** Prato típico que consiste num tipo de torta de milho com recheio de carne.

merem com os dedos. Ali onde se come o tamal o convidado se torna um familiar, ao ponto de provar a comida dos companheiros sem nem olhar ou pedir mais, como fazem os de maior confiança dos guerreiros do Gaspar, que diziam às transeuntes, não sem antes espicharem a mão para tocar suas carnes, toques dos quais elas se esquivavam ou que respondiam aos tabefes: Trazotro, fia!... Tamales maiores, vermelhos e pretos, os vermelhos salgados, os pretos recheados de peru, doces e com amêndoas; e tamalinhos, acólitos de roquetes de palha de milho branca, de amarantos, choreques[15], lorocos[16], agave[17] ou flor de abóbora; e tamalinhos com anis, e tamalinhos de elote[18], como carne de garotinho do milho ainda não endurecida. Trazotro, fia!... As mulheres comiam uma espécie de jambo de massa de milho diluída no leite, tamalinhos coloridos com romã e enfeitados com aromas. Trazotro, fia!... As cozinheiras passavam as costas da mão na testa para erguer o cabelo. Às vezes lançavam mão da própria mão para esfregar o nariz ranhento de fumaça e tamal. As encarregadas dos assados desfrutavam do primeiro cheiro dos quitutes: carne de gado seca preparada com laranja azeda, muito sal e muito sol, carne que no fogo, como se revivesse a caça, contorcia-se como animal ao se queimar. Outros olhos comiam outros pratos. Caxi assado. Aipim com queijo. Rabo com molho picante que pelo melado do osso parece mel de patinho. Fritangas[19] ao bafo de sietecaldos[20]. Os bebedores de chilate[21] esvaziavam suas cuias como se o fossem usá-las de máscara, para saborear assim até o último pouquinho de puzunque[22] salobro. Em cuias redondas serviam o atol[23] de trigo e milho,

---

15 **CHOREQUE:** Pequena flor de tons rosados.

16 **LOROCO:** Vinha de flores comestíveis.

17 **AGAVE:** Planta natural do México muito utilizada como um adoçante natural que substitui o açúcar.

18 **ELOTE:** Um tipo de milho conhecido por sua maciez.

19 **FRITANGA:** Fritura com restos de carne cozida, cebola, tomate, verduras e sal.

20 **SIETECALDOS:** Um tipo de pimenta conhecida por ser muito picante.

21 **CHILATE:** Atol de milho que leva pimenta em sua receita.

22 **PUZUNQUE:** Resíduo de alimento que se deposita no fundo de um recipiente.

23 **ATOL:** Bebida muito comum entre os indígenas feita por uma mistura de milho, água, leite, mel e outros ingredientes.

ligeiramente arroxeado, ligeiramente ácido. A eloatol tinha sabor de atol de soro de queijo e milho, e o atol quebrantado, de rapadura. A manteiga quente ensaiava borbulhas de chuva nos alguidares e iam se despindo da glória das bananas fritas, servidas inteiras e com aguamel a mulheres que tagarelavam enquanto provavam arroz no leite com lasquinhas de canela, seriguelas doces e coyoles[24] ao mel.

Vaca Manuela Macholhão se levantou da pilha de roupas em que estava sentada, usava muitas anáguas e muitos fustões desde que descera com seu marido, o senhor Tomás Macholhão, para morar em Pisigüilito, de onde tinham vindo para a festa de Gaspar. Levantou-se para agradecer o convite à Piolhosa Grande, ainda com o filho de Gaspar Ilóm no colo.

A Vaca Manuela dobrou os joelhos ligeiramente e disse de cabeça baixa:

– Debaixo do meu sovaco te colocarei, porque tens coração branco de pombinha-rola. Te colocarei na minha testa, por onde voou a andorinha de meu pensamento, e não te matarei na esteira branca de minha unha nem se te flagrar na montanha negra de meus cabelos, porque comeu minha boca e ouviu minha orelha agrados de tua companhia de sombra e água de estrela adivinha, de pau da vida que dá cor de sangue.

Batido[25] em cuias que não se podia segurar nas mãos, tão quente era o líquido com cheiro de pinol[26] que abrigavam, água com rosicler[27] em copos comuns, café em xicrinhas de peltre, chicha em batedeira de chocolate, grandes cuias de aguardente mantinham livres as gargantas para a conversa periquiteira e a comida.

A Vaca Manuela Macholhão não repetiu suas frases de agradecimento. Como pedaço de montanha, o filho nos

---

24 COYOL: Palmeira que produz o fruto de mesmo nome, pequeno, redondo, amarelado e muito cheiroso.

25 BATIDO: Bebida que mistura atol com cacau.

26 PINOL: Bebida quente com milho tostado e quebrantado, bebida sozinha ou utilizada em várias receitas de ensopado de carne.

27 ROSICLER: Massa muito porosa e rosada feita de açúcar, bebida como refresco quando diluída na água.

braços, perdeu-se no escuro a Piolhosa Grande.

– A Piolhosa Grande se escapuliu com teu filho... – Vaca Manuela Macholhão foi correndo dizer ao Gaspar, que comia em companhia dos bruxos dos vaga-lumes, que moravam em tendas de pele de veada virgem e se alimentavam de paca.

E o que enxergava na sombra melhor que gato do mato, pois tinha os olhos amarelos na noite, levantou-se, abandonou a conversa dos bruxos que era martelinho de prateiro e...

– Com licença – disse ao senhor Tomás Macholhão e a Vaca Manuela Macholhão, que haviam subido para a festa trazendo notícias de Pisigüilito.

De um salto alcançou a Piolhosa Grande. A Piolhosa Grande ouviu-o saltar entre as árvores como ouvia o coração entre os panos e cair diante de seu caminho de mel negro, os dedos como flechas afiadas para provocar a morte, vendo-a sem abrir os olhos, e dos remendos desses olhos mal costurados pelas pestanas escapavam borboletas (não estava morto e os vermes de suas lágrimas já eram mariposas), falando com ela em seu silêncio, possuindo-a em um amor de dente e pitaia. Ele era seu dente e ela sua gengiva de pitaia.

A Piolhosa Grande fez menção de pegar a cuia que Gaspar estava segurando. Já tinha sido alcançado pelos guerrilheiros e bruxos dos vaga-lumes. Mas só fez menção, pois deteve no ar os dedos adormecidos ao ver que o cacique de Ilóm tinha a boca úmida daquela infame aguardente, líquido com peso de chumbo onde se via o reflexo de duas raízes brancas, e pôs-se a correr outra vez como água que despenha.

O pavor apagou as palavras. Rostos de homens e mulheres tremiam como folhas das árvores aos golpes de facão. Gaspar ergueu a escopeta, apoiou-a no ombro, fez pontaria e... não disparou. Uma corcova nas costas de sua mulher. Seu filho. Parecendo uma minhoca enroscada às costas da Piolhosa Grande.

Quando a Vaca Manuela Macholhão se aproximou para ampará-la, a Piolhosa Grande lembrou de seu sonho, despertara chorando como agora chorava sem poder despertar, em que duas raízes brancas se moviam como reflexos em água revolta e passavam da terra verde para a terra negra, da superfície do sol para o fundo de um mundo escuro. Debaixo da terra desse mundo escuro, um homem parecia atender a um convite. Não viu o rosto dos convidados. Borrifavam barulho de esporas, de chicotes, de cuspe. As duas raízes brancas tinham o liquido ambarino da cuia nas mãos do homem do festim subterrâneo. O homem não viu o reflexo das raízes brancas e, ao beber seu conteúdo, empalideceu, gesticulou, jogou no chão, esperneou, sentindo suas tripas se desfazerem em pedaços, espuma na boca, a língua roxa, os olhos vidrados, as unhas quase pretas nos dedos amarelos de lua.

A Piolhosa Grande não tinha calcanhares para fugir mais rápido, para quebrar mais rápido as veredas, os caules das veredas, os troncos das trilhas estendidas sobre a noite sem coração que ia engolindo o longínquo resplendor dos fogaréus festivos, as vozes dos convidados.

Gaspar Ilóm apareceu com a aurora após beber o rio para apagar a sede do veneno nas entranhas. Lavou as tripas, lavou o sangue, desfez-se de sua morte, tirou-a pela cabeça, pelos braços, igual roupa suja e deixou o rio levá-la. Vomitava, chorava, cuspia ao nadar entre as pedras de cabeça para dentro, debaixo d'água, cabeça para fora, temerário, soluçante. Que nojo a morte, sua morte. O frio repugnante, a paralisia do ventre, o formigamento nos tornozelos, nos pulsos, atrás das orelhas, ao lado das narinas, que formam terríveis desfiladeiros por onde correm em direção aos barrancos o suor e o pranto.

Vivo, alto, a cara de barro limão, o cabelo de verniz preto lustroso, os dentes de grãos graúdos e brancos de coco, a camisa e a calça grudadas ao corpo, destilando espigas líquidas de chuva lodosa, algas e folhas, apareceu com a aurora Gaspar Ilóm, superior à morte, superior ao veneno, mas seus homens haviam sido surpreendidos e aniquilados pela montada.

No suave resplendor celeste da madrugada, a lua dorminhoca, a lua da desaparição com o coelho amarelo na cara, o coelho pai de todos os coelhos amarelos na cara da lua morta, as montanhas de açafrão, banho de aguarrás em direção aos vales, e o luzir da aurora, o Nixtamalero.

Os milheiros entravam de novo nas montanhas de Ilóm. Ouvia-se o golpe de suas línguas de ferro nos troncos das árvores. Outros preparavam as queimadas para a semeadura, mindinhos de uma vontade obscura que pugna, depois de milênios, para libertar o cativo do colibri branco, prisioneiro do homem na pedra e no olho do grão de milho. Mas o cativo pode escapar das entranhas da terra, do calor e do resplendor das queimas e da guerra. Sua prisão é frágil, e se o fogo escapa que impávido coração de varão lutará contra ele, de quem fogem todos os despavoridos?

Gaspar, ao se ver perdido, atirou-se no rio. A água que lhe deu a vida contra o veneno lhe daria a morte contra a montada que disparou sem dar aviso. Depois só se ouviu o zumbar dos insetos.

HOMENS DE MILHO

Miguel Ángel Asturias

SEGUNDA PARTE

Macholhão

3.

Macholhão se despediu do pai, um velho desvenci-lhado do trabalho havia tempo, e de sua madrinha, uma senhora enrugada que morava com seu pai e chamavam de Vaca Manuela.

– Adeus, tome cuidado por aí, até a vista – gritou-lhe o senhor Tomás secamente, sem se levantar da banqueta de couro onde estava sentado de costas para a porta. Mas ouvindo como o filho se afastava chacoalhando as esporas, encolheu-se todo como se o calor fugisse de seu corpo, e com os dedos de unhas longas deteve as lágrimas nas pálpebras.

Vaca Manuela abraçou Macholhão como se fosse um filho – era seu afilhado e enteado –, atravessou seu rosto com bendições e deu conselho para fosse bom marido caso casasse, o que em poucas palavras significava não ser um molenga, nem durão demais; não ser amargurado, nem enfiar o pé na jaca.

E acrescentou, já no portão de fora:

– Você já domou mais de trezentos cavalos, sem dúvida deve saber tratar uma mulher. Freio de cabelo de anjo, esporas de soslaio e uma manta grossinha para ela não se machucar. Nem muita cilha, nem muita rendinha, que rigor em excesso estraga e bicho mimado demais fica assustadiço.

– Anotado, senhora – respondeu Macholhão enquanto

ajeitava sobre a cabeça o chapéu de abas largas, do tamanho da praça de Pisigüilito.

Amigos e rancheiros, seus rostos de massa folhada saída do forno, esperavam-no para a despedida. Não entendiam de todo por que o patrão permitia que seu único filho partisse para dar fruto em outro lugar. Um homem que viu o ir e vir da terra, como era o caso do senhor Tomás Macholhão, não deveria deixar seu filho sair a rodar mundo. Sem passarem da porta de suas choças, os homens diziam não se conformar com a partida do Macho; já os amigos riam com o Macholhão e batiam nele com seus chapéus.

Macholhão ia pedir a mão de sua prometida. Uma filha da sinhá Cheba Reinosa, dos Reinosas lá de baixo de Sabaneta, da estrada que se pega para a romaria da Candelária. Água de bolinhas e queijada nos alforjes, um pano de erva para dominar os sentidos, talvez fosse preciso dormir no sereno, e o chapéu com cheiro forte, tanto que o cheiro permaneceria por oito dias onde o pendurasse na casa de sua noiva. Os amigos o acompanharam montados até os regadios de Juan Rosendo.

– Intão se foi, pois... – gritou um dos rancheiros quando da casa grande já não era possível ver, porque se desvaía em meio à poeira, ao latido dos cães e ao movimento dos cavalos, acompanhado pela comitiva, o mais macho dos Macholhão.

O senhor Tomás pitou a tarde inteira para dissipar seu pesar. Após a morte de Gaspar Ilóm, os bruxos dos vaga-lumes subiram ao Cerro dos Surdos e durante cinco dias e cinco noites choraram com a língua atravessada por espinhos, e no sexto, véspera do dia das maldições, guardaram silêncio de sangue seco na boca, e no sétimo dia proferiram seus augúrios.

No dia da partida, as maldições dos bruxos retumbaram uma por uma nos ouvidos do pai de Macholhão, e ele estremeceu frio.

"Luz dos filhos, luz das tribos, luz da prole, ante vossa face seja dito que os portadores do veneno de raiz branca encontrem o pixcoy[28] à esquerda de seus caminhos; que

---

28 PIXCOY: Pássaro nativo da Guatemala, bastante associado ao mau augúrio.

sua semente de girassol seja terra de morto nas entranhas de suas mulheres e suas filhas; e que seus descendentes e os espinheiros se abracem. Ante vossa face seja dito, ante vossa face apaguemos, nos condutores do veneno branco e em seus filhos e em seus netos e em todos seus descendentes, por gerações de gerações, a luz das tribos, a luz da prole, a luz dos filhos, nós, os cabeças amarelas, nós, cumes do sílex, moradores de tendas móveis de pele de veada virgem, batucadores de tempestades e tambores, tiramos do milho o olho do colibri de fogo, ante vossa face seja dito, porque deram morte àquele que havia conseguido prender no laço de sua palavra o incêndio que corria solto pelas montanhas de Ilóm, levando-o feito caça e amarrando-o em sua casa, para que não acabasse com as árvores nem trabalhasse em prol dos meeiros e milheiros negociantes."

O senhor Tomás sentiu a brasa do cigarro de palha entre as polpas de seus dedos. Uma minhoquinha de cinza que sua tosse de velho dispersou. Das choças chegavam as vozes dos vaqueiros cantando com voz rouca, melódica, um pouco inseguras a cada mudança de nota. Vaca Manuela devia estar oferecendo bebidas pela saúde de Macholhão.

O senhor Tomás suspirou. Era alta, forte, boa, sã, limpa a Vaca Manuela. Mas como as mulas. A maldição ia se cumprindo. O pixcoy sempre à esquerda dos caminhos, a Vaca Manuela estéril, faltava apenas a centelha dos bruxos dos vaga-lumes cair sobre seu filho. Os vaqueiros continuavam cantando, às vezes só as vozes, às vezes com violão. Se falasse com eles. Quem sabe. Se contasse a eles que pairava sobre Macholhão a mandinga do Cerro dos Surdos. Quem sabe se falasse com eles. Se mandasse trazerem de volta seu filho.

O senhor Tomás se dirigiu até a porta – as flácidas nádegas de velho – e por trás da casa, sem que ninguém visse, encilhou um cavalo que andava perdendo pelo e pegou a estrada.

Seguia-o de longe a canção rancheira. O estrugido. A letra tão sofrida por quem cantava. Quem cantava?

*Há um lírio
que o tempo consome
e há uma fonte
que o faz verdecer...*

*tu és esse lírio
me dá teu perfume,
eu sou a fonte
me deixa correr...*

*Há uma ave
que geme noite e dia
e há um anjo
que a vem consolar...*

*Tu és esse anjo,
meu bem, minha alegria,
eu sou a ave,
vem cá me consolar.*

– Onde vai assim tão tarde, senhor Tomás? – saiu aos gritos o dono dos regadios que todos chamavam de Juan Rosendo.

O senhor Tomás deteve a montaria e confidenciou ao amigo que interrompera sua viagem. Um resto de homem quase invisível na escuridão.

– Vou atrás de Macholhão, viu se passou por aqui? Ou de mulher pra fazer outro filho...

O resto de homem dos regadios de Juan Rosendo se aproximou do senhor Tomás.

– Se está atrás de mulher é melhor apear agora, que por aqui tem muita...

Os dois riram. Então Rosendo disse ao velho:

– Dom Macho passou faz tempo. Nem tchau me deu. Depois soube que ia pedir a mão de uma filha da Cheba Reinosa. Pra que vai querer mais filho, sinhô Tomás, com a netaiada que vai ter...

42

O senhor Tomás franziu o rosto. Um soluço arrepiou de frio seu nariz. Seu filho não teria filhos. Fizeram picadinho dos bruxos dos vaga-lumes com seus facões no Cerro dos Surdos; no entanto, dos pedaços de seus corpos, dos rasgos de suas roupas manchadas de sangue, de seus rostos de coruja, de suas línguas afiadas continuava saindo inteira, inteira, inteira a maldição. O fio dos facões não pôde fazer picadinho das maldições.

– Não pense muito, sinhô Tomás, apeie e se arrisque a comer alguma coisa aqui conosco. Amanhã será outro dia.

A casa cheirando a mel de porongo nos regadios de Juan Rosendo, as vozes das mulheres, o peso de sua correntinha de ouro e seu relógio de prata no colete de burel, os sapatos apertando seus dedos, a comida em pratos brancos, abundante e bem guarnecida com rabanetes e alface, a água fresca nos jarros e debaixo da mesa reunião de cães perdigueiros, pernas tíbias e crianças engatinhando. O senhor Tomás esqueceu o Cerro dos Surdos, o pixcoy à esquerda dos caminhos, e seu filho. Macholhão era homem e tudo não passava de devaneios seus, premonição de velho apoquentado com coisa boba por causa da idade.

O rio de gente que descia por aquelas estradas para a romaria da Candelária havia secado. Cruzes adornadas com flores de papel descolorido, nomes escritos nas pedras com ponta de carvão de ocote[29], cinzas de fogueiras apagados à sombra das quaxindubas, estacas para assar animais, pratinhos com restos de folha e palha de milho... Era tudo o que restava dos peregrinos que ano após ano passavam ao lado das iúcas em flor durante a procissão de velas brancas.

O mais macho dos Macholhão desceu naquele fevereiro por essa estrada durante a cheia de gente da romaria, às vésperas da Candelaria, quando o caudal de fiéis vindos de longe era alimentada por riachinhos de paroquianos que desaguavam na estrada real vindos de outros caminhos. Luzeiros, foguetes, cânticos. Loas, limoeiros, criadeiras, cachorros, mole-

---

29 **OCOTE:** Madeira de pinho muito resinosa, propícia para acender fogo.

ques gritões e homens e mulheres de chapéus enfeitados com frutinhas amarelas ao redor de toquinhas de musgo, o lanche preso às costas, o poncho e as velas resguardadas em um cesto de cana-do-reino.

E desceu com sua noiva, Candelaria Reinosa, ela descalça, ele calçado, ela corada, branquinha, e ele triguenho, preto, ela com covinhas de murici nas bochechas, ele de bigode afiado, caindo dos dois lados da boca, ela perfumada de água fresca e ele fedendo a bode e tortilha, ela mordendo uma folhinha de alecrim e ele fumando seu crivo com os olhos gazeteiros de contentamento, a audição lerda e o tato preguiçoso, concentrando-se no prazer de estar ao lado dela.

Gentaiada. Casario. Lírios e narcisos. Rosários de rapadurinhas atravessados no peito como cartucheiras de doces nos peitos jovens. Pequenas figuras trajando *huipiles* feitos de caroço e confeitos coloridos ilustrando as caixinhas enfeitadas dos docinhos. O pão com gergelim.

Macholhão lembrava bem como precisara desatar muitas vezes o nó do lenço onde carregava seus reales[30], para adquirir todos esses agrados e quinquilharias para Candelaria Reinosa. Dos ombros de Macholhão até as forjas do animal que montava para pedir a mão de sua noiva, cavalo e cavaleiro constituíam uma única sombra ao trotarem pela planície. O animal tinha duas estrelas em suas ilhargas, que balançavam ao compasso do trote, e o ginete carregava todas as esporas no céu, dos dois lados de seus olhos, nos sentidos, que são as ilhargas do pensamento. Mas não eram estrelas, e sim vaga-lumes, esporinhas de luz esverdeadas, gorduchinhas como flores de centrosema.

Um enxame de gafanhoto em chamas, pensou consigo Macholhão, e agachou a cabeça para proteger o rosto daquela chuva de insetos luminosos. Os vaga-lumes batiam em seu chapéu de palha encasquetado até as orelhas, como se caísse uma chuva de granizo dourado com asas. O cavalo

---

30 REALES: Moeda utilizada pela Guatemala entre 1821 e 1924, momento em que o país adota o quetzal como moeda oficial.

bufava como fole em ferraria, abrindo caminho em meio à faiscada que se adensava. Macholhão reparou no pixcoy à sua esquerda e fez o sinal da cruz com a mão com que segurava as rédeas.

– Xô... pixcoy... xôô! Triste eco das pombinhas silvestres. Voo açoitador e desconjuntado dos pássaros à luz do osso de morto dos vaga-lumes, semelhantes a nuvens de louva-a-deus. Os coiotes uivando sem arrimo. Canto perfurante do bacurau. As lebres saltando. Os veados de serragem de lua no lume ralo.

Macholhão observou a faiscada voadora. Seguia aumentando. Ele avançava feito vara inclinada para proteger o rosto. Mas já sentia dor no pescoço. O cavalo, a albarda, a lã, os alforjes em que levava os presentes para Candelaria Reinosa queimavam sem expelir chamas, fumaça ou cheiro de chamuscado. Pingou de seu chapéu para a parte posterior de suas orelhas, na gola da camisa bordada, sobre seus ombros, nas mangas da jaqueta, nos dorsos peludos da mão, entre os dedos, como suor gelado, o brilho vetusto dos vaga-lumes, a luz do princípio do mundo, claridade onde nada tinha forma definida.

Macholhão, untado de lume com água, sentiu a mandíbula tremendo como ferradura frouxa. Mas o chacoalhar de suas mãos era pior. Empertigou-se para ver de frente, de rosto destapado, o inimigo que deitava luz sobre ele, e uma chicotada de fogo branco o cegou. Cravou as esporas no macho com toda a força e pegou impulso, contando que não o derrubassem, encrustado na albarda, apalpando...

Enquanto não o derrubassem continuaria sendo uma estrela no céu. Dos formigueiros saíam as trevas.

4.

A Vaca Manuela, os amigos dos regadios de Juan Rosendo, os irmãos de Candelaria Reinosa, o prefeito de Pisigüilito, todos juntos para manter coragem.

O senhor Tomás fechou os olhos quando lhe disseram que Macholhão havia desaparecido. Como se estivesse ferido. Sem dizer palavra dessangrava-se por dentro.

Vaca Manuela esfregou diversas vezes o lenço nas narinas chatas, os olhos inchados de tanto chorar. O prefeito de Pisigüilito destrinçava com a ponta do sapato uns grãozinhos de areia sobre o piso de ladrilho. Alguém pegou um atado de cigarros de fibra de milho e fumaram.

– Foi engolido pela terra – disse o prefeito medindo a voz para não machucar muito o senhor Tomás, e enquanto soltava pelas narinas toda a fumaça do cigarro com cheiro de figo, acrescentou: – Para procurar não tem mais onde procurar, onde poderiam dizer que não procuramos, nem nos barrancos, olhamos até debaixo das pedras, porque a gente rastreou até chegar atrás daquela cascata lá pros lados das planícies de pedra branca.

– A única esperança é que tenha ido rodar mundo – intercedeu um irmão da Candelaria Reinosa. – Conheci um homem assim na estrada, andava quase pelado, tinha cabelo comprido que nem mulher e barba longa, comia sal como o gado e acordava a cada pouco, porque até durante o sono a gente deve estranhar a terra quando não é a nossa terra, não se encontra um sono sossegado como o de quando nos deitamos em nossa pátria, onde aí sim podemos adormecer por inteiro, deitando corpo para sempre na terra onde seremos enterrados.

– Isso aí tudo que vocês falaram é divagação – cortou o senhor Tomás. – Meu filho foi abatido e precisamos cuidar onde aparece urubu ou tem cheiro de carniça, pra daí buscar o cadáver.

– Essa também é a opinião do coronel Chalo Godoy – acrescentou o prefeito movendo, como autoridade que era, a vara de borlas pretas na mão direita, adotando certa solenidade ao mencionar o nome do Chefe da Expedicionária em campanha. – Despachei um correio particular aqui de Pisigüilito para dar parte a ele de todo o ocorrido com Macholhão, e ele mandou um recado dizendo para termos muito cuidado porque a guerra com os índios continua.

– Continua e continuará – rematou o senhor Tomás, interrompido em suas palavras por Vaca Manuela que, abafando os prantos em seu lenço, entredisse:

– Ai, ai, meu Deus amado!...

– Continua e continuará, mas não mais com a gente. Os Macholhão acabaram. A guerra acabou para os Macholhão. Meu filho, o Macho, vejam só, foi o último dos Macholhão, o último de todos... – e com a voz que transformava em carne e osso a cartilagem de seu nariz, entre choro e coriza de lágrima, acrescentou: – Acabou-se a semente, caparam os machos, porque um dos machos não se portou como macho, por isso acabaram os Macholhão.

Da varanda chegava o som do milho caindo sobre um pelego de vaca estendido no chão ao ser desgranado por um garoto leporino. O garoto utilizava um sabugo de milho tenro como faca, e desfiava as espigas como seu padrinho, o senhor Tomás, desfiava sua cabeça quando cortava seu cabelo com a máquina de cortar. O milho desgranado ressoava ao cair no couro, entre o grunhido dos porcos e a pirraça das galinhas afugentadas aos gritos pelo leporino, que mostrava os dentes pelo lábio rasgado:

– Porco dusinverno... galinha...

Vaca Manuela foi calar o leporino e a casa ficou em silêncio, como desabitada. Os amigos, os irmãos de Candelaria Reinosa, o prefeito, todos foram saindo sem se despedir do senhor Tomás, que chupava suas lágrimas sentado em sua banquetinha de couro, de costas para a porta.

***

Com um pedaço de chouriço na mão esquerda e a faca para separá-lo da peça inteira na outra, Candelaria Reinosa estava na varandinha de sua casa voltada para a estrada, onde improvisavam uma vendinha de porcos em um balcão de taquara sempre que seus irmãos abatiam um animal.

Havia outros cortes de carne suína pendurados em um cordão estendido entre duas vigas, reluzindo ao dessangrarem; a gordura estava em um recipiente de madeira, e a banha em um pote de lata.

O rapaz para quem Candelaria Reinosa aprontava o chouriço reparou que ela não cortava a peça, ocupada como estava conversando com uma mulher que lhe falava da estrada. O rosto negro, o cabelo emaranhado e a roupa engordurada da mulher contrastavam com seus dentes, brancos como manteiga.

– Sim, menina, os homens que faziam a queima disseram que viram em meio às chamas Dom Macho montado; dizem que disseram que tava vestido de dourado. O chapéu, a jaqueta, a albarda, até as ferraduras da montaria douradas. Uma lindeza. Dizem que reconheceram ele porque trotava mais rápido que um raio. A senhora se alembra como ele andava a cavalo. Merecia. Como era homem esse homem, Maria Santíssima!... Faz dois dias fui informar a senhora Vaca Manuela, mas me botou pra correr de lá. Só a sinhá mesmo, me disse, pra meter na cabeça que o Macholhão aparece onde queimam a mata pra plantá milho. Quiassim foi que me dis-

49

se. Isso é borracheira de aguardente, só Deus pra dar jeito. Mesmo se fosse, menina, eu também estive na montanha e vi o finado Macholhão em meio às chamas, no fumacê da queimada. Adeus, falou pra nós de chapéu na mão, e meteu as esporas no garanhão. Tudo de ouro. Assim foi a partida. O fogo seguia atrás dele como cachorro lanoso fazendo festa com seu rabo de fumaça.

– Isso foi aqui perto? – perguntou Candelaria Reinosa sem cortar o chouriço encomendado pelo rapaz, pálida, os lábios brancos como folhinhas de flor de iúca.

– Não, sei dizer que foi longe daqui. Mas depois vi ele aqui por perto. Pros mortos não existe longe nem perto, menina. E vim contar pra senhora pra ver de fazer uma oração pra ele, porque o finado era de seu querer e talvez a sinhá ainda se preocupa com ele.

A lâmina da faca na mão esquerda de Candelaria trinchou a fibra engordurada da peça de chouriço. Entregou-o embrulhado em folha de banana ao rapaz que esperava com uma moeda de cobre na mão.

A cor da estrada de terra branca, finíssima como a cinza levantada de vez em quando pelo ar em nuvens ofuscantes, era a mesma de dona Candelaria Reinosa desde o desaparecimento de Macholhão.

Se via somente pelos olhos do Macho, por que ainda via sem seus olhos? Agora, como mulher sozinha, gostava de passar os dias de domingo à beira da estrada com os olhos fechados e então abri-los de repente quando os passos de cavalaria ouvidos à distância iam se aproximando, sempre com a remota esperança de um dia encontrar Macholhão, já que, como diziam alguns, ele bem poderia estar rodando mundo, percorrendo a cavalo todas as estradas do mundo.

– Deus lhe pague, fez bem em me dizer – respondeu à mulher após receber a moeda das mãos do garoto, que levantou uma grande nuvem de poeira ao se afastar da venda improvisada na companhia de um cachorro, e entrou em sua casa, onde ficou até ouvir outra voz dizer: – Ave Maria! Ninguém pra atender?...

A mulher de antes havia desaparecido do caminho com seus cabelos revoltos, o traje negro e sujo, os dentes brancos como a manteiga. Candelária Reinosa embalou meia libra dos dentes daquela mulher fantasma em forma de manteiga branca, acompanhada de um pouco de torresmo. Ajustou o peso na balança usando balas de escopeta de um lado, e do outro, embrulhada em folha de banana, colocou a manteiga. E como a compradora era conhecida sua, contou a ela, enquanto escolhia os torresmos, que Macholhão andava aparecendo nas queimadas para a roça, montado em seu garanhão, todo em dourado, da ponta do chapéu às ferraduras da montaria. E dizem que está elegantérrimo, como se fosse o Apóstolo Santiago.

A compradora ouviu o relato babando um torresmo antes de mascá-lo e, por ser perigoso contrariar os loucos ou apaixonados, respondeu que sim, com a cabeça, sem abrir os olhos.

Os campos de milho ardiam nas montanhas ao cair da tarde. O céu era uma veia azul dando ao fogo da queimada cor de sol. Candelaria Reinosa fechou os olhos na varanda de sua vendinha de porco. Nessa tarde, como em todas as tardes, a estrada acabou não desaparecendo de todo. As estradas de terra branca são como os ossos das estradas cuja atividade morre à noite. Não se apagam. São visíveis. Estradas que perderam a vida de sua carne, isso é, a passagem das romarias, dos rebanhos, do gado, dos mercadores, das récuas, das carretas, dos viajantes montados, e permanecem insepultas para permitir a passagem das almas penadas, de quem vaga pelo mundo, das milícias, da montada, dos príncipes cristãos, dos reis dos baralhos, dos santos das litanias, da escolta, dos presos amarrados, dos espíritos malignos...

Candelaria Reinosa cerrou os olhos e sonhou ou viu descer do alto do cerro ardendo em brasa o Macholhão montado em seu macho montês, os alforjes cheios de água gaseificada e quesadilhas, usando o chapéu pestilento malcheiroso que ela costumava deitar sobre os joelhos, para que seu corpo tivesse seu cheiro por oito dias.

5.

Os moços adentravam o matagal a golpes de facão, para romper a continuidade da vegetação montesa, abrindo espaços de até três braças para, como era consabido, estancar o fogo das queimadas. As rondas, como chamavam esses espaços pelados, pareciam um fio de imensas polias estendido de morro a morro, de um campo a outro, em meio à vegetação condenada às chamas, testemunha espavorida do incêndio.

O senhor Tomás Macholhão não parava em casa, interessado como estava na queima dos terrenos que, sem muito dizer, vinha cedendo aos meeiros para o cultivo do milho, desde que soubera que o filho talvez aparecesse em meio ao fogo, montado em seu garanhão, todo de ouro, de lua de ouro a jaqueta, de lua de ouro o chapéu, assim como a camisa, assim como os sapatos, os estribos da albarda, as esporas como estrelas e os olhos como sóis.

Em suas duas pernas bambas, glabro, maltrapilho, enrugado, com um cigarrinho de palha na mão ou na boca, o senhor Tomás andava de um lado para o outro feito um gambá averiguando quem pretendia atear fogo, onde e quando, para estar junto de quem fosse cuidar das lavaredas nas rondas, prontos para apagar com ramos as centelhas que o vento soprava sobre os espaços pelados, pois se não apagassem as centelhas havia o risco de que a montanha inteira pegasse fogo.

Os olhos bolsudos do senhor Tomás tremiam como os de animal preso em armadilha diante do resplendor dos fogos, vendo como corriam em dourados rios revoltos, ensandecidos pelas correntes de vento, arrastando as sarças, os pinheiros e todas as outras árvores. O fogo é como a água quando se derrama. Ninguém segura. A espuma é a fumaça da água e a fumaça é a espuma do fogo.

A fumaceira apagava por instantes o senhor Tomás. Não se via nem o vulto do pai idoso procurando o filho no resplendor do fogo. Como se houvesse queimado. Mas no mesmo lugar ou em outro, próximo ou distante, surgia de pé, encarando o fogo fixamente, o rosto tostado pelas brasas do incêndio, as pestanas e o cabelo loiro chamuscados, suando à meia-noite ou nos arrebóis, como se o defumassem.

O senhor Tomás voltava para casa com a alba e bebia água do mesmo bebedouro onde bebiam os animais. O líquido cristalino refletia seu rosto ossudo, os olhos inchados e avermelhados de tanto ver fogo e as bochechas, e a ponta de seu nariz, e o queixo da barba, e as orelhas, e as roupas, pretos de fuligem.

Vaca Manuela o recebia sempre com a mesma pergunta:

– Viu alguma coisa, tata?

E o senhor Tomás, após esfregar os dentes com um dedo e expelir a água fresca que usava para enxaguá-los, balançava a cabeça negativamente de um lado para o outro.

– E os outros veem ele, tata?

– "Avistaram?", pergunto todas as manhãs. E me respondem que sim. Só eu não vejo. É puro castigo. Se tivesse me dado conta... Melhor seria ter tomado eu mesmo o veneno... Você que teve mau coração... Gaspar era meu amigo... Que mal tem, defender sua terra de ser queimada por esses milheiros fodidos?... Bom que derrubou uma cambada! Fizeram picadinho dos bruxos, mas nem assim: a maldição se cumpre. Até o leporino viu ele ontem à noite. Anhi, é enhe, me dizia. Nho Manho-ão!... E dava pulinhos apontando entre as chamas e gritando: Orado! Orado! Todo orado! Por mais que abrisse os olhos, por mais que chamuscasse o rosto, por mais que engolisse fumaça, eu só via fogo, árvores caindo às centenas, fumaceira leitosa, a chamarada inútil...

O velho tombava em sua poltrona e um pouco depois, com a cabeça derrotada sobre o peito ou abandonada para trás no recosto do assento, pegava no sono, como o sobrevivente de um incêndio, encardido de fuligem, fedendo a cabelo queimado e com a roupa cheia de buracos negros, resquícios das fagulhas que voavam sobre ele e os moços apagavam com golpes de galho, punhados de terra ou água de suas moringas.

A época do fim das queimadas e início do plantio foi um verdadeiro alívio. O senhor Tomás se dedicou a cuidar de coisinhas da fazenda: precisou ferrar algumas novilhas, substituir algumas vigas da casa, apadrinhar alguns batizados e descarregar seus gritos em tempo à estrela d'alva, para que não lerdeasse.

A água das primeiras chuvas surpreendeu todos em pleno plantio. Haviam queimado terras demais e as mãos não davam conta. Terras novinhas, puras virgens, em que dava gosto ver a enxada entrar. O milho vai subir depressa e lindamente, repetiam uns para os outros, enquanto semeavam. Se não deixarmos de ser pobres dessa vez, bom, então não deixamos mais. Como foram bobos no início, ajudando a contragosto o velho gagá. Eles não viam o Macho entre as chamas, a verdade é que nunca o viram, e o velho acreditando em tudo e dando mais terras para eles queimarem, um bosque depois do outro. De início assentiam por compaixão, e assim começou: o velho grudou neles para ver as queimadas, autorizou-os a queimar sem dó nem piedade locais onde homem nenhum jamais havia pisado sem exigir nada em troca, sem medir hectares nem assinar acordo nenhum. Plantem, disse a eles, e depois acertamos contas.

Macholhão, segundo dizia esse enxame de milheiros, passeava em meio às chamas e à fumaça das queimadas, como repuxito após a queima da pólvora, vestido com tramas de ouro, luzinhas tilintantes, rosto de imagem de santo, olhos de vidro, aba do chapéu erguida na frente, e diziam que suspirava, da pontinha de suas esporas saía um suspiro choroso, quase palavra.

Correram do acampamento um milheiro chamado Tiburcio Mena porque dera para ameaçar contar ao senhor Tomás que debochavam dele, que não viam senão o que ele via, ou seja, uma riqueza de arvoredo convertida em tocha dourada, tição de sangue e penacho de fumaça.

Pablo Pirir confrontou Tiburcio Mena, facão desembainhado em mãos, e no calor da briga disse a ele:

– Some daqui, seu merda, não aparece mais entre nós, senão mais dia menos dia tua boca se enche de formiga...

Tiburcio Mena ficou cor de erva-de-santa-maria, suou a bicas e naquela mesma noite recolheu suas coisas e deixou o acampamento. Melhor fugido que morto. Pablo Pirir já contava três mortes, e não é vergonha evitar tragédia.

Duro foi sentar e esperar a chuva. As nuvens engatinhavam sobre os morros e a escuridão da água, verdosa lá em cima – pois não há nada a se fazer, o verde cai do céu – bajulavançava sobre a terra, mas não caía. A água só ameaçava. Os homens, de olhos gastos de espiar por cima dos morros, começaram a olhar o chão, como vira-latas atrás de ossos, aflitos para espiar através da terra se as sementes não teriam secado. Entre eles até se falou em castigo divino por terem enganado o velho Macholhão. Cogitaram inclusive descer à casa grande e se ajoelhar diante do senhor Tomás pedindo perdão, para que chovesse, para esclarecerem de uma vez por todas que não tinham visto o Macholhão nas queimadas, e só tinha dito isso para não contrariá-lo e receberem boas terras onde semear. O velho, se contarmos a ele, nos tirará metade dos alqueires. É perder tudo ou perder a metade. Enquanto permanecer em engano, não vai chover, e dentro de mais alguns dias perigamos perder tudo. Assim diziam. Assim falavam.

A chuva caiu enquanto dormiam, enrolados em seus ponchos como múmias. De início pensaram estar sonhando. De tanto desejar a água, sonhavam com ela. Mas estavam despertos, com os olhos abertos na escuridão, escutando as chicotadas do céu, a brabeza dos trovões, e não conseguiram mais dormir, pois há muito ansiavam pelo dia de verem suas terras molhadas. Os cães entraram nas choças. A água também entrou nas choças, como os cães em suas casas. As mulheres se juntaram a eles. Mesmo adormecidas tinham medo de raio e tempestade.

A gratidão, se tem cheiro, deve cheirar a terra molhada. Eles sentiam o peito repleto de gratidão, e a cada pouco diziam a si mesmos: "Deus lhe pague, Deus". Os homens, quando já fizeram o plantio e a chuva ainda não veio, vão ficando ríspidos, as mulheres sofrem com seu gênio ruim, e por isso o aguaceiro que caía soava como música aos ouvidos das mulheres semi-adormecidas. A pele das tetas da mesma cor que a terra chovida. O preto do mamilo. A umidade do mamilo com leite. A teta pendendo para baixo para dar de mamar como a terra molhada. Sim, a terra era um grande mamilo, um imenso seio ao que estavam grudados todos os peões com fome de colheita, de leite com o verdadeiro sabor de leite de mulher, o gosto dos talos de milho quando ainda são tenros. Quando chove, bem se vê, tem filosofia. Se não, tem briga. Uma colheita milagrosa. Brotaram bem parelhas após os primeiros aguaceiros. Algo nunca visto. Sessenta alqueires para cada um. Pelo cálculo, sessenta. Talvez mais. Não menos. E as vagens, como não vingaria ali se crescia por conta, com a semente que trouxeram. Famosa a semente que trouxeram. E moranga vai crescer a gosto. Até para sobrar. E talvez semeiem uma segunda colheita. Burrice não aproveitarem agora. Enganar o rico é a lei do pobre. A prova era o inverno esplêndido. Melhor que a encomenda. Pois, homem. Quando tostarmos o milho. Assim diziam, achando que levaria tempo, e hoje já estavam assando a fogo manso, porque apressado não fica bom. Pra meu gosto, essa espiga tá coisa fina, companheiro!, disse Pablo Pirir com os dentes sujos de grãos de milho tenro tostado, o mesmo homem que fizera Tiburcio Mena mudar de piquete.

O sol com olho ruim, remelento. Uma façanha conseguir secar um pouco os paninhos. Mas que importância tinha. Nenhuma. Por outro lado, a chuva forte significava muito. Luxo de água que alentava o riso de quem só sabia rir uma vez por ano, com dentes de espiga.

– Que se conta aí, Catocho?

– Nada de nota... Nada, não. O senhor Tomás segue transtornado, derrubaram uns milheiros em viagem a Pisigüilito, ali na altura de Passo das Travessias, e a montada foi descer chumbo nos índios de Ilóm. Tecún, parece, o nome dos cabeças; mas não se sabe certinho.

– E o preço do milho, soube algo.

– Tá escasso. Gora que vale.

– Dissero onde?

– Tive em vários lugares perguntando se tinha milho e quanto tava.

– Fez bem, assim garante. É ligeiro, cê. É bom que o milho tenha preço esse ano. Eu vô esperar que teja bem caro pra vender o meu e te conselho fazer igual, porque colheita como essa é uma vez na vida e olhe lá, não repete, colheita sem rachar com o senhor Tomás Macholhão, não é sempre, porque juízo de rico nunca afrouxa.

– Nos campos de Juan Rosendo, tinha festa.

– Conta que festa era. Tá sempre rumbeando essa gente. Essas festas são famosas.

– Nem soube. Só arreparei que a cachaça era San Jerónimo, e no balançado das mulheres dançando, quebrando pra cá e quebrando pra lá, ao som do toca-disco.

– E você?

– Nem desmontei.

– Mas homem, apeasse pra ganhar um trago. Nem pediu, então.

– Talvez celebração de batismo. Quem vi por lá foi a moça Candelaria Reinosa, prometida de Dom Macho. Está um pouco mal-cuidada, mas é bonita, me servia bem.

– Pois se vender o milho caro, é sua. Ninguém diz que

não pra rico. Você com bastante *reales* na bolsa e um pouco de trago entre o peito e as costas, convence ela rapidinho.

– Acha mesmo?

– Apostaria minha cabeça.

– Problema é que dizem que fez jura de não casar, de ser fiel ao amor defunto.

– Mas é mulher, e com a mão e a pedra de molar esmaga muito grão de milho todo dia pra preparar a tortilha dos irmãos, e lá pelas tantas essa promessa que você fala vai cair no meio dos grãos e ser esmagada também.

Nos milharais, onde as espigas despontavam a toda velocidade, surgiram uns bonecos de pano velho para crucificar a alegria milheira dos pássaros e das pombas restolheiras. As pedras das fundas de pita zumbavam ao cortar o ar afiado no silêncio tostado das plantações verdejantes, entre os bandos de sabiás, marias-mulatas, quíscalos e cuacochos[31] que vinham buscar grãos para seus buchos e seus ninhos.

O leporino trouxe o velho para ver os espantalhos. O senhor Tomás Macholhão, que o rapaz levava pela mão, percorria os campos só para rir feito bobo dos bonecos de pano, cumprimentado de longe pelos milheiros desconfiados.

Algo o velho andava aprontando. Até parece que faria ronda nos milharais para ver espantalhos. Talvez medisse de vista os alqueires, de olho mesmo, ou em passos, enquanto passava. Tantos passos, tantas cordas, a cada tantas cordas, tantos alqueires, metade para ele. Eles que já haviam decidido não lhe dar a metade da messe.

O velho conversava a murmurinhos com o leporino, a quem perguntava o significado daqueles Judas dos milharais, sem rosto, sem pés, alguns feitos só de chapéu e jaqueta.

– Nhecos! – gritava o leporino mostrando os dentes pelo

---

31 CUACOCHO: Ainda que haja vários pássaros do continente com nomes parecidos (como o guaco e o guacuco), nem mesmo os estudiosos na obra de Asturias puderam precisar qual seria este animal nomeado. De acordo com a edição crítica da ALLCA XX/ Edusp pode-se afirmar apenas que o cuacocho seria um entre tantos outros predadores do milharal.

lábio fendido, como se o seu riso de garoto houvesse sido cortado com uma facada para sempre.

– Cheire-lhe o traseiro...

– Eca, quinhojo!

– Como você acha que se chama esse do chapeuzão? – perguntou o velho com certa intenção.

O leporino agarrou uma pedra e a atirou no boneco que por seu chapéu grande parecia um mexicano.

– ãnhacho que se chama... – o garoto hesitou, o lábio leporino se contraiu como peixe ao ser arrancado do anzol, mas vendo a espera do velho, disse o que pensava –... ãnhacho que se chama, Manho-nhão...

Na comissura do lábio, seus incisivos que pareciam duas melecas de nariz deixaram ver um fio de riso frio.

O senhor Tomás ficou atento ao seu semblante, o olhar fixo no garoto. Quando respirava, o pobre velho sugava as bochechas já salgadas de tanto correr pranto. Já não tinha os molares. Só tocos encrustados nas gengivas. E dentro da boca as pelancas da bochecha grudavam nas gengivas quando ele se punha aflito ou desgostoso. Os loucos e os garotos dizem a verdade. O Macholhão de ouro, para essa gente simples, havia se tornado um espantalho. Dois paus em cruz, um chapéu surrado, uma jaqueta sem botões e uma calça com uma perna completa e a outra rasgada do joelho para baixo.

O leporino ajudou-o a se levantar da pedra em que havia sentado e os dois voltaram para a casa grande com o dia já escuro, desviando dos espinhais que durante o dia parecem esconder ferrões, como tigres, para sacá-los na escuridão e ferir quem passa.

– Por aqui já começaram a dobrar– disse o velho.

À luz da tarde amarelenta, notava-se a mudança repentina de estatura dos pés de milho, antes eriçados, agora entrouxadas pela metade, dobradas para terminarem de secar.

– Amanhã vão dobrar outra vez... – acrescentou o senhor Tomás, mas o som da palavra "dobrar", que disse no sentido dos milheiros, de plantas que se dobram para secar, lembrou-

-o do eco dos sinos que dobravam para os mortos no povoado, até deixar a gente zonza. Tlin-tlón, tlin-tlón, tlin-tlón, tlin...

Ele se deteve, voltou a olhar às suas costas várias vezes para reconhecer o caminho e suspirou antes de repetir com má intenção:

– Amanhã vão continuar dobrando...

A mão de quem quebra violentamente o mato de milho, para que a espiga termine de amadurecer, é como a mão que parte em dois o som do sino, para maturar o morto.

O velho não dormiu. Vaca Manuela foi sem fazer o menor ruído até a porta do quarto do Macholhão, onde o senhor Tomás havia colocado sua cama, e como não via luz, aproximou o ouvido. A respiração do velho, dissimuladamente tranquila, preenchia o cômodo. Fez o sinal da cruz com a mão e destinou a benção à escuridão onde seu homem dormia: que Jesus e Maria Santíssima o acompanhem e livrem de todo o mal", disse entre dentes e foi para o seu quarto. Ao deitar procurou uma toalha para tapar o rosto, caso os ratos lhe passassem por cima. A casa estava tão abandonada desde o desaparecimento do Macholhão que os ratos, baratas, percevejos e aranhas viviam em família com eles. Apagou a candeia. Nas mãos de Deus e a Santa Trindade. O ronco fanhoso do leporino e a corrida dos ratos, ruídos verdadeiramente humanos, como se arrastassem móveis, foi a última coisa que ouviu.

Um vulto de esporas, chapéu grande e jaqueta guayabera[32] saiu do quarto do Macholhão. Não era tão alto como o Macho mas, se quisesse, bem poderia se passar por ele. Na cavalariça encilhou um animal e... montou. A cavalgadura mal fez ruído ao arrancar, guiada por uma listra sulcada na terra que costeava o pátio pavimentado. Sem parar, feito sombra, o velho passeou pelos regadios de Juan Rosendo, pelas ruas de Pisigüilito, onde agora morava a Candelaria Reinosa. Aqui ouviu vozes. Ali viu vultos. Que vissem, que ou-

---

32 **GUAYABERA:** peça de vestuário tradicional do homem latino-americano e caribenho. É conhecida por sua modelagem, caracterizada por quatro bolsos e duas fileiras de pregueados verticais na parte frontal.

vissem. Depois se embrenhou nos milharais secos e ateou fogo. Igual louco. O isqueiro do senhor Tomás espirrava faíscas ao choque da pedra de raio com a corrente. Ahh... faís... ca! E não para acender o cigarro de palha que segurava na boca apagado, mas para erguer chama nos milharais. E não por má índole, mas para passear entre as chamas montado no garanhão e tomarem-no por Macholhão. Tapeou a cara, o chapéu, as roupas, apagando as fagulhas que saltavam sobre ele, enquanto outras voavam e se prendiam como olhinhos de perdiz nas roupas de sol seco e lua seca, sal seco e estrela seca de amido com ouro dos milharais. Nas barbas das espigas, nas axilas poeirentas das folhas e das canas arroxeadas ao maturarem, na sede das raízes terrosas, nas flores, flâmulas baldias fervilhando de insetos, o fogo nascido das faíscas ia soltando chamas. O rocio noturno despertou-se lutando para aprisionar, em suas redes de pérolas de água, as moscas de luz que caíam do acendedor. Despertou-se com todas as articulações adormecidas em ângulos de sombra e lançou suas redes de aguarrás de prata chorosa sobre as centelhas que já eram chamas de pequenos fogos que iam se comunicando com novos focos de combustão violenta, alheias a toda estratégia, na mais hábil tática de escaramuça. Na folharada sanguinolenta ao resplendor do fogaréu, flácida de névoa, quente de fumaça, ouviam-se cair as gotas da água notívaga com perfurantes sons de patas de garoa sobre o osso das canas mortas, revestidas de telas porosas que trovejavam como pólvora seca. Um vaga-lume imenso, do imenso tamanho dos campos e morros, do tamanho de tudo pintado de milharal tostado, já para colher. O senhor Tomás freava o macho para ver as próprias mãos douradas, as roupas douradas, como diziam ser as do Macholhão. Já todo o céu era uma só chama. Investida do fogo que não respeita cerca nem porta. Árvores que faziam reverências ao caírem abrasadas sobre a vegetação arborizada que resistia, em meio ao calor sufocante, ao avanço do incêndio. Outros que ardiam como tochas de plumas esquecidos de seu caráter vegetal. Por abrigarem muitos pássaros eram pássaros, e agora pássaros de plumas brilhantes, azuis, brancas, vermelhas, verdes, amarelas. Das terras sedentas brotavam jorros de formigas para combater a claridade do incêndio. Mas era inútil a treva que saía da terra em forma de formiga. Não se apaga o que já queima. Canas, centelhas, dentes de milho na espiga contra dente de milho na espiga, às mordidas. E como fios de suturas que saltaram em pedaços, as cobras. Tumores radiculares dos chuchuzais. Aboborais de flores secas. Mata enxuta de flores amarelas. Vagens a caminho da panela e da manteiga ao calor do fogo, do espalhafato do fogo na cozinha. E pensar que era o mesmo, o manso amigo dos cascalhos das fogueiras, quem agora andava solto, como touro bravo entre a fumaceira. O senhor Tomás ia de um lado para o outro montado na desobediência do garanhão montês de brancolho, por onde o levasse o garanhão, sem guardar a pedra de raio, insignificância da qual saltou, não maior que o olho de um milho, a faísca do relâmpago regado pelo solo sovado dos campos planos, pelos canais baralhados das ravinas e pelas cimeiras das montanhas símiles das nuvens. Ouro vivo, ouro pólen, ouro atmosfera que subia ao fresco coração do céu desde o braseiro luxurioso que ia deixado nas terras semeadas de milho couros de lagartos vermelhos. Por algum motivo havia sido ele e não outro quem chamuscou as orelhas de palha de milho dos coelhos amarelos que são as folhas do milho que formam o envoltório das espigas. Por isso são sagradas. São as protetoras do leite do sabugo, o conteúdo seminal dos gaios-azuis de bico negro, anchos e de plumagem azul profunda. Por algum motivo havia sido ele e não outro o homem maldito que conduziu, pelo escuro mandato de sua má sorte, as raízes do veneno até a aguardente da traição, líquido desde sempre gélido e pouco volátil, como se guardasse em seu espelho de claridade a mais negra traição ao homem. Porque o homem bebe escuridão na clara luz da aguardente, líquido luminoso que ao ser tomado embarra tudo de negror, veste de luto por dentro. O senhor Tomás, que desde que desapareceu Macholhão, morto, fugido, sabe-se lá, havia se tornado como de musgo, apoucado, sem novidade, sem vontade de nada, era esta noite puro arame que agarrava a juventude no ar. A cabeça erguida sob o chapéu grande, o corpo até a cintura como se em um corpete de estacas, as pernas suspensas no vazio até alcançarem a firmeza de cada estribo, e as esporas falando com o garanhão em um idioma telegráfico de estrela. A respiração mantém o incêndio do sangue que se apaga nas veias, cavidades com formigas de onde sai a noite que envolve quem morre na traição mais obscura. A morte é a traição obscura da aguardente da vida. Só o velho parecia ir vivendo já sem respirar, ginete e montaria uma só peça dourada, como o próprio Macholhão. O suor o atenazava. A fumaça abarrotava sua boca e suas narinas. Sufocavam-no com esterco. E uma visão farinhenta, rachadiça atmosfera sufocante, o cegava. Só via as chamas que escapuliam feito orelhas de coelhos amarelos, aos pares, às centenas, baciadas de coelhos amarelos, fugindo do incêndio, besta redonda que não tinha senão a cara, sem pescoço, a cara presa à terra, rodando; besta de cara de pele de olho irritado, entre as densas sobrancelhas e as densas barbas da fumaça. As orelhas dos coelhos amarelos passavam sem se apagar pelas lagunas arenosas de águas profundas, fugindo do incêndio que estendia sua pele de olho pavoroso, pele sem tato, pele que só de ver consumia coisas palpáveis que seria impossível desgastar ao longo de séculos. Pelas bofetadas das chamas felpudas, douradas ao vermelho, passavam os jaguares vestidos de olhos. O incêndio se enxágua com jaguares trajados de olhos. Bobeira de lua seca, estéril como a cinza, como a maldição dos bruxos dos vaga-lumes no cerro dos surdos. Os milheiros, após abrirem rondas por lá e por cá, improvisadamente, pondo em risco suas vidas, ajudados por suas mulheres, por seus filhos pequenos, custaram a se convencer de que era inútil tentar impedir que tudo queimasse. Convenciam-se, enfim, ao caírem por terra exaustos, revolvendo-se no suor que jorrava de seus corpos, que queimava as fibras eretas de seus músculos quentes de raiva da fatalidade, sem explicarem bem o que bem viam meio caídos, às vezes caídos e às vezes ressuscitados para lutar contra o fogo. As mulheres mordiam suas tranças, enquanto o pranto escorria pelas bochechas de pixtón[33] beliscado das mais velhas. As crianças, desnudas, coçavam a cabeça, coçavam o passarinho cravados nas portas das choças, em meio aos cachorros que latiam em vão. O fogo já tomava conta do bosque e ia acendendo a montanha. Tudo começava a navegar na fumaça. Logo pegariam fogo os milharais do outro lado do campo. No cume se viam as pequenas silhuetas humanas recortadas em preto contra a viva carne do céu, batalhando para salvar esses outros milharais, destruindo parte das plantas tostadas, varrendo-as e deixando apenas terra pura nos vãos. Mas não deu tempo. O fogo trepou e baixou correndo. Muitos não puderam escapar, cegados pelo lume violento ou com os pés chamuscados, e foram devorados pelas chamas sem grito, sem alarido, porque a fumaça se encarregava de tapar suas bocas com seu lenço asfixiante. Já não houve quem defendesse os canaviais da fazenda. Os bandoleiros que chegaram dos regadios de Juan Rosendo não se arriscaram. O ar está contra, diziam, e com suas pás e picaretas e enxadas em mãos contemplavam apalermados o chamuscar de tudo o que existia: cana, milharal, bosque, mata, arvoredo. De Pisigüilito veio a montada. Só homens valentes. Mas nem apearam. Tem que ver quem brincou com o fogo, disse o que estava de chefe, e Vaca Manuela, que estava perto, envolta em um pequeno roupão de lã, respondeu: O coronel Godoy, seu chefe, foi quem brincou com fogo, ao mandar que meu marido e eu envenenássemos Gaspar Ilóm, o varão impávido que havia logrado prender no laço o incêndio que corria solto nas montanhas, levá-lo para casa e amarrá-lo à sua porta, para que não saísse a causar danos. Vou dizer isso ao meu coronel, para que a sinhá repita na cara dele, respondeu outro. Se a cara dele não fosse de pau, Vaca Manuela arrebatou-lhe a palavra, esta-

---

33 PIXTÓN: Tipo de Tortilha de milho de maior espessura.

ria aqui em frente ao fogo, ajudando a gente a combater a desgraça trazida pelo o favor que fizemos a ele. O muito valoroso acha que estando longe vai se salvar da maldição dos bruxos dos vaga-lumes. Mas se engana. Antes da sétima queima, antes de se cumprirem as sete queimas, será tição, tição como essa árvore, tição como a terra toda de Ilóm que arderá até não restar nada além de pedra pelada, vez em quando por culpa das queimadas, vez em quando por incêndios misteriosos. O certo é que os bosques desaparecem, transformados em nuvens de fumaça e lençóis de cinzas. O chefe da montada soltou o cavalo em cima de Vaca Manuela e a derrubou. Os bandoleiros intervieram em favor da patroa. Facões, carabinas, cavalos, homens à luz do incêndio. Os bandoleiros agarravam com os dentes a manga esquerda da camisa ao se sentirem feridos por balas de carabina, e rasgavam-nas para estancar o sangue com os trapos. Eles também já haviam conseguido derrubar dois ginetes a golpes de facão, mas eram uns catorze, contando assim por cima. Os milharais que não tinham pegado fogo retroavam com o calor da imensa fogueira, antes mesmo de arderem, e já acesos, seguiam replicando as espocadas das carabinas. Os facões em voo de uma mão a outra, passavam, brilhantes, vermelhos pela colorada que tingia os cavalos dos ginetes feridos e começava a formar pocinhas de sangue no solo. As pessoas são como tamales envoltos em roupa. O que sai de dentro delas é colorado. O bagaço seco do incêndio que seguia rodando com sua cara de olho inflamado à velocidade do vento começou a secar suas bocas. Mas seguiam pelejando. Os feridos pisoteados pelas montarias. Os mortos como espantalhos de milharal tombados, já pegando fogo. Seguiam pelejando os bandoleiros contra os da montada sem repararem que o incêndio os fora cercando em uma parte um pouco elevada do terreno. A casa da fazenda, as cavalariças, os celeiros, os pombais, tudo estava em chamas. Montarias e animais fugiam despavoridos para o campo. O fogo havia voado por sobre as estacas da cerca que rodeava a casa. Os aramados, com as farpas vermelhas, pintavam-se de colorau, alguns presos aos postes transformados em tições, outros já livres dos grampos. Quantos homens restavam? Quantos cavalos? A luta entre autoridade e bandoleiros mudou de repente. Nem autoridade nem bandoleiros. Com carabinas sem bala e facões de lâmina cega, assim disputavam homem contra homem os cavalos para escaparem de morrer queimados. As culatras das armas, os cabos dos facões, mas sobretudo as unhas e os dentes, os braços que se enroscavam como pealos ao redor do corpo, do pescoço dos rivais, as rótulas dos joelhos usadas como lança para golpear, para rematar. Pouco a pouco, todos aqueles homens ferozes foram desmoronando em meio ao mar de fogo, alguns definitivamente, outros se retorcendo com a dor das queimaduras, ou dos golpes, outros derrotados pelo cansaço, com uma cólera fria nos olhos, olhando para os cavalos que abriam caminho através das cortinas de fogo para se colocarem a salvo, sem ginetes, bestas de fumaça com crinas douradas que tampouco alcançaram a margem segura. As pernas magras queimadas em um fustão de cinzas, a cabeça sem orelhas com umas poucas mechas de cabelo, também cinza, e as unhas cimbadas, foi tudo o que se pôde retirar do solo onde caiu Vaca Manuela Macholhão.

HOMENS DE MILHO

Miguel Ángel Asturias

TERCEIRA PARTE

Veado das Sete-Queimas

6.

—Pelo visto o das Sete-Queimas não passou.

— Não. E tô aqui desdiamuito. Como anda minha nana?

— Mal, do jeito que você viu. Talvez pior. O soluço não dá trégua e sua carne está esfriando.

As sombras que assim falavam desapareceram nas trevas do taquaral, uma atrás da outra. Era verão. O rio corria devagar.

— E o que o Curandeiro disse...

— Disse isso, que tinha que esperar amanhã.

— Pra quê?

— Pra que um de nós tome a bebida de veriguar quem bruxeou minha nana e ver o que dá pra lembrar. Soluço não é doença, é mandinga que fizeram com algum grilo. Quiassim ele explicou.

— Você que vai beber.

— Talvez seja. Mas melhor seria Calistro beber. É o irmão mais velho. Talvez o Curandeiro mande ele.

— Talvez mesmo; e se descobrimos quem jogou esse feitiço de grilo em minha nana...

— Melhor se calar!

— Sei o que está pensando. Eu pensava igualzinho. Algum desses milheiros miseráveis.

Mal se ouviam as vozes dos vigilantes no taquaral. Falavam

atentos ao Veado das Sete-Queimas. Às vezes se ouvia o vento, respiro mirrado do ar em algum guachipilín[34]. Às vezes as águas do rio que piavam nos rincões das poças, como pintinhos. O canto das rãs zanzava por todos os lados. Sombra azulada, quente. Nuvens abaladas, escuras. Os curiangos, metade pássaros, metade coelhos, voavam aturdidos. Ouvia-se como caíam e se arrastavam pelo chão com ruído de palha de milho. Esses pássaros noturnos, que barram os viajantes nas estradas, possuem asas, mas quando caem por terra e começam a arrastar suas asas se transformam em orelhas de coelho. Em lugar de asas esses pássaros têm orelhas de coelhos. As orelhas de palha de milho dos coelhos amarelos.

– Seria bom se o Curandeiro voltasse hoje mesmo, quiassim se sabia logo quem colocou esse grilo dentro da barriga de minha nana.

– Seria bem bom.

– Se quiser vou atrás do Curandeiro enquanto você avisa meus irmãos, pra estar todo mundo quando ele chegar.

– E se passa nosso veado.

– Que o diabo o tenha!

As sombras se afastaram após deixaram as trevas do taquaral. Uma foi seguindo o rio. Deixava marcada na areia as pegadas dos pés descalços. A outra subiu entre os morros mais depressa que uma lebre. Á água corria devagar, rescendendo a abacaxi doce.

– É mister um fogo de árvores vivas para que a noite tenha cauda de fogo fresco, cauda de coelho amarelo, antes que o Calistro tome a bebida de averiguar quem causou à senhora Yaca o mal de lhe enfiar na barriga um grilo pelo umbigo.

Assim disse o Curandeiro, passando os dedos garrudos como flautas de uma flauta de pedra[35] pelos lábios terrosos cor de barro negro.

---

34 GUACHIPILÍN: Árvore de madeira finíssima.

35 FLAUTA DE PEDRA: O trecho faz referência ao conto "Luis Garrafita", escrito por Miguel Ángel Asturias antes mesmo dele iniciar "Homens de milho". O protagonista, que empresta nome ao título da obra, é capaz de acessar a memória ancestral de Gaspar Ilóm enquanto toca flauta sentado sobre uma pedra.

Os cinco irmãos partiram em busca de lenha verde. Ouviu-se a luta deles contra as árvores. Os galhos resistiam, mas a noite era a noite, as mãos dos homens eram as mãos dos homens, e os cinco irmãos voltaram do bosque com os braços carregados de lenha com sinais de fratura ou desgalho.

Acenderam a fogueira de lenha viva solicitada pelo Curandeiro, cujos lábios de barro negro foram formando estas palavras:

– Aqui a noite. Aqui o fogo. Aqui nós, reflexos de galo com sangue de vespa, com sangue de cobra-coral, do fogo que dá os milharais, que dá os sonhos, que dá os bons e maus humores....

E repetindo essas e outras palavras, falava como se matasse lêndeas com os dentes, entrou no rancho em busca de uma cuia para servir a Calistro a poção contida em uma pequena moringa cor de bócio verde.

– Que se arme outra fogueira na choça, ao lado da enferma – ordenou ao voltar com a cuia, metade de uma cabaça, lustrosa por fora e rugosa por dentro.

Assim se fez. Cada irmão roubou uma lenha acesa da fogueira de árvores vivas que ardia no descampado.

Só Calistro não se moveu. Na semipenumbra, ao lado da enferma, era igual a ver um lagarto parado. Duas rugas na testa estreita, três fios no bigode, os dentes magníficos, brancos, grandes, pontiagudos, e muitas espinhas na cara. A enferma se encolhia e se despreguiçava com panos e tudo sobre a esteira úmida de suor, engordurada, ao compasso do soluço elástico que lhe percorria o corpo, as entranhas e a alma que transbordava em seus olhos escavados de velha, pedido mudo de algum alívio. De nada adiantara respirar fumaça de pano queimado, de nada adiantara o sal jogado sobre ela como em terneiro recheado, de nada adiantou colar sua língua em um tijolo molhado com água de vinagre, de nada adiantou morderem seus mindinhos da mão, até machucar, Uperto, Gaudencio, Felipe, todos os seus filhos.

O Curandeiro esvaziou na cuia a água de veriguar e a entregou-a a Calistro. Os irmãos acompanhavam a cena em silêncio, um ao lado do outro, colados à parede da choça.

Depois de beber – o líquido passou por seu gogó como purgante de rícino –, Calistro limpou a boca com a mão e os dedos, olhou amedrontado para os irmãos e se recostou na parede de taquara. Chorava sem saber por quê. O fogo ia se apagando no descampado. Sombras e clarões. O Curandeiro corria até a porta, espichava os braços em direção à noite, seus dedos como flautas de pedra, e voltava a passar as mãos abertas sobre os olhos da enferma, para alentar sua mirada com a luz das estrelas. Sem falar, por sua expressão de homem que conhecia os mistérios passavam tempestades de areia seca, desmoronamentos de pranto que tudo salga, porque o pranto é salgado, porque o pranto salga o homem desde o nascimento, e voos alcatroados de aves noturnas, garrudas, carniceiras.

O riso de Calistro interrompeu o ir e vir do Curandeiro. Faiscava entre seus dentes, e ele o cuspia como se fosse fogo queimando-o por dentro. Logo parou de rir às gargalhadas e foi de gemido em gemido buscar o canto mais escuro para vomitar, os olhos saltados, crescidos, terríveis. Os irmãos correram atrás do irmão que após o estertor caíra no chão com os olhos cor de água de cinza abertos.

– Calistro, quem foi que fez mal à minha nana...

– Escute, Calistro, nos conte quem enfiou o grilo no estômago da nossa nana...

– Vamos, diga...

– Calistro, Calistro...

Enquanto isso a enferma se encolhia e despreguiçava com panos e tudo sobre a esteira, descarnadinha, atormentada, elástica, o peito de fervores, os olhos já brancos.

A pedido do Curandeiro, falou Calistro, falou adormecido.

– Minha nana foi atacada pelos Zacatón, e pra curá-la precisamos cortar a cabeça de todos eles.

Dito isso, fechou os olhos.

Os irmãos voltaram a olhar para o Curandeiro e sem esperar por explicação partiram da choça brandindo seus facões. Eram cinco. O curandeiro se escorou na porta, banhado pelos grilos, mil pequenos soluços lá fora em resposta ao soluço da enferma, e ficou contando as estrelas fugazes, os coelhos amarelos dos bruxos que moravam em pele de veada virgem, que davam e tiravam as pestanas da respiração dos olhos da alma.

Os cinco irmãos percorreram em uma trilha de grama rala e, ao saírem do taquaral, desembocaram em um bosque de árvores já um pouco esquálidas. Latidos de cães vigilantes. Uivos de cães que veem chegar a morte. Gritos humanos. Em um suspiro, cinco facões separaram oito cabeças. As mãos das vítimas tentavam o impossível para se desprenderem da morte que os arrastava para fora das camas, na sombra, as cabeças já quase separadas do tronco, um sem mandíbula, outro sem orelhas, o de lá com um olho saltado, aliviado de todo ao mergulhar em um sono mais profundo que o sono em que dormia ao início do assalto. As lâminas afiadas davam nas cabeças dos Zacatón como em coco tenro. Os cães foram recuando em direção à noite, em direção ao silêncio, dispersos, uivantes.

Taquaral de novo.

– Quantas você tem aí?

– Aqui tem uma dupla...

Uma mão ensanguentada até o punho ergueu duas cabeças junto. Os rostos desfigurados pelas facas não pareciam de seres humanos.

– Fiquei pra trás, só tenho uma.

O crânio de uma mulher jovem pendia de duas tranças. O irmão que a carregava deixava roçar no chão, arrastando-a pelo terreno poeirento, batendo-a contra as pedras.

– Aqui tem a cabeça de um idoso; quiassim deve ser, porque não pesa muito.

De outra mão sanguinolenta propendia a cabeça de um garoto, pequenina e disforme como chirimoia, com uma touca de pano duro e bordados ordinários de linha vermelha.

Chegaram à choça logo depois, empapados de rocio e sangue, os rostos ferozes, os corpos trêmulos. O Curandeiro esperava de olhos oscilando entre duas coisas no céu, a enferma, entre dois soluços, e Calistro, adormecido, os olhos de cachorro vagando pelo recinto, porque embora deitados estavam despertos.

Sobre oito pedras, ao alcance da fogueira que ainda ardia ali dentro, foram colocadas as cabeças dos Zacatón. As chamas, ao sentirem cheiro de sangue humano, recuaram, encolheram-se de medo, depois se agacharam para o ataque, como tigres dourados.

Um lambisco dourado e repentino alcançou dois rostos, do idoso e do garotinho. Chamuscou barba, bigodes, cílios, sobrancelhas. Chamuscou a touca ensanguentada. Do outro lado, outra chama, uma chama recém-nascida, chamuscou as tranças da mulher Zacatón. O dia foi apagando a fogueira sem consumi-la. O fogo assumiu uma cor macia, vegetal, de flor deixando o botão. Dos Zacatón restaram sobre as pedras apenas oito cabeças parecendo jarros esfumaçados. Ainda apertavam os dentes brancos do tamanho dos grãos de milho que tinham comido.

O Curandeiro recebeu um boi pelo prodígio. O soluço da enferma se foi, santo remédio, quando viu os filhos entrarem com oito cabeças humanas desfiguradas pelos golpes de facão. Soluço que os Zacatón enfiaram nela pelo umbigo em forma de grilo.

7.

— **P**elo visto o Sete-Queimas não passou.

— Não, e tô aqui desdiamuito. Como está Calistro?

— A nana levou no Curandeiro outra vez.

— Calistro sacrificou o juízo pela vida de minha nana.

— Quando não está chorando, diz que tem nove cabeças.

— E o Curandeiro, o que foi que disse.

— Que não tem remédio, a não ser caçar o Veado das Sete-Queimas.

— Falar é fácil.

Já faz mais de um mês que Calistro ronda a casa do Curandeiro e seus irmãos estão à espreita do Veado das Sete-Queimas no taquaral. Calistro anda nu, vai de um lado para o outro nu, de cabelos bagunçados e mãos crispadas. Não come, não dorme, emagreceu, parece feito de cana, dá pra contar os entrenós dos ossos. Defende-se das moscas que o perseguem em todos os lugares, até sangrar, e os pés são como tamales infestados de níguas.

— Irmão, venha, não espere mais o das Sete-Queimas.

— Faça-me o favor, não vê que estou sentado nele!

— Venha, irmão, Calistro matou o Curandeiro!

— Não queira me assustar...

— É sério...

– E matou como...

– Veio do rio arrastando o cadáver nu pela perna...

O irmão que estava sobre o Veado das Sete-Queimas, Gaudencio Tecún, satisfeito com sua boa pontaria e orgulhoso de sua escopeta, saiu deslizando de cima do animal até se ver deitado no chão, sem fala, pálido como durante uma crise de vertigem. O irmão que trouxera a notícia da morte do Curandeiro o sacudiu para trazer o alento de volta ao seu rosto. Gritava com ele. E não fosse gritar seu nome, Gaudencio Tecún!!!, a plenos pulmões, ele teria partido da terra, da família, do luto porco-espinho que pairava sobre eles.

Gaudencio Tecún abriu os olhos ao ouvir os gritos do irmão, e sentindo perto de seu braço o corpo do veado morto, estendeu a mão para acariciar com os dedos os cílios quase--loiros, o nariz de noz pecã, o beiço, os dentinhos, os chifres de ébano, as sete cinzas do cachaço, o mascavo da pelagem, as ilhargas e alguma gordura diante dos testículos.

– Se você também endoidar é pior! Onde já se viu fazer carinho em bicho morto? Não seja bronco, alevante e vamos, que deixei minha nana sozinha na choça com o defunto e o louco do Calistro!

Gaudencio Tecún despinicou dos olhos o sono que sentia, pestanejando, para dizer escolhendo as palavras:

– Não foi Calistro quem matou o Curandeiro.

– O que você está dizendo?

– Fui eu quem matou o Curandeiro.

– Quer me dizer que não vi com meus olhos Calistro arrastando o cadáver, e que o você não estava aqui vigiando o veado e...

– Fui eu quem matou o Curandeiro, você andou vendo coisas.

– Não estou dizendo que você matou o Veado das Sete--Queimas, disso não há dúvidas; mas por mais que você diga que foi uma visão, foi Calistro quem matou o Curandeiro; por sorte todo mundo viu, e ninguém culpa ele, porque é louco.

Gaudencio Tecún se endireitou diante do irmão Uperto – era mais baixinho que ele –, sacudiu as calças sujas de terra e de mato e, dobrando o braço para levar a mão esquerda ao coração, enquanto despia o peito daquele lado, disse palavra por palavra:

— O curandeiro e o veado, para que você saiba, eram dênticos. Disparei contra o veado e dei cabo do Curandeiro, porque os dois eram um só, dênticos.

— Não ficou claro; se você explicar eu entendo. O Curandeiro e o veado... — Uperto ergueu as mãos e ajuntou os dedos indicadores, o da direita e o da esquerda –, eram como um dedão formado por dois dedinhos.

— Nada disso. Eram o mesmo dedo. Não eram dois. Eram um. O Curandeiro e o Veado das Sete-Queimas, como você e sua sombra, como você e sua alma, como você e seu alento. Por isso o Curandeiro disse quando a nana tinha mal de grilo que era mister caçar o Veado das Sete-Queimas para curá-la, e por isso falou isso também no caso do Calistro, falou a mesma coisa.

— Dênticos, você diz que eram, Gaudencio.

— Como duas gotas de água em um único gole. O Curandeiro ia de um lugar a outro em um suspiro...

— Ia em forma de veado...

— E por isso soube na hora da morte do cacique Gaspar Ilóm.

— Então era vantagem, ser ao mesmo tempo homem e veado. Convinha, né.... Os doentes nem esperavam. Bastava chamar que ele já aparecia com um remédio de ervas que crescem longe. Chegava, via o doente e viajava até a costa pra buscar o remédio.

— Mas então como você explica o Calistro arrastando o cadáver?

— Ué, do mesmo jeito. O Calistro estava à espreita há dias; deve ter ido até o riacho atrás dele hoje de tarde, e antes que pudesse alcançá-lo o homem se transformou em veado e em forma de veado correu sozinho até eu acertá-lo com chumbo de escopeta.

— Exato, mas o corpo defunto não ficou aqui. O corpo apareceu por lá.

— É sempre assim nesses casos. Quem tem o dom de ser

gente e animal, quando perde a vida, deixa o corpo de gente onde se transformou e o corpo de animal onde encontrou a morte. O Curandeiro se transformou em veado onde estava Calistro, e quando acertei o tiro ficou lá sua forma humana, porque foi onde se transformou, e aqui ficou a forma de veado, onde eu marquei seu encontro com a morte.

– Assim foi.

– Vá lá perto para ver a cicatriz...

– Isso. Me espere na estrada. Esconda bem a escopeta.

– Nem tenho escolha, a guerra continua.

Os voos de Gaudencio Tecún retomaram o voo – tinha se demorado contemplando o taquaral, água verde na noite clara – e aguçou os ouvidos na direção da choça de sua nana, ela lá longe e ele ouvindo daqui.

– Charrás... Charrás... Charrás...

Ergueu as orelhas para encontrar a direção da choça a partir do som do vento brejeiro varrendo a embaúba que se desparramava pelo pátio. Os grilos contavam as ervas, as ervas contavam as estrelas, as estrelas contavam os fios de cabelo na cabeça do louco, o louco Calistro cujos gritos também se ouviam ao longe.

"Por burrice minha, já tenho outro morto nas costas", disse para si mesmo pronunciando devagarinho as palavras; estava sozinho –, "sabendo antes não dava tiro... Veado das Sete-Queimas, ia feito raio! E..." – agora só pensando, sem dizer – "nem tenho escolha, preciso voltar pra acordar ele antes da meia-noite; que sina a sorte me trouxe; e ou ele acorda, ou enterro ele...

Assoou o nariz. Ficou com os dedos enxameados de ranho e muco úmido da mata. Cuspiu amargo enquanto limpava-os no sovaco. Tinha o braço enfiado em uma toca, tateando o fundo para esconder a arma, quando foi flagrado por seu irmão Uperto, que voltava após ter visto a cicatriz do morto, ofegante, pois já estava demorando a chegar.

– Era tudo verdade o que você me disse, Gaudencio – gritou para ele –; o Curandeiro tem marca de chumbo atrás da orelha esquerda, igualzinho ao Veado, não podia ser mais gualzinho, bem atrás da orelha esquerda. Pros desavisados passa desapercebido, o corpo ficou todo arranhado depois que o Calistro saiu por aí arrastando o homem pela perna.

– E meus irmãos estão lá – indagou Gaudencio em tom sombrio.

– Quando eu saía chegou o Felipe – respondeu Uperto; o suor escorria em seu rosto após ter corrido da choça até o local onde Gaudencio estava escondendo a arma.

– E o que fizeram com Calistro.

– Amarramos no tronco da embaúba para não fazer mal a ninguém. Ele diz que não matou o Curandeiro, mas como está fora de juízo ninguém escuta, todo mundo viu ele arrastando o morto.

Gaudencio e Uperto começaram a andar em direção à choça.

– Olha só, Gaudencio Tecún – gritou Uperto após alguns passos; Gaudencio ia à frente; não se virou para olhar, mas ouviu –, só nós dois sabemos essa história do Veado e do Curandeiro.

– E Calistro...

– Mas Calistro está louco…

Só Gaudencio e Uperto Tecún sabem com certeza quem deu cabo do Curandeiro. Seus irmãos nem suspeitam. Muito menos sua nana. E ainda menos as outras mulheres da família, que preparavam tortilhas na cozinha papagueando sobre o ocorrido. Todo um rebuliço, palmas de umas para as outras, chamando-se entre si como chamam as tortilheiras avistadas do outro lado da rua, batendo palmas. O suor cortando seus rostos de barro moldável. Seus olhos brilham adornados com uma barra vermelha de ocote, por culpa da fumaça. Os filhos às costas, algumas. Outras barrigudas, esperando filho. As tranças serpenteadas sobre a cabeça. Todas com braços alisados e escamosos pela água residual do preparo.

– E aqui estão vocês, ooo... e nem me convidam...

As tortilheiras se viram para olhar, sem deixar de espalhar as tortilhas. Gaudencio Tecún assomava pela porta da cozinha.

– Trouxe um traguinho pra vocês, acaso queiram.

Agradeceram.

– Tem copo sobrando aí? Podem servir.

– Querido, quem não conhece que te compre! – exclamou a mais jovem entregando a Gaudencio um copo após esvaziá-lo – Por que não diz logo o que quer, invés de vir com essa lenga-lenga pra ver quem cai?

– Lamento tanta ingratidão, isso lá é jeito de falar; dê cá o copo pra eu servir um trago, e deixe de baboseira!

– Olha, nem eu estou tão precisada, nem você é o último homem do mundo, então faça-me o favor!

– Cadela manca!

– Falou o cavalo!

– E respondeu a égua!

– Jumento grosso!

– Mas tome cuidado, qualquer dia desses venho te roubar, não acha?

– Tem gente que não é gente, é encosto!

– Tem gente que é estruída, já você, puro bicho do mato!

– Sirva logo um dedinho, vamos, se vai mesmo dar – interveio a moedeira –; estou com um pouco de cólica, espero que seja anisado...

– É...

– Também aceito o favor – disse outra moçoila, enquanto a moedeira limpava as mãos no avental para receber o copo –; me assustei muito ao ver Calistro subir arrastando o Curandeiro, como se fosse um espantalho desses que colocam no milharal.

– E tava fazendo o que, diaba, lavando? – perguntou Gaudencio Tecún à jovem que ria em sua cara, revelando dentes cor de jasmim, lábios polpudos, o nariz recuado e duas covinhas nas bochechas desde a troca de palavras quando ele chegou, primeiro um, depois o outro.

– Sim, isso mesmo, coisa-ruim – respondeu ela, parando de rir e sem dissimular um suspiro. – Estava torcendo uns paninhos quando o louco apareceu com o morto. Como a gente fica verde depois que morre. Me serve mais um gole.

– É sabido – disse Gaudencio enquanto virava a garrafa de

anisado no copo de vidro até completar dois dedos. – Sangue de bicho vira vegetal antes de voltar à terra, e por isso a gente fica verde logo depois de morrer.

No pátio que cheirava a salsinha ouviam-se os passos do louco. Surrava os pés debaixo da embaúba, como se andasse às escuras com a árvore nas costas.

– Nana – murmurou Uperto no quarto onde haviam deixado Curandeiro: o corpo jazia em uma esteira disposta no chão, coberto por um casaco estendido até os ombros, um chapéu sobre o rosto. – Nana, ver gente morta nunca acostuma.

– Nem gente transtornada, meu filho.

– A gente não se acostuma com a ideia de que a pessoa, que conhecemos viva, já esteja defunta, que ao mesmo tempo esteja e não esteja, como é o caso dos mortos. Os mortos só parecem estar dormindo, prestes a despertar. Dá um negócio ter que enterrar, deixar eles sozinhos num cemitério.

– Deviam ter me deixado morrer de soluço. Estaria bem mortinha, e meu filho, bem bom, com juízo, são. Não aguento ver Calistro doido. Corpo que sai do tom, meu filho, não serve pra essa vida.

– Desgrama, mamãe, pura desgrama.

– Da dúzia de meninos que vocês eram, sete estão no cemitério e cinco na vida. Calistro estaria bem e saudável, e eu faria companhia pros outros filhos no campo-santo. Nana que tem filho morto e filho vivo se vira bem dos dois lados.

– Não é como se não tivesse mais remédio.

– Deus pague todos vocês – murmurou muito baixinho, e após silêncio contado em lágrimas, notas graves no compasso da ausência, apressou-se em buscar as palavras para dizer: – A única esperança é o Veado das Sete-Queimas: se pegarem ele um dia, pode ser que Calistro recupere o juízo..

Uperto Tecún desviou os olhos dos olhos de sua nana e recostou-os sobre o fogo de ocote que iluminava o morto, não queria que aquele punhado de palha de milho envolto em trapos negros, a cabeça grisalha, já quase sem dentes, sua mãe, adivinhasse a história do veado em seus pensamentos.

Uma mulher apareceu nesse momento. Entrou sem fazer ruído. Repararam nela quando já baixava o cesto que trazia na cabeça, dobrando-se pela cintura, para colocá-lo no chão.

– Como vai, comadre? Como vai, senhor Uperto?

– Como a senhora acha, depois de tudo que nos aconteceu. E em sua casa, comadre, como vai o povo?

– Também andam um pouco abatidos, sabe. Onde tem criança sempre tem alguém doente, quando não é uma é outra... Trouxe umas batatinhas para o caldo.

– A senhora não se incomodasse, comadre, Deus lhe pague; e o compadre, como vai?

– Faz dias que nem anda, comadrinha. Pegou inchaço num pé e não tem jeito de tirar.

– Sabe quiassim esteve o Gaudencio uns anos atrás, de não conseguir dar um passo, e fora entregar na mão de Deus, só aguarrás e cinza quente.

– Assim me disseram, e até ia preparar ontem à noite, mas ele não quis. Tem gente que não se dá com remédio.

– Sal grosso, tostado em fogo brando e misturado com sebo, também ajuda.

– Isso sim não sabia, comadre.

– Pois depois a senhora me conte, se acaso fizer. Pobre compadre, ele que sempre foi tão saudável.

– Também trouxe aqui pra senhora uma flor de iúca.

– Deus lhe pague. Ficam tão gostosas na brasa, ou com molho de tomate e semente de abóbora. Sente aí um instantinho.

E sentados em pequenos tocos de madeira os três ficaram olhando o corpo do Curandeiro que, à mercê das escuridões e vislumbres do ocote dançante, ora soçobrava apressado em meio às trevas, ora vinha à tona nos lampejos.

– Amarraram Calistro em um tronco – disse a nana após um longo silêncio em que os três, calados, pareciam fazer mais companhia ao morto.

– Ouvi quando passei pelo pátio, comadre. Dá dó ver o rapaz desajuizado. Mas meu marido diz, andou dizendo esses dias, que com o olho do veado as pessoas recuperam o juízo. Meu marido já viu casos. Disse que pro senhor Calistro é garantido.

– Tava falando disso com Uperto quando a senhora chegou. O olho do veado é uma pedra, e passando pelos sentidos eles se curam.

– Tem que passar nas têmporas bastante vezes, como se estivesse lustrando palha de milho, até debaixo do travesseiro ajuda.

– E essa pedra aí fica em que parte do veado? – indagou Ruperto Tecún, o que chamavam de Uperto; estivera como ausente, sem dizer palavra, temendo que adivinhassem sua intenção de conferir se o Veado das Sete-Queimas havia vomitado essa preciosidade.

– O animal cospe ao sentir que foi ferido, não é, comadre? – disse a nana após tirar do bolso do avental um maço de cigarros de palha, para oferecer à visita.

– Contam quiassim: o animal cospe enquanto agoniza, é como se a alma virasse pedrinha, parece um coco-de-espinho mole.

– Credite, comadre, não sabia como era, nem imaginava.

– E é essa a pedrinha que passam pelo sentido até ficarem lúcidos – disse Uperto. Com os olhos da imaginação via o veado morto por Gaudencio, no escuro da mata, distante na mata; e com os olhos da cara, o rosto do Curandeiro estendido ali mesmo. Era tão trabalhoso para ele pensar que o Curandeiro e o veado eram um só que, de vez em quando, segurava a cabeça, temendo que o juízo também escapasse dali. Aquele cadáver havia sido veado e o Veado das Sete-Queimas havia sido homem. Enquanto veado amara as veadas e tivera veadinhos, filhos veadinhos. Suas narinas de macho na álgebra de estrelas do corpo azulado das veadas de pelugem um pouquinho tostada como o verão, nervosas, assustadiças, dispostas apenas ao amor fugaz. E como homem, quando jovem, amara e perseguira as fêmeas, tivera filhos homenzinhos cheios de riso e sem nenhuma defesa além do pranto. Amou mais as veadas? Amou mais as mulheres?

Vieram outras visitas. Um velho centenário que perguntava por Yaca, nana dos rapazes Tecún, rapazes que já eram todos homens com seus filhos e afazeres. Do pátio chegavam os ruídos do louco. Batia os pés debaixo da embaúba, enterrando os passos na terra, como se andasse com a árvore na garupa.

Outros dois Tecún, Roso e Andrés, conversavam em um cantinho da choça. Ambos de chapéu na cabeça, acocorados, facão desembainhado em mãos.

– Fuma, Ta-Nesh?

Andrés Tecún, à pergunta do irmão, aquietou o facão que agitava de um lado para o outro, aparando ritmadamente a grama perto dele, e sacou um maço de cigarros de palha, maiores que gravetos.

– Servem esses.

– Claro. E me dê fogo.

– Com prazer. Também te acompanho.

Andrés Tecún pôs o cigarro na boca, pegou o isqueiro e logo a pedra de raio começou emitir faíscas, chocando-se contra a correia, até acender uma chama parecida com casca de laranja cortada em cobrinha, e com brasa dessa chama acendeu os cigarros.

Andrés Tecún recolheu o facão e seguiu cortandinho só a parte de cima da grama. Os cigarros acesos ardiam na escuridão, modo de dizer, como olhos de animal na mata.

– E aqui entre nós, hein, Roso – Andrés falava sem deixar o facão em paz –, não foi Calistro quem matou o Curandeiro: atrás da orelha dele tem marca de bala, e Calistro não estava armado.

– Notei que dimanava sangue pela orelha; mas, por Deus, Ta-Nesh, não tinha pensado nisso que estás me dizendo.

– É a guerra que continua, irmão. Que continua e continuará. E a gente sem nada pra nos defender. Vai lembrar de mim: vão nos emboscar um por um. Desqui morreu o cacique Gaspar Ilóm estão sempre um passo à frente. Uma tragédia o coronel Godoy ter levado a melhor contra ele.

–Maldito homem, nem diga seu nome! Esse aí só voltaria a ser bom morto; Deus nos dê licença!

– Estamos fodidos com esse aí...

– E isso que a gente, irmão, é que nem boi, só olha pra baixo...

– A guerra continua. Em Pisigüilito, segundo dizem, muita gente não acredita que Gaspar Ilóm atravessou pro outro mundo só porque se jogou no rio. O homem parecia peixe na água e mergulhou pra sair mais adiante, onde a montada já não o encontrava. Deve estar escondido em algum canto.

– Isso de ser corno manso da esperança, de querer que nossos desejos sejam realidade, todo mundo quer isso. Infelizmente não funciona assim. Gaspar se afogou, não porque não soubesse nadar – como você disse, na água era igual a peixe –, mas porque no acampamento não encontrou gente, só cadáver, tinham feito picadinho de todo mundo, e ninguém sofreu mais que ele com isso, porque era chefe, e ali ele entendeu que seu papel era partir junto com os já sacrificados. Para não dar esse gostinho à montada, se atirou no rio não mais como homem, mas como pedra. Sabe, Gaspar quando nadava era primeiro nuvem, depois pássaro, depois sombra de sua sombra na água.

Roso e Andrés-Tecún se calaram. No silêncio ouvia-se o ir e vir dos facões que eram parte da respiração daqueles homens. Seguiam brincandinho, fatiando as lâminas da grama.

– O cacique dava conta desse coronel aí, se não tivessem matado sua gente – afirmou Roso a modo de conclusão, cuspindo quase ao mesmo tempo uma fibra de tabaco que havia ficado presa em sua língua.

– Não tenha dúvida, com certeza, sim – afirmou Andrés, que já manuseava o facão com ânimo exaltado. – E é assim que a guerra deve ser, matar em batalha, não como fizeram com ele, dando veneno como se fosse cachorro, nem como estão fazendo com a gente, veja o Curandeiro: emboscada, chumbo, e ninguém nem pra jogar terra em cima. O mal de não ter ama. Deitar vivo e não saber se acorda de manhã, acordar de manhã e não saber se deita de noite! E seguem plantando milho na terra fria. É pobreza. Pobreza do pior tipo. As espigas deviam virar veneno.

A família inteira sentia alívio, não saberiam dizer por que, quando o louco parava de caminhar debaixo da embaúba. Um dolorido muito seu. Calistro parava por longos instan-

87

tes sob as orelhas verdes da árvore, com cosquinha por causa do vento, para cheirar o tronco, e balbuciava palavras com a mandíbula retesada, a língua de loroco, o rosto sulcado permeado de loucura, os olhos totalmente abertos.

– Lua colorada!... Lua colorada!... Eu saruezinho!... Eu saruezinho!!!... Fogo, fogo, fogo... escuridão de sangue caranguejo... escuridão de mel de guiruçu.... escuridão... escuridão... escuridão...!

...plac, clap plac, o ruído que Gaudencio Tecún arrancava do corpo do Veado das Sete-Queimas ao golpeá-lo com a mão, plac, clap, plac, ora aqui, ora ali...

Batidinhas, cosquinhas, beliscões.

Desespera-se com o animal que não desperta, grande preguiçoso, e vai buscar água. Na ponta de seu chapéu, traz água de rio que põe na boca para borrifar a cabeça do animal, os olhos, as patas.

– Quiassim quem sabe volte a si!

As árvores se recurvam umas contra as outras e os pássaros fogem, voo que Gaudencio toma como anúncio de lua saindo.

E de fato a casca de batata dourada não demora a aparecer!

Desespera-se com o veado que não desperta com a água borrifada e começa a dar pancadas em seu ventre, no cachaço, no pescoço.

Árvores noturnas voam em diagonal, corvos e curiangos, deixando no ambiente o ventinho de um corte de facão, cravado com força.

E talvez por isso os homens hesitem à noite, mesmo quando não há ninguém por perto, inclusive enquanto dormem, por duvidarem do ar!

Borrifada a água, golpeado o animal, Gaudencio enrola os pés, os braços, a cabeça em folha de cana roxa e assim trajado de cana-de-açúcar dança ao redor do veado e faz pirraça para assustá-lo.

– Danopé! – diz enquanto dança. – Danopé, veadinho, cai fora! Faça a morte tomar gato por lebre! Engambela!

– Danopé! – diz enquanto dança. – Danopé, veadinho,

danopé nas Sete-queimas. Lá longe me lembro... Eu não tinha nascido, meus pais não tinham nascido, meus avós não tinham nascido, mas relembro tudo o que aconteceu com os bruxos dos vaga-lumes sempre que lavo o meu rosto com água chovida. Danopé de vez, veadinho dos três vaga-lumes no cachaço! Ânimo!... Não sem razão me chamam treva do sangue, não sem razão te chamam treva do mel de guiruçu, teus chifres são doces, veadinho amargo!

Arrasta uma cana-de-açúcar como se fosse um rabo, monta nela. Assim vestido de folhas de cana roxa dança Gaudencio Tecún até tombar por cansaço ao lado do veado morto.

– Danopé veadinho, danopé, a meia-noite se aproxima, o fogo vai vir, vai vir a última queima, não se faça de morto ou desentendido, tua casa é logo ali, tua toca é logo ali, tua mata é logo ali, danopé, veadinho amargo!

Findas suas súplicas, pega uma vela de sebo amarelo que acende com grande dificuldade, porque antes ateia fogo a uma folha seca usando as faíscas do isqueiro. E com a vela acesa entre as mãos, ajoelha-se e reza:

– Adeus, veadinho, aqui me deixas no fundo do poço após eu te deitar no leito da morte, só para te ensinar como se tira a vida de alguém! Me aproximei do teu peito e ouvi os barrancos e embarquei para cheirar teu hálito e teu nariz era bucha com frio! Por que cheiras à flor de laranjeira, se não és laranja? Em teus olhos o inverno vê com olhos de vaga-lume. Onde deixaste tua tenda de veadas virgens?

Pelo canal escuro volta uma sombra, passo a passo. É Gaudencio Tecún. O Veado das Sete-Queimas ficou bem fundo na terra, enterrou-o bem fundo. Ouvia os latidos dos cães, os gritos do louco e, ao se achegar mais à planície, subindo pela encosta até os canaviais, a reza das mulheres pela alma do defunto.

– Que Deus alivie seu penar e o leve para descansar... Que Deus alivie seu penar e o leve para descansar...

O Veado das Sete-Queimas ficou enterrado bem fundo, mas seu sangue em forma de miasma banhou a lua.

Um lago de mel preto, mel de cana preta, envolve Gaudencio que enfiou o braço até o sovaco na toca onde escondera a arma, e estava tranquilo ao tirá-lo porque a arma ainda estava ali, segura, e antes de avançar pela planície até a choça para o velório, após fazer o sinal da cruz e beijar três vezes a mão, disse em voz alta, fitando a lua colorada:

— Eu, Gaudencio Tecún, me faço fiador da alma do Curandeiro e juro pela Senhora Minha Mãe que está em vida, e o Senhor Meu Pai, que já é morto, entregá-la ao seu corpo onde estiver enterrado, e, caso o corpo ressuscite após a entrega, dar a ele trabalho como peão e tratá-lo bem. Eu, Gaudencio Tecún...

E marchou até a choça pensando: ...homem que talha a vontade de Deus em rocha viva, homem que acareia a lua ensanguentada.

— Veja só, Gaudencio, o veado sumiu...

Gaudencio reconheceu a voz de Uperto, seu irmão.

— E você foi até onde estava, foi.

— Pois fui lá...

— E não encontrou ele...

— Pois, não...

— Mas viu quando chispou dali...

— Você viu, Gaudencio?

— Não sei se vi ou se sonhei...

— Então reganhou vida, e vai reganhar vida o Curandeiro. O susto que minha nana vai levar ao ver o homem sentando, e o susto do morto ao ouvir todos rezando por ele.

— Na vida o que não assusta não vale muito. Quanto a mim, levei um susto e tanto quando deu meia-noite. Uma luz muito estranha, como chuva de estrela, iluminou o céu. O Sete-Queimas abriu os olhos, fui ver se era o caso de enterrar por não ser um bicho qualquer, e sim um bicho que era gente. Abriu os olhos, como eu disse, subiu uma fumaça dourada e ele arrancou em debandada, seu reflexo no rio era da cor de um sonho.

— A areia, você diz.

— Isso, a areia com cor de sonho.

– Por isso não achei ele lá onde você matou. Fui lá pra ver se por acaso não tinha cuspido essa pedra que minha nana disse ser boa pra trazer de volta juízo de louco.

– E encontrou alguma coisa?

– A princípio, nem sinal. Mas procurei bem e achei, aqui está; pedra de olho de veado, mal posso esperar pra entregar à nana, para ela alisar os sentidos e a cachola do Calistro; quem sabe assim cure esse surto.

– Demos sorte, Uperto Tecún, porque só os veados que não são só veado carregam pedra de olho de veado.

– O Veado das Sete-Queimas tinha uma porque era gente, e como também serve pra outros males falei com meus botões que o Curandeiro tinha razão quando disse que a única cura pro mal de grilo da nana era caçar o Sete-Queimas, e não foi por falta de vontade que não pegamos ele, fiquei dia e noite no canavial de tocaia pra ver se ele passava, a escopeta já pronta, e essa morte era sua, Gaudencio, porque dum tiro dirrubou o bicho, e também dirrubou o Curandeiro; mas você não tem culpa, porque não sabia, sabendo que o veado e o Curandeiro eram dênticos não tinha atirado.

Toda a família Tecún ficou aliviada quando o louco parou de andar em círculos debaixo da embaúba. Era um dolorido muito seu, das dezesseis famílias de sobrenome Tecún, moradores de Passo das Travessias, o desatino de Calistro que às vezes se detinha sob as imensas orelhas verdes da árvore, cheirava seu tronco e balbuciava palavras que não se entendiam: Lua colorada! Lua colorada! Eu saruezinho! Eu saruezinho! Fogo, fogo, fogo! Escuridão de sangue! Escuridão de mel de guiruçu!

A nana lustrou o cenho e a cachola do filho usando a pedra de olho de veado. O tamanho da cabeça de Calistro era normal, mas por ser ele louco parecia imensa. Grande e pesada, com dois redemoinhos, caiu sobre a saia preta, cheirando aos guisados da mãe e deixou, igual criança, que lhe catassem piolhos, que passassem diversas vezes o olho de veado, até ficar bom da cachola. A pedra de olho de veado junta os pedacinhos da alma que no louco é fragmentada. O louco tem uma visão em que um espelho se quebra, e em cada pedacinho vê parte do que antes via por inteiro. Calistro sabia explicar isso muito bem. O que não se sabia explicar era a morte do Curandeiro. Um sonho incompleto, porque dizia ver ao seu lado, sem que pudesse destapar seu rosto, quem o matara de verdade, uma pessoa que era sombra, era gente, era sonho. Fisicamente, Calistro ainda sentia essa pessoa muito perto de si, apertada contra seu corpo como irmão gêmeo no ventre materno, e sentia ter sido parte dessa pessoa, sem sê-la de fato, quando deu cabo do Curandeiro.

Todos ficavam olhando para Calistro. Talvez não estivesse curado. Só Gaudencio e Ruperto Tecún sabiam que estava bem curado. O remédio. A pupila de olho de veado não falha.

HOMENS DE MILHO

QUARTA PARTE

Coronel
Chalo Godoy

Miguel Ángel Asturias

8.

De cabelo desgrenhado, tomate-verdoso, apestando calor, a camisa e o calção de tecido de saca de farinha, as marcas da farinha indistintas debaixo dos sovacos, no traseiro, chapéu de palha em forma de cesto, polainas de couro e espora órfã mais próxima da planta do pé que do calcanhar escamoso, o subtenente Secundino Musús espremia seu cavalo caxingó pelos trechos bons da estrada para meio que acompanhar o coronel Chalo Godoy, o Chefe da montada, e espiar seu rosto com o maior dissimulo, pois o homem ia assim de audaz e Deus acuda se reparasse no outro sondando suas intenções.

Pois, certamente por causa da patrulha que sabe-se lá a quantos anos estava para alcançá-los e onde iria alcançá-los, o chefe ia assim de audaz. Ia assim de azedo.

E por isso não havia dito palavra, ele que era tão afeito a contar contos, nas horas e horas que passavam subindo uma encosta pedregosa, triste, onde as montarias, envelhecidas de cansaço, marcavam cada vez mais os passos, e os ginetes, cegados pela noite, punham-se de mau humor. O subtenente emparelhava com ele, lançava um olhar de canto de olho e, visto o semblante de desgosto do chefe, ficava para trás em seu peque-peque.

Mas em uma de tantas emparelhadinhas, o cavalo engrenou um trote e se posicionou ao lado dele, só para destampar a amargura. Ao sentir que estavam em sua cola, o coronel Godoy virou a cabeça com olhos de caranguejo atiçado e desfiou uma enxurrada de impropérios, enquanto o outro lutava para conter a montaria, polegares firmes nos estribos, sentindo os golpes do trote nas nádegas.

– Tá querendo me fo... der! A cada pouco penso que a patrulha finalmente nos alcançou e aí vejo que é você. Porque não consegue deixar seu companheiro cavalo em paz. E é isso que esperam pra nos alcançar. Devem vir fazendo gracinha, passando água e comida, apeando a cada pouco com pretexto de cilha frouxa, vontade de mijar, tentar nos achar colando o ouvido no chão. Por que não andam depressa. Não são do tipo que diz: apurem que o chefinho vai longe. Isso se não deram pra roubar gado por aí. As mulheres e as galinhas também correm perigo. Todo amor e sustento corre perigo perto de gente propensa aos prazeres do corpo. Esses não marcam bobeira: tarados, preguiçosos, despeitados. Falo com conhecimento. Já pruveitaram a oportunidade de ficar pra trás e ver o que conseguem levantar, aí quero ver alguém apressar eles. Nem arreando. Só que dessa vez vão sentir o laço. Eu aqui com o fígado virado em fubá e eles a passo de tartaruga. Tiro o couro! E isso aqui já nem dá pra chamar ladeira, puta que pariu, o que é isso? Pau de sebo pra mula.

O subtenente manteve silêncio, mas, para dar a entender que compreendia os gritos que saltavam da boca do chefe como chibos se chifrando, balançou para cima e para baixo o pomo-de-adão, sem tomar ar nem engolir a saliva da angústia, sentindo-se miudinho de medo pelo ofego de seu cavalo que ao invés de pescoço parecia ter uma serra de serrar madeira.

Sensação de cabelo sobre os olhos e imundície sobre a pele conforme os morros iam se avolumando na escura claridade noturna. A noite caía penteada e úmida do alvoroçado céu dos cumes. Os cascos das cavalgaduras ressoavam, como sucata de peltre, pelo contato com as pedras de deslizamento. Os morcegos baqueteavam com seus corpos de borracha viva, entre ramalhetes secos e teias de aranha, esqueletos cascudos, restos de troncos carcomidos de formigas, mafumeiras entre nuvens de buchas. Pássaros de ar cinza passavam o bico por dentes de pentes invisíveis: quruí! quruí!... Outros de plumas celestes dormiam com o dia guardado debaixo das asas, e outros gotejavam o colírio de seus trinos no olho míope dos barrancos.

– Subidona, pela grandiosíssima!

– E nos falta o mais trabalhoso, meu coronel, embora já dê pra dizer que passamos do cume. Minha referência é aquela sobrancelha de azinheiras.

– Já não era sem tempo...

– E do cume, até esse lugar que chamam de O Tremeterra.

– Lá vamos dar uma chance à patrulha, quem sabe nos alcançam ali e chegue todo mundo junto em Passo das Travessias. Meu mal é gente lerda, e sempre acabo com gente lerda, mas que bela merda.

– Não é só uma ideia isso do Passo das Travessias. Por essa zona tem muito ladrão de gado, sem contar que faz pouquinho arrancaram a cabeça de todos os Zacatón. Mas é gente bronca, meu coronel. Vê o perigo e não evita. O milheiro de terra fria morre pobre ou matado. A terra os castiga pela mão do índio. Para que semear onde a colheita é ruim? Se são milheiros, por que não descem pra costa grande. Lá encontram mesa posta, sem precisar pôr abaixo tanta madeira boa.

– O Tremeterra não tá longe...

– Acho que não tá longe, não...

– A lua também não deve estar longe...

– Acho que também não deve estar longe...

– Ah, vá à merda com essas suas respostas.

– Só seguindo a cartilha, meu coronel...

– Está pedindo uma chuva de chicote, surra de palha seca. Me admira você estar mancornado comigo e não conhecer meus modos. Não é com baboseiras assim que se mostra respeito ao chefe. A lábia e os embustes foram inventados pras mulheres, por isso ficam amulherados os melitares da escola, por causa da cartilha. Padre que se guia pelo seminário, músico que estuda em conservatório e melitar que segue cartilha, não quero nem de enfeite. Tem que saber isso se espera ser promovido. Religião, música e militarismo são coisas diferentes, mas se parecem, se parecem porque as três se sabe de instinto; quem sabe, sabe, e quem não sabe, não aprende.

Galgou o cavalo que montava com um grito:

— Eita, bicho burro!

E acrescentou:

— Bicho besta!... Pois bem, como eu ia dizendo: o seminário, o conservatório e a ordenança foram inventados pra quem, não sabendo o que quer fazer da vida, se mete a rezar missa, cantar ou distribuir ordem, não porque sintam, mas porque foram ensinados, e a arte militar é a arte das artes, a arte de matar o inimigo se antecipando a eles, pois assim funciona a guerra. A arte militar é a minha arte e sou páreo pra qualquer um sem nunca ter estudado bulhufas.

Foram até o cume. A lua vermelho-encarnado emitia luz de braseiro. As montarias pareciam cometas voando. No fundo do vale se avistavam pedaços de rio, arvoredos em relâmpagos de papagaios verdes, cerros chatos de azeviche.

— Subtenente Musús, olhe à direita! — gritou o coronel; emergiam da encosta um atrás do outro sob uma luz dupla de tecido fino —, a lua está vestida pra guerra.

Secundino estudou no horizonte o imenso disco ensanguentado, a tempo de responder:

— Sabe que é época de queimada, meu coronel, é por causa disso que a lua se avermelha. Ou então é do calor...

— Mandei olhar à direita, não pedi explicações, está ficando molenga outra vez, e preste continência, que a lua está pronta pra guerra!

O subtenente ficou magoado com essa reprimenda tão ágil; mas dado que, segundo seu chefe, a média entre os militares era serem molengas, enquanto prestava continência militarmente para a lua, a mão na aba do chapéu, disse decidido:

– A fumaça das queimas pinta tudo de sangue, meu coronel, e é como se guerreassem na lua e tivesse muito ferido... como se guerreassem – repetiu sem pôr maior ênfase nas últimas palavras, os olhos fixos em uma grande serpente de árvores que parecia se arrastar entre os morros com som retumbante. O local chamado O Tremeterra.

A satisfação se derramou por todos os sulcos curtidos do rosto de Dom Chalo Godoy. Falar de guerra era seu maior prazer.

– Pois eu gosto desse clima – disse, reconciliado com o subalterno –, porque me faz alembrar. Ver as queimadas dessa época é igual a ver guerrilhas. A espinheira seca faz som de tiros quando arde e solta uma fumaceira, sentimos um resplendor de artilharia nas colinas, e vemos as tropas avançando onde o fogo pega rápido e batendo em retirada assim que o vento sopra no sentido contrário. É isso que estou tentando explicar. A guerrilha é igual ao fogo das queimadas. Recua em um ponto e avança em outro. Guerrear com guerrilhas é como brincar com fogo, e se levei a melhor contra o Gaspar Ilóm foi porque desde muito pequeno aprendi a saltar fogueira, nas vésperas de Concepção e em noite de São João. Era um diabo de homem, esse Gaspar Ilóm...

– Você disse, meu coronel...

– Impossível adivinhar os pensamentos dele, assim como não se sabe pra onde vai o fogo das queimas. Seu pensamento pulava pra cá, pra lá, pra qualquer lugar, sempre em brasa, e alguém precisava apagar, e apagar como, se eram os pensamentos de um homem em guerra.

– Você disse, meu coronel...

– E não menti. Uma vez o vi arrancar um pé de seriguela só de olhar, obra de seu pensamento, de sua força, e erguê-la como se fosse vassoura de pátio para varrer todos os meus homens, os soldados, os cavalos, as munições, tudo parecia sujeirinha...

– Pois é, você disse, meu coronel...

– E não sei ao certo – disse Dom Chalo com os olhos na estrada que descia até O Tremeterra, por entre pedras e folhas secas tostadas –, mas segundo as histórias de antigamente foi aqui por onde estamos passando agora, nesses cerros, que o ser capaz de sacudir a terra como quem mistura o café na xícara transformou a água em seus peixes-montanha, e Huracán[36] aproveitou esse tempo para espantar as colinas que levava para vender ao inferno, esse vespeiro de colinas de onde se enxerga até o mar.

– Se enxerga mesmo, meu coronel...

– As colinas quiseram voltar pra sacola de Cabracán[37]. São vespas. Têm vontade de voltar. Mas o ar marinho que sopra sem dar trégua não deixa. E os barrancos são os ocos que ficaram no favo quando elas foram enxotadas. Um barranco para cada vespa, para cada colina.

O garanhão e o cavalo em que seguiam mestre e ajudante mudavam a posição das orelhas acompanhando as transformações dos ruídos em O Tremeterra, naquele empilhamento de montes, caracol de abismos onde a rebatida do ar nos pinheirais soava e ressoava como torrentes de água. As montarias apontavam as orelhas para a frente quando o som que vinham ao seu encontro era redondo, monótono, profundo. Para trás, com repentes de violência, quando tinham forma de oito. E deixavam uma orelha para a frente e outra para trás, alternando-as, quando se quebravam as formas regulares, e para tanto bastava a bicada de um pica-pau nos galhos, a efervescência de uma cigarra, o bater de asas de aves desalentadas, a voz dos ginetes, vultos que falavam aos gritos, indo quase lado a lado, como se percorressem as margens opostas de um rio cálido.

– Tantas vezes já passei por aquiiiIII... e sempre me dá meeeEEEdo!

– Eu não conheço o meeeEEEdo! Me explique como éééÉÉÉ! Me expliqueeeEEE!

---

36 **HURACÁN:** De acordo com a cosmologia maia-quiché, é um deus ligado ao fogo, ao vento e à tempestade. Trata-se de uma das divindades que participou do processo de criação do mundo. Embora a origem do nome seja do maia-quiché (literalmente, "o de uma perna só"), em espanhol seu nome é homófono do termo "huracán" - furação.

37 **CABRACÁN:** De acordo com a cosmologia maia-quiché, é um deus associado aos terremotos.

O subtenente se fez de surdo, pensou em se calar como resposta, mas Dom Chalo que seguia à frente puxou as rédeas do garanhão e ralhou com ele arregaçando o gogó até a altura dos olhos, e o esforço de seus pulmões foi tanto que expeliu som até pelas narinas.

– Me expliqueeeEEE... mexpli, mexpli, mexpli, mexpli queeeEEEE... mas, mas mexpli queeeEEE!

– É um insossego que a gente sente atrás de nóóóÓÓÓs!

– Achei que era na freeeEEEnte!

– Pois dependeeeEEE!

– Depende do queêêêÊÊÊ?

– Depende de onde vem o impulso de fugiiiIIIr! Quem sente medo por atrás, foge prafreeeEEEnte! Quem sente pela frente foge pra-tráááÁÁÁs!

– E o que sente na frente e atrás se caaa...caaaAAA...ga!

O coronel arrematou seu grito gargalhando. Não se ouviram os coágulos sonoros de sua risada, mas uma pintura alegre regou seu rosto, e até o garanhão deu um pinote ao sentir as esporas, como se houvesse entendido a piada e risse junto. Por pouco não cai do animal. Quase perde o domínio das ações com a força que fez com os pés nos estribos ao sentir-se pairando no ar devido ao pinote repentino do animal alvoroçado; endireitou-se como pôde e seguiu adiante, melhor parar melhor não parar.

O subtenente Musús ficou para trás, pasmo, tomate-verdoso, vestido em trapos brancos, reduzido a um par de olhos sobre a vegetação rasteira, olhos de medo de tudo o que se mexia fora de sua pele: o Huracán duplo, o coágulo de sangue da lua colorada, as nuvens errantes, as estrelas molhadas, apagadiças, e o monte escuro fedendo a cavalo.

– Não somos ninguém, não somos grande coisa – Musús disse a si mesmo enquanto avançava, como se falasse com outra pessoa –; mas é ruim passar a vida montado em um cavalo, com frio, com fome, com receio de ser morto quando menos se espera, e não só isso, sem nadinha propriamente próprio, pois quem passa a vida na

101

estrada não tem condições de ter mulher: quer dizer, ao menos não mulher para chamar de sua, que seja sua por direito, porque homem da estrada até pode arrumar mulher, mas só mulher de estrada, que quando fica é por pouco tempo, e também não pode ter filho, ou casa, ou um violão desses que emitem som de moedinhas batendo umas nas outras, nem um grande lenço de seda, cor de melado de açúcar, trançado sobre a gola de uma jaqueta nova e preso bem em cima do pomo de Adão por uma argola, ou uma semente de jatobá furadinha... Quem sabe não seja o caso de desertar, pois vontade não me falta, se não me derem baixa, quem sabe; a vida não é rabo de iguana, que quando se corta um pedaço cresce de novo, pra jogar fora desse jeito. Depois que perde, está perdida. Não brota mais. Não é título.

Nem ele mesmo ouvia o que dizia, tamanho o ruído do vento tempestuoso ao baixarem do cume para O Tremeterra.

Em meio à vegetação anã era possível ver os homens da cintura até a cabeça, como estatuetas de almas penadas. A mata alagada de lua colorada, quem sabe o fogo do Purgatório não fosse o fogo colorado da lua. E se ouvia, quando definhava o arrasto do vento, um som semelhante à água fervendo produzido pelo voo pertinaz dos insetos, o estribilho dos sapos que andavam aos saltos nos lodaçais dos campos com poças de água nascida, o chiado agudo das cigarras, mais curto e implacável quando o inimigo abria seu ventre e as ia comendo vivas nas trevas da água imersa em brasa causada pelo reflexo violáceo da lua suspensa entre as montanhas e os céus azuis, profundos.

O vulto do chefe sumia na mata. Então aparecia mais adiante. Aparecia e desaparecia. Musús não tirava os olhos de cima dele. Acompanhava o vulto onde quer que fosse, seguindo-o. Nem o perder nem se ajuntar a ele, para que não virasse um demônio e desse nele de relho por sentir sua proximidade, nessa vontade de descarregar a raiva que sentia da patrulha que jamais os alcançava.

Dom Chalo não movia um só músculo do rosto. Tinha fixos os olhos zarcos, embolorados de verde pela tarde que acabava em lua de sangue, a maxila presa em suas juntas de osso como porta depois de bater, o bigode trancafiado acima das comissuras, o pensamento na memória. Assim ia. Para que remoer o que já tinha acontecido? Mas remoía, e remoía, e remoía. É bonito o ditado sobre leite derramado. Mas derramamos tanto que uma hora falta leite. Quando envenenaram o cacique Gaspar Ilóm, a indiada nem se defendeu: a escuridão da noite, a falta de chefe, o ataque-surpresa e a bebedeira da festa favoreciam seus planos de não matar os índios, apenas assustá-los. Mas a montada caiu sobre eles como granizo em milharal seco. Não deixaram nem um sequer para contar a história. Não adianta chorar o leite derramado. Embora talvez não tivesse problema matarem todos, porque o cacique se atirou no rio para apagar o incêndio nas tripas que o estava matando, e assim contralavou ou veneno. Inacreditável, por pouco não bebe o rio inteiro! E apareceu no dia seguinte, vencera o veneno, e se os índios estivessem vivos, teria se colocado à frente deles para revidar com lança e bala.

Rebuliço de árvores nos matagais profundos, massudos, vermelhos sob a lua cor de acerola, bolhas causadas pelo vento de savana que se erguia nos restolhais ariscos, ondas arrebentando sobre os corpos dos ginetes com a queda de chircas, camarás e groselhas, entre cusparadas de barba de velho e nuvens baixas acolchoadas sobre as sombras cumeeiras das mamoneiras e as forquilhas das árvores que nos enrames pareciam não ter ramos.

As montarias desceram uma serapilheira a trote, apedrejadas por ruídos de animais que se desprendiam das árvores e golpeavam o solo, prontos para atacar ou escapulir seus corpos com movimento de água pela relva. O borrão de um rabo, um molinete, chispas de luz verde, saltos de galho em galho ou guinchados de salto em salto denunciavam sua presença brincalhona, desperta, tilintante, ao caírem, fugirem, treparem, reptarem, voarem, correrem, saltarem.

Musús cortou uma vara seca, a primeiro que sua mão encontrou, para apurar o cavalinho pangaré que não atendia mais a palavras ou esporas, grudando-se ao chão com o grude do cansaço e a cauda rala da escuridão que era um semiadormecer.

A torrente de ar tempestuoso aumentava quando se aproximavam de O Tremeterra. Os ouvidos do subtenente zumbavam como se estivesse dopado de quinina. Imaginava coisas horríveis. O sacolejar dos troncos em meio aos galhos soltos chacoalhados pelo vendaval... pac... pac... churubusss... seus ouvidos eram crivados pela lembrança detestável das armas apontadas para as costas de um ladrão de gado, e um momento depois a rajada que o retalhou como se fosse tronco de árvore... pac... pac... churubusss... Ocupação de gente transtornada, essa dos ladrões de gado, e também a deles, de andar por aí matando gente para aprenderem a respeitar as autoridades!

Cutucou as orelhas para tirar do mais fundo do ouvido o eco dos galhos arrastados, churubusss... pac... pac..., e as pontadas secas dos troncos sacolejando, pac... pac... churubusss...

Só o que restava em sua mão da vara seca de chirca era o cheiro. Gastou como vela. Melhor seria um bejuco. E tomando cuidado para não se espetar, Músus puxou um bejuco que, ao se desprender da árvore, salpicou suas costas e seu chapéu de água dormida nas folhas. Puxou o bejuco e ameaçou o cavalo em voz alta, pois quando sentiu o jato de sereno nas costas seu corpo se arrepiou e os pensamentos escaparam em forma de palavras:

– Anda... égua, ou te faço andar a vara!

O furacão recurvava as árvores imensas, a terra rangia com o soluço de um imenso jarro de barro ao rachar, os galhos quebrados da mata choravam com o céu sobre a massa cega da vegetação densa, e até os pelos da sela pareciam se eriçar de medo e pinicar Secundino. A cada investida do vento, a cada revirada do chão – em O Tremeterra o chão tremia de tempos em tempos –, o subtenente pressionava as pernas ao redor do animal, embora de tanto andar a cavalo estas já parecessem um forcado, e fazia isso não só para se firmar, mas para sentir o movimento gingado do animal que avançava pelo chaparral que assomava sobre sua cabeça em sombras elevadas cujos movimentos lembravam edifícios desmoronando. Porém, nos momentos de maior perigo, o furacão às vezes minguava por alguns instantes, o coalho do furacão, e minguava também sua grande força quebrada, o vendaval. Os galhos então iam perdendo aos poucos sua vitalidade chamejante, destrançavam-se os troncos elásticos, e no assento da escuridão, o breu atenuado pelo rescaldo da lua que ardia como bola de fogo, tudo ia ficando quieto, peneirado, quebradiço, entre podas apagadiças, retumbos subterrâneos, colares de água limpa e montanhas de folhas que despertavam sempre que uma lufada de vento com fragor de nuvem de gafanhoto lixava o ar.

Musús esfregou as nádegas no assento superaquecido da albarda que se esbugalhava feito totoposte, sem afrouxar as pernas nem apear os olhos do vulto do chefe que desaparecia de cima do cavalo quando se inclinava sobre a montaria, andando, andando, para contemplar à vontade as altíssimas claraboias abertas entre as copas dos pinheiros, por onde entravam, não jorros, mas olhos-de-boi de lua sedosa, de uma lua sem casca colorada, de lua sem lustre de amêndoa de sapoti, de lua sem sangue.

E como o chefe se inclinava sobre a montaria, com os olhos nas nuvens e nas sombras aéreas dos pinheiros rasgados por saltos de luz esplendorosa, e o ajudante seguindo os movimentos do vulto, não sem empinar a cabeça de tempos em tempos, para absorver a sorvos a paisagem de pequenos lagos celestes que o subtenente tragava com afinco, nenhum dos dois, antes tão atentos às mudanças do caminho, sentiu a ausência da vegetação rasteira dissolvida pela chuva de grilos e substituída por tapetes de pinhas seca, azáfamas que o brilho da lua convertia em rios navegáveis de mel branco, ao longo de ladeiras desnudas, rodeadas de pinheirais, jaulas de troncos onde o vento enfurecido se debatia outra vez e as sombras dos galhos saltavam como feras acovardadas pelos açoites dos bejucos.

A noite como ver o dia. Solidão de espelho grande. Fumaça de vegetação pelo solo rochoso. Esquilos com salto de espuma de chocolate na cauda. Toupeiras com movimentos de lava que antes de esfriar quer perfurar a terra e vagueia de um lado para o outro. Parasitas gigantes de flores de porcelana e algodão de açúcar. As pinhas dos pinheiros como corpinhos de pássaros imóveis, pássaros ex-votos petrificados de espanto nos galhos sempre em convulsão. E o constante gemido da folharada arrastada pelo vento. Tristeza de lua fria, aguada. A lua da murchadeira. A estrada se perdia nas jaulas de troncos atapetados de pinhas secas, para reaparecer mais adiante, já nas garras da mata rasteira, salpicada de buracos de toupeira em um tremor de luzes retalhadas por ramos de árvores baixas que caíam sobre os ginetes com som de água revolvida a palmadas. Encosta abaixo, passados os prados atapetados de pinhas, retornava a vegetação pesada, contínua, compacta, formando longos túneis por onde a estrada, quase invisível, simulava o couro de uma cobra.

O garanhão sacodiu a cabeça ao sentir caírem os pingos de lua branca. Buracos redondos, gélidas rosas-mosquetas grandes e pequenas, perfuravam a penumbra de esponja e sapo do toldo cerrado de galhos em cima de galhos por onde eles viajavam. O cavalo varreu as ancas com o rabo ao sentir o rocio da luz calcária, rabo de pelo curto que manteve em riste para expelir ar e esterco. O coronel piscou diante daquela algazarra. Sob o jogo de luzes e sombras, as mãos do subtenente pareciam briga de caranguejeiras. O coronel esfregou o nariz. O subtenente rangeu os dentes. A luz e a sombra despertaram nele a coceira da sarna entre os dedos.

– Serpente de CasteeeEEEla! – gritou o subtenente. – Se tiver com sarnaAAA, faz sinaldacruuuUUUz!

– Vem nos luzeAAAndo!

– É o que pareeeEEEce!

– Vai provocar inda mais com teus griiiIIItos!

– Bichana lazarEEEnta! Bichana ruuuUUUim!

– CrendiceeeEEE!

– Pois talvez seja mesmo – ele disse a si mesmo –, talvez seja mesmo, Secundino Músus; mas o fato é que a Serpente de Castela envesga as montarias, empiolha os animais, deixa as mulheres estrábicas, deixa o surdo mais surdo, e quem tem sarna, se não fizer o sinal da cruz a tempo, se empelota.

A Serpente de Castela continuava refletindo seus pingos de luz em uma frieira de pontinhos negros que nada tinham de real além da sensação de movimento atribuída a eles pelas partículas de lua desgranadas entre as folhas do túnel escuro de galhos retorcidos que o vento agitava sobre os ginetes, e a estrada seguia serpenteando a mata rasteira, cada vez mais estreita, permitindo a passagem de um único animal por vez em meio às rochas brancas listradas de preto pelas sombras oblíquas dos troncos dos pinheiros elásticos e afiados que se erguiam por todos os cantos, e cujas copas tremiam de frio lá no alto.

Os ginetes fecharam os olhos após o primeiro açoite. Fecharam por instinto, mas logo abriram de novo, deixando-os à mostra. Estavam prontos para usar as lâminas dos facões e as balas das pistolas e fugir, pois homem valente também foge, mas perceberam a tempo que quem chicoteava seus rostos era a silhueta dos pinheiros, projetada pela lua em ripas de sombra, e colocar o corpo um pouco de lado bastava para protegê-los do vistoso relampejo. Os raios de lua que se embrenhavam entre os troncos, atravessando o pinheiral, brilhavam no pelo preto do garanhão refletindo as sombras das árvores, as mesmas que estampavam de listras negras a camisa empoeirada do subtenente Musús. Conforme avançavam, ar e terra pareciam criar pregas nas dobras luminosas e escuras, como se piscassem, e as pedras e espinhos-pretos davam saltos de gafanhoto.

Na luz e fora da luz, na sombra e fora da sombra, ginetes e montarias apagavam e acendiam, imóveis e em movimento. Às chicotadas nos olhos, sensação de açoite de treva vazia, de coisa vaga e existente, seguia-se o disparo a queima-roupa do clarão, e ao açoite da luz, outra chicotada de sombra.

E o coronel não estava para brincadeira. Ia assim de audaz. Assim de azedo pela patrulha que sabe-se lá onde iria alcançá-los.

Não viram os chaparrais se dissolverem quando adentraram O Tremeterra, por estarem de olho na lua, e agora, viajando pela trama estampada de lua e sombra dos pinheirais, onde os cavalos pareciam zebras listradas de prata e o subtenente, por vestir brim branco, um acrobata ou presidiário de traje de listras pretas, tampouco falaram sobre a penumbra de mofo tenro e transparente onde veias de espinheiras secas formavam montinhos entre as árvores, ervas daninhas que ao caírem na espessura se tornaram sombra impenetrável, como se sua existência vegetal houvesse sido apenas uma etapa entre a luz e a treva profunda.

O vento relhava ao fundo, enquanto nos bosques ainda iluminados as solenes orelhas-de-macaco, os corpulentos e perfumados cedros, as mafumeiras com nuvem de algodão nos olhos, de tão velhas, os capulins, os ébanos, os ipês, aproximavam-se, achegando-se cada vez mais uns dos outros até formarem todos juntos muralhas de cascas e nervuras, raízes fora do solo, ninhos velhos, abandonados, buchas, pó, vendaval e trechos de escuridão indefinível, embora ao desaparecer de todo a luz reduzisse com sua ausência todo aquele movimento de corpos inertes a uma tênue névoa branca, venosa e, nas profundezas, a uma sensação auditiva de mar embravecido.

Não se via nada, mas eles seguiam em frente, como coisa fluída, inexistente, sobre ruídos de deslizamento e sob aguaceiros de folhas pesadas como pássaros anfíbios. De vez em quando eram surpreendidos por golpes de galhos baixos ou caídos que ao roçarem seus rostos deixavam a impressão de arranhão de água.

– Ar... rêêê! Ar...rêêê!

A voz do coronel apagava o sibilo do subtenente Musús, que mais que um sibilo era a ponta de sua respiração de chuchu humano que buscava seu caminho com o pâmpano de seu alentar. Um galho quis arrancar seu chapéu. Musús afogou o sibilo, e protestou ao resgatá-lo:

– Ué..., árvore ingrata! A safada quer levar o meu chapéu, ja...mais!

Os ossos pegam fogo de noite, no campo-santo; mas a claridade que vinha contra eles, tateando, em meio a uma preciosa escuridão, mais parecia estrela do céu esquecida ali desde o princípio do mundo. De onde chegava a eles aquele resplendor de caos? Não sabiam, não tentaram averiguar e não teriam ficado sabendo, não tivessem visto esplendecer frente a seus olhos uma árvore do tamanho de uma azinheira iluminada por milhões de pontinhos luminosos.

Musús emparelhou com o chefe para dizer: Veja, meu coronel, o rugido dos vermes de fogo!... Mas só o que disse – o pomo pontiagudo saltando para cima e para baixo na pelanca palúdica do pescoço, como bobina de cerzir meias – foi um
— Olha, chefe!

Presas aos galhos mais altos as fêmeas chamavam seus amantes de olho ciclope, passeando seus faroizinhos acesos, milhões de olhos de luz na noite imensa, e os vermes avivavam seus faróis diamantinos respirando com toda sua força de machos calorosos e se punham em marcha deslocando-se como sangue de um azulado resplendor perolado, para o alto, pelo tronco, pelos galhos e raminhos, as folhas e as flores. Quando se aproximavam os vermes, ainda avivando os próprios faróis com a respiração gananciosa, as fêmeas acendiam ainda mais seus fulgores núbeis, cortejando-os com os mil movimentos de uma estrela, luzes que iam se amortiçando após o encontro nupcial, até que de todo aquele lume restasse apenas uma mancha opaca, resquício de via láctea, árvore que sonhou que era fogueira.

A lua apareceu outra vez a pino. Eles espiaram sobre a borda íngreme de uma cratera do tamanho de uma praça. Uma grande praça vazia. As rochas, ligeiramente alaranjadas, refletiam no paninho de água e lua que as cobria como um espelho, massas escuras se movendo como manchas misterio-

109

sas de um lado para o outro. Mas o coração de O Tremeterra, que enfim acessaram ao enveredarem por um resto de estrada que mais parecia o canal esfiapado de um arroio invernal, encerrava outros segredos. No interior daquela grande taça rutilante, cessava como por encanto o ruído das quatro léguas de folhas sacudidas sem trégua pela ventania, permitindo que se escutasse o tilintar das ardósias cantando sob os cascos das montarias. Alguns iguanas fugiam conforme eles passavam em meio às natosidades secas de folhas presas em teias de aranha cor de fumaça. Os iguanas deixavam um ruído de raspão de nadador no seco. Vivas e garrudas, avistavam-se algumas pegadas de jaguatirica pelos cantos da trilha que os precipitou até o fundo de O Tremeterra.

Sombras misteriosas, ardósias cantantes, ambiente onde era possível falar sem se esgoelar. E ali acampam para passar o tempo os homens montados que formavam o grosso da patrulha antes de passarem todos juntos por Passo das Travessias, para beberem parte do que traziam em suas moringas – café, chilate, aguardente de panela – e refrescarem as montarias fumegantes, suor contra sereno, não tivessem os dois animais, quase mortos de cansaço, revivido ao mesmo tempo e refugado tão de repente que por pouco não lançaram os ginetes no chão para comerem poeira.

À distância de um arremesso de pedra, atravessado na senda de ardósias cantantes que cruzava O Tremeterra, havia um caixão de morto.

– Filho de uma... égua! – conseguiu dizer o coronel quando o garanhão deu meia volta e pinoteou nas patas de trás rabeado pelo pangaré que já não obedecia às rédeas, pois o subtenente galgava a borda que coroava o fundo de O Tremeterra e teria aberto fogo sobre o caixão do morto segurando a carabina com as duas mãos, não fosse o coronel, de pistola em riste sobre a ondulante respiração do garanhão que já era só isso, uma respiração preta que tentava se salvar, ter gritado a tempo para que não disparasse. A torrente de folhas sacudidas pelo vento grudou em seus rostos, e em seguida submer-

110

giu-os; mas agora, a um passo da desolação de O Tremeterra, onde haviam se sentido nus perante a morte, como era reconfortante aquela ondulação verde, rumorosa, ruminante, ensurdecedora, que os ia vestindo, isolando, protegendo. Folhas nos talos, guinchos de micos com cara de gente, saltos tensos de feras, meteoros cadentes cujos tendões sangravam luz, estrelas fugazes que piavam no céu como pintinhos perdidos na imensidão, guachipilíns que desabavam em seco, como supremos suicidas, colapso de uma vontade vegetal que não quis resistir por mais tempo à investida do vento. Quem, ao fugir de um perigo, encontra uma multidão, mescla-se a ela e segue em frente ao lado de milhares e milhares de outros seres em movimento, sente-se muito seguro, como se sentiram o coronel e Secundino ao deixarem O Tremeterra e desembocarem na torrente circulatória do vento que sacudia céu e terra em um raio de muitas legas.

– Palerma, não vê que estão velando morto! – escutou o subtenente, e por isso não mandou bala.

Corriam. O vento fechava seus olhos, abria suas bocas, dilatava as narinas, esfriava as orelhas. Corriam reduzidos materialmente ao próprio pescoço e ao pescoço das montarias, para diminuir a resistência do ar, e porque o contato com animal suado, vivo, fedendo a saca de sal, trazia uma vaga segurança de companheirismo naquela situação de risco.

E só pararam quando chegaram ao cume, na flor cimeira da encosta cuja raiz, pela fadiga e pela memória, eles lembravam ser muito profunda. O coronel Godoy desatou o lenço úmido de suor que trazia ao redor do pescoço e limpou o rosto.

Musús baixou as pálpebras para não ver o mocho que surgira à sua frente. A lua banhava suas asas de mocho debruadas de pequenas veias de coração de banana. "Mau agouro, loiro, coruja e caixão de morto!" gritou seu sangue.

– Meu coronel... – disse Musús sem mover os lábios, desprovido de palavras e mandíbula.

E Godoy respondeu no mesmo tom e sem mexer a boca:

– Meu coronel... isso mesmo, diverdade.... meu coronel...

– A velação do morto dos ladrões de gado...

– Isso aí, diverdade... a velação do morto dos ladrões de gado...

– E nem botam morto mais, só o caixão.

– Andam mais cuidadosos. Sabe, antigamente colocavam um palerma fingindo de morto sobre uma esteira, e até acendiam quatro velas ao redor do corpo; mas agora perceberam que é melhor deixar só o caixão, as pessoas não seguem caminho depois de ver caixão de morto, e aí eles podem passar com o gado roubado, todo o caminho fica livre dali adiante.

– Meu senhor coronel, ouvi que o sinhô deu cabo dum tal Apolinario Chijoloy, que sempre fazia o papel do defunto, porque era aleijado e não podia roubar por aí.

– Conhecia ele?

– Me contaram tintim por tintim. Foi depois do sinhô acabar com o cacique de Ilóm, aí sim estivemos pertinho da morte; só estamos aqui pra contar história por causa do seu sangue frio. Olha, entrar nas terras montanhosas daquele cacique enfeitiçado pelos coelhos amarelos e acabar com a gente dele, enquanto ele andava lavando as tripas no rio. Vi como os índios caíam em pedacinho quando a patrulha foi pra cima deles. Seis anos já, e ainda só se fala disso.

– Sete, com este – remendou o coronel. – Mantenho a conta, porque segundo a bugraiada os bruxos dos vaga-lumes, que eles também fizeram picadinho, me amaldiçoaram pra sétima queima de plantio. Segundo eles esse ano eu vou morrer chamuscado. Até parece que vou bater as botas esse ano, vão à merda!

– Apolinario Chijoloy foi o último morto que o sinhô matou de tiro.

– Reconheço que esse eu dirrubei com crueldade. Peguei ele tomando água na beira do caminho, à sombra de um matagal denso na bordinha dum despenhadeiro, e escorreguei por ele pra escapar antes que seus companheiros viessem vingar ele. O coitado estava se fazendo de morto sobre uma manta barbuda, entre quatro velas, uma já tinha se apagado.

Atirei na pressa, por medo de que as outras três apagassem. Ele só encolheu um pouquinho depois de levar bala.

– E a patrulha ainda não apareceu.

– E não tem o que fazer além de esperar, porque seria perigoso, imprudente, voltar pra estrada sem reforço de tropa. Ninguém é mais casca grossa que ladrão de gado, e são espertos, pra lá de espertos, o perigo aguça as pessoas, aguça o ouvido, aguça o olho, quase conseguem adivinhar o que é bom pra elas e o que não é.

– Não tem dúvida, ladrão de gado tem uma parte de leão, de jaguatirica, de cobra, de vento no mato baixo.

Por andarem conversando, só ouviram os passos dos animais quando os vultos já estavam à sua frente, sobre eles, prontos para agarrá-los. Sua fala desapareceu. Correram até seus animais que haviam amarrado perto dali, para que refrescassem o focinho na umidade do mato e matassem a fome com um pouco de pasto, e nesse apuro o coronel arrancou com o cabresto o tronco onde havia amarrado seu garanhão, e o subtenente arrebentou o laço de sua corda.

Era a patrulha. Os dezessete homens da patrulha montada enfarinhados de terra e de lua. Não há nada como um homem montado. Quem diria o contrário? Seja montado para a guerra ou para o amor, não há nada como um homem montado.

Esse pensamento cruzou a moleira do Chefe da Expedicionária, coronel Gonzalo Godoy, quando diante de seus homens, assumindo o comando das forças, solicitou que assumissem posição de ataque pelos flancos.

Avançaram a galope, ansiosos para se testarem contra os ladrões de gado. Para sacudir o frio e a melancolia, nada como uma assembleia de tiros. O ruído torrencial de O Tremeterra fez com que se amontoassem para desembocarem todos juntos no local onde o caixão do morto estava atravessado no caminho. A luz lunar afiava as arestas da peça fúnebre de madeira sem pintar, à rústica, madeira branca de pinho que ao devolver a claridade criava um halo de esplendor ao redor do caixão.

Parte da patrulha ficou esperando na entrada de O Tremeterra, por ordem do subtenente Musús, para prevenir qualquer ataque surpresa. Eram todos olhos e ouvidos. A saliva de Musús secou. Quis soltar uma de suas prolixas cusparadas de subtenente de linha, e só conseguiu soltar um pouco de hálito ressecado. Do alto, o subtenente e seus homens viam o que acontecia ao fundo de O Tremeterra, como em uma praça de touros. O coronel apeou do cavalo e se aproximou do féretro, seguido pela tropa, todos de arma em mãos, apontando, prontos para disparar. Com o cano da pistola, o coronel bateu na tampa do caixão, imperiosamente. Nada. Estava vazio. Como havia dito a seus homens. Vazio. Um novo ardil dos ladrões de gado, para garantirem o roubo sem que ninguém da quadrilha precisasse bancar o vivo se fazendo de morto, para depois acabar mesmo morto por bancar o vivo.

Dom Chalo voltou a bater na tampa com o cano da pistola, imperiosamente, já com mais confiança. Nada. Vazio. Bateu de novo e nada, ninguém respondeu.

Atendendo a ordem do coronel, que às vezes mandava com os olhos e a cabeça, dois soldados se aproximaram para destampar o caixão. Só o chefe ficou em seu posto, os demais deram um passo atrás e por pouco não saem correndo. Dentro do caixão havia um homem vestido de branco, o rosto coberto por um chapéu de palha. Um fio de suor frio escorreu pelas costas do coronel. Quem era aquele homem?

As pedras alaranjadas refletiam cavalos e ginetes, só que suas sombras, regadas como tintas de tinteiros negros, não pareciam ficar na superfície, mas penetrar a pedra.

O coronel afastou o chapéu do rosto usando o cano da pistola, e o homem que ocupava o caixão, ao receber a lua em cheio no rosto, abriu os olhos, levantou-se assustado e saltou para fora da lúgubre canoa. O coronel voltou a ocupar seu posto, não sem antes recuar um passo, caso fosse alma da outra vida, ou os mortos estivessem revivendo, e sem perder tempo, enquanto ameaçava aquele homem que ainda não sabia quem era, nem sequer se era humano, com a pistola, ameaça que

114

estendia a seus homens com o movimento de quem abana um leque, exigindo que se aproximassem, perguntou:

– Alma dessa vida ou da outra...

– Sou carregador, senhor – respondeu a voz desossada de homem que acaba de acordar despertar e sente a fraqueza da fome.

Ao perceber que não tratava com um de seus mortos, o coronel ficou muito mais à vontade, e sabendo agora com o que lidava inquiriu:

– Carregador de quê?

– Desse caixão que fui buscar no povoado.

– Diga a verdade ou esparramo seus miolos.

– Disse que sou carregador... Tô dizendo, ora. Fui ao povoado comprar caixão pra enterrar o Curandeiro que faleceu ontem, logo ali em cima, no Passo das Travessias.

A patrulha tinha ido se aproximando dele. O índio, de chapéu na mão, as calças brancas acima do joelho, a camisa branca de mangas curtas, parecia de pedra banhada em bronze.

– Comprei caixão e vim ligeiro. Chegando aqui caí no sono. Me deitei pra dormir. Como estava com o caixão entrei nele pra ficar mais seguro. Por aqui tem muita queixada, muita viúva-negra, muito animal danoso.

– Você e seu caixão de morto são sinal de que por aqui andam roubando gado.

– Pode até ser, mas não por minha causa nem por causa do caixão de morto. Ladrão de gado não gosta de nós, índios, falam que somos uma raça de cachorros medrosos.

– Ora, por isso te enfiaram aí à força, porque disseram que quando se perde um índio, não se perde nada. Esse é o ponto, e desembuche logo tudo o que sabe sobre os ladrões de gado que andam se enxerindo por aqui, ou melhor já ir entrando de novo no caixão.

O coronel Godoy pressionava contra as costelas do índio, pintadas na camisa lambida de lua e frio, o cano de seu revólver, que fez o homem recuar até o féretro de pinho e quase cair ali dentro.

115

– Fale, você entende bem castelhano.

– Eu não vou ficar no caixão do Curandeiro. Se quiser me mate e me enterre aqui, mas não no caixão do curandeiro, porque aí vou me dar mal na outra vida; se for atirar, mande levar o caixão pro Passo das Travessias.

– E quem vai receber o caixão? O morto?... – o coronel fazia troça, certo de que o índio não passava de uma trapaça dos ladrões de gado, que sem dúvida andavam por ali; em situações parecidas, seu deboche havia servido para averiguar a verdade. – E o morto vai te abraçar e dizer: Deus pague por ter me trazido a última muda de roupa, e se for pobre é possível que essa última muda seja também a primeira feita sob medida, porque certamente te passaram as medidas.

– Sim, senhor, e as pessoas que estão no velório esperam o ataúde.

– O ataúde! Ataúde é como chamam um caixão de ótimo acabamento, envernizado por fora e forrado por dentro; isso que você tem aí é só um caixão vagabundo de pinho. E quem está nesse velório?

– Mulheres...

– E homens?

– A maioria é mulher.

– E morreu, morreu de quê, mataram ele.

– Morreu de velho.

– Em todo caso, antes de entregar seus tiros, vamos averiguar se o que você está dizendo é verdade. Vai amarrado com o meu ajudante, subtenente Musús, e mais cinco homens. Se não for verdade, se estiver mentindo, minhas ordens são pra te botarem no caixão, fechar, recostar em uma árvore e fuzilar você encaixotado, pronto pra jogar na cova.

O carregador ergueu o caixão, como quem nasce de novo, ajeitou-o às costas e andando, mais correndo que andando para se afastar daquele homem cujos olhos zarcos brilhavam como cristais com fogo. A patrulha foi atrás dele pelos cumes de penhasco que rodeavam aquele interior vulcânico e o subtenente Musús, seguindo as ordens de Godoy, marchou dali com cinco membros da patrulha, os mais amargos, até Passo das Travessias. O carregador, os braços amarrados em vão, o caixão do morto preso a uma alça de couro, ia à frente deles. Perderam-se no rumor das folhas.

9.

Anana, mãe dos Tecún, parecia estar saindo de muitos anos e tarefas. De anos sujos de chilate de milho amarelo, de anos brancos de atol branco com grãos de elote, unhas de criança de milho novinho, de anos empapados nos horrores vermelhos dos puliques, de anos tisnados de fumaça de lenha, de anos destilando suor e dor pela nuca, pelo cabelo, pela testa enrugada e embolsada sob o peso do cesto carregado na cabeça. Acima, em cima, o peso.

Anos e tarefas pesam sobre a cabeça dos velhos, afundados nos ombros, inclinados para a frente, com os joelhos meio dobrados a sustentá-los como se fossem tombar ajoelhados diante dos objetos de sua adoração.

A nana, mãe dos Tecún, a velha Yaca que andava sempre com a mão cor de pau queimado sobre o estômago, desde o feitiço de grilo causador daquele soluço mortal, chocou os olhos pequeninhos de cobra contra a sombra úmida do ar quando aproximou a outra mão da tocha de ocote acesa para ver qual ou quais pessoas chegavam ali em plena madrugada. Mas não viu nada. Foi até a porta ruminando palavras. Havia escutado gente chegando a cavalo. Os rapazes, seus filhos e seus netos, já não estavam ali.

Logo se viu rodeada por vários homens armados. Aproximavam-se da choça trazendo os cavalos pela rédea. Descalços, vestidos de forma desparelha, mas todos com correame de soldados.

– Senhora, queira nos desculpar – disse o que mandava, ninguém menos que Musús: – poderia nos dizer onde mora o Curandeiro, é que temos um doente que está bem mal, vai morrer se não acharmos esse homem.

Haviam deixado o índio com o caixão no escuro a uma distância prudente, custodiado por um tal Benito Ramos.

– Ele está bem aqui... – respondeu a idosa, um pouco resmungando, voltando a luz da tocha de ocote para o interior do rancho, onde se via o corpo do Curandeiro estendido sobre o piso de terra regada com flores silvestres e cipreste para dar cheiro.

Musús, que imitava o coronel Godoy em tudo o que podia, servilismo simiesco de criado, foi até o cadáver do Curandeiro e cutucou o seu umbigo com a extremidade do revólver. Só a camisa de trapo velho cedeu enquanto ele via a pele da barriga afundar.

– E morreu de quê – perguntou Musús, temendo que o corpo também fosse levantar do chão, como o índio havia levantado do caixão.

– De velho... – assentou a idosa –, velhice é o pior mal que existe, morte certa.

– E a senhora então está muito adoentada...

– De velha sim – assentou novamente a idosa, recuando um pouquinho para dentro sozinha, sem trazer consigo a tocha de ocote, por medo de que os homens da patrulha se dispusessem a examinar o corpo do Curandeiro que, após ser arrastado pelas pedras por Calistro, parecia o do Santo Cristo. Calistro, o louco. Não está mais louco. Recuperou a razão com a pedra de olho de veado. Foi sorte dupla. Sorte porque bastou massagear suas têmporas e a moleira com a pedra de pepita de olho de veado para que se recompusesse. E sorte porque pôde partir com os irmãos antes da chegada da patru-

120

lha. Pior se tivessem resolvido beber chocolate com sangue.

A nana dos Tecún pensava em tudo isso sem descuidar das visitas, a tocha de ocote sempre do lado de fora, para evitar dificuldades caso vissem que o morto não era morto, mas matado. Levariam todos amarrados, sem esperar explicação.

– Pois, homem, vejam vocês mesmos – titubeou o subtenente Musús em direção a seus homens, coçando a cabeça que despontava por baixo do chapéu como um coco-de-espinhos coberto de pelos, incomodado porque o carregador escaparia do fuzilamento ordenado pelo chefe. Enfiá-lo no caixão de morto, fechar, recostar e... fogo!

O índio entrou arrastando o caixão, enquanto a patrulha deixava Passo das Travessias para se reunir com o coronel Godoy em O Tremeterra. A exemplo de Musús, que na despedida ainda teve oportunidade de ser um pouco o coronel em seus modos e palavras, pois disse que o caixão seria o "máximo de requinte" que o Curandeiro experimentaria, cada soldado saltou em sua montaria e todos arrancaram ali depressa, mal tiveram tempo de receber da nana uns cigarros de palha que enfiaram apagados na boca, exceto Benito Ramos, que tinha pacto com o Diabo e por isso os cigarros que levava à boca acendiam sozinhos. Homem dos mais estranhos. Engoliu um fio de cabelo do Diabo. Esse foi o pacto. E ficou seco, seco, a pele cor de cinza, os olhos negros cor de carvão. O Diabo prometeu que ele saberia sempre que a mulher o traísse. E não soube, porque a mulher o traía com o Diabo. Uma mulher linda, imagine uma carne branca, imagine tranças longas, imagine os olhos que tinha, pretos como feijõezinhos fritos em bastante manteiga. Uma mulher para provar no café-da-manhã. Por causa dos olhos.

Os cavaleiros se embrenharam na linguagem das folhas galopando um atrás do outro. A senda descia abruptamente. Sorte. Porque assim, logo estariam no coração de O Tremeterra, para dormirem um pouco. Na escuridão, plantas espinhosas traiçoeiras, dessas que o vento não move, que são como cadáveres de árvore insepultos, arranhavam todos, menos Benito Ramos que enxergava à noite com seus olhos de carvão. Vinha atrás. Vinha ou não vinha atrás? Sempre andava na retaguarda. Era a cola da patrulha. E mais mau que Judas.

O céu ia ficando cevado de estrelas. O bosque se estendia como uma mancha negra. Assim o viam aos seus pés, ao percorrerem as voltas da estrada que descia, entre precipícios, do Passo das Travessias até O Tremeterra. As bufadas das montarias, catarros da madrugada, o uivo distante dos coiotes em doce de lua, os esquilos que não pareciam roer, mas rir sonhando coisas alegres, os prolongados ruídos das aves noturnas ao baterem na madeira entre as ervas daninhas de rumor castigador.

Já estavam no bosque. A lua havia caído em uma lenta luz podre em um céu abaulado, choroso de relento. Os ginetes alojavam seu estar presentes em uma falta de movimentos que os transformava em ausentes homens de mofo, pelancudos, cor de ovo podre. A ressaca do cavalo. Tremor de árvores alpinistas por onde o céu baixa de galho em galho, fresco de luzeiros, até os riachos de espelhinhos quebrados que pareciam luz líquida em meio aos penhascos. Com aflição de barata, assim avançavam esses homens mais amargos que o impetigo, deixando as montarias afundar, com a cabeça bem projetada à frente e o traseiro empinado, na descida que ia se tornando cada vez mais pronunciada, a tal ponto que precisaram se lançar para trás, inclinados, materialmente deitados sobre a cavalgadura, ao ponto de tocarem os caçuás com o chapéu. Cheiro de aguarrás de ocote na palpitação vespeira da atmosfera agitada pelo sussurrante mar vegetal de O Tremeterra. Sufoco de incenso de enxofre no qual pareciam flutuar enfermidades, esfoladuras de animal castrado, olhos de sapo. Tudo isso os deixava nauseados. A descida, o cansaço, o desvelo, a aguarrás penetrante e os açoites do ar bravio que às vezes chicoteava sozinho e às vezes com folhas de tiririca.

O primeiro indício foi um cheirinho de mato queimado, quase imperceptível, mas suficiente para despertar sua intuição, do qual Benito Ramos os informara antes de darem meia-volta. E não falou mais, porque Benito não era homem de muitas palavras, ou talvez para não os afligir. O bom de fazer pacto com Satanás é isso. Saber ler as coisas antes que aconteçam.

– Olhem, rapazes, O Tremeterra – disse Benito Ramos em Passo das Travessias –, pois façam de conta que é um funil, um funil gigantesco de rochas de louça envidraçada. Huracán é bravo, mas ali se cala. Pode ser até que não entre, que não desça ali a não ser que enviúvem as nuvens, que enviúvem as folhas, que enviúve toda a mulherada de coisas que Huracán emprenha. E dá até medo caminhar naquela abundância caprichada de árvores abastadas que ensurdecem, se acaso espiarmos da borda do funil o fundo, lá onde nada se move e não há nenhuma brisa. Paz em meio à tormenta. Calma em meio à tempestade. Sossego em meio ao maior dos rebuliços. Como levássemos uma paulada na cabeça e ficássemos surdos. O Tremeterra, vocês já desceram até o fundo, é uma toca em forma de funil, não embaixo da terra, embaixo do céu. Ali a escuridão não é negra, como nas tocas subterrâneas, é azul. E agora, me escutem, sem fazer perguntas, pois bem sabem que digo o que tenho a dizer e só. No fundo do funil está o coronel Godoy com seus homens. Está fumando no seco. Sente vontade de comer sopa de beldroega. Pergunta a si mesmo se dá pra achar por ali. Alguém responde que pode ser perigoso. Melhor comerem de suas provisões. É só requentar. De modo algum, diz o coronel, permitirei que façam fogo, comeremos as provisões geladas e levaremos beldroega para fazer sopa em Passo das Travessias, amanhã. Nenhum problema ele querer comer beldroega. O problema é que lhe tenha apetecido comer naquele lugar, onde certamente não tem, e que logo em seguida tenha ficado com medo de acender fogo, de que seus homens juntem fogo pra aquecer café, carne seca e *pixtón*, que estavam fora dos alforjes e deviam ser comido frios. Beldroega é alimento de morto. É chama suave e verde da terra que enche de claridade alimentícia a carne de quem em breve irá para o chão dormir o sono eterno. Quando um homem anda a perigo, como o coronel que está sentenciado para a sétima queima, vontade de comer beldroega é mau agouro. E enquanto isso acontece no grupo dos soldados e do coronel, as cavalgaduras próximas a eles sacodem as orelhas e remexem os rabos, batendo um casco no outro, como se adormecidas fossem se afastando. Os animais deixam os locais de perigo em sonhos que parecem ter na cabeça: mas como seu instinto não chega a ser inteligência, ficam ali. Enquanto isso acontece no fundo do funil, o coronel, seus homens, os mantimentos, as montarias indolentes, vão formando ao redor do funil três cercos, três coroas de morto, três círculos, três rodas de carreta sem eixo e sem raio. O primeiro, contando de dentro para fora, de baixo para cima, é formado por olhos de corujas. Milhares e milhares de olhos de corujas, fixos, congelados, redondos. O segundo círculo é formado por rostos de bruxos sem corpo. Milhares e milhares de rostos presos no ar, como a lua no céu, sem corpo, sem nada a sustentá-la. O terceiro círculo, mais afastado, mas não por isso menos enfurecido, parece um caldeirão fervente e é formado por um incontável número de iucais, de adagas ensanguentadas por um grande incêndio. Os olhos de cerco das corujas fitam o coronel fixamente, cravando-o, cada um deles, poro por poro, como o couro de uma vaca sobre uma tábua grossa destilando soro fétido. Os bruxos do segundo cerco olham o coronel como um boneco de tripas, geringonça, dentes de ouro, pistolas e testículos. Rostos sem corpo embrenhados em tendas de couro de veada virgem. Seus corpos são formados por vaga-lumes e por isso, no inverno, estão por toda parte, brilhando e apagando sem existir. Uma, duas, três, quatro, cinco, seis queimas contaram para o coronel, e a sétima, dentro de O Tremeterra, será um incêndio de corujas douradas lançadas pelas corujas do fundo de suas pupilas. Pouco a pouco, depois da geada, aparecerá a murchadeira, e depois da murchadeira o incêndio de corujas douradas que queimará tudo com seu frio. A primeira coisa que os acompanhantes do coronel Godoy sentirão é um incômodo nos lóbulos das orelhas. Tocarão as orelhas. Coçarão. Confusos, na ânsia de se livrar da moléstia, passarão a mão direita pela orelha esquerda e a mão esquerda pela orelha direita, até ficarem assim, as mãos cruzadas uma em cada orelha, coçando, futucando, quase arrancando-as, pela coceira do frio, até quebrá-las como se fossem de vidro. Verão uns aos outros soltando jorros de sangue de um lado para o outro, sem prestarem muita atenção a essa visão, porque estarão coçando as pálpebras, também cristalizadas, deixando os olhos desnudos, abertos, queimados pelo fogo de coruja dourada. E em seguida, após soltarem as pálpebras, como pedaços peludos de umbigo, arrancarão os próprios lábios e arreganharão os dentes como grãos de milho em espigas de osso colorado. Só o coronel, cravado poro a poro em uma tábua pelos olhos das corujas, que seguirão fitando-o fixamente, permanecerá intacto, com as orelhas, as pálpebras, os lábios. Nem a cinza do cigarro cairá. Mãos de trevas esgrimindo adagas o obrigarão a se suicidar. Mas será só sua sombra, um pelego de sombra entre os iucais. A bala afundará em sua têmpora, mas outras mãos escuras erguerão o corpo para montá-lo em seu cavalo e começarão a reduzi-lo, com montaria e tudo, até que tenha as dimensões de uma rapadura. Os iucais em movimento cerrado agitarão suas adagas vermelhas de incêndio até as empunhaduras.

O subtenente Musús marchava à descoberta. O cheiro de mato queimado era tão forte que se deteve por um instante. Outro de seus homens gritou:

– Sentiram rapaAAAzes– Alguém soltou o palheeeEEEiro!

Perto e longe se ouviram os tapas e golpes de chapéu dos homens que surravam as roupas para se livrar das centelhas, os que estavam queimando. E em meio ao mar turbulento de ar doce escutaram-se as vozes zumbindo: Não fui eu... Não é comigo... Não somos nós... Vem da frente o empestado de queimado... Eu tinha uma bituca na boca, mas apagada... Como uma guimba vai queimar nesse breu encharcado... Só se água pegasse fogo... Até parece, estamos exalando água de sereno... E... Não vou poder apear pras necessidades... Não precisa ver centelha, basta o cheiro...

– Cheiro é o que você vai deixar aí! – remendou alguém, justo quando se ouvia um animal parando e alguém apeando e puxando.

O cheiro, contudo, já era fogo no ar, fogo de queimada, de mato a queimar.

E as vozes abesouradas dos cavaleiros: Saber o que está acontecendo lá embaixo... Pior ainda se o chefe decidiu dormir com o charuto na orelha e pegou fogo... E como pode estar chovendo em O Tremeterra... Deus nos salve dum incêndio debaixo d'água, se a água queima, queima tudo... Não... É o ar... São as folhas... As folhas... O ar...

Tudo se esclareceu de repente. Em pleno galope. Se entreolharam. Estavam lá. Estavam lá juntos, suados, ofegantes como se tivessem febre. Luz de vidro vivo. Os olhos deles e os olhos dos cavalos. Desbandaram. Pareciam subir uma encosta descendo, tão depressa foram escalando, como resíduos humanos em meio à fumaceira. Os iucais, adagas ensanguentadas. A fumaceira. Relhadas de chamas. Desertar. A última voz de comando de Musús pode ter sido essa: Desertem!

Benito Ramos ficou entre os iucais. As chamas não o tocavam. Para ocasiões assim tinha seu bom pacto com o Diabo. Deixou o cavalo fugir após colocar o freio nele. Desmaios de morcegos que caíam asfixiados. Veados passando como chumbada de zarabatana. Vespas negras, fedendo a guaro quente, escapando de favos cor de esterco, semeados na terra, metade favos, metade formigueiros.

Em outros cerros próximos, vultos restolheiros saboreavam o fogo que se erguia em todas as partes de O Tremeterra. Chamas em forma de mãos ensanguentadas pintavam-se nas paredes do ar. Mãos destilando sangue de galinhas sacrificadas nas missas dos milharais. Os vultos de grandes chapéus, fumadores de purinhos picantes como urtigas, vestidos de lã rudimentar grossa de cor preta, sentados sem apoiar as nádegas no chão, sobre os pés dobrados como tortilhas, corres-

126

pondiam a Calistro, a Eusebio, a Ruperto, a Tomás e a Roso Tecún. Fumavam emparelhados e falavam em voz baixa, pausada, sem entonações.

– Usebio – dizia Calistro – falou com o Veado das Sete-Queimas. Lá de baixo da terra suplicou e pediu para ser desenterrado. E Usebio desenterrou. O veado falou com ele com voz de gente, igual a nós, com palavras disse a ele: "Usebio", diz que o veadinho disse, trep, trep, trep, fazendo com a pata esquerda dianteira um redemoinho que nem saca-rolhas, fazendo sinal de perfurar alguma coisa debaixo da terra...

– Não foi bem assim que ele me contou – cortou Eusebio Tecún –; o certamente certo e verdadeiro é que logo depois que o tirei do buraco onde estava enterrado ele se acomodou em uma rocha parecida com uma cadeira. Logo que o veadinho sentou brotaram no assento e no respaldo flores cafés salpicadas de branco, e começaram a passear por ali vermes com chifres e olhos verdes, alguns; vermelhos, outros, e outros pretos. Faiscavam os olhos dos vermes que foram se ajeitando até formarem entre o veado, o assento e o respaldo da cadeira um tecido de felpa bem peludo. Já sentado, ele cruzou a perna como se fosse prefeito e sorrindo para mim, cada vez que ria a lua entrava em sua boca e iluminava os dentes de copal sem brilho, e sorrindo para mim piscou como se uma mosca de ouro pousasse em sua pálpebra esquerda, e disse: Para que tu saibas, Usebio, esta é a sétima queima em que eu deveria morrer e reviver, porque tenho sete vidas, como os gatos. Fui um dos bruxos dos vaga-lumes que acompanhavam Gaspar Ilóm quando foi morto pela montada. Lá me salvei a primeira vez, depois me salvei outras seis, e nesta sétima coube a mim por tua mão, por teu gatilho, por tua mira e tua paciência ao esperar que eu passasse pela quebrada do taqueral. Foi bom. Não me arrependo de que tenhas me matado. Revivi só para tirar do meio aquele que também chegou à sua sétima queimada...

– E é essa... – exclamaram ao mesmo tempo Calistro, Tomás, Uperto e Roso ou Rosendo, como chamavam-no as mulheres. Os homens chamavam-no de Roso e as mulheres de Rosendo.

– Claro que é essa – teve o cuidado de dizer Eusebio, e acrescentou, o fogo seguia trepando de O Tremeterra –: sem dizer mais nada, o veado coçou uma orelha, a orelha esquerda, me deu a pata, a esquerda, e se pôs a correr para baixo. Um tempo depois, eu vi o fogo...

– E você o acertou no lado esquerdo, para derrubá-lo...

– Menos palavras, rapaz, e mais olhos, porque podem passar por nós, deixei eles agorinha na choça para consultarem com a nana se o curandeiro tinha morrido mesmo... – murmurou rispidamente Roso Tecún.

A resposta foi uma saraivada de tiros de escopeta. Os mosquetes dispararam quase todos ao mesmo tempo. Pon, pon, pon, pon... E ficaram silenciosos, olhando o resultado, entre as adagas mortíferas dos iucais e as mãos das chamas, mãos de missas dos milharais.

Derrubaram de seus cavalos muitos dos homens que subiam do fundo de O Tremeterra tentando salvar sua pele, tomando-os pelos homens de Musús, que haviam dado meia-volta apressados antes mesmo de chegarem ao local onde os Tecún estavam de tocaia. Se iam morrer de qualquer modo, melhor que fosse para cumprir a vingança em estradas de terra colorada à sombra dos vistosos pinheirais.

QUINTA PARTE

Maria Tecún

10.

De sua língua de liana, de seus dentes de leite de coiote, da raiz do pranto partia o deslizamento de seus gritos:

– María TecúúúÚÚÚn!...

María TecúúúÚÚÚn!...

A voz ia despencando morro abaixo:

– María TecúúúÚÚÚn!...

María TecúúúÚÚÚn!...

Os cerros enrodilhados empacados de ecos:

– María TecúúúÚÚÚn!...

María TecúúúÚÚÚn!...

Mas o eco também ia despencando morro abaixo:

– María TecúúúÚÚÚn!...

María TecúúúÚÚÚn!...

– ...Que o diabo carregue! – disse uma mulher sardenta, com o cabelo avermelhado preso em longas tranças escorridas, um pouco alta demais, magrela. Ninguém soube se essas palavras saíram de seu peito ou da camisa. Saíram do peito pela descostura da camisa. Mais que descosturada, rasgada. E com um filho na barriga saliente, outro nos braços, mãozinhas de quem já andava preso às anáguas rodadas, e os filhos que vingaram guiando a carreta de bois, deixou para trás o que era inútil, mas inútil mesmo, inutilizado, fosse para cortar lenha, buscar água, pastorear animais, castrar colmeias ou capar gatos. Colocaram no carro tudo o que tinham. Não muito, mas tinham. Aquilo de não querer esquecer nada para trás. E para que deixariam, se o que convinha àquele homem era morrer.

– María Tecúúú**ÚÚÚ**n!... María Tecúúú**ÚÚÚ**n!... – gritava sem respiro Goyo Yic, cansado de indagar com as mãos, o olfato e o ouvido as coisas e o ar para saber aonde tinham ido sua mulher e seus filhos. Riachinhos de pranto corriam dele, como água de rapadura, pelas bochechas sujas da terra das estradas.

E continuava gritando, berreiro de homem que perdeu a cria, chamando-a, chamando-a, o cabelo ao vento, perdido, sem olhos e já quase sem tato. Os fugitivos o atraíram com vozes e risos fingidos, como se fossem a Pisigüilito e, pernas pra que te quero, seguiram na direção contrária. Logo veriam diante de seus olhos, no ponto mais elevado da serra, caída lá embaixo, a costa com a respiração esmagada pelo mugido do Oceano Pacífico. Seguiam para aquelas bandas por um pedregal que no verão era trilha e no inverno, rio. A água desce das montanhas para o mar, bem saudável, bem limpa, bem boa, como o mundaréu de gente que desce das terras frias para trabalhar no litoral. Um rir de nuvens entre os pinheirais que já são pássaros de tantos pássaros de todas as cores que vivem em cima e acima delas. Acima os que voam pertinho. Mas tanto água como gente perdem vigor na preguiça dos terrenos costeiros. Água e gente acabam fétidos, acometidos por febre fria em meio aos tendões dos manguezais, reflexos e resvalos.

Goyo Yic ficou com as orelhas de pé, sem respirar, porque se engasgava com o ar e às vezes precisava respirar ligeirinho e às vezes parar de respirar. Com o grande susto que levou ao não encontrar a família, embora ainda ouvisse, ouvia as farpas dos nervos pulsantes. Folhas? Aves? Água voadora? Tremor de terra que sacolejou tudo?

Deitavam árvores à terra. E três homens não bastariam para carregar, sequer a menor das árvores que ali deitavam à terra, assim disseram seus filhos.

– María Tecúúú**ÚÚÚ**n!...

María TecúúúÚÚÚn!...

Voltou para casa chamando por eles. O gogó arranhado de tanto gritar. Com as mãos ossudas alisou as pernas magras. Andava tremelicando. Que horas seriam? Goyo Yic tinha o dom de adivinhar as horas e na frieza da mata, sob seus pés de velho tamalentos de tanta pulga, percebeu que já era bem tarde. Ao meio-dia, a mata queima. Pela manhã, molha. E esfria, como pelo de animal morto, à noite.

– Não seje ruim, María TecúúúÚÚÚn! Não se esconda, é com você mesma, María TecúúúÚÚÚn! Pra que fazem isso, mulhééééÉÉÉ? Rapa-aaaAAAzes! Meus-filhoooOOOS! Vão se ver com deus, seus merdas. Estou cansado de gritar, María Tecún, MaríííÍÍÍa Tecún! Respondam, rapaaaAAAzes! Rapaaa-AAAzes! Meus-fiii-iiiIII... meus-fiiiIII... meus-fiiiIII...!

O grito virou um pranto corrido. E após fungar um pouco, e ficar calado um tanto, seguiu despenhando seus gritos:

– Parecem pedras que não oooOOOuvem! Sem minha licença se foooOOOram! María Tecún, se fugiu com outro jovem, me devolva os garotiiiIIInhos! Os meus garotiiiIIInhos!

Bateu no rosto, puxou os cabelos, reduziu a roupa a tiras e, já sem fôlego para gritar, seguiu com as palavras:

– Nem sequer deixou a muda limpa de roupa. Se esbalda por me tratar assim, filha de uma porca, desgraçada, maldita. Mas você me paga. Os corpos sem cabeça dos Zacatón são minhas testemunhas. Fui eu quem tirou você de baixo do berço. Não morreu graças a mim. Teria morrido bebezinha. Graças a mim não foi comida pelas formigas, como se fosse migalhas. Berrava atrás do leite de sua nana. Suas mãos quentinhas a encontraram. Quiassim lembro, porque ficou calada. Mas foi só para chorar ainda mais, um choro que foi se transformando aos pouquinhos. Sua nana era uma montanha de cabelo gelado. E berrou ainda mais depois de escalar atrás do leite; imagino, pois, que em sua inocência você queria fazer o que fazia quando ela dormia, para acordá-la com suas exigências. Imagino, pois, que buscava o nariz, as bochechas, os olhos, a testa, o cabelo, as orelhas, e não encontrou nada porque os Tecún tinham levado a cabeça dela. Índia porca, xexelenta, trata assim quem te juntou e reanimou aos sopros, como quem reaviva o fogo quando só resta uma chispa! Te tirei da morte como um iguaninha abatido!

Os lamentos zumbavam em torno de Goyo Yic, feito besouro, em suas narinas chatas, desossadas, com algumas marcas de varíola.

– O acabado... me chama assim!, não é, María Tecún?... Pois o acabado tirou você da casa dos Zacatón se retorcendo de cólica e trouxe do mato uma erva que te fez vomitar o soro de sangue que mamou de uma mãe sem cabeça. E em seguida o acabado... você me chama de acabado quando não estou!, não é, María Tecún?... Pois o acabado te criou com uma bexiga de porco que pendurava no peito, porque você não queria pegar a garrafa nem a caneca, como teta de mulher, cheia de leite de cabra misturado com água de cal, onde você mamava por um buraquinho feito com ponta de espinho até pegar no sono.

Os barrancos respiravam para dentro, deixando Goyo Yic ciente de sua proximidade perigosa. Andava, choramingava, tremelicava a caminho de sua casa, de onde havia saído aos berros um bom tempo antes.

– E ao lado do acabado você cresceu e o acabado trabalhou as sementinhas da sua mão, índia de cara esburacada. Milho, feijão, abóboras, verduras, chuchu. O acabado engordou os porcos. O acabado pediu esmola nas férias para te vestir de contas. Negociamos fios e agulha para remendar os trapos. Comprei animais. E da sua mão de moeda com ossos, que você deixava entre as minhas como se fossem uma esmola a mais enquanto dormíamos, o acabado sonhou que via, mas não via nada, embora visse você, materializada em seu corpo.

– Não me tinha em suas mãos, María Tecún? Então por que não me empurrar de um barranco. Me desse um empurrão ao passar por um barranco. Não teria custado nada. E na cegueira da morte, de tanto que te quero, te seguiria sem impedimentos.

134

Seus filhos andaram no galinheiro na alvorada, desde muito cedo. Madrugaram mais que de costume. Talvez nem tenham deitado. Para que se deitariam, se logo tinham que levantar. A claridade os alcançou já com os bois atrelados, prontos para partir, e com todas as coisas que levariam na carreta espalhadas pela varanda e pelo pátio: a pedra de molar, as frigideiras, as panelas, um tonel vazio, uma moldura de cama tramada com tiras de couro cru, algumas esteiras de palha, a rede, as galinhas, um par de leitões, cabaças, pealos, forros de banquetas, telas, gamarras, capas de chuva de folhas de palmeira, um pouco de mistura velha em uma lata de fósforo dobrada de todos os lados, cal viva em um saco, telhas, lâminas, ocote, as pedras da lareira e os santos.

A carreta rangeu nas pedras do portão, como se seus eixos desengraxados soubessem que estavam partindo para outro lugar.

Goyo Yic encontrou na cozinha a evidência da fuga. Primeiro com um pé meio erguido para usar o dedão, depois com as mãos, foi procurando de quatro as pedras da lareira. Essas rochas disformes, bócios de terra ancestral, fiéis ao fogo, às frigideiras e à jarra de café, queimadas, cobertas de cinzas, não estavam no lugar. E pelo teto decrépito, pois haviam levado as telhas, entrava o céu. O peso do céu sobre seus ombros de cego, estando sem teto, fez com que desse pela falta de algo grande na parte superior da cozinha. O céu pesa como a água nos jarros de barro. Seus ombros conheciam esse peso. Refugiava-se em sua casa, ou em lugares cobertos, ou sob as árvores das estradas, para não ser aplastado pelo peso do céu, da atmosfera, de nuvens, estrelas, aves conhecidas só por menções e cantigas após suportá-los o dia inteiro e às vezes à noite, pedindo esmola ao ar livre. Seus filhos destelharam a cozinha e parte da casa. A claridade – para ele, calor – da manhã se impregnava nos aposentos sem teto, sem móveis e sem gente.

Se Goyo Yic houvesse espiado as mudas de pimenta arrancadas pela raiz, estropeadas, pisoteadas, o chuchuzal deitado por terra com as folhas franzidas, o canto onde ficava o cofre agora vazio onde guardava as moedinhas arranjadas por ele em troca de ficar dia após dia com a mão esticada ao pé de um amate[38], na curva da estrada que vai para Pisigüilito. Desgastou com suas costas o tronco cascudo do amate em que se apoiava para pedir esmola, quando não o fazia direto na beira da estrada, sem abrigo sobre a cabeça, para ficar mais próximo dos viajantes, embora assim corresse o risco de ser atropelado pelas carroças ou pelos rebanhos de gado. No verão se recobria de pó, mas tão logo caíam as primeiras chuvas, no inverno ele se lavava, refrescava, rejuvenescia, até sentir a própria carne como umidade causadora de reumatismos. O reumatismo fazia longas viagens por seu corpo, longas viagens invernais, desajustando os ossos, enodando os tendões, e ele ficava quase rijo de carregar tanta água. Desgastou o tronco cascudo do amate pedindo esmola, e as moedas que juntava serviam para dar a quem julgava seus – seus, seus, seus – teto, pão, roupa e o indispensável para o seu trabalho, ferramentas e bois.

Goyo Yic sentia o ar da noite como chuva. Nas montanhas o ar gelado da noite é quase chuvoso. O arvoredo escapava através do ruído viajante de seus galhos embalados pelo vento, como se fossem eles também fugitivos. Goyo Yic desabou dolorido sobre a grama molhada de sereno, cobrindo o rosto com o chapéu, e dormiu.

Os vaga-lumes brincavam de velinhas na escuridão. Se ao menos Goyo Yic pudesse ver uma única dessas luzinhas verdosas, cor de esperança, que iluminavam sua cara sarapintada de varíola, ressecada e sem expressão, como esterco de vaca.

Uma juruva levou embora a floresta com um trino. Uma cotovia-do-norte com um trino devolveu-a a seu lugar. A juruva, ajudada pelas surucuás, levou-a para ainda mais longe,

---

38 **AMATE:** Termo utilizado para diferentes árvores do gênero Ficus, bastante comuns na América Central e no México. O nome também é utilizado para designar o papel (feito a partir da casca de uma Ficus) produzido por diferentes culturas mesoamericanas. O material foi utilizado em livros sobreviventes até os dias de hoje, como os códices maias e os códices astecas.

rapidamente. A cotovia-do-norte, auxiliada pelos pica-paus, resgatou-a em pleno voo. Juruvas e cotovias-do-norte, pitos- -de-água e pica-paus, corrupiões e surucuás, levavam e traziam florestas e pedaços de floresta enquanto amanhecia.

O ardor do sol despertou o cego. Pedras grandes, espinheiros, pálpebras de floresta seca passavam à distância, mas ele sentia tudo em seus dedos. Passavam por suas polpas que sentiam de longe o que havia ao seu redor. O eco dos bandos de quíscalos na mafumeira da praça de Pisigüilito dava voltas, lá embaixo, na barranca. As árvores não respiram do mesmo jeito quando estão plantadas perto das barrancas. À sua direita encontrou a vereda. Ruído de lagartixas entre as espinheiras. Cheiro de grama nova anunciava a cheia dos canais de irrigação quando ele tomou a estrada. O amate e Goyo Yic juntos outra vez, só que agora ele era um Goyo Yic sem filhos e sem mulher, juntos depois de um dia sem se verem, já que o amate o via com a flor que escondia no fruto, e o cego o via com olhos para os quais a flor do amate era visível.

A primeira esmola desse dia foi uma minhoquinha quente que caiu do bico de algum pássaro em cima dele. Yic levou a mão ao nariz e se desfez em insultos ao cheirar que era cocô de pássaro. Dia ruim, quem sabe. Limpou a palma da mão no pasto e voltou a estendê-la, afastando-se do amate, passo a passo, para se aproximar mais da estrada.

Os sininhos das parelhas de bois faziam Goyo Yic ranger os dentes. Aquele som de enxada desregulada. E pelo passo dos animais e humor dos boiadeiros sabia se iam ou voltavam. Se estavam carregadas, dirigiam-se ao povoado ou seus arrabaldes; se descarregadas, voltavam. Se iam carregadas sob o peso dos volumes, cavalos e mulas semeavam os cascos no chão, e os boiadeiros repreendiam com golpes de viseira, insultos e berros; e se vinham vazios, o andar dos cascos era ligeiro, vertiginoso, e os boiadeiros passavam soltando as rédeas enquanto o chamavam de desocupado, entre risadas e chacotas. É fácil saber se o boiadeiro está indo ou voltando, porque vai calado e volta bem disposto.

Uma procissão de carros de boi passava diante do nariz chato de Goyo Yic. Tuluque, tuluque, o batuque das rodas, entre as pisadas dos bois relutantes e os gritos dos boiadeiros que faziam ecoar "ê, boi!... ê boi malhado!... êboi-êboi!... e seus gritos não apenas ecoavam, mas também moviam as nuvens, imensos bois brancos, segundo haviam dito ao cego, para explicar como eram as nuvens.

Arre! Arre! Boi vago, arre! Arre fiadaputa! As ferroadas no corpo manso dos bois soavam como cordas de violão arrebentando, e como golpes em caveiras vazias soavam os golpes de vara que levavam no cachaço para recuarem e permitirem que a carreta retrocedesse.

Tortilheiras com os bebês presos às costas em xailes e os cestos atados com uma tala sobre a cabeça, e as que não tinham cria com os xailes sobre o cesto, caindo pelas laterais feito cortina para cobrir as orelhas e poupá-las da força do sol, vestindo camisas de cores vivas, anáguas e fustões arremangadas sobre as saias, os pés expostos e muito limpos que mal tocavam o caminho quando passavam correndo. Goyo Yic reconhecia-as pelo passo frequente, cadenciado, ziguezagueante, como se preparassem tortilhas de terra, e por que de vez em quando recobravam o fôlego com assovios de moedeira ao mudar o ritmo da mão no pilão.

Ao regressarem de Pisigüilito já não corriam, voltavam com passos pesados e paravam para conversar, como se esperassem a tarde chegar. Goyo Yic escutava-as sem dar sinal de vida, temendo que se calassem ou voassem para longe como pássaros. Agora para ele, em sua solidão, obrigado a falar quando queria ouvir alguma voz humana em casa, e falar sozinho não é a mesma coisa, é voz humana, mas é voz humana de louco, escutar a conversa da tortilheiras era melhor que esmola.

– Você parece apressada, Teresa...
– Vendeu?
– Um tanto, e você. Que anda vendendo...
– O mesmo.
– E vendeu a quanto?

– Dez tortilhas por um *real*. E você não vendeu, caramba.

– Não punhei milho ontem à noite. Trouxe foi chuchu cozido. A senhora Ildefonsa também trouxe chuchu. E que você tá comendo...

– Manga...

– E as amigas, como ficam...

– E como quer que ofereça, se só comprei esse unzinho, e nem tá muito bom. Ficou sabendo. O senhor Goyo ficou sozinho, por conta.

– Ouvi algo assim. A mulher fugiu com os filhos.

– Sabem mais alguma coisa?

– Que vão pro litoral, viajaram praqueles lados.

– E por que será?

– Cansou do homem. Na certa porque deixava ela grávida o tempo todo.

– Deve ser ciumento...

– Como todo cego…

– Sim, porque quando se vê as coisas não precisa de ciúmes, dá pra conferir.

– Mas ela não fugiu com homem.

– Não, foi sozinha com os filhos. Vai arrumar outro, porque o senhor Goyo tem o impedimento dos olhos e não pode perseguir.

– E é bem cego mesmo. Eu gostava daquela mulher, se quer saber. Trabalhadora, quieta e de bom coração. Era sofrida. Se chamava María porque era branca. María Tecún. Branca e com cabelo cor de tijolo.

O cego piscava, piscava, piscava, imóvel, banhado em suor frio, a cabeça afundada entre os ombros, batendo orelha. E para se fazer presente erguia a voz:

– Uma esmola, pelo amor de Deus, para este pobre cego. Almas caridosas, uma esmola, pela Mãe de Deus, pelos Santos Apóstolos, Santos Confessores, Santos Mártires... – e ao sentir que apressavam os passos suaves pela estrada com ruído de fustão engomado, agarrava as próprias mãos, beliscava até machucar, para se livrar do nervosismo que peregrinava por seu corpo, e murmurava entre dentes: –...porcas, fazem de propósito, falam de María Tecún quando me veem, e falam, e falam e falam coisas que não se entende... malditas... desocupadas... burras... porcas sujas...

11.

Para a Romaria da Segunda Sexta-Feira[39] a estrada era pouca. Assim como os rios na cheia a estrada enchia de gente, e assim como os rios que transbordam os peregrinos transbordavam para chegar a Pisigüilito por matagais, as cercas de pedra sobre pedra em planuras de chircas e goiabeiras. O cego cansava de tanto ouvir gente passando a noite inteira, e de repetir suas orações pedindo esmolas até sentir náuseas. Gente. Gente. A das terras altas cheirando a lã, álamos e falésias. A do litoral fedendo a sal e suor marinho. A do oriente, feita de terra de encosta, exalando odor de tabaco, queijo seco, farinha de mandioca e fécula em bolinhas. E a do norte exsudando garoa, gaiola de cotovia-do-norte e água fervida. Uns provinham das terras escarpadas dos cumes, que o milheiro poda e o inverno molha; outros, dos altiplanos com terra de peito de galinha e campos de cereais; e outros do pétreo prolongamento dos planos do mar sem horizonte,

---

39 **ROMARIA DA SEGUNDA SEXTA-FEIRA:** Tradicional evento religioso em que se celebra Justo Juez, que tem a figura representada por Jesus carregando a sua cruz nas costas. A peregrinação ocorre na Catedral Metropolitana de Los Altos, em Quezaltenango, local onde se encontra a imagem sacra. O templo foi construído como celebração à vitória dos espanhóis sobre Tecun Uman, um dos últimos líderes maias a resistirem à conquista espanhola. Hoje, Tecun Uman é considerado herói nacional da Guatemala.

fumegantes de calor, pujantes, tórridos, campos enceguecidos para semeaduras e semeaduras, à mercê dos dilúvios que caem sobre eles. Agora, verdade seja dita, quando começavam a cantar o Albado do Sangue de Cristo, todas as diferenças regionais cessavam e a gente de terra fria, terra temperada e terra quente, o povo de sandália, de botina e os toscos, e os remediados, e os pobres, e os que tinham os alforjes e sacos transbordando de dinheiro, cantavam em uníssono:

Por teu costado glorioso
Resvalou o rubi divino
E no céu silencioso
Ficou qual gota de vinho!

Goyo Yic abandonou o amate quando deixou de passar a Romaria da Segunda Sexta-Feira, festa que aproveitou para juntar dinheiro. Em um lenço de uma vara fez diversos nós para as moedas: mais meios que reais, mais quartos que meios, e uma ou outra cédula. Os joelhos endurecidos de ficar prostrado, o braço com câimbra nos ossos e músculos por manter-se estendido, a língua adormecida de repetir orações deselegantes e amancebadas com más palavras contra os vira-latas, e uma máscara de pó na cara ossuda, assim estava e assim partiu. Não esperou ser lavado pelas primeiras chuvas. Abandonou o amate, que era seu púlpito e tribuna, antes que as primeiras gotas de água, redondas e pesadas como moedas de prata, podassem a Romaria da Segunda Sexta-Feira.

Por teu costado glorioso
Resvalou o rubi divino
E no céu silencioso
Ficou qual gota de vinho!

Goyo Yic não conseguiu desatar com as concavidades rombudas de suas unhas de velho o nó duplo do quinto bolsinho de dinheiro do seu lenço, e, entre maldições e gemidos, precisou enfiar os dentes. Quase rasgou o tecido descolorido do lenço, que de tão sujo mais parecia pano de cozinha, e de sua boca, ao ceder o nó, saltaram, como se cuspidas, as últimas moedas sobre o vulcão de níquel que tinha entre as pernas, no fundo do chapéu, sentado de costas para a estrada, de frente para um rochedo. Passou um bom tempo contando e recontando. Os quartos do tamanho da polpa de seus mindinhos, as moedas de meio *real* como as pontas dos dedos médios, e as grandes de um *real* como a bolsinha de seus polegares. Fez suas contas. Não precisava ir correndo pagar o senhor Chigüichón Culebro. Separou pra cá, separou pra lá, e com tudo separadinho voltou a fazer nós no lenço antes de seguir adiante, guiando-se pelas indicações que lhe deram, até chegar à casa. Rochas enormes, água de viagens crescentes, árvores de grandes raízes, choças com gente, voltas e mais voltas, até passar por uma ponta antiga de cal e seixos.

A casa do senhor Chigüichón Culebro ficava um nadinha depois da ponte, que ele atravessou aos tropeções por causa do piso acidentado, próxima a um bosque de sapotizeiros. O cheiro envolvente do sapoti-branco se apresentou a Goyo Yic. Farejava como cão, para ter certeza de que era ali mesmo, e por gostar de encher os pulmões com cheiro de fruta boa, deliciosamente perfumada. Acabou de atravessar a ponte e deu direto com a casa que procurava.

– Como só vês a flor do amate, queres te curar para ver todas as flores. Quão negra é tua ingratidão, a vingança e a cegueira de nascimento são tão negras quanto a rapadura amarga, iguaizinhas! Do amate onde pedes esmola, deves receber amparo e sombra fresca pelos anos sem-fim da eternidade, e mesmo assim queres curar a vista para deixar de ver a flor do amate, a flor escondida no fruto, a flor que só os cegos veem...

– Olha, não é por isso – interrompeu Goyo Yic fazendo um movimento ridículo com a cabeça para se orientar e encontrar o local exato onde estava o ervanário, o local de onde falava com aquela voz rouca, rouca como nenhum ouvido humano jamais escutara –, não é por isso, e ninguém consegue se virar sem ser um pouco ingrato, e gente ingrata é o que não falta, tem muito ingrato, muito, muito ingrato, senhor Chigüichón, e mesmo assim eles se viram.

– Sempre falei que te curava se tua cegueira fosse boa, mas tu nunca quiseste, por ser medroso; preferias andar com esses dois sacos de vermes no lugar dos olhos, vermes que destilam água de queijo. Vamos ver se esse mal ainda tem cura, porque até o mal tem seu tempo, filho, e nem sempre se pode fazer alguma coisa.

– Quero que me diga quanto vai cobrar, pra saber se os *reales* que juntei agora na Romaria da Segunda Sexta-Feira bastam. Os *reales* que eu trouxe pra você, ó... Mas não sei se é suficiente...

– O caso de quem só vê a flor do amate não é coisa que se cure assim, como se arranca um dente, Goyo Yic. Antes precisamos veriguar por onde anda a lua, o cemitério redondo que abriga as cinzas do Santo Pai e da Santa Mãe. Precisamos veriguar se o ar das colmeias perambula como gato e meio aos eucaliptos ou se anda displicente; no primeiro caso, favorável, no segundo, não, porque quando está solto o ar das colmeias deixa o ar melado, e para essa cura o ar não pode estar pegajoso. E preciso ver de novo que tipo de cegueira é a tua, pois existem muitos tipos: de nascimento, de ferroada negra, de verme que fere sem o sujeito se dar conta, porque entra no sangue e cega traiçoeiro. A mais fácil de curar é a cegueira branca. É só tirar dos olhos como fio de junco. É só isso, um fio que se enredou de repente, em um resfriamento, ou pouco a pouco, com o passar dos anos, no globo ocular, até deixá-lo como um junco sem fio. É uma dor horripilante, como aplicar pimenta em ferida aberta.

– Doa o que doer, agradeço se o senhor me curar, porque é triste só ver a flor do amate, quando tenho sentimentos e meu ferimento é pior do que esse de que você fala.

O senhor Chigüichón Culebrero se agachou para contar o dinheiro do cego sobre a pedra de molar na extremidade da varanda, utensílio que usava para afiar seus ferros de carpinteiro. Era hábito seu contar dinheiro na pedra de molar. Para ficar afiado, dizia, entre risonho e sério, e cortar os bolsos dos tacanhos e arranhar as mãos dos trapaceiros.

Goyo Yic, esfarrapado como se estivesse vestido de folhas velhas de bananeira, o chapéu de palha estragado na ponta por onde seu cabelo escapulia como se fosse um parasita, disse, procurando o ervanário com o movimento de suas pálpebras leitosas:

– Desculpe bancar o valente, dizer que tanto faz se doer, mas é a verdade; se for para me curar e devolver meus olhos, pode até me queimar vivo.

– A cegueira de sereno também tem cura – continuou explicando o ervanário; depois de contar o dinheiro de níquel, apalpava os olhos do cego para encontrar o ponto exato onde estava escondido seu mal, apertando as bolsinhas de pele das pálpebras – tem cura a cegueira branca ou a cegueira de sereno ou a de sopro de vento...

Goyo Yic sentia-se contente por estar entregue àquelas mãos, como se ao apertarem seus olhos com força elas não o machucassem, mas fizessem carinho, e ficou escutando o som de mastigação que o ervanário propagava ao redor de si, nhac nhac com os dentes, enquanto revirava na boca uma bolinha de goma de copal[40], macio e branquíssimo. O senhor Chigüichón Culebro parecia estabelecer entre os olhos de Goyo Yic, buchos dotados de globos oculares, e a goma de copal que mastigava uma certa relação salivosa.

– De cegueira branca – seguiu explicando – padecem cedo ou tarde as mulheres que enquanto passavam roupa saíram à rua de repente, pois ao entrarem e contato com o ar ficam nubladas, melhor seria se fossem acometidas em sua bucha gotejante, pois lá embaixo elas não têm olhos, ou se saíssem para a rua tão logo sentissem vontade, sem pressa, para terem tempo de cobrir os olhos. E no seu caso,

---

40 **GOMA DE COPAL:** Resina retirada enquanto a planta ainda está em fase de amadurecimento para a elaboração de incenso, muito utilizado por curandeiros mesoamericanos tanto para a recuperação da saúde física como da saúde espiritual.

Goyo Yic, não há nada como uma raspada da navalha ou o leite daquele monte de folhas e talos azulados, flores amarelas feitas de asas de borboleta e frutinhas espinhentas que são alimento de pombas.

– Agora vou pousar aqui – disse o cego, dolorido do exame feito pelo ervanário, levando aos olhos a ponta dos dedos, como se dissesse a eles: estou aqui, não tenham medo, este senhor vai curar vocês, vai deixá-los bons, vai deixá-los limpos.

– Sim, pode ficar aqui, e se quiser algo para comer peça na cozinha.

– Deus pague o senhor pelo favor que me faz...

E Goyo Yic pousou ali, entre cães e o mastigatório do ervanário que, no silêncio da noite, parecia encher a casa inteira. O cego, escutando os grilos lá fora e a correria dos ratos ali dentro, jamais estivera tão atento ao som de um copal mascado ritmicamente, como um relógio. Existem relógios de sol, existem relógios de areia, existem relógios de corda. O ervanário era um relógio de copal. Cada dentada no copal deixava-o mais próximo de sua cura. Às vezes Goyo Yic movia a própria boca, mas para mastigar pensamentos: como foi ruim, foi ruim, ruim a María Tecún, María Tecún foi ruim, ruim, ruim... Se estivesse comigo, eu não teria porque arriscar que me cortassem os olhos a navalha. Me acovardaria. Porque se deixar raspar com navalha não é brincadeira. Sentou-se. A mastigação do coração chegava aos seus ouvidos: ruim, ruim, ruim. Estava deitado em um monte de palha com cheiro de mãos plantadeiras, de sol estival, de cascos de cavalo solto. Escutava serrarem e lixarem madeira ali perto, não sabia onde, sobre sua cabeça, sobre suas costas, sobre suas mãos, sobre seu rosto, sobre seus joelhos, sobre seus pés. E se o senhor Chigüichón Culebro estivesse construindo um caixão para enterrá-lo. Devia ter percebido que assim ganharia mais dinheiro. Colocou sobre o estômago o lenço com as bolinhas de dinheiro, parecia um pedaço de intestino. Não se importava com a morte. Temia ser enterrado vivo, levando em seu coração, como o fruto do amate, a flor escondida de uma mulher ingrata, a flor negra de uma perjura. Em seu desespero, Yic achava que tão logo abrisse os olhos curados veria à sua frente María Tecún. Era ela quem queria ver, primeiro e sempre. A luz, as coisas, as pessoas, nada importava para ele. Ela, a ruim, que encontrou entre os Zacatón decapitados, e depois criou e emprenhou. A mastigação do copal de Chigüichón continuava, e quando não era a mastigação era a serra, e quando não era a serra, era a lixa. O corpo dele despencou vertiginosamente em um sonho peregrino ao lado da Zacatón, porque ela não era María Tecún, a ruim, mas María Zacatón. Ele dera a ela o sobrenome Tecún, porque os Tecún cortaram a cabeça de todos os Zacatón. Entre o sono e a vigília, viu-se sobre as canas de um berço que tremia de pássaros que não eram pássaros, mas lisonjas. Sorriu adormecido. Ter medo de um caixão de morto, logo ele. Logo ele que havia chamado a morte na beirada dos precipícios, nas estradas solitárias, nos cumes das montanhas desde que María Tecún partira de sua casa levando seus filhos.

O ervanário acordou antes do amanhecer e o informou em voz muito baixa, perceptível apenas para seu ouvido de cego, que havia preparado o tapete de serragem e apara necessário para chupar seu frescor de estrela da manhã. E o ergueu e conduziu pelo braço.

– Estamos – foi dizendo a ele em voz muito baixa – no país da serragem e da apara, e meu corpo te serve de bengala. É preciso matar a pimenta gorda, colocá-la sob nossos pés, destripá-la. Não ouço teus passos, nem os passos de tua bengala fazem barulho. Cuspimos e não ouvimos a saliva cair no chão, como se cuspíssemos em uma beirada de precipício. E aonde vamos?... ou, ou, ou... aonde vamos com os pés sem apoio, em um precipício?

O cego ouvia o céu palpitando como um animal emplumado, e um estranho comichão incomodava sua virilha e os mamilos, como se o suor carcomesse sua coragem como o ácido corrói os metais.

– Vamos – acrescentou o ervanário com sua voz grave,

empurrando o cego suavemente, passo a passo – buscar a navalha que limpará a vista de Goyo Yic, da planta que dá ilhas verdes para cobrir com duas ilhas verdes os olhos após a limpeza, da essência de erva-andorinha para refrescar suas pálpebras e da samambaia, do carapiá e do *chicalote*, caso precise. E nos agachamos – o ervanário dobrou o cego pela coluna para que se inclinasse – até juntarmos nossas cabeças ao bom chão, e não podemos ver como é o país da serragem e da apara, porque não vemos e nossas testas ficam sujas e ásperas como um cachaço. E nossas mãos saltitam feito cães – prosseguiu o ervanário com sua voz rouca, majestosa, fazendo cosquinhas no cego – brincando, dando saltinhos de felicidade, pois a escuridão, com seus dentes pretos de melancia, já deixa sua casa.

Outros passos e uma longa pausa em que ressoou várias vezes a goma de copal, pasta vegetal em que os dentes ficavam encravados até a gengiva para depois se soltarem, e em seguida se cravarem outra vez e saírem depressa, mais depressa, aprisionamento e libertação das mandíbulas que imita um salto. Os acostumados com a prática não parecem mascar, mas saltar, ficar saltando.

– Nos enganaram! Onde está a lua? Apenas moscas zumbindo nesta casa da senhora melancia dos dentes negros. Moscas que picam, moscas que voam, moscas que falam e dizem: os dedos trabalhadores destes dois homens escavam com suas pás, as unhas, a nuvem de serragem e apara que brincam, tremem, espalham-se com a respiração que sai de suas narinas como se saíssem de um cano duplo de escopeta.

O ervanário tomou em seus braços o corpo desnutrido de Goyo Yic. Goyo Yic tremia como uma flecha cega no arco de um grande destino. Levantou-o desequilibrado para depois soltá-lo, deixando o cego cair abandonado sobre o próprio peso, e então começou a lutar com ele, gritando roucamente:

– Somos inimigos, cegas imensidões em guerra como homens que se matam entre as torres e as fortalezas, perdemos o brilho do pássaro que roubou a luz e nos deixou na noite, esperando o retorno dos exércitos do sonho que hão de retornar derrotados das cidades. O mouro nos deu seu alfanje com mel de abelha, o cristão, sua espada com mel de Credo, e o turco cortou as próprias orelhas para navegar sobre elas e desbravar mares desconhecidos para morrer em Constantinopla.

E sempre lutando com o cego que se queixava, sem saber direito se tudo aquilo era briga de mentira, acrescentou mais rouco:

– Go, go, go! A chuva nasce velha e chora feito recém-nascido. É uma criança velha. A lua nasce cega e brilha para nos ver, mas não nos vê. Tem o tamanho de uma unha quando nasce, unha que ela mesma usa para tirar de seus olhos a casca de sombra, como a unha da navalha cortará os olhos de Goyo Yic.

Terminada a cerimônia, Culebro deitou o cego em um banco de carpintaria para atá-lo com cipós simbólicos. O cipó cor de café que ajudará o doente a não ter vermes nas feridas, porque é uma trilha de tabaco; o cipó malhado que impedirá as cordas de arrebentarem os cordões com a força que fará ao ser estrangulado pela dor; o cipó úmido, uma verde teia-de-aranha vegetal, para que sua língua não desça pela garganta; e o cipó do umbigo de sua mãe. Depois dos cipós simbólicos, que não prendiam o homem de fato, veio a parte mais difícil para o cego. Os laços com que foi amarrado ao banco começaram a machucar. Enquanto falava em cipós simbólicos, o curandeiro havia passado por seu peito, pelos braços, pelas pernas, os laços que agora ia apertando, para que não se movesse, precisava ficar imóvel enquanto raspasse seus olhos com a navalha.

O ervanário começou a operação tendo em mãos meia dúzia daqueles bisturis vegetais verdes, afiados, ferindo, raspando, soprando os olhos do enfermo para que aguentasse a ardência. O cego, como um animal atado, indefeso, soltava mugidos cavernosos nos quais se mesclavam o ai da dor e o ai do ruim, que já era quase o novo sobrenome de María Tecún.

Mijou-se de dor. A navalha passava pela segunda vez. Asas

altas do fio que penetra na carne para cortar a consciência, para deixar a montoeira humana se debater ao infinito. A mandíbula tremia, a respiração faltava.

Culebro raspou mais forte. O cego soltava uma espécie de miado de gato sendo queimado a fogo lento, duro dos cabelos aos pés, os braços e as pernas como pau de amarrar rede entre os laços mornos, trêmulos. Sangue nas narinas. Cheirou--o. Ao cheirá-lo sentiu ânsia e por pouco não se afoga. Quase espirra e não podia espirrar. A cosquinha nervosa da tosse e não podia tossir. Aliviou-se com a saliva para liquidificar um pouco o coágulo.

Depois da terceira raspagem com a navalha, suavizando sua voz grave, o ervanário disse:

– A nuvem já se move ao sopro como nata separada do leite, e agora, sem perder tempo, vamos tirá-la enroladinha em um espinho. Aguente um pouquinho mais, o pior já passou.

O ervanário foi enrolando, com espantosa habilidade de cirurgião, as faixinhas brancas que cobriam os olhos de Yic ao redor do espinho. Seus dedos pareciam maiores e mais toscos ao se dedicarem àquele sofisticado ofício: descoser nuvens de olhos de cegos. Mal terminou de tirar o paninho do olho esquerdo, cobriu-o com uma folha verde e já se pôs a tirar o paninho leitoso do olho direito. Com um movimento ágil, destapou também o olho esquerdo, coberto pela folha verde, e rociou em ambos gotas de essência de erva-andorinha, após o que voltou a cobrir os olhos escavados com as grandes folhas verdes e com máxima destreza vendou seu rosto e a cabeça com tiras compridas de casca de árvore fresca até deixar Goyo todo enrolado, parecendo uma grande peça de queijo.

Quando foram desfeitos os nós das ataduras, o cego deixou escapar um lamento profundo. Estava inconsciente. Chigüichón ergueu-o com especial cuidado e o levou até o quarto mais escuro da casa, onde deitou o homem em uma cama dobrável, sem travesseiro e muito agasalhado, com dois ponchos, três ponchos, para que não fosse pegar frio. No dia seguinte daria nele um banho de azinhavre. E assim que lhe entrasse o calor...

– Ai, ruim! Ai, ruim!

Yic foi recobrando consciência, entre a febre e a náusea do enjoo causado pela dor aguda. O ervanário, passados três dias da raspagem com navalha, deu-lhe um purgante de lufa e colocou sob sua cabeça diversas flores de floripôndio para que dormisse – o sono é o grande remédio –, não sem antes lhe dar suas infusões de embaúba vermelha, para manter o coração ativo. A lufa lhe fez bem. Descarregou o ventre do sangue que havia engolido. Faltava o purgante de bico-de-papagaio, após sete dias. Para depois ministrar aos pouquinhos água de maracujá-doce, refrescante e sonífera.

– Ruim... ruim... ruim!... – era só o que conseguia dizer Goyo Yic. Já não dizia, era só um bagaço de pensamento, um "im" ronronado em seus lábios, entre seus dentes, doloridos até a raiz do osso, quando esta era acariciada pela coceira da carne viva nos olhos. Durante os momentos de maior desespero, rasgava a esteira de palha com as unhas.

No nono dia se levantou. Culebro o levantou. Tirou as faixas que envolviam a cabeça, mas precisava ficar dentro de casa. Em casos assim a luz é mais perigosa que faca. Passou quatro dias e suas noites às escuras. Até o décimo terceiro-dia, quando Chigüichón o levou à varanda no meio da tarde. No sol que ia caindo, medroso, triste, longo como um chicote, espiava as coisas e o lustre úmido de superfícies que não conhecia e que achou muito engraçadas.

– O difícil ao se tratar olhos é não errar o ponto de preparo, como ao ferver açúcar – advertia Chigüichón.

O cego olhou para Chigüichón; para Goyo, sua imagem sonora era semelhante à do salto d'água "La Chorrera"[41] quando lá esteve com María Tecún. Assim era o ervanário. Olhava para ele, mas em sua cabeça não conseguia deixar

---

41 **LA CHORRERA:** importante espaço natural de Quetzaltenango, na Guatemala. Suas águas, cristalinas, eram conhecidas por serem puras. Hoje é um dos principais destinos turísticos da região.

de associá-lo à água dando um salto mortal entre os rochedos. Não era homem. Era barulho de água. Para ele, não era visível. Era sonoro. Continuaria sendo um ente representado por um ruído grande.

O ervanário deixou-o sozinho. Precisava acostumá-lo a usar os olhos, ao invés de andar por aí com eles abertos, olhando os objetos, mas sem se atrever a andar sem antes estender a mão e senti-los, como se fosse guiado pelo tato. O som da corrente que ele havia escutado cair entre penhascos, arrastando tudo na época de cheia, acabava de se fundir, em sua inundante transparência, a algo mais fino que água moída que ele guardava nas pequenas cabaças de seus ouvidos, uma tela de água que vibrava sem ruído, presente mesmo quando tapava as orelhas. Duas ramadas de lágrimas inundaram sua visão. Chorava com o peito se rasgando de agradecimento. Espichou a mão para tocar uma banqueta, confirmá-la com seu tato, e sentar. Quando cego jamais chegou à maternidade de tocar as coisas, como fazia agora, agora que as via, porque sabia sua posição exata em relação ao seu corpo. Quando cego perseguia porcos em meio às urtigas e cercas de arame farpado, sem nem se queimar nas folhas de urtiga, nem rasgar as roupas nas farpas do arame. Um sabiá se deteve na borda da varanda, de frente para ele, que silenciosamente se acomodou na banqueta, sabe-se lá porque motivo, por não ter nada para fazer, convalescente. O passarinho – mais parecia uma folha caída – veio, parou, demorou-se, deu três saltinhos e partiu. Mínimo. Nervoso. Grão de café eletrizado. Seus olhos foram juntos, olhos que, agora fora da casca, estariam sempre fugindo dele. Suspirou com um profundo apreço pela vida que lhe transmitiam aquelas janelinhas abertas em seu rosto. Osso, carne e paisagem. Contemplou as árvores. Para ele as árvores eram duras embaixo e suaves em cima. E eram assim. O duro, o tronco, que antes tocava e agora via, correspondia à cor escura, negra, café, preto, como queiram chamar, e estabelecia, de forma essencial, essa relação inexplicável entre o matiz opaco do tronco da árvore e a sua dureza ao roce do tato. O suave de cima, os galhos, as folhas, correspondia exatamente ao verde, verde claro, verde escuro, verde azulado, que agora via. O suave de cima antes era som, não superfície palpável, e agora era uma verde visão aérea, igualmente distante de seu tato, embora aprisionada não mais em som, mas em forma e cor.

Em sua primeira volta fora da casa do ervanário caminhou até a ponte. Fechou e abriu os olhos vendo a água cheia de gritinhos de ratos, entre grandes pedras que despontavam como mãos fiando uma meada, violentas meadas líquidas que ao passarem chacoalhando de um lado para o outro criavam espumas de saliva, tão abundante como a que o ervanário juntava ao mastigar sua goma de copal. Toda a água viajava passando por baixo da ponte amurada, bastião semelhante a bois fazendo força para não serem levados pela correnteza. Bois com o jugo da ponte nas costas. Era impossível ver que a água partia para não voltar, movimento comparável apenas ao tempo que passa sem sentirmos; como sempre temos tempo, não sentimos que ele sempre nos falta, segundo Culebro explicou a ele.

O ervanário voltava com um punhado de brincos-de--princesa em seu punho gigante. Contraste entre aquela luva de boxeador e as delicadas flores que mais pareciam adornos vegetais, algumas de caule vermelho e duas corolas brancas, outras de corola arroxeada, e outras de corolas azuis e cálice rosado. O ervanário olhava para elas como se fosse um ourives ou joalheiro. Sacodiu a cabeça. Os brincos-de-princesa faziam-no pensar no mistério da vida, na função criadora de beleza. Por que cresciam aquelas divinas flores que a Virgem Maria usou de brincos? O milho brota para o homem comer, o pasto para alimentar os cavalos, as ervas rasteiras para as reses do campo, as frutas para que as aves se refestelem; mas os brincos-de-princesa são meros adornos de cores delicadíssimas, porcelanas vivas nas quais o mais sábio artista combinou as cores mais simples. Chegaria ao final de seus dias, mastigando uma goma de copal, sem entender. Quem faz coisas as faz para receber elogios, mas a natureza produz essas flores em lugares onde ninguém vê. Se um homem criasse aquelas miniaturas de porcelanas com todos os segredos do baixo-relevo colorido e deixasse-as escondidas, sem tirá-las de sua oficina, seria chamado de louco, egoísta, e ele mesmo sentiria, por não serem apreciadas suas habilidades, que seus esforços eram vãos, um desperdício. Aquelas lindas flores criadas em vão angustiavam Chigüichón Culebro.

O ervanário deixou Yic na ponte vendo o rio correr, as borboletas voarem, alguma lebre saltar, e depois outra, e um cervo cruzando o caminho, fugaz como um meteoro. Observava com letargia, vagando, sem pensar em nada, pela trilha que o levaria quase até a casa, quando tropeçou, não tropeçou em nada material, mas sentiu que havia tropeçado em algo, pelo gesto que fez, por ter ido até as pedras do rebordo, para se segurar, como quando era cego e a cor cinzenta banhava seu rosto. A passos largos, tropeçando nos pedregulhos e arbustos, na ponte, no tronco do sapotizeiro-branco, em tudo que encontrava pela frente, retornou à casa do ervanário.

– Ou está cego outra vez, ou ficou louco! – sentenciou Culebro, do alto da varanda da casa, voltada para a estrada, esperando que Goyo chegasse até ali, pois ao menos era para ali que se dirigia. As duas coisas eram possíveis. Há males que se tornam mais perigosos durante a convalescência. Os imprudentes não se curam nunca. E Yic era imprudente. Por meio de súplicas e ameaças, conseguiu convencê-lo a ficar ali mais alguns dias depois de sua cura que, a bem de verdade, foi milagrosa. Partir, partir, partir, mas para onde não sabia. Após os raspões da navalha é preciso ter muito cuidado. Porque um clarão, um vento ruim basta trazer de volta a cegueira, e aí não tem mais cura. A loucura também era uma sequela perfeitamente plausível para aquela operação. Por isso, ministrou a ele um pouquinho de "erva-besteira" ou heléboro.

Goyo Yic não conseguiu chegar até os degraus da varanda: deixou-se cair e resvalou como um corpo sem vida pelo chanfro de terra que unia a estrada aos degraus. Um boneco espantalho com olhos de vidro, estáticos, abertos, limpos, brilhantes. Culebro foi até à estrada, perguntando – o que o havia picado? –, e chegou bem no momento em que o outro, enlouquecido, estava prestes a cravar as unhas nos olhos, em suas pupilas recém-nascidas, ainda cheirando a orvalho e luz da manhã. Seus dedos ficaram como pinças de escorpião enredadas entre as mechas de seu cabelo liso depois que Chigüichón segurou seus pulsos. Rangeu os dentes e fechou os lábios de carne-seca. Os olhos eram inúteis. Não conhecia María Tecún, que era sua flor do amate, só a havia visto cego, dentro do fruto de seu amor, como chamava seus filhos, flor invisível aos olhos de quem vê por fora e não por dentro, flor e fruto em seus olhos fechados, em sua treva amorosa que era ouvido, sangue, suor, saliva, sacodida vertebral, asfixia de respiração que se torna cabelo, mamilo de lima na penumbra, bebê que salta para a vida ao final do rastilho de agave fumegante de um foguete, e os vasinhos do peito já cheios de leite, e o pranto ao primeiro empacho, e a quentura do mal de olhos, e a assadura de pimenta no peito graúdo, para o desmame, e animaizinhos feitos de penas para assustar o menino que já deve comer tortilha e beber caldo de feijão preto, preto como a vida. E dessa sua treva empoçada de sangue só saiu quando secou a água que levava dentro de si e teve sede.

O ervanário convenceu-o de que seria fácil encontrá-la por aí, porque a conhecia de ouvido.

– Melhor que qualquer um de quem se tenha ouvido falar.

– Pode ser que sim – respondeu Goyo Yic, não muito convencido.

– Mais que ninguém, vais acabar topando com ela; ela é que não vai te reconhecer, mesmo que jures que és tu, com teus olhos bons.

– Deus pague o sinhô...

E quando Goyo Yic se afastou da casa do ervanário, não só o senhor Chigüichón Culebro, com sua goma de copal entre os dentes, branquíssimo o copal e branquíssimos os dentes, mas também o rio debaixo da ponte, que era sua querência esquecida, porque ao passar por ela se esquecia dela, e os sopros repentinos de ar de natureza oscilante, as carroças, os bois, as rodas das carretas, os ecos das vozes dos que iam montados pelo mato alto daquelas bandas, tudo parecia repetir ao seu ouvido: Melhor que qualquer um... Melhor que qualquer um... Melhor que qualquer um...

12.

Cada mulher se agachava no átrio para colocar o xaile sobre o cabelo dedilhado pelo vento que soprava do cume, cada homem dava uma paradinha para cuspir um resto de palheiro e tirar o chapéu como tortilha fria. Vinham gelados, vinham granizos. A igreja, lá dentro, era um fogaréu. Os confrades, homens e mulheres, os mais velhos com faixas nas cabeças, seguravam suportes de velas nos dedos escorrendo suor e cera quente. Outras velas, cem, duzentas, ardiam no chão, grudadas diretamente no piso, em ilhas de raminhos de cipreste descascados e pétalas de choreque. Outras velas de vários tamanhos, desde o nobre círio, adornado com papel de prata e alfinetes com ex-votos, até as mais ínfimas, ceras de maior valor, em vasinhos de latão. E as velas no altar adornado com ramos de pepino, folhas de palmeira. No centro de tanto louvor, uma cruz de madeira pintada de verde e salpicada de vermelho simulando o precioso sangue, e uma toalha branca de altar pendurada como rede sobre os braços da cruz, também gotejada de sangue. As pessoas, cor de pau de cajazeira, imóveis diante da madeira rígida, parecia enraizar suas preces no santo sinal do sofrimento com sussurrante fervor de água de milho:

...E te peço o mesmo, Santa Cruz – e a pessoa que assim rezava erguia a mão fazendo sinal da cruz com cada mão –, e o mesmo, e o mesmo, Santa Cruz, o mesmo; separe-os por bem, que não gosto desse meu genro, ou separo eu por mal; se forem juntos lá em casa, olhe que minha filha enviúva!

...Registrou na maldade o terreno que era meu, era meu por herança do meu pai, que morra ao natural, ou resolvo eu, e olha que resolvo mesmo; que bom seria, minha Cruzinha, se tirasse esse trambiqueiro do meu caminho!

...O terremoto secou todas as bicas aqui ao redor, já não tem nascente de água em lugar nenhum, melhor lá, menos cobra, menos açoite, menos doença; me mande pra lá este ano que ano que vem volto em romaria, por Deus que vendivolta, por você, Santa Cruz de Maio[42], que vendivolta, e se eu não cumprir, pode castigar; aceito o castigo, mas me mande pra lá!

...Melhor se pudesse morrer o garotinho, Santa Cruz de Maio, porque não tem mais remédio, tá que nem galinha cega, que nem mancha preta de encardido, vai saber o que tem no corpo, não tem mais vida, tá todo fraquinho, sem remédio.

Olhavam para a cruz coberta de rio, de lava de vulcão, de areia do mar, de sangue de galo, de pena de galinha, de cabelo de milho, como se fosse coisa doméstica, oficiosa, solitária nos caminhos, valente contra a tempestade, o demônio e o raio, o furacão, a peste e a morte, e continuavam rezando em sussurros de água de milho fervendo, e tinha, até a cor acre da água de milho, rezavam até que as línguas parecessem escovões, os joelhos perdendo a sensibilidade de tanto estarem prostrados, as mãos pingando a varíola branca das candeias que seguravam nos porta-velas, os olhos como uvas de liana.

As sapatadas dos calçados ao entrarem na capela, o pranto das crianças com meses de idade, carregadas às costas em lençóis brancos pelas mães indígenas, o repique interminável, o foguetório e, outra vez, a Santa Cruz levada em procissão

---

42 SANTA CRUZ DE MAIO: No dia 3 de maio, momento que se celebra a Santa Cruz, ocorre uma das festas mais importantes das regiões indígenas da Guatemala. A data coincide com o início da estação das chuvas.

da igreja até irmandade, aparentando ser levada por gente coxa, tão descompassado era o movimento, entre filas de confrades e mulheres, ou de mulheres, confrades e crianças que seguiam atrás do vespeiro.

Entre a cruz andante e a igreja inamovível, em um espaço de céu e campo que parecia medir o repique, as terras iam sendo aradas para o plantio do milho, as cercas de iúcas em flor, a flor de barba-de-velho fiada pelas aranhas de aguarrás, as choças parecendo minhocas enroladas, uma que outra casa de telha e parede branca, e em torno da praça morena, cor da sombra da mafumeira, barracas de feira protegidas pela folhagem dos ciprestes, montadas com toldos de palha sustentados por três paus ou com lençóis coloridos atados a quatro canas-do-reino que o vento inflava como se fossem balões.

Goyo Yic entrou na igreja de Santa Cruz das Cruzes estreando o pranto de seus olhos abertos. Não conseguiu se ajoelhar. Trompicou para a frente e caiu no chão. Os poucos devotos que haviam permanecido na igreja para cuidar das velas deram risada.

– De que cor é o pranto? – gritava, já estendido no chão, e no mesmo grito, na mesma lamúria do pranto respondia: – É cor de rum branco!

Um líder da confraria, vestindo uma jaqueta de burel azul com seis fileiras de botão em cada manga, e dois assistentes de manto, calça e camisa retiraram-no do templo antes que a guarda municipal viesse, arrastando-o pelos braços até o átrio, onde foi sendo coberto por moscas pouco a pouco como coisa suja.

As vozes das mulheres que entravam na igreja ou passavam ali perto jogando conversa fora faziam Goyo se sacudir, queixar-se, estender um braço, recolher uma perna. Buscava María Tecún, mas no fundo de sua consciência não a buscava mais. Havia-a perdido. Para fazer as mulheres falarem, pois só conhecia María Tecún de ouvido, tornou-se vendedor ambulante. Estradas, cidades e feiras...

– Ó o espelhinho, moça, ó o espelhinho! Pentes! Sabão!

159

Água de cheiro para a moça cheirosa! Almanaques, linhas, faixas e brincos de pérola! Uma pulserinha, lenços, lápis, papel de carta para apaixonados, agulhas, alfinetes, escovinhas e esses vidrinhos com perfume: heliotropo, japonês ou água de rosa! Loção de cabelo! Loção de cabelo! Aqui ó, leve, não estou cobrando caro, é que a dona tem bom gosto e escolheu a melhor! Efígies de Cristo!...

Todas falavam, ofereciam, indagavam, examinando as bijuterias com curiosidade até escolherem algumas. Outras faziam encomendas. Se passavam de novo e se lembravam, era bom que ele tivesse prendedores mais bonitos, botões e lantejoulas, sedas e caixinhas de costura redondas. Algumas, ao recomendá-lo, chamavam-no de "O Secretário dos Amantes" e... não se atreviam... pozinhos para amarração... os que impedem o esquecimento, embora custem caro, e cartões postais com frases de amor e nomes evocativos... Carmen... María... Luisa... Margarita...

Quando mulheres de idade mais avançada olhavam aquelas mercadorias que para elas já não tinham interesse, ele arrancava delas algumas palavras oferecendo novenas, rosários, pias de água-benta, medalhões, pequenas mantilhas pretas e unguentos para reumatismo, pílulas para fraqueza, bolinhas de naftalina para a velhice das coisas, alcânfora, pílulas de éter, pomadas balsâmicas contra catarro, gotinhas maravilhosas para dor de dente, espartilhos e corpetes...

– Foi ruim a Maria Tecún – dizia pelas estradas, carregando todas aquelas porcarias em uma grande bandeja que levava presa às costas ao longo das viagens e para trabalhar suspendia acima da cintura, à sua frente, valendo-se de uma correia de lona suada com amarras de couro.

De noite, quando retornava à pousada após peregrinar por feiras e povoados, pois parava em todo povoado onde havia feira, contemplava sua sombra à luz da lua: o corpo espichado como vagem e a bandeja na altura do estômago, e era como ver a sombra de uma mãe gambá. A luz da lua transformava o homem em animal, em gambá, gambá fêmea, com uma bolsa à frente para carregar suas crias.

Deixou-se banhar, em uma dessas noites de lua em que se pode ver tudo como se fosse dia, pelo leite das árvores que escorre da casca de lua ferida a golpes de facão, luz de copal que os bruxos cozem em recipientes de sonho e esquecimento. O copal branco, misterioso irmão branco da borracha que é o irmão negro, a sombra que salta. E o homem-gambá saltava, branco de lua, e saltava sua sombra de borracha negra.

– Você que é o santo dos ambulantes, gambá, pode me levar pelos caminhos mais tortuosos ou pela rota mais direta, até onde está María Tecún com meus filhos. Você sabe que o homem carrega seus filhos em bolsas como o gambá e não conhece seu rosto, não ouve seu riso, não aprende sua fala porque falam com voz nova, até que tenham passado por nove trintenas da mulher, quando a mãe os expele, bota eles pra fora, e saem, entre raízes de humores frios e peles quentes, virados em puro gambá, peludos, empretecidos e gritalhões. Ajude, gambá, o ambulante Goyo Yic, pra que tope o quanto antes com a mulher Tecún, em sua voz, em sua língua soando no ar como cascavel!

Goyo Yic, em seu mundo de água com sede e ossos que aderem dolorosamente à carne, mudou de postura. A força do sol o fazia suar e ao suor se misturava seu pranto de homem ébrio incapaz de esquecer as adversidades da vida. A igreja fechada. Já não se ouviam vozes de mulheres. Mas ele continuava atirado no átrio, proferindo palavras sem nexo e batendo palmas. Nas feiras todas as mulheres paravam em frente ao seu ponto de venda, um lenço preso a quatro canas-do-reino servindo de teto, não só para verem suas bijuterias vistosas, mas para ver o gambazinho que escondia a cabeça pontuda dos curiosos, crianças e mulheres, em sua maioria mulheres. Que bichinho é esse?, perguntavam quase todas as visitantes ao ambulante, desfazendo-se em melindres e nervosismo ao mostrarem os olhos grande, negros, arregalados para ver o gambá, e o riso desnudo de surpresa, sem se atreverem a tocá-lo, embora estendessem a mão, por medo e por nojo, pois mais parecia um rato grande.

O ambulante, contente por todas falarem ao mesmo tempo, pois assim escutava muitas vozes femininas sem precisar oferecer as mercadorias, que, talvez por não lhe interessarem enquanto mercadoria, mas somente por serem o melhor anzol para fisgar a língua das mulheres, e um dia alguma dessas mulheres seria María Tecún, cada dia mais próspero, explicava a elas:

– É gambá. Encontrei solto na estrada e peguei. Me deu sorte e fiquei com ele. Faça chuva ou faça sol, relâmpago ou trovoada, está sempre comigo.

– Como se chama?

– Tatagambá.

E então algumas se animavam a tocar suas orelhas, chamando-o:

– Tatagambá!...Tatagambá!

O gambá se encolhia, temeroso, pegajoso, arrepiado. Então as curiosas estremeciam e passavam a examinar os badulaques.

De feira em feira, entre os comerciantes das terras frias trajando ponchos, os mercadores de selas e arreios; os índios vestidos de branco, bonecos de palha de milho negociando batedeiras, frigideiras, moedores, leques, e outros índios, cor de alcatrão, negociando urucum, alho, cebola, castanhas, e outros, esgalgados e palúdicos, vendedores de pão de gergelim, toranjas, doces de coco em conserva, raspas de laranja, mel com anis e outros tantos que se veem nas feiras, Goyo Yic era conhecido, mais que por seu nome, pelo apelido de Tatagambá.

– O próprio, não me incomodo, muito menos com moça bonita; eu sou Tatagambá, e você é Mamãe-gatinha... – e entre palavras bonitas e gestos carinhosos, a mulher se dispôs a dar uma voltinha com ele. Terreno barrento, montículos de terra e uma pequena laguna, onde as nuvens desciam para beber água. Segurou-a bem firme debaixo do seu corpo até a madrugada, mal se afastava dela, entre os dois mal havia espaço para uma lâmina de facão. Ele, que desde a fuga de María Tecún se sentia como se houvessem fechado seus po-

162

ros, manteve-a dentro de si, ele com outra mulher. Um ato sengraçado, ele presente só em corpo, esmagado entre María Tecún, que levava dentro de si, e a mulher do lado de fora. A mulher com quem estava. E mais que seus outros sentidos, o olfato. O cabelo de María Tecún cheirando a brasa de ocote recém-apagado, retinto, lustroso e fino, e os seios como abóboras-tamales, abarcando o peito inteiro, e as pernas curtas e tronchudas e o períneo encaramujado. Cheirava María Tecún em seu interior e sentia a outra mulher, fora dele, embaixo do seu corpo, em plena noite varrida, estrelada, infinita. Fechou os olhos e apoiou as mãos nos peitos dela, para acariciá-la, levantar-se e escapar. A mulher fez barulho de rachadura de dentes, rangendo-os, e de ossos nas juntas, espichando o corpo, encolhendo-se, triturando o próprio rosto com as lágrimas que conciliavam a pena do pecado e a placidez sorridente de sua felicidade. Um passo aqui e outro lá, no escuro que era sombra ou terra amontoada atrás dos toldos, tendas e marquises da feira. O céu se movia. Esplendor vê-lo andar como um relógio. Marimbas, guitarras, acordeões, gritos guturais dos que cantavam as cartas de "Los Pronunciados": Canto a São Pedro!... A sereia dos mares! Morto por seu beijo!... Picada da cauda! O retrato das mulheres! Bandeira tricolor!... Passou as barracas de jogo, jogo de argolas, loterias, roda da fortuna, entre grupos de pessoas que se moviam como se imantadas, até chegar à sua tenda, onde guardava a sete chaves os ouros falsos de sua bandeja. Entregou uma moeda de níquel na mão do sujeito que fizera o favor de cuidá-la e foi direto procurar o gambá, para acariciá-lo. Era remorso. Sua mão penetrou o saco vazio. Das pontas de seus dedos que ao contrário das outra vezes não encontraram coluna pelada do animalzinho, um frio elétrico subiu seu braço queimando. Segurou o saco nas mãos e apertou. O gambá havia fugido. Após largar o saco vazio sobre a bandeja, ficou feito estátua. A flor do amate, transformada em gambá, acabava de deixar o fruto vazio, escapando para, como María Tecún, não ser visto por quem não era mais cego, ele que já via outras mulheres. A mulher

163

verdadeiramente amada não pode ser vista, é a flor do amate que só os cegos veem, é a flor dos cegos, dos cegados pelo amor, dos cegados pela fé, dos cegados pela vida. Tirou o chapéu de supetão. Havia mistério. Acendeu um fósforo para ver as pegadas do gambá. Estavam bem marcadinhas. Não muito fundas, superficiais, apressadas. Apagou-as com a mão esquerda e passou no rosto o pó que ficou grudado em seus dedos e na palma da mão, passou-o pela língua empestada de beijos de mulher alheia, e fechou os olhos procurando em vão aquela que já não encontraria nem na realidade, nem naquela escuridão de caixão, do tamanho de seu corpo, que suas pálpebras derramavam sobre ele.

– Veja só, Tatagambá, é assim que retribui quem cuidou de você!

Goyo Yic ouviu a voz da mulher em meio à sensação de cidade fantasma que as feiras transmitem ao silenciarem e, sem esperar mais, alçou a bandeira, foi até onde o corpo da mulher estava enrolado no lençol branco que rodeava sua armadilha e virou sobre ela, sobre sua figura, todas as traquitanas de sua grande caixa de madeira recoberta de vidro. A silhueta escura da mulher, que do outro lado do lençol fino parecia uma mancha de borra de café, resvalou sem emitir nenhum ruído enquanto os vidros se quebravam em pedaços e logo em seguida caíam espelhos, colares, brincos, pulseiras, frascos de perfumes baratos, rosários, dedais, alfinetes, agulhas, prendedores de cabelo, sabões, pentes, escovas, fitas desenroladas, lenços, crucifixos...

Fugir. Claro que sim. Ele também era gambá. E por passar tempo demais no mato como fugitivo ficou preto. O problema é que de tanto ficar sozinho no mato foi enlouquecendo e se envolvia em intrigas com María Tecún que, embora tivesse sido ruim, merecia uma conversa quando ele estava assim a sós. Se topava com uma arvorezinha coberta por um xaile de flores, aproximava sua mão trêmula. Você está louco, advertia a si mesmo, e seguia em frente, bosque adentro, só para encontrar outra vez sua adorada tormenta em uma bela queda d'água, da qual aproximava a bochecha para ser cortejado pela espuma que era como a risada da... foi ruim. Tinha o ânimo carcomido porque não via gente, não via nem sequer um cachorro. Os cachorros já têm algo de gente. Comia tudo o que encontrava e dava para mastigar e engolir. Raízes gordas com sabor de batata crua, frutos que haviam sido bicados por pássaros, pois sabia que esses não eram venenosos, folhas carnudas e uns gravetos mordiscados por esquilos.

O homem que havia sido cego a maior parte da vida farejou de bem longe um povoado próximo. Não saberia explicar como as coisas tomavam corpo no ar à distância. O que suas pupilas não detectavam entrava por seu nariz. E assim foi dar, depois de percorrer terras e terras, desesperado por não ver gente nem comer quente, em Santa Cruz das Cruzes, enganchado em um trem de carga que sacolejava pelas curvas. Viu-se preso entre a última carreta e um bando de mascarados. Era a grande trupe anunciando a Feira da Cruz de Santa Cruz das Cruzes. Vestidos de vermelho, verde, amarelo, preto e roxo, tocavam instrumentos, distribuíam chicotadas festivas e dançavam.

Goyo Yic, que já era só uma caveira com olhos, dentes e cabelo, acompanhava as piruetas e as palavras dos mascarados com atenção de criança. Os que tinham plumagens coloridas na cabeça eram os reis, de cabelo e barba prateados, olhos com pálpebras de olho, a máscara de lábios grossos, também prateados. Havia outros portando coroas e outros com chapéus que mais pareciam ramalhetes de flores de papel de arroz. Em meio a todos eles dançava de um canto ao outro, saltando, fazendo o couro estralar, o mico do fosso[43], vestido de preto, rabudo, chifrudo, os olhos em rodas vermelhas e vermelha a boca redonda com os dentes brancos. Uma trupe e tanto.

---

43 MICO DO FOSSO: Trata-se de um artista que, nas praças de touro, participava do espetáculo fantasiado de macaco. Fazia estripulias, divertia a plateia e fugia do touro se escondendo em um buraco construído no centro da arena para este fim.

Goyo Yic, o Tatagambá, saltou do vagão em que havia trepado e foi andando a passos um pouco arrastados, juntando-se à algazarra e à poeirama daqueles homens que o povoado de Santa Cruz das Cruzes recebia como arautos da maior festividade do ano. A trupe desembocou na cidade após cruzar um portão de estacas, seguida por uma multidão de crianças de todas as idades, desde os maiorzinhos, com estilingues de agave ou outros instrumentos de tortura em mãos, até os chorões, desde as moçoilas de cabeças arrebitadas de fitas, como vaquinhas de feira, até as senhoras amarguradas de idade avançada, com cabelo cor de espinho e rugas de terra seca.

No grande pátio livre da confraria, cheirando a terra molhada, mistura de água e a terra com cheiro da tarde, debaixo dos pés de seriguelas carregados de frutos verdes como as folhas, alguns já amarelando, e de abacateiros de triste aspecto sonolento, estavam dispostas mesas com copos de orchata já servida, com perfume suave de chufa, água de canela que parecia suavizar os copos em forma de ferradura, afinando-os ao ponto de lembrarem cavalinhos retintos, e refrescos, agridoces, picantes. E em frente aos copos de orchata, água de canela e refresco, os pães recheados com feijões pretos e queijo ralado, alguns, outros com alface e conservas, outros com sardinhas, e as enchiladas sob tempestades de moscas que a vendedora zamba, cheia de olheiras e de cara acachimbada espantava com parcimônia.

Em outras mesas – a confraria era um mercado religioso sob o voo de quíscalos alegres – repousavam outros líquidos refrescantes: chia de sementinhas pretas acumuladas no fundo do copo que a vendedora remexia antes de servir, vendedora jovem parecida com María Tecún, sementinhas que iam girando, girando até a garganta, como em uma prova astronômica da formação dos mundos: as águas de rosa de cor de bandeiras, doces, melosas; e a água de abóbora-gila, refresco com barbas de sargaço e sementes negras, negras.

Ainda mais ao fundo, surgia sob um telhado em diagonal o grande arranjo de flores do altar, elevado à frente, baixa nos fundos, como se fosse um imenso halo, toda vestida por dentro e por fora de pinho, cipreste, chircas, folhas de palmeira, fitas de bucha, plantas parasitas com flores de formas aviárias e frutas por amadurecer. A Santa Cruz, patrona da confraria, encontrava-se sobre um altar com anáguas de cortina vermelha. Diante dela, em candeeiros no piso ladrilhado– era a única confraria com altar com piso ladrilhado –, candeias amarelas, adornadas com papel de arroz roxo e retalhos dourados presos com grude de algodão, e candeias de todos tamanhos, até as humildes velas de sebo, anãzinhas e nem por isso menos flamejantes. Fora desse círculo celestial de velas, uma fogueira de linguinhas de serafim e cobrinhas de fumaça, o altar propriamente dito consistia em uma mesa comprida coberta por uma toalha engomada. Neste altar, os confrades e peregrinos depositavam flores, frutas, galinhas, animais silvestres, pombas, sabugos, favas, frutas e outros presentes. No centro deste altar havia uma bandeja para as esmolas, bandeja que se repetia em uma mesa posta à direita, entre garrafas pescoçudas e barrigudas de aguardente, com muricis amarelos, raspas de limão, cerejas e outras frutas saborosas no cristalino mundo em que o licor parecia dormir como um lagarto transparente, com sorriso de morto, fixo.

A marimba esperava as seis da tarde. Goyo Yic, que olhava tudo com olhos tristonhos de gambá, dispôs-se a abanar o fogo preparado para a queima de bombinhas e foguetes aos pés de um abacateiro altíssimo e cheio de raízes. Os tições mudavam a pele do fogo quando Goyo Yic abanava-os com seu chapéu. O fogo o fazia lembrar María Tecún. O calor do fogo entre os ladrilhos. Se lançava o chapéu rapidamente sobre as chamas, cada tição era uma cascavel viva; se repousava o chapéu com cuidado, as lenhas ardentes se revestiam de escamas de cinzas, escamas mais leves que o ar, pois quando ele ressoprava com diligência elas voavam outra vez deixando no braseiro amaçarocado da fogueira somente os membros amputados, sangrentos das árvores.

– María Tecún foi ruim...

Tinha parado de atiçar o fogo e foi arrancado de seus pensamentos pelos encarregados de queimar os foguetes e as bombinhas voadoras. Foram se aproximando sem chapéu, os pés lavados, as roupas novas, camisas coloridas, lenços de sedalina nos pescoços e as insígnias da confraria, compostas, a depender dos cargos de guardas ou mordomos, de cruzes maiores ou menores sobre rosetas de fita roxa e branca.

A hora foi anunciada por um pressentimento dos pássaros, que voaram das árvores próximas tão logo adentrou o pátio a quadrilha dos homens que, com a chegada a trupe, vinham para soltar foguetes, relinchos de cavalinhos enlouquecidos, assim que dobrassem os sinos das vésperas.

Os sinos não se fizeram esperar. Alçou-se no imenso e doce silêncio admoestador que deitava sobre as montanhas rosa-profundo e as nuvens vermelho-flamejantes.

E ao som dos sinos foram disparados das mãos morenas dos homens fogueteiros um, outro, outro, outro, outro e outro foguete rompendo a pureza do ar com sua respiração enjoadiça de narina entupida, para estalarem alguns no alto, outros sobre as casas e outros, os que não concluíam viagem, junto às cercas ou no chão. As bombas voadoras eram posicionadas, enquanto isso, por rapazotes que manuseavam os morteiros pela primeira vez; outros, mais destros, com a mesma velocidade que os projéteis caíam no morteiro deixando de fora a ponta do rastilho, como rabo de rato, aproximavam-nos do tição e... pum... pum... pum... estalidos violentos, terráqueos, seguidos de detonações roucas em meio à imensidão celeste já com estrelas.

A noite mergulhou Santa Cruz das Cruzes em suas águas de lago escuro, até a altura dos cerros circundantes, arrodeados de fogueiras. Goyo Yic, gelado como gambá, continuava o sopra-sopra do fogo com seu pobre chapéu de palha velho, só para se manter ocupado, pois a queima já havia acabado e os tições tinham cumprido sua função.

Do alvoroço das seis da tarde só restava a marimba apaixonada, levando pauladas como os pés de fruta quando estão cheios e querem derrubar suas frutas, como animal desobediente que leva pauladas para aprender a obedecer e deixar de ser preguiçoso, como as mulheres quando apanham para não fugir, ou como os homens quando apanham das autoridades que querem tirar deles o homem que carregam dentro de si. Goyo já não carregava dentro de si homem nenhum. Havia se tornado um gambá, uma gambá, porque levava seus filhos dentro da bolsa da alma. María Tecún arruinou-o. E para sempre. E pior ainda fez o ervanário, que tirou seus olhos e trocou por olhos de gambá.

Festa de Santa Cruz das Cruzes! Para o sinal de teus fogos que chamam a água que os corrupiões carregam em seus olhos perscrutadores. Para o camponês que no teu dia se desenterra do chão e trepa em teus braços de mastro, de velas ensanguentadas, a rogar por Deus. Para quem diante de tuas choças, em tuas ruas, com lixo, árvores secas e ramos verdes acendem fogueiras para sonhar que têm aos seus pés uma estrela vermelha. As chamas dos círios corpulentos que se enfrentam em duelo com suas línguas de ouro diante de ti, que és o duelo da vida, formada pelos destinos que se cruzaram, o de Deus e o do homem, entre inimigos de morte, negações, tempestades e choro desgarrado de mãe. Santa Cruz das Cruzes, que venha logo a água, que passem logo os araquãs traçando no céu sua grande cruz de sombra e asa! Que colha com as próprias mãos a alegria, Santa Cruz das Cruzes, aquele que te venera em teu dia, em tua hora, em teu instante! Os veados, lá onde não veem, mas estão, apontam com suas orelhinhas para tua festa de caçadores que te trazem as primeiras presas. As árvores sabem que seus frutos mais gostosos são para adornar esta data em que faz aniversário a agonia do mundo, e empurram sua seiva mais doce com nozinhos de vontade de madeira para que sejam mel oprimido na casca, e as vespas de ferrão negro, que ao picar dão calor, se tornam esposas milagreiras. Santa Cruz das Cruzes, casada em missa de réquiem com Jesus, tua festa é o risco do homem que deixa a má vida para se abraçar contigo, corpo a corpo, sem saber se te abraça ou luta, para depois ser reduzido a muda de roupa e chapéu de esqueleto, para o susto das pombas dos milharais!

Noite *entamalada* com as folhas verdes das montanhas que formavam o invólucro do povoado de Santa Cruz das Cruzes. Diante da Santa Cruz, no arranjo de flores do altar, os confrades dançavam ao compasso da marimba, todos com o coração como depois de um susto. E para que o coração voltasse ao ponto certo, aproximavam-se da mesa de bebidas e esvaziavam em pequenos copinhos o conteúdo das garrafas, aguardente que trocavam por esmolas. Glutiglutiglutigluti, molhavam o gogó, e o xelim, o níquel, a moeda de níquel no pratinho da esmola, e a reverência à Santa Cruz.

Meia-noite. No pátio da irmandade e nos arredores, escutava-se as batidas das patas dos animais de carga adormecidos no sereno, viam-se os fogos dos quitutes, as tochas de ocote das vendas de refrescos, pães e leite batido, e grupos de gente, famílias e conhecidos, que passeavam sem fazer barulho, os pés descalços e o sorriso já cicatrizado em seus rostos empoeirados de fantasmas, de tão velho.

Goyo Yic, após tomar o café, ajudou uma mulher a colocar no chão o cesto contendo verduras e animais, perus e galinhas, que trazia na cabeça. A carregadora ficou olhando para ele agradecida, as pupilas tostadas dos olhos sobre um rosto pálido pelo esforço, o cabelo bagunçado em razão do pano de suporte, e ao recobrar o fôlego soltou um "Deus lhe pague" com voz tão apagada que Goyo Yic só reparou no sotaque. Ajudada por ele, a carregadora arrastou o cesto até as colinas. Yic tocou a mão dela com a sua. Tinha falado. Tinha ouvido. Seu corpo se decompôs. Mas outro "Deus lhe pague" desfez o encantamento. Não. Não era María Tecún. Mas que voz parecida. Esfregou as costas em um poste enquanto a mulher se perdia na noite. Ainda a escutou mijando. Mas como reconhecer sua mulher assim, se todas mijam igual. O resplendor dos fogos dourava o cabelo de Goyo Yic, a cara enxuta, acobreada, desconectada de seus movimentos. Na escuridão, ar vestido de teia de aranha, os vaqueiros fumavam. Espirros de isqueiros de pedra de raio ou de correias e brasas de cigarros de palha ou charutos trançados. Fumou e se embebedou com eles, Goyo Yic. Ofereceram-lhe um gole de uma garrafa, e ele virou inteira. Quase. Deixou só a bundinha.

– E você, quer esquecer o quê pra beber aguardente desse jeito? – perguntou um vaqueiro com cara de sandália velha.

– É que a tristeza nos deixa meio gambá... – foi sua resposta, mas a aguardente já fazia efeito em seu sangue, nos olhos, nos gestos, nos ademãos.

– Esse não para mais de pé hoje – disse outro vaqueiro.

– Pode apostar – disse outro.

Mas Goyo Yic parou de pé e dançou e andou a noite inteira não sabe para onde, até a manhã seguinte, quando caiu de boca dentro da igreja, de onde o arrastaram até o pórtico.

A secura despertou-o. Havia anoitecido. Passara um dia inteiro desfalecido no pórtico, às vezes ouvindo mulheres que passavam falando, às vezes sem atinar em nada. Levantou-se como pôde. As canelas tremeram. Direto ao poço da praça beber água fedendo a cocô de pássaro. É duro retomar o controle.

– Então – aproximou-se para conversar um homem do campo mais alto que ele – , então nos vemos hoje, já ajeitei o combinado, metade das moedas é sua e metade é minha, e o que ganharmos é metade, metade; mas tem que sair cedo para sobrar tempo.

Goyo Yic procurou o lenço com os nós de dinheiro, mas não estava com ele e... então e então...

– Não precisa procurar, guardei pra você e aqui está. Então vamos lá. Mais perto da estrada tomamos café, se quiser.

O homem começou a caminhar e Goyo Yic foi atrás, feito inválido, como um gambá atrás de um companheiro desconhecido.

O café ajeitou seu estômago. Então reparou, então, que aquele homem amigo tinha um garrafão preso às costas. Ao meio-dia desceram por uma pequena trilha que dava em um riacho para beberem água. Depois, já de volta à estrada principal, disse o amigo:

– Então agora carrega você...

Goyo Yic colocou o garrafão em suas costas e seguiu caminhando. Então, carregando o garrafão vazio, lembrou-se do acordo com aquele camarada. Sua língua se remordia para perguntar seu nome, e perguntou.

– Domingo Revolorio. Então não se lembra de tudo que falamos. Quando me abraçava e dizia que sim, que sim, que sim, que eu dava metade da grana e você a outra, par comprarmos aguardente e voltarmos pra vender em Santa Cruz das Cruzes. É negócio bom, se cumprirmos nossa palavra de não dar dose nenhuma de presente, não importa pra quem, pode ser melhor amigo, pode ser seu parente, pode ser meu parente. De presente, nada. Quem quiser, compra. Dinheiro na mão, dose no copo. Nem a gente mesmo pode beber sem pagar. Se quiser tomar seu traguinho, me paga; se eu quiser, te pago, e pouco importa se estamos fazendo negócio juntos.

Eram quatro e meia da tarde e Domingo Revolorio, cumprindo com o acordo de dividir gastos, trabalho e ganhos, transportou o garrafão até chegarem a um povoado onde se destilavam em panelas de barro, técnica antiga, aguardentes muito boas.

Uma cabaça de água fervendo e pimenta em pó foi todo o alimento que ingeriram. A primeira coisa a se fazer após a chegada, portanto, era comer. Tortilhas, queijo, feijão, café. E uns tragos. Entraram pela cavalariça e chegaram a uma grande mesa cheirando a sancocho. Entraram atrás do cheiro. Domingo Revolorio acertou com a dona para comerem e dormirem ali após darem uma volta pelo povoado. Goyo Yic só lembrava que estava procurando María Tecún quando ouvia mulheres falando. Ultimamente já não pensava muito nela. Pensava, sim, mas não como antes, e não porque estivesse conformado, mas por que... não pensava. Ai, alma de gambá! Ai, olhos de gambá! Era covarde. O homem é covarde. Agora, quando pensava nela, ao ouvir mulheres falando, seu coração já não saltava, e ele se entretinha imaginando-a com um homem rico, com muita força, com muita pontaria... Por que iria procurá-la, ele que, embora tivesse recuperado os olhos, teve sua alma invadida por um gambá? Os anos, o pesar que não enforca com laço, mas enforca, os climas ruins a que dormira exposto em suas viagens de mascate, registrando todos os povoados e aldeias da costa, e as manchas do fígado na cara de tanto beber aguardente para alegrar um pouco o gosto amargo da mulher ausente foram-no deixando escasseado, escasseado, até chegar a ser alguém que não era ninguém. Materialmente era alguém, mas moralmente não era ninguém. Fazia as coisas porque tinha que fazê-las, não como antes, com vontade de fazê-las para algum fim, e piorou ainda mais depois que perdeu a esperança de encontrar a mulher e seus filhos. Há tristezas que aconchegam. Já a tristeza de Goyo Yic era tristeza de intempérie. Recolheu as pernas, encolheu-se e dormiu até o dia seguinte, antes que os galos cantassem.

– Madrugou, compadre... – saudou Domingo Rovolorio, e pediu os *reales* de sua parte no negócio do garrafão de aguardente.

Tratava-o por compadre. Tratavam-se por compadres. Assim começaram a se chamar e se chamaram sempre. Compadres. Só que faltava saber quem era o *tata* da criança e quem era o padrinho, e se a criança era o garrafão.

– Se isso não bastar, não tem de onde tirar mais, compadre Mingo – disse Tatagambá coçando as sobrancelhas –; conte, pelo que há de mais sagrado, não podemos perder tempo senão vamos pegamos sol forte na estrada; já dei tudo o que tinha comigo.

– E tá justinho, compadre Goyo; leve você; são oitenta e seis pesos, segundo meus cálculos, para encher o garrafãozinho de vinte garrafas; bom seria ter trazido um maior.

Na pousada, os boiadeiros arrumavam suas cargas, alguns se ocupavam dando água aos animais e outros os emparelhavam. Poriam a carga nas albardas; farinha em saquinhos brancos e açúcar nos sacos de brim estrangeiro.

Goyo Yic carregava o dinheiro, e o compadre Mingo ia atrás dizendo entre outras coisas:

– Entramos metade, metade; vamos carregar o garrafão cheio, às vezes vocês às vezes eu, e o que a gente ganhar é metade pra cada; tudo fatiado pela metade, as moedas do custo, o trabalho de carregar e o lucro. Deus esteja do nosso lado.

– Claro... Claro... Claro… - repetia Goyo Yic nos intervalos deixados pelo compadre Mingo para que também ele opinasse.

– E o melhor é o acordo: nenhum trago de presente. Nem nós, os sócios podemos tomar um copo sem pagar antes.

– Negócio desse tipo só funciona assim; já tive um boteco e bebi ele inteiro; o segundo, beberam meus amigos; tive dois botecos e só me restou experiência.

– Não tinha como ser diferente, compadre Mingo. O bonito da coisa é que vamos chegar em Santa Cruz quando já estiver faltando ruim. Negócio bom é na base do dinheiro à vista: nem dado, nem fiado.

– Vamos tirar uns mil e duzentos pesos com esses oitenta e seis que nos custou o garrafão.

– Vamos mesmo...

– E assim você poderá bancar mais amores. Seu gosto é amar, compadre Goyo, e amar com grana é melhor que amar pobre. O amor não se dá bem com a pobreza, embora digam o contrário. O amor é luxo e a pobreza, que luxo tem. Amor de pobre é sofrimento, amor de rico é gosto.

– E de onde tirou, compadre, que sou um apaixonado.

– Porque para e fica ouvindo toda mulher que fala. Mesmo quando não é com você, você para e ouve.

– Já te contei que estou procurando uma mulher que só conheço de ouvido. Nunca vi. Só ouvi ela falar, e assim talvez identifique. Talvez um dia a encontre, porque a esperança do coração de um homem não morre nem que ele seja morto.

– E se não encontrar, compadre Goyo, esqueça ela, troque por outra melhor. Porque periga você trombar com ela às voltas com outro, e aí vai ficar arrasado.

– Nem me fale, compadre. Puramente com outro, não me importaria; mas se tomou mau caminho e é mau exemplo

174

pros meus filhos, Deus me ajude. Sinto uma coisa no corpo que nem tem nome: às vezes é um comichão por querer notícia deles, por querer espiar através de tudo que esconde eles de mim, para saber como estão; às vezes é um aperto que não passa se eu não andar, como se andando, passeando, eu encurtasse a distância que me separa deles. Mas agora já passou tanto tempo que não sinto mais nada. Antes, compadre, procurava ela pra encontrar; agora é pra não encontrar.

Mingo Revolorio, de baixa estatura, cabelo preto aprumado, monocelha, pele bastante clara, aparentava menos idade do que tinha. Quando ria parecia tocar um instrumento de banda, e quando calava se apagava. Ao falar sempre fazia o gesto de arregaçar as mangas.

Fez várias vezes o movimento de erguer as mangas da jaqueta, mas não disse nada, apenas assinalava entre os dois lábios um número depois do outro, contando as garrafas de aguardente que iam virando no garrafão, uma por uma, enquanto o compadre Goyo Yic pagava o valor da aguardente e comprava a licença para poderem circular pelas estradas com liberdade. Por tudo isso, pagou oitenta pesos.

– Compadre Mingo – correu a dizer –, o negócio saiu melhor ainda, porque nos sobraram seis pesos. Cobraram só oitenta pesos, com licença e tudo. Sobraram seis pesos.

– Bem, compadrinho, muito bem, quiassim não voltamos de bolso vazio. É sempre bom ter uns trocos pra viagem.

– São seis pesos.

– Guarde você, compadre; depois que chegarmos fazemos as contas, porque no fim cada um pôs quarenta e três, mas como sobraram esses trocos, só foi quarenta, e do que sobrou é três de cada um.

– Se quiser te dou os três.

– Não, compadre Goyo, leve tudo junto. E compramos aguardente da boa, a melhorzinha que tem, sabor de cacau, tem até cor de conhaque fino, assim tem mais saída, porque dizem que além de alegrar, alimenta. Dava para ter comprado aguardente de cabeça de carneiro, que é mais alimento, quase um tônico, mas custava, sem dúvida, um pouco mais, e daí não valia a pena.

Mingo Revolorio meteu o garrafão em uma rede e pendurou-a às costas para pegarem o quanto antes o trecho mais difícil da estrada. Os primeiros pigmentos do dia simulavam mercados de frutas – laranjas, limões, melancias, pitaias, romãs, limas, toranjas, cerejas, acerolas, muricis, pepinos, graviolas, sapotis –, frutas que pouco a pouco deixavam de ser frutas sobre os cerros violáceos para se tornarem flores de variadíssimas cores e formas – cravos, gerânios, rosas, dálias, camélias, orquídeas, hortênsias –, flores que ao sair do sol espremiam suas cores até formarem o verde clorofila das serranias, transformando-se em folhas.

– Não há de se negar, compadre, que tá frio... – exclamou Goyo Yic ao passar entre dois paredões de morro, trepando, baixando, saltando, afinando-se para caber na estrada, um local que chamavam de Cerro Partido.

– Sim, compadre, faz frio; mas caminhando passa.

Goyo Yic olhou para o garrafão às costas do compadre com a sede que o frio quente do paludismo produz nas pupilas, e repetiu:

– Muito frio, compadre, muito frio...

– Ande, que assim se esquenta, e não se aflija que já, já sai o sol.

– Olha, compadre Mingo, talvez nos caísse bem um trago, que embora nunca caia mal, agora caía melhor ainda, ao menos pra mim.

– Pro estômago sim, compadre; mas não temos como pagar e é melhor seguir em frente. O combinado é combinado e não é brincadeira, demos palavra de homem que não daríamos a ninguém um gole sequer deste garrafão, nem a nós mesmos, nenhum copo sem o pagamento correspondente.

– Quer dizer que também te apetece.

– Claro, mas não pode, porque, além da nossa palavra, compadre Goyo, também devemos pensar que os nossos interesses correm perigo se começarmos a beber de graça. Um trago você, um trago eu, acabaríamos com o garrafão e chegaríamos sem nada em Santa Cruz. Coloquei nele todo o meu capital, e você também colocou todo seu capital, se ficarmos os dois tomando uns tragos sem pagar, acabaremos na rua.

O caminho sombreado por árvores corpulentas, grandonas, de galhos que se estendiam sobrepostos como camadas de sopa de tamal verde, entre poças de água nascidas das rochas que refletiam sobre a água e as areias o nascer do sol, aumentou a vontade que Goyo Yic, Tatagambá, sentia de beber aguardente, sem dúvidas porque aquela umidade ruidosa e o calorzinho na nuca provocado pelo nascer do sol faziam-no lembrar de María Tecún, quando, após se banhar no rio, retornava à choça. Mulher sofrida. Fechou os olhos para se afastar, ainda que momentaneamente, do mundo visível e saborear sua felicidade de cego.

– Compadre! – não se aguentou mais –, compadre Mingo, eu compro um trago! – tinha em sua bolsa, e era tudo o que tinha, os seis pesos que sobraram após pagar o garrafão, as vinte garrafas e a licença.

– Se vai pagar, não vejo inconveniente.

– E pago antes, pra que não desconfie.

– Não admito, compadre, que você ache que vou desconfiar de você, meu sócio neste negócio. O problema é que não posso oferecer um trago grátis. Seria ir contra o combinado.

E enquanto dizia isso Revolorio parou, como era escura sua monocelha, densa, sobre sua pele branca, a voz parecendo enforcada, como se empolada, por causa do peso que carregava.

Parou, firmou o garrafão apoiando as costas em uma parede rochosa na lateral da estrada até escorar o recipiente na borda; então inclinou-o, ajudado pelo compadre Goyo, que estava se coçando todo para beber um trago, e após sacudir as mãos que também havia apoiado na rocha, verteu para o compadre o equivalente a seis pesos em uma cuia de fundo preto.

Goyo Yic, Tatagambá, pagou os seis pesos ao compadre Mingo e virou a cabacinha a grandes goles, saboreando o final e dando sua aprovação, como pássaro que abre e fecha o bico após beber água. Depois pegou o garrafão e colocou-a às suas costas. O compadre Revolorio já havia carregado bastante, agora era a vez dele.

Pé ante pé, Tatagambá subiu meia légua, ofegando um pouco, as areias do caminho retumbando sob as sandálias de homem, o peso de seu corpo acrescido da preciosa carga. Domingo Revolorio vinha muito atrás, parecendo cansado. De repente, apertou o passo para alcançá-lo, como se acometido por uma necessidade urgente.

– Compadre... – disse a ele com a mão no peito, não se notava sua palidez, porque era branco –, tô ficando sem gás, nem respiro mais...

– Você precisa de um trago, compadre!

– Se não eu morro!

– Um trago!

– Dê uns tapinhas nas minhas costas e me serve um trago... Goyo Yic, Tatagambá, bateu em suas costas.

– E o trago, compadre – reclamou Revolorio.

– Tem dinheiro pra pagar, compadre?

– Sim, compadre, seis pesos!

– Aí sai jogo, porque de presente não poderia dar um trago nem se o compadre estivesse morrendo.

A cabacinha cheia de aguardente sabor cacau nas mãos de Revolorio e os seis pesos na mão do Tatagambá. O primeiro saboreou a bebida. Untava as gengivas com seu quase açúcar, que não era doce, mas suave como pétala de rosa com fincada de espinho.

Meio-dia. O suor escorria pela testa de Goyo Yic, que seguiu com aquela delícia, aquela preciosidade, aquela lindeza de aguardente às costas, dado que Mingo Revolorio estava um pouco doente. Na direção contrária passou por eles um comboio de mulas: uma, duas, três, vinte mulas carregadas de caixas de maisena, caixotes de utensílios de peltre protegidos por palha branca e pequenos barris de vinho. Os compadres se espremeram contra o rochedo enquanto as mulas passavam a trote, erguendo nuvens de poeira, cuidadas por boiadeiros a pé e seguidas pelos comerciantes que viajavam a cavalo.

– Espere aí, compadre Goyo – disse Revolorio, sacudindo a terra do rosto, piscando para ver com clareza, um pouco se cuspindo para não engolir terra –, que agora é minha vez de carregar um pouco o garrafão, você já trabalhou demais.

Goyo Yic, Tatagambá, que havia atuado quase duas horas como burro de carga, percebendo que seu compadre não seria de grande ajuda por estar doente de angina do peito, parou assim que se desgrudou do rochedo onde haviam se recostado para dar passagem ao comboio.

– Se não vai fazer mal, se não te afeta, compadre...

Tatagambá não estava muito convencido de que Revolorio estava doente. Fingiu-se de doente para beber o trago. Como é que o coração só deu pra incomodar no caminho de volta. Por que não tinha sentido nada na viagem de ida?

– Trato é trato e agora é minha vez de carregar.

Mingo Revolorio, movimentando os braços atarracados como se fosse um boneco, aliviou-o da carga entre risos e gestos de mão.

– Está bem, compadre, mas avise caso se sinta mal, e espere um pouquinho, não se apresse, que antes de você colocar o garrafão nas costas vou querer meu trago.

– Vendido?

– Aqui estão os seis pesos. Toda venda à vista, compadre, senão a gente vai à falência.

Revolorio recebeu os seis pesos e serviu bem cheinha a cuia de aguardente. O líquido pálido e dourado brilhava sob o sol radiante. Tatagambá virou tudo de um gole.

Uma chuveirada de folhas caiu sobre eles. Decerto águias ou gaviões pelejavam em alguma árvore. O certo é que na modorra da *siesta*, sob o sol torrencial, quase sem sombra, escutava-se no alto o repicar das asas tempestuosas se entrechocando e bamboleando os galhos, de onde caíam folhas e flores. Goyo Yic recolheu algumas flores amarelas para adornar a delícia, a preciosidade, a lindeza que seu compadre Migo levava às costas.

– Deve estar querendo um trago, compadre, pra enfeitar assim – parou para dizer Revolorio, com o riso nos lábios e as bochechas vermelhas de tomar sol, porque por volta do meio-dia o chapéu não protege, não serve.

– Não, compadre, não tenho com que pagar.

– Mas se quiser empresto seis pesos.

– Se é sua vontade; quando fizermos as primeiras vendas você desconta pra pagar. Você é homem pacífico, compadre. No fim vamos sair com um belo lucro. Vai ver como teremos à disposição um belo dum lucro.

Revolorio deu seis pesos a Tatagambá, Goyo Yic, e encheu a cabacinha de fundo preto. Cheia de aguardente ela parecia um olho sem pálpebra, despido, observando tudo. Tatagambá saboreou o licor, puro cacau, e devolveu em forma de pagamento os seis pesos a Revolorio.

– Te devo seis pesos, compadre Mingo, e você anda meio mal, me dê o garrafãozinho que não vejo a hora de chegar.

Seguiram em frente mais correndo que andando. Goyo Yic com o garrafão às costas e Revolorio de Cirene.

– Talvez não se incomode, compadre, de apear um pouco e me vender um gole. Meu coração está se entregando, os batimentos estão desparelhados.

– Não, compadre, incômodo nenhum, é bom pros dois, você se beneficia tomando o trago se está se sentindo mal, e ganhamos juntos porque o pagamento é à vista. Problema seria se você e eu ficássemos dando um trago depois do outro só de favor.

A cabacinha se encheu, borbulhante, sob olhares sedentos dos dois compadres. Tatagambá recebeu de Revolorio os seis pesos, guardou-os e colocou o garrafão às costas para seguir caminho.

Andando, andando, Tatagambá dizia:

– Para o negócio sair certinho, conforme o planejado, e só pode sair assim, e vai sair assim, repare que até a gente, até eu e você, que está adoentado, tivemos que pagar as doses que tomamos, porque quando você ficou mal hoje de manhã eu bem que podia ter te dado um trago, uma dose. No entanto, compadre Mingo, não foi por tacanho nem de má vontade, foi só porque acertamos assim o nosso acordo palavreado. Por isso, como eu ia dizendo, se o negócio sair certinho, podemos levar esses cem reais a um ervanário que conheço, o senhor Chigüichón Culebro, o mesmo que me curou dos olhos, pra ele fazer alguma coisa contra esse mal do coração do compadre. Se não qualquer dia desses você cai morto.

– Já me deram remédio. Disseram que eu tenho, e sinto isso mesmo, espuma de coração.

– Nossa senhora! E o que é isso?

– Quem bebe birita todo dia como eu faço acaba ficando com baba de licor no sangue, e quando essa baba chega no coração, mata. O coração não aguenta baba de manguaça.

– Mas deve ter remédio...

– Outro trago...

– O que quer que eu diga? Tudo bem, compadre Mingo, se esse é o remédio e for pago em dinheiro.

– Aqui estão os seis pesos...

Goyo Yic recebeu o montante e encheu a cabacinha de aguardente, delicioso cacau líquido.

– Estamos perto das terras dos Suasnávar – informou Revolorio –, significa que já estamos chegando a Santa Cruz. Vamos enxergar a cidade do cume ali adiante. E esses Suasnávar são gente dos tempos do Rei, e bem por aqui, filhos da puta, deixaram um tesouro enterrado. Barras de ouro puro e joias preciosas. Já procuraram. Anos atrás vieram uns homens altos, altos, brancos, brancos, com uns homens negros, negros, também grandões, e reviraram tudo com picaretas, enxadas, pás e dinamite. Já estavam quase lançando pelos ares o topo daquele morrinho. Ali onde estou apontando. Aquele morrinho. Mas não encontraram nada.

– E deve ser bastante...

– Depois, foram morrendo da mesma coisa que vamos morrer você e eu, compadre Goyo. Encontraram uma mina, a fábrica de aguardente, e dali não saíram mais. Primeiro, recém-chegados, os brancos comiam separados dos negros, os negros serviam de criados. Mais tarde, de porre, os brancos serviam aos negros e todos se diziam irmãos. É que o licor, compadre, traz seus males, mas não deixa de ter seus benefícios: essas divisões de que um é melhor porque o outro é preto, não sei quem é rico e tem um que é pobrezinho desaparecem; todo mundo é igual diante da birita, homens que são apenas homens.

– Compadre Mingo, o que você quer é mais uma de seis pesos.

– É isso mesmo, mas o problema é que não tenho dinheiro. Vou quebrar a cara se pedir fiado, porque fiado não pode, num é, compadre?

– Não se preocupe com isso, compadrinho. Hoje mais cedo você me emprestou dinheiro na confiança, e chegou minha hora de retribuir o favor. Aqui estão os seis pesos, depois desconto do lucro.

– Até porque, quando chegarmos e vendermos nossa aguardente, vamos ficar cheios da grana.

Mingo Revolorio encheu a cabacinha e bebeu. Ao terminar, pagou a dose com os seis pesos que seu compadre lhe havia emprestado.

– E se quero tomar um e tenho a grana, compadre... – disse Goyo Yic, que sentiu a vontade despertar depois de ver o gosto com que Revolorio bebia a cuia.

– Ué, aí é simples – respondeu Mingo, com seu gesto de arregaçar as mangas da jaqueta –, me dê o garrafão, eu sirvo e você me paga.

– Então, trato feito...

Revolorio serviu. Tatagambá pagou e bebeu aos solavancos. Não era zurrapa. Era cana fina.

– Misericórdia de Deus, ainda tem um pouco! – disse, saboreando aos solavancos aquele licor de panela de barro, secretamente investido de um sabor de cacau, nada escandaloso, pelo contrário, muito suave, mas muito presente. – E agora, compadre – continuou Yic –, se quiser tomar o outro, me passe o garrafão, pra que eu sirva uma dose na cuia, e me pague. Quiassim não tem trapaça. Servindo e pagando.

– Não me faço de rogado, compadre, nem faço trapaça!

Goyo Yic recebeu o garrafão com grande cuidado – se tivesse mais mãos, as teria usado para pegar, levantar e servir o garrafão, erguendo-o na horizontal. Estava esvaziando a toda velocidade.

Mingo Revolorio aproximou o rosto da cuia, o lábio inferior saltado e os olhos de cavalo com sede. Era difícil virar no gogó sem derrubar nenhuma gota. E não teria derrubado nenhuma gota, não fosse o compadre interrompê-lo com sua fala.

– Não, compadre, pague antes de tomar! Somos grandes compadres, mas negócios à parte!

Revolorio espirrou, tossiu, piscou, deu palmadas:

– Culpa sua, compadre, quase me engasgo; entrou birita no pulmão! Tá desconfiado, é, meu compadre, tome aqui seus seis pesos; mas gosto de fazer negócio com gente assim, nada de favores!

– Não é desconfiança, é regra que temos que seguir pra não nos venderem gato por lebre. Tem safado por aí que bebe seu trago sem ter com que pagar. Assim se perde a bebida, que não se tira mais da barriga, e se perde o amigo, quando é amigo, ou se arruma inimigo, quando é desconhecido. Mande me prender, dizem depois de já ter largado a birita entre o peito e as costas. E de que adianta mandar prender. Me dá gosto ver como você saboreia, compadre Mingo! E se por acaso eu resolvesse tomar mais unzinho, compadrinho...

– Me dê o garrafão que eu vendo.

Em uma troca de mãos, Tatagambá pegou a cuia e Revolorio o garrafão; já era preciso incliná-lo um pouco mais na hora de servir.

– Sirva então, compadre Minguito! Em seguida te pago.

– Já viu, compadre Goyo, que não sou desconfiado: deixo você beber seu trago e só cobro depois, talvez não esteja sendo muito vivo. De tanto viver vivendo se vive vivo, dizia minha vó. Porque se você não pagasse, só lamento, depois ia descontar do nosso lucro com o negócio, mais ou menos mil e duzentos pesos, arredondando pra baixo.

Tatagambá bebeu, a pele do rosto acesa, os olhos resplandecentes, o cabelo eletrizado ao passar o licor pela garganta, que adentrou seu corpo mais como calafrio que como licor, arrepio que chegou até ponta de seus pés tão inchados quanto tamales, como ficavam quando ele era cego e pedia esmola sob o amate em Pisigüilito. Tatagambá bebeu, sentindo-se como se estivesse de pé sobre um monte de cabelos, pagou peso por peso os seis pesos e tomou o garrafão das mãos de Revolorio, me dá, me dá, com gestos belicosos.

– Deixe comigo, compadre Mingo, esta preciosidade, essa maravilha, essa lindeza, para que eu lhe sirva outra dosezinha.

– Antes da guerra...

– Não, antes da estrada, e mesmo que fosse antes do fuzilamento, compadre Mingo, não deixa de ser uma dose. Então, vai ter que pagar!

– Sim, sim, compadre Goyo, vou pagar, aqui está sua grana.

– Seis pesos de aguardente para o meu compadre Mingo Revolorio! – o licor borbulhava na cuia.

– Forma um colarinho de espuma, porque é do bom.

– Já me vejo lá no povoado enchendo os bolsos, compadre, vendendo tragos e mais tragos em todos os cantos, porque dinheiro se ganha vendendo de pouquinho, mais do que em garrafa, e sempre à vista, como a gente aqui, à vista.

– À danada da vista, e já que você, compadre Goyo, é o rico do momento, beba esse último e vamos seguir para o povoado...

– O antepenúltimo, pelo menos, porque não estou morrendo!

– Então o antepenúltimo...

– Sim, me dê seis mais quatro...

– Cadê os quatro?

– No fiado.

– O de graça já morreu e o fiado é finado!

– Os seis, então! Sem mesquinharia nem derrubar no chão, compadre Mingo, porque o chão também é beberrão, só que não fica tonto fácil e quando fica, é terremoto. Bonito seu nome, compadre: Domingo! E é alegre como os dias de domingo. Nasceu num domingo, sem dúvida, e por isso batizaram de Domingo.

Na hora de servir, precisou virar o garrafão de boca pra baixo. Revolorio servia sem ver direito a cuia, a minúscula metade de cabaça que tampouco estava onde Goyo queria colocá-la, embaixo da boca do garrafão, porque caía para um lado, caía para o outro, em todas as direções.

– To... toma tomacuidado! – exclamou Goyo Yic, entre palavras e um sorriso que era só baba nos dentes. Cuspiu, cuspiu e limpou a boca com a mão inteira, quase deixa a mão presa, como se quisesse arrancar os lábios, por pouco não arranca os lábios, os dentes e o rosto. Limpou até as orelhas.

– O pior negócio é derrubar no chão – ralhou Revolorio –; endireite a cuia.

– Talvez seja melhor servir direto na boca direto. Compadre Mingo, mire com cuidado, aqui onde está a cuia, não no chão! Vou pensar que é má vontade sua, ou é por castigo... por quê... po, po, porquê... po... porque sim... po... porquesim... porquenão.

– Finalmente deu certo, compadre Goyo...

A guedelha líquida cor de ébano encheu a cuia até transbordar.

– Está derramando sangue, compadre, isso é lucro líquido!

– Depois descontamos do lucro; chupe os dedos, errei a mão e derramei um bocado!

Revolorio endireitou o garrafão com dificuldade, enquanto Tatagambá bebia, chupava os dedos, lambia a parte externa da cuida. Então entregou a ele para que servisse outra dose.

– Vai mais uma dose, compadre Mingo?

– Ainda pergunta.

– Pois se você manda, eu obedeço...

– A primeira coisa são os seis pesos – cortou Revolorio –, tome aqui, que você é muito desconfiado.

– Quiassim tem que ser na vida quem não quer se dar mal.

– De tanto viver vivendo se vive vivo, dizia minha vó Pascuala Revolorio.

– Na sua família todos tinham nomes alegres, compadre: Domingo, Pascuala...

– Minha mãe se chama Dolores!

– Bom nome pruma mãe! O nome de sua progenitora pede outro trago, esse por minha conta, tome o dinheiro!

– Mas também quero te oferecer um trago, compadre, tome os seis pesos de volta.

O garrafão, cada vez mais exaurido, passava das mãos de um compadre às mãos do outro compadre, e os seis pesos – a cobrança à vista era sempre rigorosa – também mudavam de mãos.

– Outro trago, seis pesos...

– Aqui os seis pesos, outro...

– Agora, minha vez, seis pesos...

– Você não deu o meu, eu já paguei...

– Então são seis seus e seis meus...

Os compadres se olhavam e não acreditavam. Isso é, o compadre Yic olhava para o compadre Mingo, sem acreditar que era ele, Yic, quem olhava, nem acreditar que era o compadre Mingo quem via. Se tivessem estudo saberiam explicar, porque a mesma coisa acontecia com Mingo Revolorio: olhava para seu compadre Yic, tocava-o, e se perguntava, ao ouvi-lo falar, se estava mesmo ali perto dele, quando o olhava desde longe, muito longe, perdido entre os montes pelados e arenosos onde estava assentada Santa Cruz das Cruzes, montes cobertos de vegetação queimada, que ao borralho da tarde mergulhava em tinta de caldo de fogo e tingia as silhuetas rígidas dos rochedos brancos, que eram já a entrada do povoado, cercada de eucaliptos e vozes da vizinhança.

Um aqui e o outro ali, encontrando-se apenas ao colidirem, assim andavam os compadres, os chapéus enfiados até a orelha feito halos, o cabelo caindo sobre o rosto, salgueiros--chorões que riam sozinhos, negociantes de aguardente, só que já não restava muito no garrafão, a julgar pelo pouco peso e pelo barulho do líquido sacodindo em seu interior, bamboleando às costas do cambaleante compadre Revolorio.

Goyo Yic, Tatagambá, encasquetou o chapéu sobre a testa para cobrir os olhos – quase tocava a ponta do nariz, enfiou-o até ali para ficar cego –, mas isso não o impedia de dançar a valsa trôpega em que tinha o compadre de acompanhante. Adentrando seus antigos domínios, tato e audição, encontrou María Tecún. Como você está?, ela perguntou, e ele respondeu: Tô bem, e você... E que anda fazendo, ela perguntou, e ele respondeu: Vendendo aguardente, por causa de um conhecido que virou meu compadre. Ando fazendo esse negócio. Vai ganhar bem?, ela perguntou. Sim, respondeu ele, alguns *realezinhos*.

Revolorio puxou-o da jaqueta até derrubá-lo de costas no chão, em seguida se aproximou e arrancou o chapéu do compadre, o garrafão bamboleando às suas costas a cada movimento.

– Não enlouqueça, compadre, deixe de falar com sua mulher que ela não é fantasma!

– Me deixe, meu compadre, estamos conversando e ainda não perguntei por meus filhos!

– É mau agouro falar com gente viva que não está presente em carne e osso, porque elas perdem a carne e o osso e não sobra nada, ninguém.

– Para mim é como se estivesse mesmo comigo. Mas já que me estragou o sonho, me venda outra dose, agora que vejo você, está aí, esse é você e esse sou eu, um homem a fim de um traguinho.

– Você não estava dormindo, compadre Goyo, pra dizer que estraguei seu sonho. Pare com isso de sonho. Estava falando como sonâmbulo. O trago te deixou sonâmbulo...

Revolorio caiu de boca para baixo e o garrafão rolou pelo chão enquanto Tatagambá, que também caiu, arranhava o solo sem conseguir se levantar.

– Maldita malvada dos infernos – queixou-se Tatagambá –, ferrando o nosso negócio!... Ne... gócio... que ne, ne, negócio vamos conseguir fazer assim? Teríamos ficado ricos, tô mentindo, compadre Revolorio. Mas taí o que... quê?... certa... certa... certamente, deu nisso aí... porque o trago não tem... não tem trago, mas tem a receita e tem o lucro, porque foi tudo vendido à vista... de seis em seis pesos juntou muito e meu compadre Mingo tá com tudo aí guardado nos bolsos... aí vão contar quanto eu ganhei, vamos fazer as contas e me dê minha parte, já que sou seu sócio... Não, ora, não foi ruim o negócio, foi bom, o ruim é que o ruim, e o mais ruim de tudo, o mais ruim do mais ruim do mais ruim, do mais ruim do que não tem mais ruim de ruim, o pior... teria sido mamar esse garrafão até vermos estrela... porque aí sim, o negócio já era!...

Revolorio roncava.

– Ca... ca... caaaaa... dê a grana, compadre? – prosseguiu Tatagambá –; foi vendido à vista e devemos ter tirado um pouco mais do que colocamos você e eu, dos o... o... oitenta que colocamos você e eu. Digamos que tenha uns duzentos! Então o lucro é de... de... de... de quanto é o lucro, em vil dinheiro?... E digamos que seja mais o lucro: trezen... tos, quatrocentos... seriam quinhentos ou seiscentos se fosse vendido no povoado.

A guarda municipal foi para cima deles, por perturbação da paz, mas precisaram chamar dois guardas da receita ao encontrarem o garrafão.

Nove índios vestidos de branco formavam a guarda municipal, todos munidos de facões, chapéus de palha com abas largas já meio velhos e calças presas à cintura com faixas vermelhas, roxas, azuis. Suas mãos e seus pés triguenhos pareciam alheios aos seus corpos brancos, que se movimentavam para erguer os bêbados, e quando falavam seus dentes despontavam como lâminas de facão.

Os responsáveis por examinar a licença, dois homens rechonchudos, investigavam o garrafão com cheiro de cacau. Só encontraram o cheiro. Suspiravam, relambiam-se, esfregavam as mãos no corpo, de tanta vontade de provar.

Tatagambá Goyo Yic dizia:

– Entre parênteses – e não se sabia se queria dizer isso mesmo, ou "entre parentes" – não se cobra favor com multa, e já que fazem questão de me levantar, pelo menos não me maltratem.

Balançava a cabeça para a frente, balançava para trás, do centro para a direita, do centro para a esquerda, para a frente, afundando no peito o montinho de pelos do cavanhaque que deixara crescer, e para trás, em direção às costas, até repuxar a pele do pescoço, as orelhas banhadas de sangue cristão, as veias da testa saltadas.

Arrastaram-no pelos braços, marcando o solo com seus pés esfolados, e carregaram Revolorio com o garrafão e os chapéus que eram as sombras brancas de suas cabeças negras.

Levaram-nos para depor no dia seguinte, algemados, custodiados, escoltados, ameaçados. Na prisão nada é ruim, tudo é pior. Mas o pior de todos os males, na prisão, é estar de ressaca. Sedentos, trêmulos, assustados, respondiam de imediato as perguntas do que cumpria o papel de juiz, porque na hora não atinavam para o que ouviam, só depois, e respondiam com dificuldade para ir juntando as palavras. Tinham perdido a licença. Nessa história de ir pegando e guardando o dinheiro dos tragos que vendiam um para o outro estrada afora, acabaram perdendo, e acabaram perdidos. Papelzinho maldito, quadrado, branquinho. Seu valor estava no que dizia e nos selos do Departamento da Receita e do Depósito de Licores, e nas assinaturas. Fumaram cigarros de papel que soltava cheiro de papel transformado em fumaça, como a licença, que virou fumaça. Sem a licença, contrabandistas; com a licença, pessoas honradas. Com a licença, livres, sem a licença, presos, e presos por algo que era mais grave que despachar o próximo dessa para outra. Por morte, se sai pagando fiança, por contrabandear, não, e ainda havia a questão de deverem ao fisco o equivalente à defraudação, multiplicado sabe-se lá por quantas vezes.

Na prisão nada é ruim, tudo é pior. Pior a dor de estômago, pior a pobreza, pior a tristeza, pior o pior do pior. Carcereiros e juízes parecem gente sem juízo, transtornados. Cumprir leis e regulamentos desconectados da realidade deixa-os loucos, ou ao menos assim parecem aos olhos de quem não se encontra sob a estranha influência da lei.

Pouco se pôde esclarecer com as declarações de quem lhes havia vendido a cana, maldição engarrafada. Não foram explícitos, repetia o juiz. Os compadres ficaram sem entender nada. Uma torrente de água os ensurdecia, entre as quatro paredes do tribunal, e também a fome, porque ao longo do dia inteiro não haviam comido nada além de dois chilates. Seriam explícitos, pensou cada um deles em sua cabeça, sem dizerem nada, se soubessem o que explicito significar. Os homens que lhes haviam vendido as vinte garrafas de licor âmbar com cheiro de chocolate estavam meio adormecidos, pois ainda era madrugada, entrapados, enrolados em ponchos, como mulheres logo após o parto. Tampouco foi possível definir se o licor transportado pelos réus era rigorosamente lícito ou produto de alguma fábrica clandestina, o que agravaria o delito, porque não deixaram nenhuma gota, beberam tudo, o garrafão foi encontrado vazio. Por fim, as contradições em que incorriam em sua tentativa de explicar como poderiam ter vendido a aguardente à vista, se não traziam nenhum dinheiro; peso por peso, mas só tinham seis pesos. Seis pesos quando, feitas as contas, deveriam ter uns mil, pelo menos. Se tinham vinte garrafas no garrafão, de cada garrafa se tiram dez cuias de tamanho regular, e estavam vendendo-as a seis pesos, deveriam ter pelo menos mil e duzentos pesos. O dinheiro virara fumaça, e agora eles podiam vasculhar os bolsos à vontade com suas mãos e seus dedos nervosos, conferindo se, por um passe de mágica, as cédulas e moedas não teriam se materializado de novo ali onde estavam e de onde desapareceram.

Para as autoridades não havia mistério. Tinham gastado (os compadres sabiam que não) ou perderam (os compadres hesitavam antes de responder); e se aceitaram a tese da perda, foi para escaparem da condenação por contrabando e fraude contra o fisco, pois o dinheiro estaria junto com a licença (hipótese extrema que o juizado rechaçava de saída por argumentar que a licença jamais existira); ou tinham sido roubados enquanto chafurdavam na entrada do povoado (não gostavam nadinha do termo "chafurdar"); ou... um deles escondera o dinheiro para não entregar a parte do outro.

Nos momentos opressivos em que eram levados à presença do juiz, trocavam olhares dissimuladamente, estudando o outro; por fora, num primeiro momento, e então um olhar atento, gesto de quem quer adivinhar o que o outro leva escondido.

Desconfiavam do outro, mas não tinham franqueza suficiente para admiti-lo, pois agora já não tinha mais o suficiente de nada. A prisão acaba com tudo, mas, sobretudo, arrasa impiedosamente a suficiência que o homem carrega em seu âmago para enfrentar a vida de boa maneira, de maneira livre.

– Que fim será que levou a grana, compadre? – alfinetava Goyo Yic com ânimo de galo em busca de briga.

– É o que eu me pergunto, compadre – respondia Revolorio juntando, como minhocas que se chocam, os pelos densos da monocelha, e, arregaçando as mangas, acrescentava –, porque nós perdemos bastante; se for fazer a conta...

– O juiz fez, compadre.

– É uma perda das brabas, e o pior é que não sabemos explicar se perdemos na estrada, se caiu junto com o garrafão, vai saber quanto trago ainda tinha ali dentro, ou se fomos roubados ou... enfim, que se há de fazer.

E entre o "ou" e o "enfim", cabia a frase "a não ser que você, compadre, tenha embolsado para não dar a minha parte e aproveitar sozinho".

Conversaram sobre isso. Tatagambá Goyo Yic não aguentou mais e se queixou a Revolorio de seu mau pensamento, e este confessou que também nele as dúvidas em relação ao compadre cresciam como fermento no calor... Mas era impossível. Nas vendas, cada um guardava o que recebia, de modo que os dois precisariam ter a metade escondida, e de qualquer modo a divisão teria sido igualitária.

O roubo. As feiras atraem delinquentes, e a de Santa Cruz das Cruzes era famosa por seus milagres, seus raios em seco e seus feitos sangrentos, sem falar nos roubos e demais delitos. Algum mês do ano precisava ser o brabo, e o brabo era aquele, marcado pela cruz do Salvador do mundo, quando o calor partia e chegavam as chuvas trazendo intempéries boas para o semeio, céus baixos e acinzentados e os acertos com a justiça.

Todas as informações dos compadres estavam escritas em diversas folhas de papel e em muitas outras que continuavam escrevendo, citando-os a cada pouco por nome e sobrenome, sempre precedidos da palavra réu. Era difícil se acostumar a ser chamado de réu, e nunca estavam prontos para responder quando os chamavam assim: réu, responda; réu, de pé; réu, retire-se. Outros réus esperavam com suas escoltas, entre bocejos e roncos de estômago, ou jogando *tipaches* com pequenas fichas de borracha preta.

A justiça de Santa Cruz das Cruzes, tendo em vista a insegurança da prisão, concordou em transferir o excedente de réus da feira a um velho castelo do tempo dos espanhóis, situado em uma ilha próxima à costa do Atlântico e adaptado para servir como presídio, e dentre estes réus estavam Goyo Yic e Domingo Revolorio, condenados por contrabando e fraude contra o fisco.

De braços amarrados, carregando uma trouxa com roupas e uma esteira de dormir às costas, lençol, poncho e uma jarrinha para fazer café, uma moringa com água e uma cuia, além de um vidrinho com azeite de amêndoas, os compadres deixaram Santa Cruz das Cruzes custodiados por uma escolta a mando de um capitão.

Goyo Yic fechou os olhos. Por um instante voltou ao mundo de María Tecún, flor escondida no fruto, mulher que carregava em sua alma. Atrás dele vinha Revolorio, pálido e monocelho, arriscando uma risada falsa de réu chamado Domingo, lutando para não fazer seu movimento de arregaçar as mangas, não fosse o chefe achar que ele tentava fugir, e encomendando a própria alma ao Jesus da Boa Esperança com a reza da esquisitíssima oração dos Doze Manueis.

Era um dia de sábado.

SEXTA PARTE

Correio-Coiote

13.

A mulher do senhor Nicho, o correio, fugiu enquanto ele percorria montanhas, aldeias, planícies, sempre a pé, trotando para chegar mais rápido que os rios, mais rápido que as aves, mais rápido que as nuvens, ao povoado distante trazendo a correspondência da capital.

Pobre do senhor Nicho Aquino, o que fará ao chegar e não a encontrar!

Vai arrancar os cabelos, chamar por ela, chamando-a não como a chamava quando eram noivos, Chagüita, nem como a chamava depois que se casaram, Isabra, mas como se chama toda mulher que foge, "tecuna".

Irá chamá-la de "tecuna", "tecuna", o coração doendo como assadura de sela, e se morderá, morderá o rabo, mas se morderá sozinho, sozinho em sua choça sem luz, escura, solitário, enquanto os comerciantes alemães do povoado lerão duas ou três vezes as cartas de seus parentes e amigos e as cartas de negócios trazidas por mar e depois carregadas pelo senhor Nicho Aquino, com devoção canina, da capital até San Miguel Acatán[44], pequena cidade construída em uma prateleira de pedra dourada, sobre abismos onde a atmosfera era azul, cor do mar, em meio a pinheiros de sombra verde--escuro e fontes rochosas, caixas de costura de onde emana-vam fios de água nascida para bordar os campos de maravi-lhas, begônias de folhas com forma de coração, samambaias e lírios alaranjados.

Pobre do senhor Nicho Aquino, o que dirá ao chegar e não a encontrar!

Perderá a capacidade de fala, ficará de corpo cortado, tra-pos, suor e pó, e ao encontrar palavras, a língua, voz para o desafogo, irá chamá-la: "tecuna!", "tecuna!...", "tecuna!", enquanto muitas mães lerão com sorvos de lágrimas des-propositadas, mas lágrimas mesmo assim, anchas, inchadas, salgadas, as cartas de seus filhos que estudam na capital, e o juiz de paz e o comandante da administração, as cartas de suas esposas, e os oficiais da guarnição, as letras de alguma amiga avisando que está bem, embora esteja doente, que está contente e feliz, embora esteja triste, que está sozinha e se mantém fiel, embora esteja acompanhada...

Quanta falsidade naquela noite em San Miguel Acatán, após a chegada do burro de carga descalço, o correio!

Quantas mentiras piedosas saídas dos envelopes, dando voltas à verdade crua que esperava pelo senhor Nicho Aquino!

Quantas cartas naquela cidade infante de casas cons-truídas em ladeiras de montanha, uma sobre a outra, como aves de curral, enquanto o senhor Nicho, após gritar o nome de sua mulher, se encolherá feito minhoca destri-pada pela fatalidade ao chamá-la "tecuna", "tecuna", "te-cuna", até cansar de chamá-la "tecuna", batendo pé por toda a solidão da choça!

---

44 SAN MIGUEL ACATÁN: Cidade guatemalteca fundada pelo povo acateco, grupo étnico de origem maia que foi expulso da região após a conquista espanhola. Ocupada posteriormente pelos europeus, a cidade cresceu e chegou a obter grande relevância econômica na década de 1940 graças à alta quantidade de extração de chumbo pela Huehuetenango Mining Company, empresa controlada pela Hoover Mining Company (EUA).

O correio, quando era o senhor Nicho, chegava com as estrelas da tarde. Portas e janelas abertas viam-no passar com os vizinhos atrás, espiando, para terem certeza de que já havia chegado e poderem dizer a si mesmo e aos outros: "Chegou o correio!... O senhor Nicho entrou, viram!... Dois sacos de correspondência, sim, trazia dois sacos de correspondência!... Quem esperava e quem não esperava carta, quem não espera sempre uma carta, todos pendentes sentados nas portas ou espiando pelas janelas, atalaiando o correio, prontos para violar o envelope e tirar o papel de dentro, e ler apressado na primeira vez, fazendo pausas e comentários na segunda e na terceira, que m sabia ou mais ou menos sabia ler, ou procurar quem as lesse, no caso dos lavradores de pele grossa e olho musguento de sono que viam sobre o papel os escaravelhos das letras.

Os passos do senhor Nicho ressoaram pela rua principal. Percebia-se que estreava sandálias e roupas novas. Talvez seu intuito fosse impressionar sua mulher, renovado como estava, sem saber o que o esperava. Os passos do correio ressoaram pela praça pavimentada, perfumada de jasmim. Ressoaram, depois, seus passos nos corredores da Administração, por onde passeava a sentinela. E, por fim, no despacho do gerente dos correios, que cheirava a cigarros apagados a golpes de saliva, iluminado por uma lâmpada a gás sobre uma escrivaninha coberta de montanhas de papéis.

O senhor Nicho chegou exausto pelo cansaço e ofegava, incapaz de recobrar o fôlego. Entrou correndo, com pressa de chegar, entregou os sacos de correspondência e quando lhe disseram que tudo estava nos conformes, saiu passo a passo, arrastando os pés. Esperaria o pagamento, como sempre, sentado em um dos degraus da varanda, de frente para a praça deserta e cheia de sons: grilos, besouros, morcegos. Pensava como estava perto de sua choça, de sua mulher. Quando se ausentava de casa por causa do trabalho, achava que encontraria tudo mudado ao voltar, mas isso nunca acontecia. A vida não muda, é sempre igual. Só que, agora sim, nada seria igual. A mudança completa, a mudança brusca. Deixou as palmas das mãos sobre os joelhos para aliviar o cansaço e espichou as pernas para ficar mais à vontade. O pagamento. Os sessenta pesos que davam a ele por viagem, e que recebeu de chapéu na mão e cabeça curvada.

O gerente dos correios, sobre suas pequenas pernas de homem gorducho, caminhou até a varanda sem pôr, ao andar, um pé em frente ao outro, mas antes oscilando de um pé para o outro, avançando com movimentos de balanço, o charuto na boca, os olhos desaparecidos nas bochechas suínas. Sujeito de poucos amigos – era rechonchudo sem ter nenhuma das vantagens dos gordos, todos eles aprazíveis, barriga cheia de coração contente –, não deixou que o senhor Nicho estendesse muito a mão para receber o pagamento.

– Índio abusado, tire a mão, espere eu contar! São cinco, dez, quinze, vinte, trinta...

Antes de chegar a cinquenta e cinco, deteve-se para alertar o senhor Nicho de que aquele dinheiro não era para bebida, e caso se embriagasse iria jogá-lo em uma cela onde passaria quinze dias a pão e água.

– Não, sinhô, não é costume meu beber, o sinhô nunca me viu bêbado, não que não goste, porque afinal também sou homem, mas porque não é bom pra quem acabou de casar.

– Pense bem no que faz – a voz do homem já era manteiga no ar –, porque com bebida nada se conserta, tudo piora, perdemos a cabeça e o diabo toma conta.

O senhor Nicho Aquino olhou para ele sem entender. Ouviu história mal contada, supôs. O gerente fitava-o como se quisesse dizer algo, mas a respiração com saliva supurava nas comissuras carnudas de seus lábios.

– E o que você tem aí?

– Aqui?

– Sim, aí... – o charuto dançou em seus lábios; tragou, não tanto para fumar quanto para segurar uma baba que ameaçava cair. – Que não esteja carregando encomenda particular, porque isso é proibido. Se fizer isso, vai pra cadeia. Quem quiser mandar encomendas que as leva ao correio, o serviço existe pra isso, e que pague os custos.

– Não, sinhô, não é encomenda alheia, é minha. Um xaile que comprei pra minha mulher, tá chegando o dia do santo dela. Comprei lá nos chineses. É seda de qualidade.

A primeira impressão que o senhor Nicho teve ao entrar em casa foi de ter se metido por engano na choça de um vizinho. Não é aqui, disse a si mesmo, vai ver eu estava com tanta pressa de chegar que me enganei... Em sua choça, toda vez que voltava da capital trazendo o correio, era esperado com tortilhas de milho amarelo bem quentinhas, na frigideira ou no cestinho de palha que fora da mãe de sua mulher, o bule de café fervendo, o feijão quase pronto com cheirinho de coentro, o queijo duro, a cama, o sono, a mulher. Saiu correndo, aquela choça não era a sua, estava escura e solitária. Saiu mais correndo que andando, mas não chegou até a porta; aquela choça era a sua, sim, e como poderia não ser, como ele poderia ter entrado em uma casa vizinha, se não tinha nenhum vizinho além da noite imensa, inalcançável. Fechou os olhos, em um segundo as palavras do diretor dos Correios haviam adquirido sentido, suas ameaças para que não se embriagasse, porque com bebida nada se conserta, e percorreu a casa tateando tudo feito um idiota, as paredes, as vigas centrais de madeira, a cama, o berço onde pretendiam colocar o bebê quando nascesse, as pedras mortas do fogão apagado.

O cachorro também queria lhe dizer alguma coisa que só soube expressar com pequenos ganidos que podiam ser tanto de alegria por seu retorno como de tristeza. Lambia suas mãos. Sua língua quente, seca, áspera, traduzia em gosto a angústia e a urgência e puxava seus dedos, suas calças, prendendo-as entre os dentes, sem estragar, para levá-lo para fora de casa. Tirou-o o dali. Levou-o até o bebedouro de água, e ali ficou ainda mais desassossegado, saltava, chorava, trotava, pequenos latidos na sombra cheia de estrelas, de plantas banhadas de sereno, de silêncio imóvel. O cão sabia onde a sua mulher estava. Mas onde estava a sua mulher? A sensação nítida de que estava muito perto desapareceu quando, rechaçando as insinuações do animal, agora violentas e angustiadas, e retornou à choça querendo entender o que tinha acontecido. Venceu o cansaço, deitou-se no chão e dormiu em seguida, perturbado pelo susto e pelas cãibras-escorpião que o despertavam, sem despertá-lo.

A choça não parecia desabitada. O vento sacolejava a porta destrancada. Abria-a, fechava-a. As casas das "tecunas", as mulheres que fogem do lar, ficam cheias de ruídos misteriosos. Ruídos e presenças. Os maus olhos da dúvida, na borra ingrata do café, com as pupilas úmidas de pranto negro. O baú de roupa boa, com roupas de baixo cheirando a calor de ferro, sacode suas aldravas, orelhas metálicas contra madeira oca, ao sopro do vento que entra do pátio, onde o fio do varal enforca o céu. Em um vasilhame de barro repleto de água suja, amarelada, um rato náufrago. E as formigas pretas, guerreiras, rodeando os alimentos. Rosários do mau ladrão, entram e saem afanosamente dos cochos, da cozinha, somando-se aos saruês espigueiros, instaladas em uma peça na casa das "tecunas", e os grandes pássaros que grasnam de alegria, e os fantasmas de cães que farejam, invisíveis – só se escutam suas pisadas –, o rastro de mijo da eternidade na velhice das coisas abandonadas, pó e teia de aranha, até que um belo dia em meio à tanta ruína, a tanto esquecimento abandonado nas margens do sono da morte, irrompe o brote luxurioso da viga central d6y e madeira, prenunciando o brote das sementes assentadas no que outrora foi teto de palha, janela ou porta, e sobre a casca grossa da choça começa a germinar a vida, a florescer a terra, porque a terra também é semente que cai das estrelas, e ninguém, nem os velhos, volta a lembrar da tragédia da "tecuna", mulher cega vestida em traje de feijõezinhos pretos, lágrimas de luto.

Nicho Aquino despertou com a força do sol. Trocou a muda de roupa nova que havia posto sobre a roupa velha, rígida de suor e pó, estreia para sua mulher ver, por uma camisa e uma calça de algodão branco. Tecuna que era, havia deixado a roupa lavada, passada, arrumadinha, para que lhe doesse ainda mais o abandono, ou quem sabe não planejasse fugir naquele dia, ou pode ser que tivesse cogitado esperá-lo, ou talvez algum outro a obrigou, ou talvez...

Como branco vestido de índio (para pleitear, melhor ser índio que ladino; o índio é cabeça-dura, o ladino, um derrotista) e descartando suposições, pois nada é mais encardido que o ciúmes, foi ao escritório do comandante. Fosse qual fosse o caso, era melhor dar parte às autoridades. Mesmo que seja morta, pelo menos que a encontrem, dizia a si mesmo, e ao compasso de seus passos: mesmo que seja morta, mesmo que seja morta, mesmo que seja... Os cabelos penteados com água tinham cheiro fixo de arruda, o bigode era duas vassourinhas pontudas sobre as comissuras, o nariz chato, os ombros caídos como os de uma garrafa.

A queixa foi registrada pelo secretário do comandante. Um velho militar com distintivos de capitão e cara dos que crucificaram Deus. Quando o senhor Nicho terminou – enquanto ele falava, o secretário revolvia seu chapéu de palha –, aquele homem veterano em espancamento de gente disse a ele, movendo as rugas de seu rosto azedo e franzido, que deixasse de queixas e baboseiras e procurasse outra mulher, pois para isso havia mais mulheres que homens no mundo. E acrescentou:

– Deve ter partido com outro, com outro melhor que você, porque as mulheres sempre buscam melhorar de condição, ainda que esse melhor seja como escolher uma morte melhor!

– Alguém pôs coisa na cabeça dela...

– Na cabeça?... Melhor não falarmos nisso, porque gosto de dar nome as coisas! Enfim, daremos ordem de captura para que a prendam, e tenha cuidado se for atrás dela, lembre-se do que dizem que aconteceu com o cego que caiu do penhasco ao ir atrás de María Tecún. Ouviu a voz dela e justo quando ia alcançá-la, recuperou a visão só para vê--la transformada em pedra e esquecer que estava na beira do precipício, e me cabe informar a você que até hoje não encontraram ele.

– Deus lhe pague – o senhor Nicho corroborou suas palavras com olhar aflito.

– Deus não paga dívidas alheias, e veja se some da minha frente ou se livra dessa cara de mártir típica de marido otário, porque ela até pode ser a "tecuna"; mas adivinha quem é o otário...

Do portão da sede do comando, onde acendeu um cigarro de palha de milho com cheiro de figo, um agrado de sua mulher que sabia alisar as folhas como ninguém, tostando o tabaco à boa moda antiga, cernindo e apertando as duas pontas com a unha, foi até a praça, atravessou as tendas do mercado, passou em frente à escola desviando das crianças que sempre saíam às onze para almoçar e entrou na loja do chinês.

– Quer comprar? – perguntou ao chinês, desembrulhando um pacotinho para lhe mostrar o xaile.

O chinês, congelado no silêncio, entre as moscas, tirou a mão, pegou o embrulho e puxou-o para o outro lado do balcão envidraçado. O cabelo negro como mancha de tinta chinesa sobre o crânio lustroso, o rosto vazio de expressão, o corpo sem volume humano. Por fim, respondeu:

– Lobado?

– Vou roubar os dentes da tua cara, seu chinês tuberculoso!

Recolheu o xaile do mostrador. Queria se desfazer dele não só para recuperar o dinheiro. Havia chegado trêmulo à loja do chinês. Queria se desfazer dele porque materializava, em seda cor de sangue, um agrado amoroso a quem menos merecia. Recolheu o xaile com um movimento das mãos e saiu sem embrulhá-lo em direção à loja dos alemães, situada na lateral da igreja, balançando os braços para se motivar, embora justificasse a si mesmo que era para chegar mais depressa.

– Abram alas e é bom ir sorrindo que está passando o xaile mais lindo! – gritou a uns boiadeiros conhecidos seus que descarregavam sacos de mercadoria na porta principal do armazém de San Miguel, e foi direto oferecer o xaile a Dom Deféric.

O bávaro se virou para fitá-lo com seus profundos olhos

azuis, cobertos por espessas sobrancelhas palhiças, e tirou na hora de um bolso da calça a quantidade que Aquino pedia pelo xaile – estava fazendo contas – e lhe entregou, sem aceitar a mercadoria.

Nicho agradeceu, insistindo para que ficasse com o xaile – tinha pena de atirá-lo no rio ou rasgá-lo em mil pedaços –, mas por mais que ele teimasse Dom Deféric não quis nem ouvir.

Os boiadeiros, conhecidos seus, esconderam o rosto quando ele saiu; já tinham ouvido rumores do ocorrido e acharam melhor não vê-lo.

Falaram quando já não podia ouvi-los. Policarpo Mansilla, o mais velho e forçudo, transportou a duras penas um saco pesadíssimo até a porta da rua.

– Rapazes, ajudem! – disse, suando, ao deixa-lo cair de supetão. – Vocês só fingem carregar! Vou acabar me estropiando por culpa de vocês, já tô sentindo a cintura arrebentar quando faço tanta força assim, e vocês não ajudam! E o outro apaixonado, como se tivesse na mesma... a mulher deu no pé, simples assim!

– Nos dê você uma mão, Pitoso! – disse outro dos boiadeiros –; fiquei olhando pra ele porque me deu pena; danem-se as mulheres; e que Deus o impeça de sair por aí atrás dela, não é, Policarpo, porque essa "tecuna" otária ainda pode derrubar ele do precipício.

– Você acredita em cada coisa, seu desmiolado!... Já entendi o que está pensando: que a mulher "tecuna" vai levá-lo até o cume de María Tecún e, chegando lá, no ponto mais alto do cume, vai atrair o sujeito com cantinho de pomba, choramingando para que ele se aproxime, para que a perdoe e os dois refaçam seu ninho com peninhas e beijinhos. Isso é conto de comadre; a única parte verdadeira nessa história que estou contando, e que todo mundo repete, é que homem viúvo de "tecuna" não supera a perda e decide procurá-la, e enquanto procura bebe para se manter motivado, bebe para não perder a esperança, bebe para esquecer que está procurando, enquanto procura, bebe de raiva, e como não come se embebeda, e ao se embebedar vê a mulher em seus delírios, escuta ela chamando por pura vontade de encontrá-la, não cuida direito onde põe os pés e acaba caindo do precipício; toda mulher atrai como o abismo...

– Hilario subiu no púlpito outra vez. Não tem sermão igual ao dele. Força, desgraçado, que você é boiadeiro, e não professor!

– Deus me livre, moreno, essa história de ser professor é que nem pedir esmola. Esse saco é mais pesado, mas diz: "Mercadoria frágil"! Carrego, mas não engulo, como diz o índio.

– Que índio é esse... – interveio Policarpo Mansilla –, responda enquanto carrega, dá pra fazer as duas coisas ao mesmo tempo. Tô achando que você, Hilario, que fica aí fazendo careta e sacodindo os braços, teria dado um bom palhaço.

– Um índio que tava morrendo, e o padre, passando por mil dificuldades, levou um viático pra ele. Como a estrada era muito trabalhosa, o cura perdeu a hóstia, e ao chegar à choça, como não encontrou nada fininho pra dar ao doente, pegou uma barata e arrancou uma asa. O índio já tava nas últimas, engasgado, e o santo padre dizia ao lado do leito, dizia: "Crês que este corpo é o corpo de Nosso Senhor Jesus Cristo...?" "Sim, crê..." respondia o índio. "Crês que neste pedacinho está seu santíssimo corpo?" "Sim, crê..." repetia o índio. "Crês na vida eterna?" "Sim, crê..." "Pois assim sendo... abra a boca..." Nesse momento, o índio afastou a mão do padre e disse: "Crê, mas não engulo..."

O bávaro sorriu. Seus olhos azuis, as montanhas azuis, os céus azuis contrastando com os boiadeiros, pretos como seus arreios: couraça de couro curtido sobre o peito, adornada com tachinhas douradas, algumas com velhos bordados de lã, jaquetinhas de mangas franjadas, chapéus de abas largas com fitas, viseiras suadas.

Depois que o correio – que, por ser homem bondoso e um pouco lerdo, o padre Valentín chamava de Nichón – deixou a casa conventual, o sacerdote separou as mãos que havia mantido beatificamente trançadas sobre o peito, se benzeu e ficou andando em círculos na salinha que era seu escritório e despacho, cômodo confortável (tinha o chão coberto por uma esteira de palha estendida sobre a serragem, deixando o piso ainda mais acolchoado) e um pouco melancólico (em razão das paredes altas e despidas).

O consolo da religião tarda em chegar aos infelizes abandonados. Para eles não há conformidade possível: são arrebanhados pelo demônio e encontram um triste fim. Quem vê sua mulher morta, parece mentira, conforma-se mais facilmente, a morte traz a doce paz da segunda visita lá no céu; mas quem tem ciência da fuga e fica viúvo de uma ausente só encontra consolo na perda dos sentidos e na perda de si mesmo... Que seja feita a vontade de Deus!

Havia parado diante da escrivaninha, em outras épocas recoberta de verniz preto, agora grisalha como os cabelos dele, para tirar de uma gaveta chaveada sua incubadora de notas, como chamava o diário que registrava in folio, e anotou o nome de Isaura Terrón de Aquino entre as vítimas da loucura chamada vulgarmente de "labirinto de aranha".

Já havia escrito antes, e agora relia:

"Das picadas do "labirinto de aranha" – picadas, diz-se no vulgo –, pouco se sabe e muito se padece nesta minha paróquia, assim são as coisas por aqui, e também envolvendo o embuste dos "nahuales" ou animais protetores, que, por mentira e ficção do demônio, essa gente ignorante acredita ser não apenas seus protetores, mas também seu outro eu, a tal ponto que podem mudar sua forma humana pela do animal que é seu "nahual", história essa tão antiga quanto profana. Pouco se sabe e muito se padece da picada do "labirinto de aranha", como apontei, por serem frequentes os casos de mulheres que adoecem de loucura deambulatória e fogem de suas casas, sem que nunca mais se tenha notícia delas, engrossando o número das "tecunas", como são designadas, nome proveniente da lenda de uma infeliz chamada María Tecún que, segundo contam, bebeu pinol com andar de aranha, maldição preparada contra ela, maldição de bruxaria, e se pôs a correr pelas estradas feito louca, seguida por seu esposo, um homem cego como o amor, segundo contam. Ele a segue por todos os cantos sem encontrá-la em canto algum. Por fim, após vasculhar céu e terra e passar por provações mil, escuta a voz dela no local mais desaprazível da criação, e suas faculdades mentais sofrem tamanha comoção que recobra a vista somente para descobrir, a infeliz criatura, que o objeto de sua busca havia se transformado em pedra no local desde então conhecido como Cume de María Tecún."

"Pessoalmente", o padre Valentín Urdáñez continuou relendo a incubadora de notas com seus pequenos olhos de abutre, muito característicos de todos os Urdáñez, "pessoalmente, ao assumir o cargo de cura de San Miguel Acatán, visitei o Cume de María Tecún e posso testemunhar que aquele que ali se aventura sofre por diversos motivos. A altura fadiga o coração, e o eterno frio que reina ao meio-dia e em todas as horas dói na carne e nos ossos. Em termos anímicos, a determinação do homem mais valente é feita em pedacinhos pelo silêncio, três sílabas de uma palavra que adquirem aqui, como no polo, toda a sua grandeza: silêncio devido à altura, longe do 'ruído mundano', e sobretudo porque na névoa, estática e fugidia, não se aventuram pássaros nem aves, e a vegetação, de tão empapada, parece muda, espectral, sempre banhada por uma camada de geada ou chuvas transitórias. Mas essa sensação de mundo morto trazida pelo silêncio é acompanhada de outra não menos angustiante. As nuvens baixas e as névoas espessas apagam a vista circundante, e então se tem a sensação de estar ficando cego, a tal ponto que, quando movemos os braços, vemos apenas as mãos, e há momentos em que, ao procurarmos nossos próprios pés, não conseguimos vê-los, como se andássemos em uma nuvem já convertidos em seres alados. Completa o quadro a cercania dos abismos. Assim como, em outros lugares, quem entra na selva é acompanhado pelo temor das feras, e pressente a aparição delas antes que se corporifiquem diante da vista estupefata, aqui atacam as presas da terra, da terra convertida em fera, como mãe de quem tiraram os filhotes. Não se veem os precipícios, cobertos por colchas algodoadas de nuvens brancas, mas sua ameaça é tão patente que as horas de duração de uma visita ao famoso Cume de María Tecún são contadas como anos. Sem autorização de meus superiores hierárquicos, por inspiração da Santíssima Virgem, Nossa Senhora, levei todo o necessário para abençoar a pedra, e devo dizer aqui sob juramento que, ao terminar a bendição, sem motivo aparente, nossas cavalgaduras desferiram patadas umas contra as outras, relinchando e arregalando os olhos desorbitados, como se houvessem visto o demônio."

"Agora escreverei o que ouvi da boca dos nativos acerca do que chamam de loucura do "labirinto de aranha". É um delírio deambulatório provocado por bruxos ou por mau-olhado. Para provocá-lo, esses traidores da fé católica espalham, sobre uma pequena esteira fina de palha, pó vermelho de pinole, grãozinhos pretos de chia, farinha ou açúcar para branquear, migalhas de pão, migalha de tortilha, pó de rapadura preta, ou de jatobá, ou de qualquer outro alimento ou condimento, exceto sal, porque este é usado em cerimônias batismais. Espalhado o pó, tiram de um jarro ou moringa um punhado de aranhas de patas grandes, agigantadas, e atiçam-nas aos sopros para que corram em todas as direções, feito loucas, sobre o alimento em pó, alimento ou condimento que, ao ser rubricado pelas pegadas das aranhas enlouquecidas, é servido à vítima, que é assaltada pelo desejo de escapar de sua casa, de fugir dos seus, de esquecer e renegar seus filhos, tamanho o grau de inversão imposto aos sentimentos naturais por essa maldita poção."

"Mas o mal não anda sozinho, costuma andar acompanhado pelo pior. Os homens abandonados pelas mulheres picadas, diz o vulgo, mas mais apropriado seria dizer "acometidas de labirinto de aranha", perdem a disposição para o bem, ficam como árvores após perderem a casca que as protegia das intempéries, e, sem a bússola do bom amor, buscam a bebida ou o amancebamento, refúgios vãos do pecado que, longe de tranquilizá-los, aumentam ainda mais seu desassossego, e para fugir deles partem em busca da 'tecuna', sempre agasalhados pela esperança de encontrá-la, agasalho que se transforma em lágrimas, por ser crença popular que os homens atraídos ao Cume de María Tecún veem reproduzida bem diante de seus olhos, naquela pedra que foi mulher, a imagem da mulher que abandonou sua casa, mulher que começa a chamar seu nome, para que o apaixonado, cego de amor, precipite-se em direção ao feliz reencontro e não veja sob seus pés o barranco nem o abismo, que nesse mesmo instante o engole."

Ao final de cada nota, a assinatura: Valentín Urdáñez, presbítero, e tinha muitas outras já escritas, sem passar a limpo, em rascunhos que eram verdadeiras nebulosas, todas sobre um mal que bem poderia ter sido o de Dom Quixote, cavaleiro andante que ainda segue andando, porque com ele Cervantes descobriu o movimento contínuo, conforme lhe escrevera um amigo acadêmico, debochando um pouco de sua ingenuidades de cura de povoado e apontando como remédio para as "tecunas", tocadas pela "picadura de aranha", e para os maridos abandonados a leitura da lenda do Minotauro.

Afastou a incubadora de notas para pegar seu breviário. O nahualismo. Todo mundo fala em nahualismo e ninguém sabe o que é. "Tem um nahual", dizem acerca de qualquer pessoa, indicando que tem um animal a protegê-la. Isso é compreensível, pois assim como nós, cristãos, temos o santo anjo da guarda, o índio acredita ter seu nahual. O que não é compreensível, não sem a ajuda do demônio, é que o índio seja capaz de se transformar no animal seu protetor, seu nahual. Sem ir muito longe, dizem que Nichón se transforma em coiote ao sair do povoado, ao percorrer as montanhas carregando a correspondência, e por isso as cartas parecem voar e chegam com tanta presteza ao destino quando estão sob sua responsabilidade. O padre balançou a cabeça grisalha. Coiote, coiote... Se eu o pegasse, queimava seu traseiro, como se fosse o próprio Tío Coyote[45].

---

45 TÍO COYOTE: Referência a uma antiga fábula oral famosa na região Mesoamérica, chamada de "Tío conejo y Tío coyote". Trata-se da história de um coelho muito esperto, que escapa das traiçoeiras artimanhas elaboradas pelo coiote.

O correio entrou no boteco de Aleja Cuevas. O desespero não o deixava em paz. Estivesse onde estivesse, era assombrado pela motivação da fuga, o que foi que eu fiz, o que não fiz, o que eu disse, o que não disse, o que deu nela, o que não deu nela, com quem iria fugir, quem amará agora, estará melhor do que comigo, amam-na como eu a amei, amei não, amo, amo não, amei, porque embora a ame, já não a amo. Na falta de Deus, a aguardente é boa. Lançou-se da rua ao interior do bar, como se fosse uma poça de sombra. A proprietária, de linda carne bronzeada, correntinha nas orelhas, estava de cotovelos apoiados no balcão de zinco enquanto falava com um sujeito. Viu Nicho entrar sem lhe voltar os olhos, mas disse a ele:

– O que você tem aí, senhor?... É um xaile?... – e, dirigindo-se ao sujeito, que soltava o hálito e a fumaça do cigarro quase em seus peitos, acrescentou provocante: –... Ora, se tenho namorado é para ser presenteada, porque se não for o namorado, vai ser quem?... Se o seu marido compra uma coisa dessas é porque acha que você anda aprontando.

– Não tá a venda... – cortou o senhor Nicho um pouco seco, aproximando-se do balcão para que lhe servisse o primeiro trago; bebeu com vontade.

– Achei que estava à venda, que tinha trazido para vender.

– É um presente, e o que se compra para presente não pode ser vendido, não se deve, nem é necessário...

– Bom, se encontrar a pessoa a quem ia dar, trate de entregar a ela, faça-me o favor. Seu farsante, você tentou vender por nada lá no chinês!

– Se quiser vender baratinho, podemos fazer negócio, só não me diga que veio empenhar em troca de um trago – atravessou-se o sujeito, tirando a mão com gesto de vazio do bolso da calça de campanha.

– Desculpe não aceitar a oferta, mas é que não está à venda.

– Ora, se não pode vender o comprado como presente, me dê de presente – propôs Aleja Cuevas –; gosto dessa cor e me cai bem, gostaria de ficar com ele; mas se não pode...

– Não posso, e daria com muito gosto, quem melhor que a sinhá, jovem e bonita...

– Agora deu até pra me elogiar!

– O que posso fazer é prometer um igualzinho, da mesma cor; daqui uns dias preciso ir de novo à capital e compro, igual a esse, se quiser, ou de outro tipo, como preferir...

– Fica combinado...

– Sim, tinha outro onde comprei, entrei no chinês para perguntar se era de qualidade...

– Achei que ia vender...

– E o canalha, ao invés de responder se era de boa qualidade, me perguntou se era roubado.

– Deveria ter acertado a mão na cara dele; esse chinês é muito abusado.

– Me dê outro trago, não quero troco, serve em birita.

– Me pergunto o que você está comemorando, e nem nos convida, comemora sozinho.

– Tá mais pra velório que pra festa – riu de si mesmo com risada de choramingo – e se aceitarem, ofereço uma dose a vocês, porque quem é pobre como eu só recebe desprezo – o lábio trêmulo, febril e úmido de aguardente –, comemorem comigo – o gogó se prendeu à voz –, o que estou comemorando, ao menos bebam comigo, caramba, só se vive uma vez!

– Te sirvo uma? – a proprietária perguntou ao sujeito.

– Não, é muito cedo pra mim. Se bebo durante o dia, a bebida tem gosto de remédio pra dor de dente. Ainda mais isso que você está bebendo... – disse virado para Aleja Cuevas.

– Não gosta do meu anisado? Aposto que gostaria se eu servisse em sua boca com meus lábios.

– Não gostaria, nem desgostaria.

– Estou tão acostumada a ser insultada, meu doce, que as carícias me ofendem! Saúde... pelo senhor correio, que nem sei como se chama, e pelo dia de hoje, que, como as andorinhas, não mais voltará!

O senhor Nicho ficou absorto pelo barulho das moscas. O sujeito já havia partido e a proprietária conversava com ele lá

214

dos fundos; mas não falavam, sempre pareciam querer falar, a conversa da presença, da companhia, para que não se sentisse sozinho, como boi com folhas secas de milho, ao ir emborcando a garrafa que comprou para não mais incomodá-la servindo doses avulsas.

Mas, verdade seja dita, a conversa da presença cansa mesmo no silêncio, porque é preciso sinalizar o tempo todo que estamos atentos ao que o outro pensa por meio de gesto amigáveis, e se Aleja Cuevas mantinha essa conversa não era pelo belo rostinho dele, mas pelo xaile bordado, que aos seus olhos já não era mais lindo, e sim divino.

Seus olhos de mel não perdiam nenhum movimento da mão e do antebraço no qual o correio havia enrolado o xaile, para si, em sua paixão, como se o restante da peça cobrisse os ombros e as costas de sua Chagüita Terrón, torrão de coisa doce, que o apertava e apertava. Ergueu a voz e falou em direção àquela que, externa a ele, era quase outra realidade; dirigiu-se à proprietária:

– Não lhe ofereço outra porque está ocupada com seus afazeres; mas se quiser, já sabe; se der vontade não diga duas vezes.

– Vou pôr sal no caldo e venho lhe fazer companhia; o sinhô é educado, ganhou minha simpatia; nunca tínhamos conversado; via você passar, sabia quem era e até me lembro que uma vez, na feira, nos cumprimentamos, lembra?

– Todos me conhecem, sou grato por isso; basta dizer que as pessoas se perguntam que dia levarei a correspondência à capital e mandam suas cartas na véspera, especialmente as que tem dinheiro, em notas.

– E por isso mesmo, sinhô, se quiser ouvir meu conselho, não é bom beber tanto, porque se te veem bêbado não vão mais confiar, e ainda corre o risco de ser preso e até de levar paulada no quartel. É muito perigoso para um homem como o sinhô emborcar uma garrafa inteira desse jeito. Já pensou como seria perder a confiança do povoado? Perder a confiança dos estranhos que mandam as cartas quando o sinhô viaja... para onde suas famílias, para além do mar e de suas conchas;

dos pobrezinhos que pagam os selos com sacrifício; dos que estão doentes e esperam que, ao receberem a carta que mandam pelo sinhô, certamente pela segurança, seus parentes venham buscá-los, para se curarem; das mães que contam a seus filhos suas alegrias, suas tristezas, as esperanças que depositam neles; dos maridos ou das esposas, as noivas ou os amados...

– Rá, rá, rá... – o correio deu uma risada com som de cobra cascavel na água –, essas cartas só dizem mentiras...

– Mas tudo isso, bom ou ruim, verdade ou mentira, viaja com o sinhô, como sua sombra, para além deste rincão perdido nas montanhas.

O senhor Nicho pisava com um pé no outro – seus pés de correio descalço que carregavam tanta responsabilidade –, recostado no balcão, o olhar vago, estúpido e sorridente, sem soltar o xaile, conversando em uma outra realidade, de seu interior, com Chagüita, sua mulher que fugiu com os próprios pés, deu no pé, pés andando, pés, pés...

– Vou te seguir por aí – dizia para seu interior –; esteja onde estiver, te incontro; ou não me chamo Nicho. Não me chamo Dionisio se não achar você; acho que meu amor por você desmoronou com o casamento e agora, para meu sofrimento, sinto ele de novo, ardendo, queima, dói... Sem você estou me tornando o mesmo palerma de antes, quando não era nada, porque era homem sozinho, e homem sozinho não vale nada, não merece nada, porque é a mulher que faz do homem um ser inteiro.

A proprietária, que não tirava os olhos do brilho sangrento do xaile, avivados quando nele incidiam os raios de sol obliquamente pela janela que iluminava o boteco, rezingou:

– Bêbado bobo, já está ficando frouxo! Se tem um motivo pra fechar essa porcaria de negócio é os bêbados serem tão frouxos, burros até dizer chega, só falam asneiras... – Ergueu a voz, que durante os resmungos ficara restrita aos fundos, e disse outra vez: – Não é bom para você beber tanto, dom...

– E a sinhá que tem a ver com isso...

– Estou tentando ajudar porque não quero que...

216

– Ninguém manda em mim...

– Mas ninguém está mandando...

– Tive pai e tive mãe e os dois estão enterrados; me dê outra garrafa e feche a matraca...

– Não seja atrevido, tá me ouvindo, não seja malcriado, que chamo as otoridade e te levam preso daqui. Ignorante, Deus sabe muito bem porque está aí de rabo entre as pernas, e por que sua mulher fugiu, idiota...

Nicho Aquino nem ouviu as últimas palavras. Sentiu vontade de se recostar na parede, viu que estava próxima e foi até ela de costas. Cuevas foi até a janela para ver se a rua estava parada. Nenhuma vivalma. Um vira-lata (e até ele estava dormindo) e, em uma porta, o perneta da fábrica de fogos. Fechou a porta dos fundos com a tranca, fechou bem a janela, e na semipenumbra começou a tentar desenrolar o xaile do braço do bêbado. Abria a mão dele suavemente, como se fizesse carinho, e pouco a pouco ia soltando... Ele percebia, e de um sobressalto mudava de posição... Ela deixava, e então reiniciava os trabalhos com mais cuidado pelo outro lado. O correio se mexia outra vez, desviando o braço, protestando:

– Não fode... porra... que saco... nada... não... que diabos, é meu... pare por bem, porque se for por mal, só por cima do meu cadáver...

Aleja Cuevas, ao ouvi-lo falar, aproximava a boca de seu rosto e fazia: xiu, xiu, xiu... até que pegasse no sono de novo. Mas cansou, e tendo arma à disposição, convinha ganhar tempo. Foi até o balcão, pegou um funil – estava encaixado na boca de um garrafão – e, junto com o funil, levou uma garrafa da pior aguardente até onde o correio estava estirado. O senhor Nicho apertou os lábios quando ela, como quem tira os miúdos de uma galinha, enfiou os dedos na boca dele para separar os dentes. O funil bateu nos dentes, fazendo a gengiva sangrar, fendendo, até parar na metade da cavidade bucal. Igual a matar cobra, pensou Cuevas, e assim fez. O bêbado se engasgava com a garganta insuficiente para a passagem do líquido, mas era preciso verter sem parar. Tentou se defender diversas vezes usando os braços e uma mão só, porque a outra ainda estava agarrada ao xaile, e a proprietária aproveitava esses momentos para tentar arrebatar dele a linda prenda, sempre em vão, pois ele, entre deixar que lhe roubassem aquela prenda que, aparentemente, tanto amava e defendia, ou sufocar, preferia o sufocamento, mas nem por isso deixava de lutar para, em meio à ânsia de vômito e à falta de ar, tirar o funil da boca mexendo a cabeça de um lado para o outro, sem conseguir, pois a extremidade do funil estava encostando na goela. Cuevas esvaziou a garrafa e deixou-o em paz. Precisava esperar a bebida fazer efeito, assentar por completo. Após endireitar as roupas e o cabelo, sacudir alguns fios das barbas do xaile que brilhavam em sua anágua, abriu a porta e ficou à espera, nos fundos, fazendo-se de desentendida. O som de uma carroça e de cavalos parando atraiu-a de volta ao balcão. Eram os boiadeiros. Já tinham descarregado no Dom Deféric e vinham tirar o cheiro da estrada com cerveja. Ela não gostou nada, nada disso, mas que remédio havia.

– Bem o que a gente pensou – disse Hilario ao entrar –, nosso Nicho veio se estragar; olhem só o estado dele, derrubado feito carroça virada, podia ao menos ter feito isso com classe, acompanhado de violão.

– Você, Porfirio, que é bem forte, ergue ele – disse outro, o que entrou logo atrás de Hilario –; coitado, machucou a boca ao cair.

– É pra já, Nicho é meu amigo, e mesmo que não fosse, é próximo. Não pesa nada, rapaz. Por isso consegue levar correspondência tão depressa.

– Pra mim é verdade essa história que ele se transforma em coiote quando deixa o povoado, e por isso as cartas chegam voando quando é ele quem leva.

Hilario disse isso enquanto Porfirio se agachava para levantar o senhor Nicho, auxiliado por outro boiadeiro.

– Eita! – disse este –, parece morto, de tão gelado, sinta o rosto, como está frio!

Os boiadeiros aproximaram as costas de suas mãos tostadas e terrosas das bochechas e da testa do correio. Hilario tocou as orelhas dele e esfregou a mão que não segurava o xaile, porque a outra continuava fechada como uma garra rígida sobre o pedaço de seda refulgente.

– E isso daqui, pra que será que estava carregando – interveio a proprietária, de péssimo humor, referindo-se ao xaile.

– Coitado, era pra mulher – respondeu Hilario, fitando-a e quase interrogando com os olhos a razão dos seus modos ríspidos; ela sabia muito bem que era difícil escapar dos rapazes quando voltavam de viagem, e que também não podia dizer "Não vamos na Aleja", porque mesmo em companhia dos outros ele era o primeiro a querer ir, não pela cerveja, mas para vê-la.

– O pior – disse Porfirio – é que, além de estar um gelo, o coração está querendo parar, ainda dá pra sentir no pulso; aqui já não sinto quase nada. É melhor avisar. Vá lá, correndo, nem que seja por aquela carta de boas notícias que te trouxe um ano atrás.

– Vou já, sem demora, Porfirio; vou avisar o comandante, peçam uma cerveja escura pra mim; sabem que é o meu remédio.

– E essa agora! Beba antes, dá tempo, temos mais tempo que vida, e doente de trago não fica mais frio que isso, já está puro gelo.

– Não, melhor eu ir, se é pra fazer favor é melhor fazer bem feito, favor feito atrasado não é favor, e eu vou por favor, não estão me pagando pra isso.

– Coitado do senhor Nicho, até envesgou... – despontou a falar outro boiadeiro, de nome Olegario.

– Sem dúvida os olhos travaram. Deve ter sido do tombo. Me impressiona ele não ter quebrado nada...

– Pode se impressionar com o que quiser, Porfirio, ninguém vai impedir, mas trate de sentá-lo direito, e segure bem, porque se não segurar ele cai de novo. Bem que dizem que existe um Deus dos bebuns.

A proprietária, enquanto isso, limpava e preparava os copos, sem deixar de lado o copal que mastigava e retumbava nervosamente entre os seus dentes. Enfileirou no balcão as garrafas de cerveja e parou de mastigar, para comentar, fingindo de desentendida, mas com segundas intenções:

– Um Deus? Um Deus e todos os anjos. E devem ser vocês, eu nem reparei que ele tinha caído porque estava lá dentro fazendo minhas coisas. Entrei para lavar louça e quando saí não o vi mais, disse: o senhor Nicho deve ter ido embora, e melhor assim, porque já estava bebendo muito; virou duas garrafas de branca pura, assim, sem mais nem menos, isso derruba qualquer um.

– Bom, rapaziada, que sirva de pretexto – disse Hilario, erguendo a voz e o copo de cerveja para chocá-lo com os copos espumados de seus companheiros, de chapéu erguido e viseira pendurada no ombro.

Porfirio Mansilla, sem descuidar do bêbado, bebeu e comentou após o primeiro gole, com um bigode de espuma sobre o bigode:

– E pelo visto quis até comer o xaile, porque tá todo rasgado e manchado de sangue, e aqui ele se arranhou sozinho, por desespero de não conseguir rasgá-lo. Foi oferecer a peça a Dom Deféric, e o alemão não aceitou.

– Esse sim é um senhor decente; outro dia os filhos do comandante estavam brincando com seu mico e o animal fugiu aqui para o bar, eu saí correndo; ele estava passando aqui em frente e parou para capturar o animal.

– Que tristeza ver um homem em tão mal estado! – prosseguiu Porfirio.

– Mas o senhor não está em tão mal estado – a proprietária riu, todos riram, quando Olegario disse isso.

– Quem não quer entender é pior que quem ouve mal; eu quis dizer no estado em que ele se encontra, e quem não me entendeu que vá à merda...

– Ó o respeito! – disparou Hilario.

– Mas não me façam perder a compostura; é demais segurar o bebum e me defender de vocês ao mesmo tempo; o que eu quis dizer é que dá pena ver um homem neste estado, e é bom não nos olharmos no espelho, porque se olhássemos, nunca mais tomávamos um gole, por isso são ruins os botecos com espelho, porque o espelho é nossa consciência sempre a olhar.

Hilario o interrompeu:

— Por isso, minha linda — aproximando-se da Cuevas — não colocou espelho nenhum aqui, a não ser seus olhos...

— Olha que assim eu desmaio — disse Aleja Cuevas rindo graciosamente —, mas veja que não é o primeiro a me dizer isso.

— Mas, Alejinha, sou o primeiro a dizer com sinceridade.

— Só acredito vendo, o resto é história; quero ver se quando viajar de novo vai lembrar de mim e me trazer um xaile igual a esse, como o que o correio trouxe.

— Considere-o já em suas mãos, minha linda, desde que a sinhá me dê algo em troca do xailezinho...

— Não reclame, já estou dando tudo o que você quer... — e espichou o braço, carne dura e preta, para encher o copo de Hilario, que a comia com os olhos.

— É assim que eu gosto — cortou Porfirio, como chamava-o Olegario, pois o colega era tão grande e forte que valia por dois boiadeiros —; é assim que eu gosto, tem que colocar esse falador em seu lugar; é o mais charlatão, o mais mentiroso, o mais fofoqueiro, e se ao menos fosse rico, mas é pobre e descalço.

— Vai acabar preso, vou te mandar junto com o correio, ele bêbado, e você bem, pra cuidar dele no xadrez!

— E rasgou mesmo o xaile, oras — soltou a proprietária, para se prevenir contra a menor suspeita —, deve ter ficado mordendo; que culpa tem o pano se a fulana deu no pé.

— Tomou seu rumo e partiu e outro que tome conta dela, porque eu me chamo Hilario e já tenho minha paixão bem garantida — seu braço queimado de sol, peludo, agarrou a proprietária por trás; ela fez menção de escapar, Hilario segurou mais forte.

— Pare de besteira, vão começar a levar a sério. Dom Porfirio é um homem deli...

221

– Deli o quê?

– Delicado! Estou comprometida com ele desde a última vez.

– Mas não cumpriu com sua parte. Assim são as mulheres. Vou deixá-la livre, para se comprometer com Hilario, se casem e façam festa no dia do casório. Nesse dia, prometo a vocês me fartar de cana fina como se fartou o senhor Nicho. Hilario é solteiro, só não garanto que saia no lucro, garota Aleja; melhor um bom casado que um mau solteiro.

– Devem ter dado bebida de aranha à mulher do senhor Nicho – disse outro dos boiadeiros, só pra dizer alguma coisa, porque até então tinha ficado só bebendo e cuspindo.

– Adoro ouvir o crespinho falando – seguiu Hilario –, porque acredita em qualquer coisa e ninguém tira da cabeça dele que o ensopado com andar de aranha faz as mulheres perderem o juízo e saírem a correr mundo, enlouquecidas; não pensa que os tempos mudaram e agora não se enfeitiça mais as "tecunas" com pó de andar de aranha, basta um pedaço de fio. Estão me entendendo?

– Eu entendi – respondeu a proprietária, enquanto Hilario prosseguia.

– Nossos avós soltavam as aranhas de pernas grandes pra correr em cima do pó, e depois davam às mulheres. Isso não existe mais, agora usam aranhas fiadeiras.

A proprietária se desvencilhou com maus modos dos braços de Hilario; fez um gesto de ombros como quem diz o que tenho a ver com isso e serviu outros copos de cerveja.

– Esses meus colegas, ei, Porfirio, cuide pra não deixar o senhor Nicho cair, nunca vão entender o que eu digo. Vou explicar. A picada do labirinto se modernizou. Usam máquinas de costura para "tecunear" as mulheres, mexendo com suas cabeças...

– Que sermão mais chato! – exclamou Aleja Cuevas; soltava faíscas pelos olhos em respostas às indiretas de Hilario.

– Mas é um sabichão, veja se cala essa boca – alertou Porfirio.

– Você tem força de sobra, melhor eu calar mesmo!

– Que história é essa – quis saber a proprietária, embaralhando o que Hilario tinha dito –, Dom Porfirio perdeu a mulher pra uma Singer?...

– Bobagem de quem se mete a falar do que não sabe...

Dissimuladamente, Aleja Cuevas passou a mão pelo peito, como se dedilhasse uma guitarra; com este sinal, indicava a Hilario que gostava da resposta que, interpretando seus pensamentos, Porfirio Mansilla dera em seu lugar. E enquanto dedilhava o peito, disse:

– E a propósito, um de vocês me contou que tinha conhecido um tal de Nelo que vendia máquinas de costura e deixou seu nome escrito a navalha em uma árvore aqui perto.

– Deve ter sido o Hilario, porque... não tem ninguém que ele não conhece, ninguém com quem não se mete. Parece que confessam as coisas a ele.

– Nelo? Nelo?... Eita nós, olha no que dá nunca ter lidado com gente estrangeira, vocês achando que era um índio pulguento que nem a gente. O nome dele era Neil...

Hilario interrompeu sua explicação. Quatro soldados comandados por um cabo entraram para remover o correio Nicho Aquino.

– Não está morto... – disse um dos soldados.

– Não... – respondeu Hilario –, tá é bêbado.

– Morrendo de tão bêbado... – acrescentou o soldado ao tocá-lo.

O cabo, ao entrar, se escorou no balcão e disse:

– Um trago em fila de três.

A proprietária encheu três copinhos. Os do quartel sempre pediam assim, para manterem a reputação. Um trago em fila de quatro significava quatro copinhos; um trago, em fila de cinco, cinco copinhos; e assim por diante, fila de seis, fila de sete, e até sete, porque além desse número, diziam: dois tragos em fila de quatro, que eram oito, ou dois tragos em fila de cinco, que eram dez copinhos. Mas sabiam beber, isso sim, conheciam o coice da aguardente, sabiam quando aguentar e quando se retirar a tempo, não como este pobre Nicho, que fez a festa do índio: enfeitou a casa, preparou os fogos, foi buscar o licor e bebeu até perder os sentidos.

– Licença... Não... Me alcance o violão – disse Hilario à proprietária, forçando um tanto, quase arrancando dela a garrafa com a qual ia lhe servir mais cerveja –, que eu gosto sem muita espuma...

– Com ou sem? – ela perguntou fitando-o nos olhos, com estima.

– Sem! – respondeu o boiadeiro brincalhão, buscando as mãos dela para tomar a garrafa que, por fim, ficou com ele.

– Nem gosta que eu sirva...

– Não, Alejinha, porque sinto que às vezes minha vida está por um fio... de amor!

– Bom, senhor língua mansa, continue nos contando a história desse seu Nelo...

– Neil!

– Neil, que seja...

– E querem que eu conte o quê, e pra quê, muita gente foi parar no xadrez por contar contos; se Porfirio me permite...

– E você agora pedindo permissão para tagarelar, e justo a mim, como se fosse teu pai!

– Mais que meu pai!

– Pelo visto já está bêbado!

– Isso é verdade... – Hilario cuspiu – se me chamar de bêbado, a senhorita de piranha ou falar mal do governo, te levam em cana.

– Não disse nada disso, Hilario, você falando é o demônio! O que eu quis dizer...

– E já me disse, que gosta de mim, e eu também gosto de você, mas não quero que insulte as pessoas, muito menos a Alejinha, pois que culpa ela tem de ter um boteco.

– Vamos embora – propôs Olegario, fumando em grandes tragadas debaixo do chapéu queimado de sujeira –, que eu já cansei de ficar parado; lá nas Pretas tem onde sentar...

– Vá o senhor sozinho – apressou-se a proprietária. – Vá lá, que ali vão te dar aranha com sal!

No silêncio subsequente, passou pelos rostos dos boiadeiros – quando esses homens ficavam sérios, entreolhavam-se ferozes – a notícia de que fora necessário levar o correio ao hospital, porque estava mal, envenenado.

– Não acredito em máquinas de costura – prosseguiu o boiadeiro de cabelo ondulado, de apelido crespinho, que ainda revolvia as palavras de Hilario e pretendia responder –, sou das antigas, acredito em picada de "labirinto de aranha" e acredito principalmente por causa do que estamos vendo: armaram contra Isabra Aquino, e Nicho ficou com um pé na cova; vai saber qual não pode ser a vingança; eu rezo por isso, porque dos amigos que sabemos serem inimigos, podemos nos defender, basta dançar seguir seu compasso e dar uma rasteira no momento certo; mas aqueles que desconhecemos, só o poder de Deus é capaz de deter.

Saíram todos juntos, como se fossem um só, enquanto Aleja Cuevas mordia os lábios de cólera, lívidos e afinados como casca de caraguatá, muito embora sorrisse para eles ao cobrar a conta, para não lhes dar o gosto de seu pesar; partiram em meio a risadas, arengas, assovios sobre um trem de patas de cavalos, prosseguindo com a farra nas Pretas, Pretuchas, Pretinhazinhas, onde se vendia aguardente, cerveja de milho e carne de piranha, segundo disse o crespinho, e onde a triste passagem do rio embriagava mais que a bebida.

14.

Um assovio insistente, insinuante, incisivo, como se os dentes da frente ficassem vibrando no ar. A noite, sem que houvesse chovido, parecia molhada. Os ramos de bambu, balançados pelo vento jovem, varriam, com vassouras de ruídos mais suaves que espanadores, o silêncio da montanha, nas margens do povoado, até o cemitério.

– Me dei conta que era você; pelo assovio...

– E demorou...

– Como você é enjoado, ainda está com a boca úmida de tanto assoviar; me dê um beijinho e pare de enrolar! Como é gostoso te chamar de "você"; acho tão estranho ter que te chamar de "sinhô" na frente dos rapazes!

– A sinhá me ama, vida?

– Muito; mas que história é essa de sinhá; vamos ver esse beijinho... gostoso!... outro... Para mim o amor de "sinhá" é menos amor que o amor de "você"; com laço e tudo, porque você já está me levando presa de laço; vamos, velhinho, que pra isso eu sou sua legítima propriedade...

– ...Malcriada, isso que a sinhá é, malcriada...

– Mas não me trate por sinhá; acho tão estranho...

– Vai ter que ir se acostumando e... já estou suspirando, é que estou triste; dói saber que, enquanto estou por aí ganhando o pão, a minha mulher fica aqui curtindo a vida com outro palerma...

– Foram correndo te dizer...

– Não foram correndo, é que eu já pressentia, essas coisas se sabem por instinto, quando não estamos presentes...

A sombra do bambu se aproximava deles, enquanto, em intenção, iam se afastando, cortando seus laços de amor. Ela, cheia de cuidados, segurou a cabeça dele com carinho e cravou seus olhos misteriosos bem no fundo nos olhos abertos do boiadeiro, que estava chorando.

– Não seja bobo – dizia em seu ouvido –, como pode imaginar uma coisa dessas, logo você, só porque surge esse mequetrefe, dando uma de esnobe, plantado no poste da esquina; ou porque às vezes entra no boteco para ficar me dizendo bobagens, do que acontece no povoado, das vendas que fez com sua máquina de costura, e eu decerto vou amar ele, e deixar de amar você, que é quem faz bem ao meu coração, e isso apesar de eu ter a sensação de que você me vê, quando chega assim com seus colegas boiadeiros, como um capacho; acho até que se envergonha por eles saberem que você é meu! Ah, essa é a verdade, meu doce, posso até te amar, adorar, morrer por você, ser submissa, o que você quiser; mas se tem vergonha de minha condição de dona de bar, e por isso faz pouco caso de mim na frente dos outros, o melhor é não nos vermos mais; o amor forçado é horrível, ainda mais quando se tenta diminuir o outro!

– Homem que nem eu não chora – murmurou o boiadeiro enrolando a língua, cheirando a trago e às goiabeiras rociando o rocio noturno que banhava suas folhas retostadas, na forma de pequenas gotas de pranto de árvore. – Homem que nem eu não chora, e se chora, chora que nem as goiabas, que antes se agarram a todos seus galhos, se contorcendo, queimadas por dentro pelo pesar, tão queimadas que o tronco até fica avermelhado; e segundo...

– Choram quando estão bebuns!

– Não vou dizer que não é verdade! Mas também choram

quando o coração avisa que estão sendo traídos, porque só restam dois caminhos; se desgraçar, matando o rival, ou fazer vista grossa, fingindo indiferença, matando a vergonha... Me solte, não gosto que me faça os carinhos que faz em outro!

– Olha, Hilario, não seja tão ignorante; só porque está com a cabeça cheia de cerveja não quer dizer que... meu garotinho brabo, meu menininho, meu bebezinho...

– Já disse pra... solta meu braço..., solta meu rosto...

– Pelos céus, nunca reparei que gostar de mim era tanto favor assim, e olha, se eu estivesse mesmo fazendo as coisas que você pensa que faço, por ser um idiota, se todo homem chorasse só por isso, os rios ficariam cheios como no inverno, porque não vá pensando que toda mulher é como eu; sinto muito informar!

Calaram-se. Viam-se bem juntinhas as luzes acesas do povoado. Juntinhas e separadas como eles. A grama molhada de sereno resfriava suas nádegas. Hilario olhava para o céu, ela arrancava as pontinhas da grama ao alcance de sua mão trigueira.

– O problema – prosseguiu ela após os dois ficarem um tempo calados – é que amores novos da capital são melhores que antigos amores de povoado; ela é bonita, pode contar, tem cabelo bonito, os olhos devem ser lindos...

– Eu quero saber o que esse sujeito ia fazer durante horas no boteco, só faltou levar a cama.

– Ia esperar meu "sim" – Hilario ficou olhando para ela, fez menção de se levantar, mas ela o deteve –, mas eu sempre disse que não, disse que antes queria uma prova...

– Prova de quê... – rugiu Hilario.

– Prova de amor verdadeiro... – rindo com todos os dentes, jogava a cabeça para trás, para que o ar beijasse seus cabelos –; não seja bobo, prova pelo adiantamento da máquina que querem me vender. – Hilario se acomodou de novo ao lado dela, entre contente e sério –; você é esperto, sorrateiro, um trapaceiro, sabia bem que esse sujeito estava indo lá me oferecer a máquina, me convencer a comprar, dizer que faz a prestação, não sai muito caro, se eu fizer uns consertos a máquina se paga sozinha, e sabia porque lançou suas indiretas hoje de tarde; acha que não reparei quando disse que já não enfeitiçam as mulheres com pó de andar de aranha, mas com máquinas de fiar.

– Mas não deve ter ido só por isso, seria muita coincidência...

– Você está coberto de razão. Um dia apareceu me trazendo duas gringas mais feias que homens, usando calças, duas mulheres simpáticas, interessadas na vida desse Mister que você conheceu e escreveu o próprio nome a navalha em uma árvore aqui perto. Como eu não sabia nada, partiram assim como chegaram, saíram por onde entraram, sem escrever uma única palavra em seus cadernos; agora, isso sim, beberam cerveja de milho até se empanturrarem. "Curioso", diziam, e viravam os copos de cerveja como se fossem de água, depois me disseram que queriam beber em cuia; depois foi um alvoroço no povoado, uma delas caiu do cavalo, foi arrastada e por pouco não morreu. Você sim conhece a história desse homem misterioso.

– Sei, mas não conto. É meu segredo.

– E pra que eu vou querer saber; sei que se chamava Nelo, que te chamava de Cajá, como eu te chamo de meu doce, que escreveu seu nome num tronco, e fim de papo.

De vez em quando, entre as gotas do orvalho, fragmentos estelares de um relógio de minúsculos cristais que se rompiam em questão de minutos, ressoavam, ao caírem na terra atapetada de ervas, as mangas, produzindo um som amortecido, como se marcassem as horas a um determinado intervalo, desprendendo-se dos galhos de árvores que se curvavam ao peso dos frutos. Poch, faziam as mangas ao caírem, imitadas em seguida pelos cristais de sereno que marcavam os minutos, e pouco depois, poch, poch, poch...

Hilario Sacayon era muito pequeno quando chegou a San Miguel Acatán um comerciante recomendado ao seu pai. O velho Sacayón andou para cima e para baixo com aquele senhor, e voltou para casa dizendo que se chamava Neil e era vendedor itinerante de máquinas de costura. No dia seguinte,

Neil foi à casa dos Sacayón e ficou brincando com um garotinho, Hilario. Hilario olhava para ele, olhava, e depois tocou, sentiu o tecido da calça, e a amizade foi selada com uma moeda que o senhor Neil depositou em sua mãozinha e um beijo com cheiro de tabaco na bochecha.

Já crescido, Hilario ouvia o pai tecendo loas à bondade e instrução do senhor Neil sempre que aconselhava os filhos a não julgarem as pessoas pela aparência ou pelas roupas que vestiam. Aquele homem, de aparência igual a de tantos outros vendedores de máquinas de costura, era desses que levam nos olhos uma réplica em miniatura do mundo. Há homens cujos olhos são como água de lagos sem vida, mas outros têm as pupilas repletas de peixes da vida, nadando ali dentro, coleando, e o senhor Neil era um desses.

O amor de seu pai pela memória do senhor Neil era tanto que um dia ele levou Hilario, então um adolescente, a um tronco grande. No tronco, gravado a navalha, viam-se letras e números, dizia: O'Neil-191... a última cifra apagada.

Sem perder tempo, o velho boiadeiro, pois o pai de Hilario também era boiadeiro, boiadeiro dos de antigamente, daqueles que fumavam charuto em cima de mula montesa sem deixar a cinza cair, copiou com a própria faca a inscrição em seu peitilho de couro, e até a morte o finado ostentou em seu peitilho de boiadeiro os números e letras do tronco: O'Neil-191.

Este era, resumidamente, o segredo de Hilario Sacayón. Morto o senhor seu pai, Sacayón filho se apropriou da história, acrescentando diversos contornos de mentiras de sua própria seara imaginativa. Na boca de Sacayón filho, O'Neil foi apaixonado por uma mulher de San Miguel Acatán, a famosa Miguelita, que ninguém conheceu mas de quem todos falavam pela fama que Hilario Sacayón dera a ela nos paradouros de réuas e boiadeiros, em bares, pousadas e velórios.

Miguelita, morena como a Virgem do Tronco, milagrosa imagem esculpida nos tempos da colônia e esquecida em uma fornalha da prisão de Acatán, onde se infligia o tormento do tronco nos criminosos, índios fujões e maridos desajustados;

Miguelita, de olhos como dois carvões apagados, apagados mas com fogo negro justamente por serem carvões; covinhas na bochecha, cintura de acerola, boca cor-de-rosa como amora, cabelo de burato preto; Miguelita, que não correspondeu ao amor desesperado de O'Neil, porque nunca quis; Hilario o chamava simplesmente de Neil, e a gente do povoado, Nelo.

Ele a amava e ela não. Ele a adorava e ela, pelo contrário, detestava-o. Ele a idolatrava. Neil disse a ela que ia se entregar à bebida, e se entregou; disse a ela que ia se lançar ao mar, e virou marinheiro; afogou no azul do mar seu moreno pesar, com o mesmo cachimbo que fumava diante de Miguelita, seus olhos azuis, seu cabelo loiro, seu corpo de gringo de braços largos.

Hilario Sacayón ficava de consciência pesada depois das farras. Inventava cada coisa. Mas de onde vinha tanta ideia para encadear as palavras, as frases, as guinadas dolorosas e sarcásticas, direitinho, como se antes de serem contadas durante a bebedeira elas já estivessem escritas, organizadas como deveriam ser, para que contasse como se – ou até melhor – todas aquelas invenções houvessem mesmo ocorrido diante de seus olhos.

Ficou escondido em sua casa no dia seguinte ao encontro com Aleja Cuevas, porque depois seguiu bebendo com os colegas boiadeiros nas Pretas, e por estar muito embriagado contou muitos outros detalhes sobre o amor de Neil e Miguelita. Não teve coragem de sair à rua, mas em sua casa, em sua choça, havia a presença de seu pai, que, dos móveis e dos cantos, mas sobretudo de seu peitilho de boiadeiro, cobrava-o por ter-lhe roubado a história de sua vida. Mais tarde, domando o remorso, considerou aquela ingratidão uma forma natural do filho anular o pai, ou seja, de substituir o pai, e até viu o velho Sacayón, satisfeito por aquele saque tão artístico, contando como se fossem suas as histórias do progenitor. Então, para aquietar mais o remorso, culpava o álcool. O trago liberta a desossada. Nem sabemos o que dizemos. Falamos por falar. No entanto, o correto seria devolver a seu pai o que lhe roubava sempre que desatava a falar inspirado. Iria dizer que toda a história do senhor O'Neil tinha sido contada pelo seu velho; mas, após refletir, achou o remédio pior que a doença, porque significaria atribuir ao velho boiadeiro, que em paz descanse, seus próprios embustes.

Jurou, como sempre, nunca mais falar em Neil ou em sua paixão por Miguelita de Acatán, por mais que os amigos o incitassem a contar o resto, porque, e assim tudo começava, Hilario ainda tinha uma parte para contar.

Por isso, quando as gringas interessadas em coletar dados sobre a vida de O'Neil voltaram ao povoado, Hilario Sacayón não conseguiu falar. Estava totalmente sóbrio, e totalmente sóbrio não falava de Neil e Miguelita. Levou as gringas para fotografar o tronco gravado: mostrou a elas o peitilho de seu pai; deu referências vagas de suas lembranças de criança, tudo subjugado à verdade, como se estivesse prestando depoimento em um julgamento. As gringas, contudo, sabiam um pouco da história de Miguelita, morena como a Virgem do Tronco, marzipã com toque de anis, pés como cabeças de alfinetes, mãos agorduchadas; mas Sacayón se limitou a ouvi-las, vaidosamente, sem dizer palavra. As gringas, antes de partirem, deixaram-lhe um retrato do senhor O'Neil, homem célebre. Hilario olhou e escondeu. Erra horrível, remelento, magro e malconservado. Não, não podia ser o bêbado jubiloso que morreu de sono, após ter sido picado por uma mosca durante uma de suas viagens; que deixou de lembrança para Miguelita uma máquina de costura que pode ser ouvida à noite, após as doze badaladas na Prefeitura... Quem em San Miguel Acatán nunca escutou? Todas as noites, quem se dispõe a escutar após as doze badaladas escuta a máquina costurando. É Miguelita.

15.

Três semanas mais tarde o senhor Nicho partia com a correspondência em direção à capital, curado das moléstias do corpo; viu a morte muito de perto, precisou tomar injeções durante toda a noite seguinte à sua festa, injeções de alcânfora, pois não encontraram soro, mais especificamente de azeite alcanforado, e levou uma tunda que ainda castigava seu corpo; além disso, precisou partir com a roupa do corpo, que já não era branca, mas cor de imundície, porque, acompanhado por um soldado, foi até sua casa, entrando pelos fundos, e os ladrões haviam levado tudo. Ingratidão de sua mulher, não voltou nem com sua prisão. "Tecuna", "tecuna", "tecuna"...

"Tecuna". Com essa palavra nos lábios saiu de San Miguel Acatán, assustadiço, após passar pela igreja e se benzer e limpar com a manga da jaqueta que vestia, ganhada de presente, a saliva que o diretor dos Correios, cada vez mais gordo, borrifara em sua cara ao dar suas últimas advertências.

— Você precisa cuidar de si mesmo, agora que não tem mais quem cuide de você, agora que com essa história da "tecuna" ficou com uma mão na frente e a outra atrás; vou mandar um soldado dar uma espiada na sua casa de vez em quando, deixou trancada? Fechou com tranca? Vendeu os porcos, os dois porcos que tinha, as galinhas?... Leve esse cachorro, melhor cachorro que mulher.

O correio não teve tempo de explicar ao gorducho que falava cuspindo que tudo o que tinha estava com ele pois nos dias em que esteve doente, e depois preso, haviam lhe roubado tudo, até as duas chapas do fogão improvisado.

– *Apesa um pouquinho...* – disse enquanto saía do correio, erguendo as bolsas de correspondência, dois grandes sacos de lona, e uma maleta menor com correspondência oficial.

– Você é bem esperto – bufou o administrador –, mas dá seus escorregões, que história é essa de *apesa*?... Pesa; claro que pesa, por isso chamam de carga. E o culpado é você: quando esses macacos hediondos que se dizem cidadãos ficam sabendo que o senhor Nicho está de turno, entopem a caixa da oficina de correspondências.

Estava ansioso para andar, se afastar, partir, e San Miguel Acatán ficou às suas costas, ao rabo do cachorro, cercada pelas copas dos eucaliptos que cortam raios e relâmpagos, idênticos à espada do Arcanjo que esmagou com seu sapato de ouro a cabeça do diabo, e pelas madeixas dos pinheiros fragrantes, de boa aguarrás; e as manchas verdes das outras árvores.

San Miguel Acatán se perdeu na reluz de cerâmica do sol da manhã; cerâmica de seus tetos, cerâmica branca de suas casas, cerâmica velha da igreja, e ficaram sozinhos no caminho assombreado o senhor Nicho e o cão magro, mal alimentado, virado em osso, com as orelhas retalhadas porque ainda filhote pegou esgana e precisaram sangrá-lo, olhos de ouro café, pelo branco, manchas negras nas patas dianteiras.

– O que foi que você disse... minha mulher te abandonou dormindo... nem se deu conta, quando ela... – o cachorro balançou o rabo – ...ah, Jazmín – o cão, ao ser chamado diretamente pelo nome, fez festa para ele –... quieto, nada de sair na frente e me pregar uma peça que hoje estamos com pressa...

A jornada foi longa, por estradas repletas de umidade, onde a terra parece casca de batata apodrecida pela água, e os riachinhos brincam, feito animais vivos, por todos os cantos, saltando, correndo, atividade contrastante com o ânimo dos viajantes que àquela altura da tarde já avançavam a duras penas, indo em linha reta até uma aldeia de vinte casas onde os correios sempre pernoitam. Escureceu antes de chegarem, mas ainda se viam luzes nas choças quando entraram. O cão ofegante, o senhor Nicho sombrio, como um autômato, esmerilhando as sandálias ao pisar na rua coberta de pedras de rio, mais rio que rua.

Ao tirar o chapéu, na pousada, sentiu o cabelo untado de suor, grudado nas orelhas, na testa, na nuca. Ergueu a mão para mexê-lo um pouco. Retirou de suas provisões tortilhas, sal, pó de café, pó de pimenta dourada, além de um pedaço de charque que atirou para o cão e desapareceu com uma mordida do animal faminto.

A dona da pousada veio cumprimentá-lo. Também queria que levasse uma encomenda para ela.

– Tá bem – disse o correio, apoiando parte de seus alimentos em uma mureta na extremidade do pátio –, desde que não seja muita coisa, porque em matéria de espaço não tenho mais lugar; se for uma encomenda pequeninha, será um prazer, nana Moncha, sabe que me dá gosto servir você.

– Deus te pague; e olhe só, Nicho, como ficou a senhora? Já deve estar esperando, pois suspeito que você já mostrou o que é bom pra ela.

O senhor Nicho apenas resmungou. Desde que se casara com Chagüita, em todas as passagens pelo estabelecimento de nana Moncha durante suas jornadas, a velha o soterrava de indiretas mais que diretas, para que a chamasse para o parto.

O cão estava atento, esperando outro pedaço de charque, mas só o que levou foi um pontapé. Se pudesse bater na velha, batia. Jazmín, depois de escapulir, choramingando de dor, a pata encolhida pelo golpe, instalou-se em um canto, todo olhos e focinho.

A velha perambulou pelo pátio, que mais parecia um sitiozinho com árvores frutíferas, pés de chuchu e poleiros para as galinhas, e voltou a insistir:

237

– Já sabe, Nicho, é só avisar que vou pra lá um dia antes de arrebentar, vou e preparo tudo; é só questão de me dizer seu tempo, precisa fazer as contas e calcular pela lua, mais ou menos, porque assim dá pra saber se têm à mão todo o necessário, o fundamental.

O senhor Nicho terminou de engolir a tortilha com queijo, emborcou uma cuia de água quente com pó de pimenta e procurou lugar onde se deitar; mas não conseguiu pregar os olhos. Pelas ranhuras da choça, através das taquaras mal encaixadas – a pousada já era velha, como a dona –, viam-se brilhar as estrelas, polidas, quase afiadas nas profundezas do céu. Tem palavra que dá gosto de pensar, de dizer: profundeza...

E ele ia até as profundezas, desde sua esteirinha de palha e seu cobertor, mas até as profundezas externas, divagando com os olhos de seu corpo pelo raio visual que não conseguia abarcar com seus braços, nesse mundo impalpável que seus dedos já não tocam, mas que suas pupilas lhe traziam como uma mensagem do espaço. Havia outra profundeza nele, em seu interior, escura, terrivelmente escura desde que sua companheira o abandonara; mas só espiava para dentro desse fundão ingrato quando se tornava insuportável o peso de sua dor, quando a penúria em que se encontrava tronchava sua nuca, como a de um condenado, para obrigá-lo, suspenso sobre o vazio, a fitar sua treva, sua imensa treva de homem, até que o sono o dominasse.

Naquela noite na pousada não conseguiu dormir. O cansaço físico o fatigava, deixando-o esmagado, frouxo das pernas, frouxo dos pés, doente dos dedos dos pés, dos calcanhares que sentia duros como cascas de abacate verde, e achou melhor ir para o pátio. Tentou agarrar o cachorro, mas ele escapuliu. Tampouco estava dormindo e devia se lembrar do golpe. Ficou chamando-o, precisava ter seu calor por perto. Por fim o animal se aproximou, recuando cada vez que ele estendia a mão para tocá-lo, mão que de repente começou a lamber, fazendo cosquinha, agradecido, até se colocar muito próximo dele, como coisa sua.

Não via bem com quem estava conversando. Qualquer um teria dito que com outra pessoa.

– Diga-me, Jazmín, você que é melhor que as pessoas, mais gente do que quem chamamos de gente, diga só para mim se por acaso viu se a patroazinha estava prenha. Falo com você, Jazmín, porque talvez a patroa estivesse atrás de você, é isso que me atormenta e desespera, o sangue de meu filho que ela leva no ventre, a tal ponto que não consigo ficar sem pensar nela. E já tive mulheres, Jazmín, assim como você já teve muitas cadelas, nós, machos, somos feitos para isso, e me largaram, e eu larguei elas, e... teve de tudo; mas isso que agora passa por meus sentidos eu nunca tinha imaginado, e muito menos sofrido, é como se quisessem arrancar minhas tripas pela boca, para me deixar vazio; e só de pensar que não a verei mais, que a perdi para sempre, me sinto mal, como se o meu sangue fosse parando, e pelos medos e ansiedades que me roem como ratos acabo cometendo atos que não são meus...

O cachorro procurava nas mãos dele o cheiro longínquo do charque. Um vulto saiu da casa para cuspir. Parecia ter crupe. O correio achou que era a parteira e se embrenhou para dentro fingindo dormir, enquanto Jazmín corria para latir para o vulto. Latiu, cansou de latir, continuou latindo; outros cães latiram na rua, nas casas, a noite se encheu de latidos.

O vulto regurgitou algo a meio caminho entre a tosse e o vômito, e então, cuspindo, disse como isca na escuridão:

– Tinha escutado alguém falando; agora isso; ouvi fala de gente mesmo, e não se vê ninguém acordado.

O senhor Nicho, ao ouvir que era voz de homem, fingiu acordar, espreguiçou-se e deu boa noite ainda debaixo das cobertas.

– Noite... – ele retificou –, já está amanhecendo.

Deram-se bom dia, sem ser ainda dia, nessa hora em que o azul morto do fogo enterrado nas cozinhas parece se espalhar pelo ambiente frio. Bocejos, e no encalço dos grandes bocejos, os galos.

Quando o primeiro se pôs a cantar Nicho Aquino tomou um susto alado. Estava perto. Não o viu bem. Ia bocejar, quando cocoricó. Deu um salto imenso, quis ir até lá para lhe acertar um pontapé, mas que remédio, se outro galo já estava cantando, e outro, e outro...

Foi fácil acender o fogão na cozinha, cômodo desproporcional e elevado, o mais elevado da casa, com um forno desmoronado, cocô de galinha por todos os cantos e, na parte alta das paredes e no teto, fuligem, teias de aranha e um morcego que, tão logo brilhou a primeira chama, saiu em desespero.

O velho de fala encatarrada parecia um verme verde. Um verme limpo, com suas nobres rugas semelhantes a umbigos com pelos, dois grãozinhos de açúcar queimado nos olhos muito brancos, muito abertos, rosto chato, as maçãs saltadas, testa estreita, penugem branca na cabeça e orelhas grandes que buscava com a mão quando falava com ele, porque era um pouco ruim de ouvido.

Ficou olhando para ele e disse:

– Num fale com o cachorro como tava falando hoje, porque mais dia menos dia ele te responde e você fica mudo. Pra cada humano mudo tem um animal falador. O cachorro vai achar a palavra que falta na sua enteligência, e você não vai achar ela na tua boca. Conselho que te dou mesmo sem ter pedido... – o velho riu, e sua risada parecia acompanhar a toada dos galos: rororó – mas nós velhos temos prazer nisso, em dar conselho, é nossa função, aconselhar os outro a não fazer o que fazíamos de jovem nem faríamos de velho – ro... rororororó – se desse pra deixar de ser velhinho do jeito que a gente deixa de ser novinho... rororororó... ro...

O velho saiu arrastando os pés e foi ordenhar uma cabra. Nicho Aquino o seguiu. Falando não sentia tanto sua solidão. As mãos do idoso eram pretas, como se tivesse recém-limpado a fuligem do forno ou trabalhasse como tintureiro: duas luvas de escuridão com unhas brilhosas, amareladas, fazendo as mamas das cabras, em contraste com o preto, parecerem florezinhas de begônia, e o leite, ainda mais branco ao sair em jatos alternados.

– Está reparando nas minhas mãos chamuscadas, tostadas, pretas; mas melhor é reparar na minha cara de verme de gerânio. Sou bom medidor, como verme e como pessoa, e ontem, à noite, medi seu sonho, curtinho demais esse sono pra tristeza que carrega; sureca, sureca demais, mal cobre o pescoço, e olhe lá... rorororó... rorororó... Os olhos, por isso, estão saltados; e não consegue dormir, o sono não chega nos olhos, no máximo você espicha o tecido do sono, que é que nem asa de morcego, se revirando pra achar posição, moendo a cabeça na jaqueta que usa de travesseiro, de tanto se mexer e espichar acaba rasgando o tecido do sono, rasgueia, e se cansa de estar deitado, e dá vontade de sair atrás dele... rororó... ir atrás do sono que não encontramos é perda de tempo... Ontem à noite, sem ir muito longe, você andou sua légua, de tanto passeio que deu, procurando o sono, e procurando o sono nos damos conta que nada dorme, que a noite é um grande velório de estrelas soando aos ouvidos dos seres, grandes e pequenos, das coisas que parecem tumbas da atividade diurna: as mesas, os armários, as cômodas, as cadeiras, não parecem móveis de gente viva durante a noite, mas peças de uma mobília colocada com o morto numa tumba pra que siga vivendo sem ser ele, sem ser outro, porque é esse o problema, os mortos não são eles nem são outros, não dá pra explicar o que são.

A velha comadre, com sua crina, seus trapos e sua coceira – seu cabelo mal era suficiente para fazer trancinhas nas laterais, trancinhas de colegial, e seus dedos mal eram suficientes para coçar os piolhos, pulgas e carrapatos –, estava soprando o fogo quando eles voltaram com o leite, seguidos por Jazmín.

– O senhor Nicho já está partindo – disse a velha, sem virar a cabeça, de costas para o fogo que soprava –, será que você podia me dar uns pesos prele trazer aguarrás...

– Claro que sim, aguarrás pra você, e eu vou querer uns

pesos de linimento; meus dedos ficam travados do reumatismo, quando ordenho, e além do mais vou ter que castrar, capar uns dos meus animais.

— A nana Moncha queria que eu levasse uma encomenda prela...

— Queria, mas é bem grandinha, e você tá sem espaço; deixa pra próxima vez que passar e estiver menos carregado; tem cada vez mais gente no povoado, e enchem cada vez mais de cartas essas bolsas de lona listrada. Por que será, me pergunto, que as bolsas de carteiro são assim?

Um clamor de galinhas, galos e cachorros nas casas, e os rebanhos em filas compridas, como exércitos brancos em movimento.

O correio deixou a aldeia de Três Águas, assim chamada, dizem, porque ali havia poços de água azul em terra branca, de água verde em terra vermelha, e de água roxa em terra preta, seguido por Jazmín e acompanhado pelo velho das mãos negras.

Enquanto Nicho Aquino manuseava a pederneira para acender um cigarro, a parteira repetiu para ele o já repetido:

— Me avise com tempo, Nicho, porque já sei que o sangue da tua mulher não está mais descendo...

Centenas, milhares, milhões de pluminhas de ilusão se revelavam, ondulando ao sopro suave do vento, iluminadas pelo sol, e as manchas das imensas margaridas amarelas de coração preto animavam os olhos do observador por todos os cantos, em meio aos cumes de vulcões esculturais e cerros de pedras fumegantes. Pouco a pouco, sem jamais deixar a planície, os viajantes se agrupavam, e um afã cego de caminho caminhado e por caminhar se apoderou deles após as primeiras conversas.

— Esse seu cachorro é bom pra comer!

— Coitado, tá virado em pele e osso.

— É só engordar...

— Que barbaridade...

— Tudo o que diz respeito ao alimento do homem é uma

barbaridade; não sei por que dizem que o homem deixou de ser bárbaro; não existe alimento cevelizado.

– O milho.

– O mio, cê diz; mas o mio custa o sacrifício da terra que também é humana; queria ver você carregar um miaral nas costas, como a pobre da terra. E o que fazem é ainda mais bárbaro: plantar mio pra vender...

– Por isso esse castigo...

O velho das mãos negras, mãos cor de milho preto, inquiriu antes de responder, passando os olhos pelo rosto do correio, tudo o que desejava. Sem apertar o passo, suspirou já falando.

– E o castigo será cada vez pior. Muita luz nas tribos, muito filho, mas a morte, por causa dos que deram pra plantar mio pra negócio, deixando a terra vazia de osso, pois são os ossos dos antepassados que dão o alimento do mio, e então a terra pede osso, e os mais fraquinhos, os de criança, se amontoam sobre ela e debaixo de suas cascas negras, pra alimentar a terra.

– Ai ai, terra ingrata.

– Ingrata, ingrata... mas, veja bem, correio, que a terra só é ingrata quando nela vivem homens ingratos!

– Mas vamos começar do começo... Você quer que se plante milho pra quê...

– Pra comer...

– Pra comer... – repetiu o senhor Nicho, maquinalmente, pensando mais na Chagüita de quem lembrava por causa do cheiro de anis montês.

– E não é que eu queira; é quiassim que tem que ser e quiassim que é, pois quem ia pensar em ter filho pra vender a carne, pra negociar a carne dos filhos, no próprio açougue...

– É diferente...

– Na aparência é diferente; mas no fim é o mesmo: a gente é feito de mio, e isso de que somos feitos, de que é feita nossa carne, nós vendemos; muda a aparência, mas se falarmos da essência, o filho é tanta carne quanto o miaral.

A lei de antes autorizava o pai comer um filho em estado de sítio, mas nunca autorizou matar pra vender a carne. É uma coisa obscura a gente poder se alimentar de mio, que é carne da nossa carne, das espigas, que são como filhinhos nossos; mas tudo vai acabar pobre e queimado pelo sol, pelo ar, pelas queimas, se continuarem plantando mio pra negócio, como se não fosse sagrado, altamente sagrado.

— Você tem razão no que diz; mas não explicaram pra todo mundo; se explicassem, quem ia ser ruim assim, e seria do interesse de todos, já que no longo prazo o milho debilita terreno, parece que deixa raspado, tem até que deixar as terras de milho descansarem...

— Pelas estradas se vê, e você que é correio deve ter visto muito, porque é obrigado a andar, cada vez são mais numerosas as terras arruinadas pelos mieiros: colinas peladas, onde só tem água resvalando sobre a pedra; planalto sem camada vegetal feita de cabelo de morto, morto que foi de carne e morto que foi de madeira; restolho que oprime a alma por ser só pedra...

— Mas, fico pensando, como vão sustentar a família, se não venderem milho?

— Quem quer sustentar a família, trabalha; só o trabalho sustenta, não só as famílias, mas nações inteiras. Só vagabundo passa fome. Vagabundeiam com o miaral plantadinho, e tem que tirar pra comer, e pra vender, pra dar sustento à família, comprar os remédios que precisam, e até se divertir com música e aguardente. Se plantassem mio, e comessem esse mio, como os antepassados, e trabalhassem, nossa sorte era outra.

— E você vai até onde? Tá se afastando muito.

— Já deveria ter voltado; mas me dá pena deixar você sozinho, vejo muita aflição no seu rosto, e as coisas que andou perguntando ao cachorro me deixaram preocupado.

— Então ouviu?

— Tudo se ouve; melhor me contar; eu tenho ouvido duro, mas quando me dá tosse na madrugada, semduvidamente isso tem efeitos na cabeça, mexe tudo ali dentro, e es-

244

cuto bem; também escuto quando tô andando, se tem barulho ao meu redor.

O correio, debaixo de um amate, a árvore que tem a flor escondida no fruto, flor que só os cegos veem, mulher que veem os apaixonados, contou suas penas ao velho das mãos negras, sem outra testemunha além de Jazmín e muitas nuvens com forma de cães, como jasmins no céu.

– E a vontade de encontrar sua mulher vem da cintura pra baixo?

Nicho Aquino titubeou sem responder.

– É a primeira coisa que precisa ficar clara, porque se a vontade de estar junto vem da cintura pra baixo, vai ser igual com qualquer mulher que você encontrar. Agora, se é da cintura pra cima que vem essa vontade de preencher com ela o vazio que você sente, aí tá individualizada, e não tem outro remédio senão achar ela.

– É as duas coisas. Às vezes, pensando nela, sinto um frio atrás da nuca que me rega as costas, e, ao mesmo tempo, a parte frente, as pernas, acho, e faço força com as mãos, me retorço que nem cipó quando tentam usar de laço, até sair de mim mesmo, como um resplendor de lâmina de facão, pelas pontas do pé.

– E a falta...

– A falta, não sei; me castiga o peito, me dá medo, porque golpeia minha cabeça, fecha meus olhos, franze minhas mãos, me seca a boca; sinto ela desse jeito...

– Por isso tudo, correio, não convém passar pelo Cume de María Tecún, e vamos fazer o seguinte, eu vou com você; eu sei onde tá sua mulher.

Os olhos de coiote do correio infeliz se encheram de gratidão. Finalmente ouvia da boca de um cristão o que esperava escutar desde a noite em que entrou em sua casa para encontrá-la vazia. Naquela noite ficou uivando, feito coiote, enquanto dormia como gente. Da boca de um cristão, porque das coisas inanimadas – pedras, cerros, árvores, pontes, rios, postes, estrelas –, ouviu antes esse "eu sei onde tá sua mu-

245

lher", mas não falavam, não podiam comunicar nada. De que serviu a ordem de prisão do Comando? De que serviram os avisos lidos na hora da missa? Deus pague o padre Valentín.

– Vamos, venha por aqui, eu sei onde tá sua mulher...

O correio, desorientado, embriagado de contentamento, não reparou que deixava a estrada real, a estrada que devia percorrer com os sacos de correspondências, por seu encargo, pela sagrada obrigação, de levá-los até seu destino, a central dos correios, e entregá-los àquele velho grande, magro e um pouco tostado, como pau de virar pão no forno.

A vereda por onde se afastaram, plana ao princípio, ligeiramente frisada de terras que pareciam corais, tornou-se um declive pronunciado ao passar pelas raízes de uma árvore tombada pela tempestade, apodrecida pelo tempo, arrastada pelas formigas, da qual só restava, como vestígio de fantasma, uma clareira no matagal no ponto onde caiu e aplastou as plantas.

16.

O gerente dos correios deu um murro em sua escrivaninha. Deféric deu um murro ainda mais forte. O administrador, outro ainda mais forte. Dom Deféric, ainda mais forte. E atrás do bávaro de olhos azuis, iluminados de cima a baixo pela luz de gema de ovo do lampião anódino, viam-se, iguais a pinhas, os rostos dos vizinhos importantes, os quais, sem martelar suas escrivaninhas com as marretas de seus punhos, mantinham os olhos cravados no funcionário gorducho, alguns os anteolhos, e, no caso do zarolho que andava pela praça e se meteu a espiar, o olho de vidro imóvel e fatal.

Dom Deféric saiu violentamente, sem dizer mais nada, já o havia chamado de "gordo estúpido", e ele havia respondido com "alemão de merda". A casa de Dom Deféric estava iluminada com lâmpadas de luz branca. Era outra luz e, por assim dizer, um mundo distinto daquele amarelento que englobava o gerente dos correios, "porco estúpido com maionese", rodeado pelos vizinhos que falavam aos gritos, exigiam, reclamavam.

O Comandante, sem ter concluído a digestão, aproximou-se para ver o que estava acontecendo enquanto limpava os dentes lascados com um fósforo, e de saída deu razão ao oficial. Oficial quer dizer pessoa que sempre tem razão, e ele não era homem de gastar tempo batendo em camponeses, mas homem de guerra, de quando as tropas atuavam sob mando do coronel Gonzalo Godoy contra os índios da montanha. Na época Musús era só o subtenente, subtenente Secundino Músus. Após salvar uns quantos homens da Expedicionária em Campanha, na ocasião em que a guerrilha de fogo encurralou o coronel na armadilha de O Tremeterra, ganhou uma promoção. Ascendeu a major.

– Isso é invenção – sentenciou, posto a par da questão –, como vocês acham, seus imbecis, que isso pode acontecer; é pura histeria de alemão que toca violino quando a lua sai e aos domingos passeia com flor na lapela, dando-se ares de conde, que tem mulher que monta a cavalo que nem homem; mas se ele quiser arcar com os custos e mandar o boiadeiro atrás do correio pra "tecuna" não derrubar ele do Cume de María Tecún, pois muito que bem, se isso acontecesse seria um grande sofrimento pra mim, dado que enviei uns quinhentos pesos para a minha gente.

Uma velhinha quase do tamanho do lampião, enrolada em um xaile que arrastava como se fosse um vestido de cauda, ficou na ponta dos pés para dizer, com sotaque espanhol, que tinha mandado vinte pesos para o filho, estudante de bacharelado no Instituto Nacional Central de moços; o manco da fábrica de fogos dava golpes sepulcrais no chão com sua muleta, para se fazer ouvir ao clamar que enviara quarenta e poucos pesos à sua irmã Flora; e outro, para o irmão doente; e outro, para o cunhado preso; e outro, para pagar o Banco, e repetia a cada tanto: "Se o pagamento não chega, me tiram a casa!"; e outro, triste como um osso, para que um amigo lhe comprasse um bilhete de loteria; esse dizia: "Já não está em nossas mãos, até a chegada é questão de sorte; se ficar pelo caminho, é porque a "tecuna" roubou!".

O diretor dos correios olhava para eles sem piscar, avermelhado de cólera, as orelhas como pinças de camarão, os braços pequenos nas mangas do paletó de balão. Havia momentos em que seus olhos anuviavam e ele quase tinha um ataque. E seria melhor assim, contanto que não ficasse seque-lado, e sim morto. O maior desgosto de sua vida. Aprovei-tavam-se de sua amizade para depositar valores nas cartas, sem declarar devidamente. Ele disse, repetiu, voltou a repe-tir, batendo na escrivaninha, sem perceber, em sua tremenda exaltação de oficial digno, rebaixado, em razão daquele abuso de confiança, à condição de cúmplice, segundo o Código Pos-tal vigente, sem perceber os rumorejos dos vizinhos que, em resumo, diziam: se for roubado sem ter sido declarado...

Dom Deféric, enquanto isso, permanecia em sua casa, na luz branca de sua casa, ao lado de sua esposa branca, em meio a azaleias brancas e gaiolas douradas com canários brancos. Mas estava ensandecido. A "tecuna" lhe faria um grande des-serviço se atraísse o correio para lançá-lo do penhasco, como um homem-carta, em direção ao fundo de uma gigantesca caixa de correio. O senhor Nicho tinha em seu poder a última obra musical que ele havia composto, para piano e violino.

Dona Elda, sua esposa, tentava acalmá-lo, pedindo que não se deixasse levar por lendas, que as lendas são contadas, mas não acontecem senão na imaginação dos poetas, e nelas só acreditam as crianças e as avós.

O bávaro respondia que esse era um pensamento absolu-tamente materialista, e o materialismo é absurdo, porque o material nada mais é que a matéria em forma passageira. O que seria da Alemanha sem suas lendas? Onde a língua alemã foi beber o melhor de seu espírito? As substâncias primárias não jorravam dos seres obscuros? A contemplação do infinito não revelara a nulidade de todos os limites? Sem os contos fantásticos de Hoffmann...

Dona Elda aceitava que as lendas da Alemanha eram ver-dadeiras; mas não as daquele pobre lugar de índios chuj[46] e ladinos calçados, mas piolhentos. Com o dedo, como se fosse o cano de uma pistola, Dom Deféric apontava o peito de sua mulher, acusando-a de ter uma mentalidade europeia. Os eu-

---

46 CHUJ: povo indígena de forte presença na fronteira entre Guatemala e México que perdeu terras e direitos após uma série de ações do governo guatemalteco.

ropeus são uns estúpidos, acham que só a Europa existiu, e que o que não é Europa pode até ser interessante como planta exótica, mas não existe.

Estava ensandecido, fora de si. Erguia as mãos brancas, os punhos brancos, projetava todo o corpo em direção ao teto, cercado do aroma das azaleias, o forte e nauseante odor das glórias-da-manhã, o perfume de terra molhada das samambaias recém-regadas, algumas com orquídeas, e sacas e caixas de mercadorias fedendo a desinfetante de barco, como a cera que usavam para lustrar os pisos de cimento, no qual se reproduziam sua figura, como se ele, brincando, fizesse gestos e expressões de bailarino grotesco, para se ver como girafa de cabeça para baixo, e também a figura longilínea de sua esposa, silhueta de um cisne de papelão com peninhas de papel dobrado.

O padre Valentín chegou de visita. O reflexo negro de sua batina no espelho do piso, depois seu contraste com a brancura da cadeira de balanço de vime em que sentou para ficar mais à vontade.

A presença do pároco obrigou Dom Deféric a deixar seu idioma de lado e se expressar em espanhol. O cura explicou que, embora jamais costumasse sair da casa conventual à noite, exceto em casos de confissão ou enfermos graves, viera porque um enfermo grave poderia morrer sem confissão caso não mandassem alguém para acompanhá-lo ao passar pelo Cume de María Tecún.

– Eu me ofereço pessoalmente – disse o padre Valentín – para partir em seguida; meu dever é estar onde há uma alma em perigo, *parvus error in principio, magnus in fine*; eu lutarei com o demônio...

O bávaro o interrompeu:

– Não se preocupe mais, padre, irá atrás dele um homem de minha confiança; seria triste que o nosso melhor correio caísse pelo barranco...

E o bávaro foi interrompido pela esposa:

– Bravo – disse aplaudindo –, quanto heroísmo, quanta poesia!

Hilario Sacayón a interrompeu. O boiadeiro viera a cavalo, a julgar por seus arreios. O patrão era tão bom pagador e tão considerado que pouco lhe importava sair àquela hora, até porque para homem de verdade não existe hora boa ou ruim para começar viagem, todas as horas são boas, se necessário for.

Dom Deféric o abraçou, presenteou-lhe com um charuto para acender mais adiante e deu algum dinheiro para os custos. O padre Valentín deu a ele seu rosário, para que rezasse assim que começasse a subir o cume. Dona Elda entregou em suas mãos um guardanapo com pão preto e queijo de sabor endemoninhado. De um salto, Hilario montou sua mula parda, animal ávido, com gana de estrada, que já quase galopava ao deixar a rua escura. Sua missão era alcançar Nicho Aquino antes que chegasse ao Cume de María Tecún, acompanhá-lo na passagem por dito local e então voltar.

O padre Valentín aceitou um copo de gemada alcóolica para acompanhar Dom Deféric, que bebia conhaque; dona Elda se contentou com um gole de Málaga.

– Dentre as muitas causas de instabilidade nos matrimônios – especificou o pároco, dado que era essa a questão desencadeadora dos acontecimentos que o levaram até ali –, nenhuma é tão grave como as esposas vítimas da loucura deambulatória causada por esses pós com andar de aranha. Abandonam suas casas e depois nunca mais se tem mais notícias delas. Essa mão que vocês veem segurando este copo alterna entre o rosário e a pluma, rezo ou escrevo para meus superiores, para que o Senhor e eles nos socorram, para que lares não sejam destruídos, famílias não se acabem, homens e mulheres andarilhos não despenquem no barranco, como reles terneirinhos.

– Esses seres se sacrificam para que a lenda viva – apontou o bávaro, seus olhos azuis não eram transparentes; naquele momento, pelo contrário, estavam vidrados e lembravam dois pequenos discos inexpressivos de um azul seco, cor de peltre.

– Inconscientemente – disse María Elda –, porque nenhum deles sabe que é movido, imantado por uma força oculta, para este fim – e, olhando de frente para o marido, acrescentou: – detesto você!...

– O demônio, senhora, o demônio!

– De nada importam as vítimas, não é, Deféric, contanto que se alimente o monstro da poesia popular. Um homem que diz friamente que essa gente é sacrificada para que a lenda viva é detestável.

– Se o meu silêncio fizesse a lenda parar de cobrar suas vítimas, me calaria, mas as coisas funcionam assim, Elda, e é preciso admiti-lo friamente, por mais detestável que pareça. Desapareceram os deuses mas ficaram as lendas, e estas, como aqueles, exigem sacrifícios; desapareceram as facas de obsidiana para arrancar o coração do peito ao crucificado, mas ficaram as facas da ausência que fere e enlouquece.

O padre Valentín despertou nesse momento. Dom Deféric falava em alemão. Despediu-se rogando a eles que dessem notícias do correio tão logo Hilario Sacayón retornasse. A rua estava tão escura que precisou aceitar o lampião que lhe ofereceram. Quando ficou sozinho apertou o passo, mas aos seus pés flutuava algo semelhante ao corpo de um animal. Ergueu a batina e quase viu a sombra de um coiote. É você, Nichão, bem dizem que você é coiote, exclamou; mas não podia ser.

Meia hora mais tarde soaram as doze badaladas do relógio na Prefeitura. Dom Deféric, acompanhado ao piano por dona Elda, terminava a execução da peça musical que, se o correio passasse pelo Cume de María Tecún sem incidentes, chegaria à Alemanha. O bávaro ia deixar o arco do violino sobre o piano de meia cauda quando sua esposa se aproximou cheia de medo; no silêncio da noite escutava-se uma máquina de costurar, a máquina de Miguelita de Acatán.

252

Meia-noite,
Miguelita,
cose, cose
Em Acatán...

Quando cose
Miguelita,
Meia-noite
em Acatán...

Meia-noite,
quando cose
Miguelita,
Soam doze

Badaladas
Do relógio
Tam tam tam
tam tam tam
tam tam tam
tam tam tam
é metade
dessa noite
em Acatán...

Hilario Sacayón fez uma parada na aldeia Três Águas. Fumar um cigarro. A mata cheirava a mentastro e menta. Dois olhos saíram para ver quem passava tão cedo, dois olhos de uma moranga de carne com nariz e boca, sob um cabelo de palha e uma fartura de anáguas e fustões. Era Ramona Corzantes, parteira, curandeira, casamenteira, pelo lado bom da moeda, porque do outro se dizia que era bruxa, adivinha, fornecedora de poções para enlouquecer, apaixonar, entregar a alma a Deus e tirar as criancinhas, antes do tempo, do ventre das fulanas. Mas a pior, a pior acusação contra ela era de saber preparar pozinhos com andar de aranha.

Custou a vê-lo, estava contra o sol, ofuscando-a; mas fez sombra com a mão e ao espiá-lo gritou:

— É você, Jenízaro, taí por que os cães nem reagiram!

— Jenízaro porque… hein! Não latem porque sabe quem sou de casa, nhá Monchita, e porque se aprontam comigo sabem o que espera!

— Você tem mau coração. Se vai apear, apeie, e espere me passar essa escuridão, vou fechar um pouquinho os olhos, porque o brilho do sol me deixou vendo uma borra dourada.

— Taí o que a sinhá queria, minha velha: uma cafeteira que depois de tirar o café deixasse borra de ouro. Não apeio, tô pressado. Parei um instantinho pra te ver e fumar esse cigarro na sombra dos teus beirais; as barbas da casa já cresceram um monte, e a sinhá não manda cortar. Chame o barbeiro.

— Você repara em tudo; mas não repara que sou pobre, que ninguém me diz: toma, tá aqui o dinheiro pra pintar a casa. Antes eu mesma limpava, trepava na escada e tirava com vassoura o jardim do telhado, as teias de aranha nojentas, uma vez encontrei até uma jiboia; picotamos ela porque não queria sair do teto, a danada; ficou meio corpo dentro e metade fugindo. Por causa desse episódio inventaram que eu era bruxa.

— Não vejo muito movimento…

— Morreu, o negócio já era, afora os clientes fixos como o correio, senhor Nicho.

— Passou aqui?

— Passou, sim, ontem à noite. Deve de estar por aí. Ia mandar por ele uma encomenda, mas não cabia, era grandinha, e não sei porque me deu um pressentimento.

— Ele é muito seguro…

— Sim, mas você sabe a história da mulher dele; joguei uns verdes para ver se dava trela; mas acredita, Hilario, que não me disse nada, até fiquei triste, porque pretendia recomendar que não fosse pela estrada real; apeie pra tomar um café…

– Tô indo, nhá Monchita, fica pra próxima, hoje tô pressado e se apeio o tempo me pega. Agradeço o favor como se tivesse feito. E por que ia recomendar outro caminho?

– Pelo risco grande de, mesmo ele sendo homem a cargo do correio, sua mulher lançar vozes de "tecuna", lá no cume, quiassim não passava, ficava ali pra sempre, caía de cabeça no barranco. Talvez você alcance ele; se ver o homem, avise pra tomar cuidado.

– Essas coisas, nhá Monchona, não devem ser verdade, invenção do povo; não basta caluniar os outros, caluniam até as pedras que não têm culpa de nossa sina. É fato que esse cume tem algo de misterioso, a gente fica estranho mesmo quando passa por ali, fica arrepiado, eriçado, os olhos se anuviam, o nariz gelado palpita que nem granizo, os ossos saltam da pele de tanto frio, como se o esqueleto tivesse de fora, mas tudo isso é natural, dado como o lugar é alto e chuvoso; a estrada fica virada em sabão quando o sol não consegue se embrenhar pelas nuvens, e aí é fácil despencar. Digo por mim, nhá Moncha, já passei ali de dia, de noite, de tarde, de madrugada, em todas as horas pelo Cume de María Tecún, e nunca vi nem ouvi nada.

– Tinha dito que tava pressado.

– Isso, mas algum tempo eu tenho; fume um cigarro.

Hilario entregou a ela um cigarro de palha roxa. A velha olhou e disse, após uma longa chupada:

– O milho sai com palha roxa quando é daqui, de perto do poço de água roxa. Você é incrédulo, porque é sabichão. Dentro de todo sabichão mora um incrédulo. Para acreditar, precisa ser humilde. E só as coisas humildes crescem e perduram; veja a montanha.

Cada um deles ficou reunindo seus pensamentos em silêncio, como se os tirassem do cigarro, ao reunirem a fumaça aspirada que em seguida soltavam pelas narinas e pela boca em um suspiro de grande satisfação. A dona da pousada soprou a fumaça do seu cigarro que formava bolas no ar da montanha, limpo, primaveril, diante de seus olhos, e, batendo com o mindinho no cabinho que ainda restava para fumar, continuou repreendendo o boiadeiro por sua incredulidade.

Hilario, enquanto isso, pensava em "sua" Miguelita de Acatán. Ele, em uma de suas bebedeiras, depois de chorar, como se estivesse bebendo aguardente de salgueiro-chorão, inventou os amores da Miguelita e do senhor Neil, a história da máquina que se ouve costurando no povoado, após as doze badaladas na Prefeitura, à meia-noite.

Quem não repetia aquela lenda inventada por ele, Hilario Sacayón, em sua cabeça, como se houvesse mesmo acontecido? Acaso ele não testemunhara uma oração em que rogaram a Deus o alívio e descanso da alma da Miguelita de Acatán? Não procuraram nos livros antigos do registro paroquial a certidão de batismo daquela criatura maravilhosa? Não se cantam cantigas para assustar as crianças ou inquietar as namoradas, amedrontando aqueles quando são malcomportados com a máquina sonâmbula, e anunciando a estas que o som daquela máquina, fruto de uma paixão impossível, acompanha as serenatas, viabilizando seus amores? Como poderia acreditar em "tecunas", logo ele, que havia inventado uma lenda?

– Você já me consultou da outra vez, Hilario, e disse o que eu penso. Tão certo como me chamo Ramona Corzantes, essa história da Miguelita ouvi de minha avó, Venancia Corzantes San Ramón, e até se cantava, sei lá, não consigo lembrar, cantarolando a música talvez me venha a letra: era uma cantiga...

...À Virgem do Tronco lhe peço
que me prendam os guardas rurais,
me rodeiem, me algemem, me levem
a prisão há de ser meu consolo.
Miguelita, nome de batismo,
Acatán, sobrenome de glória
na cadeia, a Virgem do Tronco,
como ela, de carne morena...

– Não é possível, nhá Moncha, tão certo como me chamo Hilario Sacayón, quem inventou essa história fui eu, juro pelos ossos sagrados de meu pai, por Deusinho, fui eu que inventei; inventei bêbado, me desceu da cabeça pra boca e acabei dizendo como se fosse verdade; é como se a sinhá me dissesse que a saliva da minha boca naquele momento não era minha, afinal, o que é a fala, saliva transformada em palavras.

– Não vai querer bancar o sabichão?

– Pois claro que não...

– Então me escute. A gente muitas vezes acha que inventou coisa que os outros esqueceram. Quando a gente conta o que não se conta mais, diz inventei, é meu. Mas o que estamos fazendo na verdade é lembrar; você lembrou em sua bebedeira o que a memória dos seus antepassados deixou em seu sangue, pois tenha em vista que você não faz parte só de Hilario Sacayón, mas também de todo Sacayón que já existiu, e pelo lado da senhora sua mãe, dos Arriaza, gente que foi todinha daqui da região.

A velha pareceu usar as pálpebras para continuar falando, piscando muito depressa antes de continuar:

– A história de Miguelita de Acatán estava em sua mente como se estivesse em um livro, e você leu ali com seus olhos, e foi repetindo com os badalos de sua língua bêbada, e se não tivesse sido você, teria sido outro, mas alguém acabaria contando pra ela não se perder de vez, esquecida, porque sua existência, real ou fictícia, é parte da vida, da natureza dessa região, e a vida não pode ser perdida, é um eterno risco, mas eternamente não se perde.

– A verdade é que arrumei do meu jeito, porque no tempo da cantiga não existia o senhor Neil; juntei o nome da mulher com a lembrança do que meu pai contava desse homem; quando a gente tá de porre junta muita coisa estranha.

– Daí que vem, o homem e a máquina de costura; são bastardos; mas não tem problema, não faz mal, foi salvo do esquecimento pra seguir que nem os rios; os contos são como

257

rios, vão arrastando o que pode por onde passam, e se não arrastam materialmente, carregam o reflexo; o homem e essa máquina estão no reflexo da Miguelita.

Hilario acendeu outro cigarro com a brasa do que estava terminando, uma miséria de bituca entre seus dedos, cuspiu e deixou seus olhos se perderem no pastoral, até toparem com as torrentes de pedra equilibrada das montanhas, porque as montanhas pareciam pedras imensas que estavam despencando e de repente se equilibraram, e ficaram daquele jeito, momentaneamente quietas.

– Vou lá, seguir viagem. Nhá Moncha, na volta falamos; deixo a senhora com seu corrupião.

– Tenha cuidado, não dê bobeira.

Um cachorro velho que se levantara, cansado de dormir, e estava se espreguiçando empinado sobre as quatro cebolas de suas patas, recuou até a parede à passagem do ginete, depois latiu um latido rouco, baixo, de má vontade. A Ramona--mona, ou Monchona-mona, como chamavam-na os que a consideravam bruxa, voltou a olhar para o corrupião de finíssima penugem e olhinhos infinitamente lindos e pequenininhos, como duas faíscas de fogo.

– Desça, pequerrucho – disse ao pássaro saltitante –, que já está pronta sua papinha de milhinho molhado com água do poço azul. Cuidado pra não tomar água do poço verde, porque morre e se transforma em pasto que não canta, e muito menos do poço roxo, porque aí fica zonzo e te caçam com zarabatana! Debaixo das penas estão seus miolinhos, e seus miolinhos pensam que é bom madrugar, e seus miolinhos pensam que é bom sair de passeio, e seus miolinhos pensam que é bom vir ver a Moncha! Venha, pequerrucho, venha! Não quer que eu cuide de você?

A sombra da Moncha adentrou o curral. Porcos com triângulos de madeira no pescoço para não atravessarem a cerca fuçavam, guinchavam, guinchos agudos como se estivessem sendo mortos, enquanto as galinhas, seguidas pelos pintinhos, corriam com as pernas arregaçadas, o corpo oco entre as asas meio abertas, cacarejando; os galos abriam caminho aos peitaços, deixando para trás, na corrida, as patas com esporas, e por sobre a penosa movimentação dos patos que se moviam com um qué qué insuportável, mais arando que andando, pombas e pombos voavam para bicar o milho no avental da velha.

Por Deus, como têm fome esses animais; mas nossa fome ao comê-los é igual, e a fome dos vermes ao nos comer!

O corrupião saltava com uma minhoquinha no bico.

– Aí está você!...

Levou a mão à testa e saboreou algo parecido com uma minhoquinha que lhe caiu da memória à ponta da língua. Mas de que servia lembrar, agora que Hilario já estava longe, o resto da cantiga.

> *Os boiadeiros levaram as cargas,*
> *dobrões e dobrões aos milhares,*
> *e levaram à entrada do golfo*
> esquecendo a Rainha do Céu.
> Esquecida na prisão do tronco,
> até quando foi lá Miguelita
> de Acatán, semelhante à rainha,
> moça tão procurada por todos.
> E essa moça, carvão para o fogo
> seus dois olhos, a boca, um cravo,
> quando enfim transferiram a Virgem
> para o templo, deixou o lugar...

Tentou prosseguir, mas a carreta atolou; passou um longo tempo com os dedos nas rodas de sua cabeleira lisa; faltava o violão; o corrupião, engolida a minhoquinha, voltou aos galhos de um *suquinay* cujo aroma inebriante das flores atraía abelhas e borboletas, moscas-varejeiras e libélulas.

E continuava... a canção continuava, mas ela não lembrava. Coçou uma nádega, disse alguma coisa e buscou o que fazer. A vassoura, o espanador. Detrás do quadro da Santíssima Trindade estavam os galhos para afastar os raios. Um gato malhado, cor de mariposa, miou. Procurou a pomada contra estorvo. Ou quem sabe fosse náusea. Deitou-se. Quem mandou tomar chocolate. Mas chocolate de casamento era tão saboroso. Chocolate de batismo. As festas são celebradas com chocolate e torta de passarinhos. Os passarinhos que o Menino Deus estava fazendo com migalhas de pão quando o judeu chegou para tentar esmagá-lo com seus pés. O Menino Deus soprou, e os passarinhos voaram.

Hilario Sacayón percebeu pelo andar da mula que se aproximavam do Cume de María Tecún. Até as montarias ficam ariscas, pensou, puxando o chapéu um pouco para a frente, em geral deixava-o um pouco para trás, pura pose, e era melhor, por via das dúvidas, olhar com os olhos escondidos, recônditos.

Pensou ver vaga-lumes, tão nítida era a lembrança daquele conviva, Macholhão, que virou estrela no céu quando estava a caminho de pedir a mão da pretendida. Aquele camarada que pôs todo o peso contra o ar reluzindo faíscas de fogo e o mal que o encheu de terror.

– Anda, mula! – exclamou Sacayón quando a montaria tropeçou, puxando-a com as rédeas para o lado.

A neblina, como fumaça gelada, pegajosa, embrenhou-se em seus cabelos, por baixo do chapéu, entre as roupas, debaixo da jaqueta de burel, sob a camisa, nas mangas, pelo peito, esfriou seus pés descalços, as polainas, as calças.

O fato é que os vaga-lumes queriam derrubar o conviva e ainda não haviam derrubado, anda por aí em forma de estrela no céu e ano após ano desce à terra e aparece onde estão fazendo as queimadas, em meio ao fogo, vestido em dourado, desde o chapéu de cavaleiro até os cascos do garanhão preto que monta e aparentemente não foi castrado.

Sacayón passou a mão pelo rosto. O rosto parecia recoberto de granizo. Esfregou o nariz. Respirar neblina não é bom. Mas que remédio, naquele mundo branco de nuvens em movimento que, sem produzir o mais leve ruído, se entrechocavam, repeliam, fundiam, baixavam, subiam ou ficavam imóveis de repente, paralisadas de espanto.

As primeiras pústulas douradas voando dispersas, bastante pálidas à luz do dia por causa da névoa densa, fizeram-no apertar-se contra o próprio corpo para amarrar nos ossos sua alma, tão atenta ao que acontecia do lado de fora, enquanto relembrava o Macholhão. Concentrou-se e obrigou-se a olhar bem para a frente, para não sentir náusea. Os pés nos estribos. Isso é o importante. Que ao menos também não o derrubem. Logo passou a nuvenzinha de vaga-lumes. Um véu de tule com lantejoulas, como o que cobre a cabeleira da Virgem do Tronco.

As rédeas resvalavam de suas mãos, o trote da mula não parecia certo, repercutia em seus sentidos; ele gesticulava para tomar fôlego, já estava nas estradas sinuosas do cume, onde a terra bronzeada, em meio aos pinheiros mutilados, viajava entre as nuvens mais depressa que a montaria. Açoitou a mula – mula parda!... arrê, mula!... – esporeou, açoitou-a com o chicote para que acelerasse a marcha e não deixasse a terra que escapava de seus pés. Horrível, ficava para trás, pendendo no vazio, cavalgando entre as nuvens, transformado em um Macholhão de granizo! Tremia de frio, ba, ba, batia os dentes, e as esporas nos estribos, como duas flores de uma planta de margaridas de metal na hora de um tremor de terra. Melhor já morrer ali, despencado, que se transformar para toda eternidade em um ser de granizo, em um homem-nuvem! Apalpou a pistola. Carregava no tambor cinco sementes de salvação-pólvora. Melhor encontrarem-no morto por tiro, a mula vagando a esmo por aí, que passar os séculos, até o fim do mundo, transformado em legume branco, em batata com raízes ao invés de cabelo, em cebola com barba de chibo, em nabo calvo.

María TecúúúÚÚÚn!... María TecúúúÚÚÚn!...

O grito se perdeu com o nome em uma tempestade de acentos nas profundezas de seus ouvidos, nos barrancos de seus ouvidos. Cobriu os ouvidos e continuou ouvindo. Não vinha de fora, mas de dentro. Nome de mulher que todos gritam para chamar essa María Tecún que levam perdida em sua consciência.

María TecúúúÚÚÚn!... María TecúúúÚÚÚn!...

Quem nunca chamou, quem nunca gritou alguma vez o nome de uma mulher perdida nos ontens da vida? Quem nunca perseguiu feito cego esse ser que foi parte de seu ser, quando esteve presente, e continuou partindo e segue partindo, fugida, "tecuna", impossível de reter, porque se ela parar o tempo a transformará em pedra?

María TecúúúÚÚÚn!... María TecúúúÚÚÚn!...

No cume, o nome adquiria todo seu significado trágico. O "T" de Tecún, erguido, alto, entre dois abismos cortados, nunca tão profundos quanto o barranco do U, ao final.

Atravessava o ponto mais alto do cume, de frente para a pedra de María Tecún, enraizada na vertigem do precipício de cuja borda ninguém se aproximava, onde as nuvens caíam podadas pela mão invisível do mistério.

Pedra de María Tecún, imagem da ausência, amor presente e se afastando, caminhante sempre fixa, alta como as torres, opaca de tanto esquecimento, flauta de pedra para o vento, sem luz própria, como a lua.

María TecúúúÚÚÚn!... María TecúúúÚÚÚn!...

A voz do cego que, segundo dizia o povo, tirou as nuvens dos olhos ao recuperar a visão naquele lugar, para cegar outra vez com a água de sabão que não permite a captura das imagens, o fixar-se em um ponto, porque tudo vai resvalando, desfiando, apagando-se como a ardósia dos pedregulhos de lajotas negras que simulam corpos de lagartos petrificados, e como as árvores desmanteladas, sem folhas, que mais que árvores parecem ramos de animais mergulhados nas geleiras.

Um coiote passou à sua frente, entre os círculos dos pinheiros que não crescem para cima. Viu-o muito de perto, quase ao seu lado e perdeu-o logo em seguida em meio ao vapor de chuva e os espinheiros que pareciam de borracha, elástico, fáceis de dobrar, inquebráveis. Depois do coiote escutou o jorro de uma cachoeira com pouca água.

Assoviou. Extraiu dos ossos tudo o que tinham de metálico para alcançar aquele timbre de ocarina. Estava livre do perigo, em uma campina de dálias vermelhas, relva verde, álamos friorentos, pequenas flores do pântano, ovelhas em rebanhos profundos, passarinhos vermelhos, patos silvestres e algumas casinhas com fumaça de cozinha nas laterais.

Sem parar de assoviar, desprendeu do queixo o cordão molhado do chapéu que o enforcava e lembrou do rosário do padre Valentín e do charuto de Dom Defèric. Fumar charuto rezando o rosário. Soltou as rédeas da mula. Não sabia fumar charuto nem rezar o rosário. O assovio chacoalhou, meio risada, meio assovio. Seria ou não seria coiote? Como duvidar que era coiote se viu bem. Nisso estava a dúvida, em tê-lo visto bem e visto que não era coiote, porque ao vê-lo teve a impressão de que era gente e gente conhecida. Chupou com força o buraco de um antigo molar, sugando a parede da bochecha. Vão rir da minha cara se eu contar que cheguei a tempo no Cume de María Tecún e consegui ver o correio Aquino em forma de coiote, uivando (isso já seria um enfeite meu) para a pedra mãe das "tecunas", que em seu arenito duro, sempre úmido de pranto, armazena a alma das mulheres fugidas; das prófugas que têm o deserto da cinza sob a sola dos pés; sobre os ombros, a tempestade que derruba os ninhos; na extremidade dos braços, as mãos que agora são pedaços de cântaros; em seus olhos, angustiada mudez de cocos partidos, sem água e sem carne; nos lábios, a traição espinhenta de sua risada; em suas vergonhas, a vergonha, e em seu coração, o deboche do despeito. Tudo o que anseiam lhes é negado.

Sacudiu a cabeça – quanto pensamento irracional –, prendeu novamente o cordão no queixo, para não precisar ficar segurando o chapéu que o vento se esforçava para transformar em pássaro voador, esporeou a mula e logo ultrapassou o casario que, olhando bem, era o único vestígio humano na região do cume.

Alcançar Nicho Aquino, acompanhá-lo no trecho ruim e retornar a San Miguel, essas eram as ordens; mas por acaso o alcançou, acaso o viu?... No cume, afora o maldito coiote, não topou com vivalma.

O passo da mula o guiava. Seguiria até alcançá-lo, para não voltar de guampa baixa, até alcançá-lo, mesmo que fosse no edifício dos correios.

Encontrou uma fileira de carros de bois. Os carreteiros viajavam deitados de barriga para cima nas carretas, imóveis, com os olhos abertos. Cumprimentou-os, não por sua beleza, mas para perguntar pelo senhor Nicho. Não tinham visto. Até conheciam, mas não tinham visto. Pelo que viu, nem erguerem a cabeça para saber com quem falavam.

– Devem pensar que estão no telefone! Malditos preguiçosos, não sabem nem responder que nem gente! Acordem, só gente ruim, as piores, dormem de olhos abertos, como os cavalos!

Teria gritado para eles tudo isso e mais. Uns passarinhos vermelhos paravam à sua frente e alçavam voo ao sentirem sua proximidade, como se apostassem entre si até que ponto aguentavam o perigo de serem pisoteados pela montaria.

Uma mulher e um homem a cavalo. Não os viu até estar junto a eles, porque andava olhando os pássaros escarlate e o encontro se deu em uma curva fechada. A égua que a senhora montava, após subir em uma lateral da estrada, ficou enviesada no caminho. Hilario freou a mula para não machucá-la. Mais um pouco e a mulher teria derrubado a gaiola que carregava na dianteira com máximo cuidado. Um bater de asas na gaiola, outro bater de asas em seu peito. As tranças de boneca bamboleando, os olhos verdes, o rosto pálido. O animal montado pelo homem também refugou após ser puxado para trás. Cumprimentaram-se. Cumprimentaram-se mesmo sem se conhecerem, como andarilhos, ocasião que o boiadeiro aproveitou para perguntar pelo correio, se por acaso o haviam encontrado. Vinham da capital e não se alembram bem, se bem que de vista não tinham visto nenhuzinho que pudesse ser correio. Eles sempre andam pelos atalhos, foi a última coisa que ouviu-os dizer, já em meio à poeira levantada pelos animais ao seguirem caminho, desaparecendo logo em seguida.

No fim ele deve ter pego esse caminho, pensou Hilario, um atalho, ou então virou coiote, que o povo diz ser o truque dele pra chegar mais rápido, e queira Deus que não tenha sido aquele coiote que avistei no Cume de María Tecún. Melhor nem pensar nisso, me dá medo imaginar porque às vezes imagino coisas e elas acabam se mostrando reais. Mas se for isso mesmo, sabe-se lá o que vai acontecer, espero que não seja, espero encontrar o correio na cidade com as mãos na massa, isso é, entregando as cartas. Vou dar uma boa olhada nele, dos pés à cabeça, pra garantir que é o mesmo senhor Nicho que saiu de Acatán, mesmo que tenha se transformado em coiote no caminho, mas não pode ser aquele com que topei no cume, aquele andava meio perdido, e aí retorno voando ao povoado pra dar a notícia de que ele já chegou, as cartas com dinheiro estão seguras, porque no fim só isso importa, a grana que botaram nos envelopes, não venha me dizer que se preocupam com palavras bonitas... O vento não leva o escrito, mas o tempo o devora!

Com os olhos, cerejas em garrafa de licor por não dormir, não comer e beber nas longas distâncias, as pernas com caibras por ficar montado, a cintura machucada, a cabeça caindo de cansaço, adentrou a capital alagada de ruídos e silêncio nas primeiras horas do dia, de um lado o obscuro sono dos vulcões e no oriente, areais de fogo.

A fumaça das cantinas repletas de café quente e a respiração dos madrugadores bebendo seus cafés à sombra das mafumeiras se mesclavam, enquanto do outro lado da mesa uma mulher servia a clientela ao lado de uma fogueira de tições grossos que despertavam com seu resplendor os quíscalos nos ramos das árvores que se esparramavam por um raio de mais de seis braças.

A mulher que servia o café retirava o jarro borbulhante do fogo com a ponta dos dedos, espichando muito o braço para não chamuscar o rosto retostado de sol e vapor. Servia com uma criancinha adormecida nas costas, meio desnuda, envolta em panos tão finos quanto pele de tomate, arroxeada de frio.

Ao ver o boiadeiro se aproximar e pedir café, perguntou se ele era Justo Carpio. Se for esse seu nome, disse, fuja logo que andam atrás de você, e ao saber que se tratava de outra pessoa, achou prudente explicar que Carpio era procurado por ter vendido gato por lebre ao governo; ao invés de cal, entregou cinzas, e ontem precisaram suspender as obras por um dia inteiro.

Um encanador se pôs diante da mesa. Bom dia, Fauna, ouviu-se ele dizer por baixo de um lenço enrolado no pescoço e em parte do rosto. Deixou no chão uma chave mestra. Ela o serviu. Depois do primeiro gole – por pouco não queima a goela, estava fervendo – tirou um maço de cigarros de papel amarelo, gordos como jiboias, e pôs um direto do maço na boca. O boiadeiro o fitava. Quase de sua altura, embora a calça de estilo francês o fizesse parecer mais alto, embora o chapéu que o cobria até os ombros o atarracasse um pouco. A mulher e o encanador falavam em um dente de ouro. Por fim, o encanador, após baixar o lenço ao pescoço para tomar o café e dar uma tragada no cigarro, soltando a fumaça pelas narinas como escopeta dupla após o disparo, entreabriu a boca cor de carne crua e mostrou a ela um canino dourado. Ficou bom, disse ele, entre afirmando e perguntando. Combina, respondeu a mulher, meus parabéns, e agora vai aonde. Pro hipódromo, respondeu o encanador, vou bombear uns canos que disseram que entupiu, é a água que está vindo puro lodo. Bebendo essa água e passando pelas calamidades que estamos passando, com tudo caro desse jeito, ela disse, enquanto enxaguava as xícaras em uma panela velha, não morremos mais, nem que nos pique a viúva negra mais viúva negra de todas as viúvas negras, porque já tomamos uma montoeira de remédio adiantado. O encanador riu revelando seu dente de ouro.

Um velhinho de nome ou apelido Sóstenes chegou para tomar café. A atendente o conhecia, se é que se pode conhecer uma pessoa que só vemos de madrugada, entre o sono ainda presente nos olhos abertos a duras penas e a luz lambisqueira do fogão mesclada à claridade embaçada do céu. Sim, conhecia-o, desde que começara a passar ali para tomar seu café com ela; mas sempre o tratou por "dom", caso Sóstenes pudesse ser um apelido pejorativo.

O velhinho saboreou a bebida de pouquinho, e entre um gole e outro investigava os arredores com seus olhos miúdos através dos óculos, como se descobrisse pela primeira vez a mafumeira, o templo, as casas que estavam ali paradas há séculos. Ao beber o último gole, pagou, pareceu momentaneamente desorientado, esfregou as mãos e se pôs a andar. A vendedora de café o alcançou com a voz: Não se esqueça, dom, que amanhã não venho, quem sabe tome seu café no mercado! Dom Sóstenes se virou sobre seus passos, perguntando a ela o que tinha dito, e ao se inteirar balançou a cabeça incomodado, advertiu que catedráticos como ele não podiam tomar café no mercado sem comprometer seu decoro profissional. E não sei, não sei, foi embora dizendo, mas acho que se eu não tomar café amanhã é até melhor, pois preciso explicar o divino Platão... Só amamos o que temos!...

Três homens com cara de quem virou a noite chegaram ao local fedendo a suor apestado de cebola. Café, café, café, pediram. Tocaram ontem à noite?, perguntou a atendente, dispondo em fila três xícaras fumegantes. O mais gordo, alto, zambo[47], de olhos muito pretos, respondeu: Serenata, mas agora às nove da manhã querem que comece a marimba, dia e noite de uma leva só. Mudaram de instrumento?, perguntou ela. Não, respondeu o que tinha falando antes, buscando a alça da xícara, para não se queimar. Outro dos marimbeiros tirou um lenço do bolso da calça e assou o nariz enquanto espirrava. O sinhô vai acordar o garotinho; isso é jeito de espirrar; espero que não toque marimba assim! O bebê começou a chorar, e antes que abrisse um berreiro ela o puxou para a

---

47 ZAMBO: Filho mestiço de negro e índia. Também é o termo usado para referenciar a cor vermelha puxada para o roxo quando se trata de pessoas queimadas pelo sol.

frente com o xaile que usava para carregá-lo nas costas e tirou da camisa um seio cheio de leite. Fauna podia vender café com leite, disse outro dos três marimbeiros. Ela respondeu: e aquela sua criada também, só que aí não seria café com leite, mas café sujo.

Um meio italiano se aproximou assoviando. A gola do casaco levantada. Acompanhavam-no diversos cães de caça. Do campanário da igreja próxima, gritou para ela o sacristão: Fauna, meu café... Vão anunciar cedo a missa!, exclamou ela erguendo a cabeça. Os marimbeiros e o homem dos cães se afastavam conversando.

Hilario pagou. Enquanto desvencilhava as moedas do lenço, disse a ela: então amanhã a sinhá não vai estar... Não, é que... Mas ao refletir sobre o porquê de dar satisfação de seus atos àquele forasteiro intrometido, mudou o tom familiar e informativo para outro, debochado: Então o sinhô já foi e voltou?...

O repicar de todos os sinos não deixou que dissesse mais nada. O boiadeiro, que na chegada tinha prendido a mula em um rochedo, respondeu que não tinha saído dali, porque não captou a sagacidade da pergunta, enquanto se dirigia até o animal para seguir viagem em meio às pessoas que chegavam, algumas com suas cargas, outras com seus animais, outras com suas carretas; homens, mulheres, crianças se distribuíam pela cidade, depressa as que viajavam montados, a trote quem levava suas carga em cestos ou firme junto ao peito, outras a passos normais, e outras, as que conduziam carroças, sem avançar muito, como se andassem em um lamaçal. Os automóveis passavam feito foguetes, as bicicletas como se tivessem rodas de fiar, outras bicicletas, a vapor, mais rápidas que foguetes, e os caminhões, apinhados de toras de lenha, se peidando de tão carregados.

Hilario, arisco e alegre, arisco pelo susto dado por um cão que latiu para ele de um desses caminhões, latiu na cara, dentro das orelhas, tão perto o veículo passou da mula, e alegre pelo prazer de estar em meio a tanta gente, gente de todas as partes, de todas as idades, de todos tamanhos, gente que ele não conhecia, vestida de muitas cores, movendo-se em diferentes direções por ter mais o que fazer, pareciam precisar passear, andar por aí sempre por obrigação, para que a cidade se mantivesse animada o dia inteiro. Parou diante de um portão. Na entrada pavimentada vendiam feno. Olhou para os fardos de feno apoiados na parede. Eram grossos. Chamou para que viessem atender. Um homem com nervosismo de potro recebeu seu dinheiro em troca do feno. O feno é para a mula, observou Hilario, para que não o tomasse por um pobre coitado. Chegava muito contente à cidade, mas conforme se embrenhava nas ruas, olhos abertos, boca aberta, a pele se arrugava, como água ao ser golpeada, e ele se defendia de tudo o que parecesse ameaçar seu amor próprio. Ao mesmo tempo, por baixo dessa inquietação incrustrada em sua pele, ansiedade de galo recém-comprado, e a modo de compensação, era tomado por um sentimento de suficiência que traduzia no uso da palavra coitado. Uma banda passou marchando pela rua. O boiadeiro a viu avançar, pôs-se a um lado, passaram pertinho dele, gordões, uniformizados, com seus instrumentos, suavam. Ficou olhando para eles e do fundo da alma, disse, comiserado: Coitados... Mais adiante, sobre uma espécie de púlpito, encontrou, já em seu trabalho de juiz de luta, um agente da polícia de trânsito, dirigindo com as mãos brancas o tráfego de veículos, e após observá-lo bem, como único comentário, saboreou a mesma palavra: Coitado... E sem falar do piquete de soldados que passou com tambores e cornetas. Esses eram pra lá de infelizes. Um homenzinho que gritava feito louco, vendendo jornal; um grupo de índios garis; uns estudantes silenciosos, vestidos de uma só cor, faziam-no apertar as duas mãos, um pouco dissimuladamente – na cidade veem tudo – o pito da sela, para se sentir um viajante em meio àquela montoeira de gente sedentária que jamais passaria de abutre a gavião. Coitados! Coitados! Coitados!

Mais adiante entrou em uma estalagem – fazia tempo que não dava de beber à mula, e também para ver se por acaso não estava posando ou passando por ali algum conhecido a quem pudesse perguntar pelo senhor Nicho. Só deu água à mula e saiu voando; dos quartos saía um bodum de percevejos esmagados. Gente que vivia empilhada. Coitados.

As lojas de roupa eram tão vistosas, tão poéticas, iguais a altares. Nas portas, penduradas, calças, jaquetas, anáguas, xailes e roupas de bebê. Nas estantes, os tecidos dormindo nas peças desdobradas habilidosamente pelos atendentes nos balcões, em toda sua extensão, quando alguém queria comprar a metro. Detrás do balcão, o dia inteiro de pé. Coitados. Sem dúvida sobrecarregava as pernas. Iam ficando gordos feito leitões. Sempre sorridentes, penteados, arrumadinhos. Coitados, sem saberem o que é uma brisa de ventania. E em meio às lojas de roupa e outros armazéns, as farmácias. Quando alguém entra na farmácia com dor de dente e sai dali aliviado, o local parece encantado, como acontecera com ele na viagem retrasada. E pensar que ali ficavam os venenos, escondidos em frasquinhos com brilho de olhos de víbora. O veneno com que mataram pela primeira vez Gaspar Ilóm, o cacique de Ilóm. Gaspar bebeu o rio para reviver e reviveu. Depois voltou a se lançar à correnteza por vontade própria, após ver seus índios dizimados. Grudada na farmácia, uma sapataria, onde os sapatos parecem andar por todos os que não têm sapatos, inclusive ele, porque embora os calçasse ao entrar na cidade, na montanha voltava a tirá-los e viajava deliciosamente descalço. As ferrarias. Ferros em todas as formas. Facões, adagas, foices. Como uma reunião de povoado. E em tonéis profundos, balas de escopeta, desde tiros de sal até balaços de chumbo. E os arados, e as lâmpadas. Nas praças, as estátuas, iguais a santos, só que de pedra, e ao dobrar aquela esquina para subir até o mercado, a eterna dúvida: por que, me pergunto, teriam feito uma estátua desse cavalo?... Coitado, ficava ali, também transformado em pedra, presidindo o festim das ruas, atolado até a metade do corpo na parede, que era como o tempo transformado em cal e argamassa. Mas estava fora do tempo. Todos envelheciam ao seu redor. De tanto vê-lo já não o viam. Um simples ponto de referência no tabuleiro da cidade. Só as crianças reparavam nele. As crianças e os recém-chegados.

Mil vezes percorrera em sua mula a ladeira da rua do Sol que ia dar na porta do mercado, mas sempre acompanhado de Porfirio Mansilla. Veio sem avisá-lo. Não teria deixado que viesse sozinho. Tem que tomar cuidado. Mas como vinha em missão, não era boa ideia trazer companhia, sem contar que Porfirio estava ocupado, ia descer até o litoral para comprar um par de mulas tordilhas.

Hilario chegou do interior com humor sombrio e agora já estava em busca de diversão. Quase parou a montaria ao passar por um ateliê de escultura. Não gostava de ver santos ainda por benzer, e talvez por isso o diabo despertasse sua curiosidade. É que não devia ser permitido trabalharem aquelas imagens como se fossem móveis ou manequins. Hilario conheceu no povoado da montanha um índio dado a fazer santos que desaparecia quando tinha alguma encomenda; ficava escondido até terminar de moldar a imagem com seus ferros, e só então mostrava-a, entre flores e rezas. Talvez por esse exemplo, não gostava de ver do outro lado do vidro que o separava da varanda os homens que faziam os santos, fumando, cuspindo, assoviando, e os santos ao seu redor, sem roupa, sem pernas, meros blocos de madeira sem coração. Limpou a boca. Também dos santos da cidade diria: coitados.

Um conhecido seu, Mincho Lobos, veio correndo cumprimentá-lo. Tão logo o viu, passou os braços ao redor de sua cintura, sobre as pernas, para meio que abraçá-lo assim mesmo como estava, montado.

– Como vão as coisas – perguntou o amigo –, que milagre te ver.

– O milagre de sempre – respondeu Hilario, contente por ter com quem trocar algumas palavras; e arrimando um pouquinho mais a mula na borda da calçada, acrescentou: ah, esse Mincho Lobos! Como anda? O que tem feito? Não te vejo desde aquela vez.

– Tô do jeito que você vê; também nunca mais te vi, miserável; estava indo ali em frente, devolver uma imagem da Virgem Maria que não ficou boa, não inspira nenhum respeito.

– Aí é ruim...

– Os olhos são muito ferozes. Desmonte, venha comigo, vou devolver.

– Vou correndo ao correio. Por acaso não viu ou soube se chegou aqui Nicho Aquino, o correio?

– Correio, você diz, não soube não, não saberia informar. Se me acompanhar aqui rapidinho eu te acompanho até lá; só vou entregar a imagem.

Sacayón apeou, quem resistia a Mincho Lobos; o gosto com que o convidava e sua cara de pão fresco.

Um índio carregador trazia a santa imagem enrolada em um lençol. Os três entraram no ateliê pisoteando a serragem que apagava seus passos, bem recebidos pelo aroma dos cedros, das pinturas e de um verniz com odor de banana.

Mincho Lobos, apesar da fachada de homem pacífico e bondoso, avesso à confusão, discutiu feio com o mestre escultor, um cavalheiro pálido, cabeludo, sobrancelha sobre o lábio em formato de bigode e gravata-borboleta. Hilario acompanhava seus movimentos, sentindo-se mais estabanado em meio àquele empório de coisas delicadas, cuidando para não derrubar nenhum dos objetos dispostos sobre bancos de trabalho, mesas, estantes e cantoneiras, juntando pó, esquecidos, longe do sol que brilhava no pátio, sobre os canteiros assombreados, fragrantes, frescos, e sobre o pelo dos gatos.

– Não, não, não, não queremos nem de presente! – vociferava Mincho Lobos. – É tudo isso que o sinhô disse, é muito linda, mas não gostamos dos olhos!

– Poderia me explicar o que os olhos têm de errado?

– Têm... Não sei, não sei explicar porque é questão de sentimento. Os olhos revelam a alma, e o sinhô não venha me dizer que esses olhos revelam a alma da divina senhora.

– Mas se não sabe explicar por que quer mudar, vou mudar como, daria muito trabalho, é como fazer o rosto de novo; é a parte mais cara, precisa pintar de novo, o senhor não tem ideia de quanto custa, a paciência necessária para ir tapar os poros, dando brilho, fazer a pele a base de saliva e bexiga de porco. Ou o sinhô acha que é coisa à toa.

— Só acho o que estou vendo, e me parece que o cliente deve ter algum direito, não gostamos dos olhos...

— São de santo... — alegava o escultor com a voz ensombrecida de tuberculose, cavernosa —, e nunca se escreveu nada sobre os olhos dos santos. Veja esse São Joaquim, veja aquele Santo Antônio, um São Francisco ali do outro lado, aquele Jesus com a cruz nas costas...

— Mas também não há nada escrito sobre os gostos, mude os olhos ou não pagaremos o restante, e vamos atrás de outro escultor, que o sinhô não é o único.

— Isso seria má-fé, tínhamos um trato, por isso aceitei adiantarem só a metade. Sempre as mesmas dificuldades com os pedidos dos povoados. Se costurar um traje custa ao alfaiate mais dores de cabeça que golpes de agulha, imagine como seria fazer imagens de acordo com os gostos dessa gente tão jeca!

— Não precisa me insultar, só mudar os olhos já resolve!

— Os olhos! Os olhos!

— Sim, senhor, os olhos, porque, Deus me perdoe, mas esses olhos que você pôs parecem olhos de animal — Mincho Lobos estremeceu ao proferir aquelas palavras, mas precisou fazer isso para reforçar seus argumentos; os lábios tremiam, tremia o chapéu que tinha nas mãos; estava pálido pelo medo de ter dito isso.

Um jovem operário chegou da rua assoviando a valsa da "Viúva alegre". Ao ver gente estranha no ateliê, calou-se, largou em uma mesa dois pacotinhos embrulhados em papel de seda e, aproveitando o silêncio que causou entre o mestre e os visitantes com sua chegada, disse:

— Trouxe olhos de veado. Disse pra continuar usando esses, porque não tem outro pra mandar no lugar. No outro pacotinho tem alguns de tigre, caso gostem; tem de papagaio, mas esses são muito redondos e muito claros.

273

– E de cavalo, para botar em você... – gritou o santeiro, investindo contra o aprendiz, que escapuliu todo destrambelhado ao ver a cólera verde do mestre, quando se irritava ele parecia uma folha de árvore. – Esse fornecedor – disse depois – andou me enganando; li no catálogo olhos de santo, e o que animal tem a ver com santo...

– O cara que me despachou – disse o operário timidamente – depois de entregar a mercadoria, disse pra senhorita do caixa: "As montarias e os santos têm os mesmos olhos, porque são animais puros".

– O animal dessa história é ele, imbecil; vão devolver a Senhora Santa Ana de Pueblo Novo, quem vai querer uma Senhora Santa Ana com olhos de veado, e o Nazareno de San Juan!...

O correio não ficava longe. Lobos despachou de volta o índio que trouxera a Virgem do povoado. Explicou que a imagem ficaria no ateliê porque iam consertar, iam deixar mais bonita. Hilario montou quase de um salto e, seguido por Lobos, que montava um cavalo preto, percorreram duas ou três ruas em um piscar de olhos, até irem dar na entrada principal do correio, em uma via comprida e estreita.

– É entrar e sair... – explicou Hilario a Mincho Lobos, que ficou cuidando dos animais ou, como se diz, guardando acampamento.

De esporas e chapéu na mão, o chapéu, as esporas e os alforjes, entrou por uma porta grande para se informar, cruzando com homens mal-encarados, de uniforme verde claro, alguns sentados em bancos compridos com as túnicas desabotoadas, os pés suados um pouco para fora dos sapatos, outro zanzando de um lado para o outro, e ninguém o respondia. Não respondiam porque estavam rindo, espreguiçando as pernas, exauridos ao voltarem de viagem, ou prontos para sair e distribuir a correspondência que chegava de todos os lugares em sacos mais ou menos cheios, por carruagens, carretas, camionetes oficiais ou, simplesmente, no lombo de um homem. Por fim, após entrar mais um pouco no prédio, encontrou um homem do alto de uma escada, para lá de magro, que lhe deu ouvidos. Escutou sua pergunta e balançou a cabeça negativamente de um lado para o outro sobre os ombros ossudos como uma caveira. Quis dizer alguma coisa, mas teve vontade de espirrar e ficou fazendo gestos até conseguir espirrar à vontade, já com um lenço na mão para assoar o nariz e se limpar. Sacayón repetiu a pergunta e o homem cor de breu confirmou com palavras o que acabara de dizer com a cabeça. O correio de São Miguel Acatán, Dionisio Aquino, não havia chegado. Deveria ter chegado na noite anterior ou, ao mais tarde, nesta manhã. Era considerado um fugitivo.

– Isso sempre acontece – resmungou o velho, matraqueando um pouco ao falar por causa de sua dentadura postiça, que estava frouxa e ele tentava ajustar –, dão muita confiança prum homem que, ao fim e ao cabo, não é caixa de banco, pra ficar levando e buscando dinheiro sem ganhar um peso por isso, correndo o risco de ser assaltado na estrada, um correio viaja por atalhos, viaja sozinho, alguns não carregam nem um facão. Aí ele dá no pé, e sabe-se lá como e com quanto dinheiro cruza a fronteira para outro estado – ao dizer isso, fez um sinal escorregando a palma de uma mão ossuda sobre a outra –, e se reencontra alguém "não falemos mais nisso, já coloquei sua parte no seu bolso".

Hilario ficou olhando aquele homem de respiração pesada, incômoda, difícil. Corria pelo cataplasma quente de seu corpo uma angustia de raiz que não encontra terra, de rio que improvisa leito no sono das plantas adormecidas, a angústia do que já suspeitava, seu imenso pressentimento que acabava de mergulhar no mar da realidade, não pela notícia, a notícia não tinha importância, ele quase já sabia disso, e agora já estava convencido do que não queria se convencer, de algo que rechaçava sua condição de ser humano, de carne humana, com alma humana, sua condição de homem: que um ser como ele, nascido de mulher, parido, amamentado com leite de mulher, banhado em lágrimas de mulher, pudesse se transformar em animal a seu bel prazer, converter-se em animal, colocar sua inteligência no corpo de um ser inferior, mais forte, mas inferior.

O senhor Nicho e o coiote que encontrou no Cume de María Tecún eram a mesma pessoa; esteve a poucos passos dele, teve a impressão cabal de que era alguém, e alguém conhecido.

Saiu sem articular nenhuma palavra, enxugando com a manga da jaqueta o suor frio que reluzia em sua testa. Colocou o chapéu como pôde, já estava na rua, na rua coberta de grama e plantas, pareciam feitas de lata as flores azuladas e espinhentas, como pareciam borboletas as flores ligeiramente amarelas.

– Sua missão não deu certo – disse Mincho Lobos ao ver sua cara de susto; Hilario tirou das mãos de seu amigo o cabresto da mula, para enrolá-lo e montar. – Mas não pode ter sido pior que eu – acrescentou Lobos, ocupando-se em ajeitar a cela de seu animal; – sabe, nem tenho vontade de voltar ao povoado, lá todo mundo está esperando pra saber o que aconteceu com a virgem. Da primeira vez que vim buscar, reparei que ela tinha uns olhos pretos estranhos; mas pelo entusiasmo e afobação de entregá-la, não dei importância. Agora veja só o que vão dizer bem na minha cara: que sou um ignorante. O que olho de santo tem a ver com olho de animal empalhado?

– Sabe, Mincho, pensando seu caso de outro ponto de vista, e sem enrolar, porque entre nós não precisa, vamos beber um trago e eu te conto o que aconteceu comigo; estou assustado, existem animais com olhos de gente.

– Empalhados, você quer dizer?

– Vivos! Quiassim é, então não é de se estranhar que um santo tenha olhos de... coiote, por exemplo...

– Não seja ridículo, escute o que está me dizendo, a não ser que virou evangélico!

– Longe de mim!

– Agradeço o convite, mas fica pra outra vez. Se chego no povoado de cara cheia pra contar que tinham colocado olhinhos de veado na Virgem Maria, acabam me linchando, brabos do jeito que estão.

– E quem falou em encher a cara? Te convidei só pra um trago...

– Nem um, Hilario, mas agradeço; fica pra outra vez, daí você me conta que história misteriosa é essa de animais que são gente e por isso têm olhos de gente; existem, acredito que existam, um vôzinho meu contava que viu claro como o dia um curandeiro que se transformava em veado, o veado das Sete-queimas; mas isso é história muito antiga...

Mincho Lobos estendeu a mão para Sacayón. Se despediram. Cada um foi para o seu lado, ao lado de seus pensamentos. O boiadeiro por pouco não foi atropelado por um automóvel. Deu um puxão na mula como nunca tinha feito. Ela se atirou para o lado no mesmo instante. Por sorte a mula era obediente, obedecia sem pestanejar, e isso que estava com freio falso.

Na barbearia lhe ofereceram, como sempre, uma cadeira de andar a cavalo, sem cavalo. Acomodou-se bem. Espirrou com as esporas, já sentado. O barbeiro, Dom Trinidad Estrada de León Morales, recebeu-o com pompa, com palmadinhas nas costas, afetuoso.

– O corte de sempre e tirar a barba – ordenou ao entrar, enquanto pendurava o chapéu, e agora que já estava coberto por um babeiro até os pés, ou até abaixo do joelho, para não exagerar, repetiu: – o corte de sempre e tirar a barba.

– Dói? – inquiriu Dom Trinis, ao ir passando a maquininha pela nuca até as orelhas.

– Essa sua porcaria está barulhenta, vai me deixar com dor de dente igual a última vez e vou precisar comprar remédio na farmácia.

– Só falta mais um pouquinho por aqui, é que senão não fica como o senhor gosta, Dom Hila; e o que me conta lá de sua terra; o que tem de novo, pelo que eu soube as estradas estão boas, voltou há pouco e vai ficar uns dias ou é bate e volta?

– Já de partida...

– Então não veio buscar mercadoria. Dom Porfirio ficou por lá, ficou lá na terra de vocês. Achei que tinham vindo os dois, vocês parecem irmãos, sempre juntos, gosto de ver

277

vocês assim. Me contaram que na última vez vocês perderam uma mula, ou foi roubada.

– Encontramos; saiu sozinha e ficou passeando, pra conhecer como é bonita a terra de vocês.

– Você gosta da cidade...

– Gosto, mas não ia me acostumar nunca; tem coisa demais pra gente ver, e gente demais pra ver a gente; aqui nessa terra tudo é fartura, mas dum jeito ruim; lá na nossa tudo é escasso, mas dum jeito bom; e tenho a impressão de que na serra vivemos mais livres; aqui vocês parecem presos, pra tudo precisam pedir licença; com licença e com licença e com licença e desculpas e não foi nada, a vida se resume a isso; lá entre a gente não tem isso, não tem ninguém pra nos licenciar.

– Arranjei aquela sua encomenda...

– Foi Porfirio quem pediu, mas dá no mesmo.

– Saiu meio carinha, porque, sabe, anda em falta; mas é uma beleza; e também tem munição, porque também precisa pensar nisso... Agora fique parado um pouquinho...

Dom Trinidad falava quase encostando em sua orelha, cortando sua pelugem com máquina zero, inclinado, buscando seus olhos em meio ao cabelo que caía em tufos, como carne de coco preto.

– Assim que acabar de cortar eu mostro – prosseguiu Dom Trinis, raspa-raspa-raspa-raspa-raspa –, imagino que não esteja tão apressado; você olha e se gostar podemos fazer um bom trato, pensei em vocês, no sinhô e em Dom Porfirio, quando me trouxeram ela, um conhecido meu sabia que eu andava procurando algo parecido; não tinha encomendado, mas ele trouxe, e deixou comigo para vocês verem; aparecem de uma hora pra outra, eu disse, e o sinhô veio quando menos esperava.

Hilario ficou em silêncio contemplando-se no espelho: rosto moreno, olhos grandes, sedosos, lábios bem formados, testa certinha, nariz aquilino. Não era muito feio. Foi o que lhe disse Aleja Cuevas, sua flor silvestre; vai dançar de alegria quando ver o xaile, pois aquele corte de cabelo tinha suas intenções por trás. Antes de ir à barbearia foi ao bairro chinês e comprou um xaile, irmão de seda da peça que o pobre Nicho Aquino levava para sua mulher e caiu nas graças de Aleja Cuevas.

– Se quiser, sem dúvida você vai gostar, leve e me pague depois, não precisa acertar a conta hoje.

Porfirio Mansilla tinha razão, os espelhos são como a consciência. Neles nos vemos como somos e como não somos, é como estar diante da própria consciência, quem se olha nas profundezas do espelho tenta dissimular suas feiuras e corrigi-las para se enxergar bonito.

O barbeiro terminou e assoprou a máquina duas ou três vezes para limpar os cabelos antes de guardá-la no lugar.

– Muito bem, agora pente e tesoura para tirar o volume, vou deixar um topete fácil de pentear para qualquer lado.

Terminaram logo em seguida; Hilario estava com as nádegas duras feito pedra, cansava de ficar sentado em qualquer lugar, menos no cavalo.

– Pode pentear, por favor, pra esse lado aqui...

Ele fechou os olhos, tão dura era a escova usada pelo barbeiro; este tirou o avental do cliente de supetão e sacudiu o pano fazendo barulho antes de soltá-lo em uma velha poltrona desconjuntada.

– Olhe, Dom Hila – tirou um revólver de uma das gavetas e entregou-o nas mãos do boiadeiro –, é uma beleza, e a vantagem é que nunca falta bala desse calibre. Aqui estão as caixinhas de munição.

– Sempre ando com uma, mas, como disse da última vez, está um pouco gasta; meu plano era fazer uma troca dando um bom dinheiro de volta.

– Venda o sinhô a sua pra alguém, ou eu mesmo vendo, mas essa precisa comprar em *cash*, a questão é que o vendedor tem necessidade de *money*; leve e eu passo o dinheiro pro sujeito, depois o sinhô me paga, e se quiser, como for melhor pro sinhô, deixe essa comigo e arrumo comprador, só dizer quanto quer por ela, dá pra tirar alguma coisa. Se pensar bem vai ver que não vai se arrepender, é bom negócio, assim já sai estreando a pistola, e só lamento por quem peitar o sinhô, até se for um coiote.

O barbeiro, por estar examinando as balas que havia tirado de uma das caixinhas de munição, não reparou na expressão de profundo desgosto no rosto de Hilario Sacayón ao ouvir falar em coiote. Por um momento, Hilario se viu com a pistola em mãos, estreando-a no couro do coiote do Cume de María Tecún, que não era coiote, como ele sabia, e sabia com toda a força da alma que está nos sentidos, tinha aceitado em sua consciência a irremediável realidade do que antes, para seu governo, não passava de um conto. Disparo contra o coiote e Nicho Aquino cai ferido, ou morto, sabe-se lá onde, e como vou enterrar o coiote, se cair do penhasco, e como faço para devolver a alma de Nicho Aquino. Segurava em mãos a bela arma. Soltou-a apressado e pediu seu chapéu.

– Fique com ela, dom Hila, depois vai se arrepender.

– Só quem perde o pescoço se arrepende de não ter comprado uma pistola! Se ainda estiver aí quando eu voltar, quem sabe fazemos negócios; quase saio sem pagar.

Acendeu um cigarro enquanto esperava o troco, cuspiu em uma escarradeira junto à saída, apertou a mão de dom Trinidad Estrada de León Morales e saiu à rua onde sua mula esperava sonolenta.

O ruído nas ruas era tão intenso que era possível cortá-lo em fatias e comer, ou até lambê-lo, como se o ar fosse um prato e o bulício, uma geleia. Era grudento. O boiadeiro sempre deixava a cidade com a impressão de ter algo pegajoso nas mãos, no rosto, nas roupas. Seus olhos saltaram ao passar por uma selaria de luxo. Em uma das vitrines, um imenso cavalo, e na porta, como se recebendo os clientes, outro de mesmo tamanho e porte, os dois ajaezados com arreamentos bordados em prata e ouro, sela, freios e estribos reluzentes, espelhados, quase com movimento de vaga-lumes. Embora esses cavalos jamais tivessem ginete, quando passava por ali ele imaginava estar diante do Macholhão, com a aparência que diziam ter quando surgia em meio à queima. Como astro no céu.

Não se deixam montar, refletiu, são coisas imóveis que aparentam movimento, como o sol e as estrelas; mas montá-los seria correr o risco de também ficar ali cravado, transformado em estátua, e além do mais devem ser ocos como o cavalinho que Dom Deféric deu de presente ao comandantinho filho do Comandante no dia de seu santo. Melhor o cavalo de pedra, mais sólido, mais cavalo, crina de cor leitosa, olhos com brilho nas pupilas quando o sol pegava nele, refreando em direção à parede de cal e sustentando traseiros jovens, porque todos os colegiais, ao saírem da aula, iam direto montar nele.

Voltou ao saguão da venda de feno. A tarde atordoava as pessoas que andavam pelos corredores da hospedaria, como se estivessem perdidas. Arranhavam um violão e uma voz cantava:

> Hoje estou preso em provisória
> e apaixonado por uma mulher,
> e enquanto estiver vivo e não tiver morrido
> não volto a amá-la se puder
> Não era verdade o que me prometeu,
> foi só falsidade, com falsa moeda
> ela me pagou!
> E você que é homem e ama uma ingrata
> e não sabe tratá-la como tal,
> faça como o vento que a folha arrebata,
> e depois abandona no mesmo local.
> Não era verdade o que me prometeu,
> Foi só falsidade, com falsa moeda
> ela me pagou!
> Façamos de conta que éramos lixo
> veio o redemoinho, nos alevantou,
> e após voarmos igualzinho a bicho
> esse mesmo vento nos asseparou!
> Não era verdade...!

Hilario, após acomodar a mula em um canto onde não incomodasse, dar água e servir feno chegou à varanda com seus arreios, só para se deparar com Benito Ramos e um tal Casimiro Solares descarregando espigas de milho, presas em uma rede, de cima de umas mulas. Eram amigos seus. Os dois eram seus amigos, mas não ia com a cara de um deles, Ramos, e Ramos tampouco acendia vela em sua homenagem. Antipatias. Ramos cumprimentou-o, mas já de saída uma grosseria, o apelido, sem mais nem menos.

– Janízaro, mas olha só, o que faz por aqui!

– Antes de dizer seu nome preciso fazer o sinal da cruz – devolveu Hilario, olho por olho –, aparece onde menos se espera.

– Sejamos sinceros, Jenízaro; melhor dizer com todas as letras que tenho pacto com o diabo, não vamos brigar por uma coisa dessas!

– Sem dúvida!

Descarregadas as mulas, quando umas mulheres se aproximaram para perguntar a Ramos e seus companheiros se o milho era para vender, Hilario ficou marcando o pulso do som dos violões. Tirou o chapéu. Se uma das muitas estrelas brilhando no céu caíssem em seu chapéu, já ficaria satisfeito.

Não era verdade o que me prometeu,
Foi só falsidade, com falsa moeda
ela me pagou!

Sentados na mureta da varanda, conversando na semipenumbra, Benito Ramos contou a ele que andava bem mal, por causa de uma hérnia muito antiga que além de doer ameaçava matá-lo sem qualquer aviso, por sufocamento.

– Se ainda não fez isso, é melhor se confessar, só não sei se alguém vai aceitar sua confissão... – soltou Hilario de brincadeira, atacando-o para se resguardar bem de suas alfinetadas; mas como Benito ficou calado, incrustado em um silêncio profundo, arrependeu-se da galhofa, suavizou a voz e disse:

– O melhor para você, em primeiro lugar, Benito, seria

ver um médico e não se afligir; quanta gente já não se curou de hérnia; operam no hospital; também há outros remédios; com males desse tipo, a pior coisa é o tempo, porque vão se agravando.

– Foi o que pensei, vim mais por isso; esperava melhorar com os remédios do senhor Chigüichón Culebro, mas comigo ele não acertou: me disse para tomar uma erva adstringente em jejum, o pior remédio que bebi em minha vida, e receitou uma manteiga com cheiro de cravo.

– O seu caso é de operar; vai precisar ir pra faca; ainda bem que você tem fibra.

– E você veio fazer o quê? – perguntou Ramos, entre uma queixa e outra; a dor chegava à sua voz; soava arrebentado.

– Não é câncer... – Hilario hesitou muito antes de pronunciar aquela palavra sombria, que ao ser dita deixava na boca a sensação de ter cuspido um sapo.

– Não, não é câncer; se fosse câncer Chigüichón Culebro teria me curado; é hérnia congênita; acredite, cheguei a tremer, achei que tinha isso e disse pro ervanário: Se for isso, respondeu, eu sei curar. E de fato, vi uma doente curada. Imagine só, pra curar câncer ele pega uma cobra venenosa e aplica nela injeção de açafrão. O animal vira um monstro, mas depois, seguindo explicou Chigüichón, se vegetaliza, começa a se transformar em madeira, e acaba vivendo, morta enquanto ser vivo animal, viva enquanto ser existente vegetal. E ele aplica o veneno dessa cobra vegetal no canceroso, que também vira monstro, arreganha os dentes, às vezes até eriça o pelo, mas se cura radicalmente. Perguntei o motivo de sua vinda, e você não respondeu.

– Tinha incumbência e já estou de partida...

– Invejo sua saúde, Jenízaro. Quando se está assim em forma, o cavalo nos descansa do cansaço da cama; quando tinha sua idade eu cansava de andar a pé, acredite, me entediava, e isso que estava na campanha contra os índios de Ilóm; na época seguíamos mando do coronel Godoy e um tal de Secundino Musús, hoje dizem que esse é major, na época era subtenente; parecia um galo sem pena; palúdico, pura maldade.

– Está de chefe lá em São Miguel, é comandante da guarnição; agora está gordo, meio ríspido, parece um homem amargo.

– Pois pode perguntar a ele. Mudávamos de montaria e seguíamos em frente e as estradas nem eram boas, até o bando se desfazer por causa da morte do coronel Chalo Godoy. Esse era homem bom pra guerra, porque era mau pra tudo. Ficou em O Tremeterra, caiu em uma armadilha de bruxos, foi queimado. A gente se salvou porque tínhamos ido a Passo das Travessias com um índio carregador que achamos dentro dum caixão de morto. O maldito havia se enfiado ali dentro, sorrateiro. Nossa ideia era seguir viagem no dia seguinte. O coronel Godoy achou que era arapuca dos ladrões de gado; como já contei, tínhamos despachado muito morto fingido, então estavam deixando só o caixão...

– Não é fácil te derrubar, camarada...

– Não vai ser essa doença. Enfim, o coronel pensou que aquele caixão abandonado no meio do mato, onde fica dias sem passar ninguém, só podia ser uma cilada. Qual não foi a surpresa dele ao abrir e encontrar um índio ali dentro, todo vestido de branco, o chapéu cobrindo o rosto. E pensa que ele acordou?... Precisou cutucar o homem com uma pistola, só aí ele se explicou. O morto estava bem vivo, saiu de um pulo do caixão e explicou que já tinha destinatário, um curandeiro de Passo das Travessias. Por mim, seguiria contando. Quando falo dessas coisas esqueço um pouco da dor. Talvez as histórias tenham sido inventadas pra isso, pra esquecer do presente...

Benito Ramos, que às vezes chamavam de Benigno e às vezes de Pedrito, tamborilou os nós da mão esquerda com a ponta dos dedos da mão direita, marcando o tempo de seu próprio silêncio, agravado pelos estalidos dos pensamentos que ainda remoía. E recusou o cigarro oferecido por Hilario.

– Vou contar mais um pouco desse episódio de minha vida, nem que seja pra esquecer um pouco essa chatice que me castiga. Vou aceitar o cigarro, pra te prestigiar, e porque talvez fumando... É uma dor adormecida, trancafiada, entre-cólica, como se tivesse reumatismo nas tripas. Me dê fogo, e não peço que guspa por mim, porque me sobra saliva; com essa dor, de repente a boca enche. Pois, sim, Jenízaro, a mando do subtenente Musús, subimos de O Tremeterra a Passo das Travessias, o índio levando nas costas o caixão, o caixão que lhe servia de cama, e nós com as carabinas prontas pra mandar bala. Recebemos a ordem: se o caixão não fosse pro curandeiro ou algum defunto, defunto mesmo, era pra meter o índio dentro e fuzilar na hora já com o caixão fechado e pregado, faltando só jogar terra em cima... – tragou o cigarro e expeliu a fumaça pelo nariz em lufadinhas, após cuspir umas quantas partículas de tabaco que ficaram presas na ponta de sua língua, antes de seguir com a voz mais pausada: – Nem fuzilamos o índio nem voltamos a ver o coronel Godoy, homem bom pra guerra porque era mau pra tudo quanto é maldade; e... – voltou a fumar, uma tragadinha – não quero deixar a história muito comprida, em resumo, antes de Musús e os rapazes da escolta se darem conta da chamuscadura (não sentiram nem o cheiro do incêndio, estava tudo normal, como esta noite), eu tive uma visão do que estava acontecendo em O Tremeterra. Como se estivesse em um teatro.

Hilario soltou uma risada que virou gargalhada que virou uma série de imensas gargalhadas, tentando explicar o motivo daquela risada fora de hora.

– Rá rá rá, teatro, rá rá rá, teatro, rá rá rá, o teatro do seu sócio, rá rá rá.... seu sócio com os onze mil chifres!

As palavras e frases, fragmentadas entre as risadinhas, sucediam-se sem fio condutor, teatro, sócio, onze mil chifres, teatro, sócios, onze mil..

– Sai e peleja, rá, rá, rá, e peleja com o Anjo da Bola de Ouro, rá, rá!... – continuava rindo Hilario, retorcendo-se com as risadas enquanto falava como se houvessem lhe dado corda, com gestos de nadador ao se afogar, após colocar o chapéu, que acabou deixando cair enquanto procurava o lenço, pois já tinha os olhos prestes a derramar lágrimas.

– Quanta risada!

– Deixe eu rir, siga contando!

– E bota risada nisso, tá até chorando!

– Siga, siga contando! – e sua gargalhada voltava, incontrolável, nascida da imaginação de Hilario que imaginava Benito Ramos fantasiado de diabo no teatro, com a santa dor na hérnia aumentando cada vez que precisava movimentar a personagem de rei infernal, em uma luta popular encenada, primeiro, contra o Mouro da Austro-Hungria e, após vencer o Mouro com espuma na boca e manteiga na bunda, contra o Anjo da Bola de Ouro, tudo para levar como prêmio, caso vencesse o desafio, um índio bêbado.

– Você está enganado, porque nesse teatro eu não me fantasiei de nada, era espectador: se a ideia te faz rir, pois ria.

– Siga contando, e deveria me agradecer; não há nada como o riso para espantar a dor; você viu o que aconteceu como se fosse um teatro, antes de acontecer.

– Não só vi como informei Musús e os rapazes. Vi claramente, no funil de O Tremeterra, assim como te vejo aqui: o coronel Godoy e seus homens estavam rodeados por três círculos mortais. Contando de onde ele estava conversando com seus soldados, alheio ao perigo que os ameaçava, e indo para fora, o primeiro círculo era formado só de olhos de coruja, sem as corujas, só os olhos mesmos, não tinha coruja, e se tinha elas pareciam tamales desfolhados; o segundo era formado por rostos de bruxos sem corpo, milhares e milhares de rostos grudados no ar como o rosto da lua no céu; e o terceiro era composto de círculos de iúcas com as pontas ensanguentadas.

– Uma visão delirante...

– Sem dúvida, só que se mostrou verdadeira. No relatório entregue pelo governo só dizia que o coronel Godoy e sua tropa, ao voltarem de uma missão de reconhecimento, pereceram porque o mato pegou fogo; mas a verdade...

– A verdade é o que você viu, ele se queimou ou morreu em batalha, nada oculto entre o céu e a terra...

– Não morreu nem queimado nem guerreando. Os bruxos dos vaga-lumes, depois de lançarem ele no fogo frio do desespero, reduziram o homem ao tamanho de um bonequinho e depois multiplicaram como se fosse brinquedo de casa de pobre, boneca de madeira talhada no facão. Estavam guardando isso pra ele, tá vendo...

– Não, quem viu foi você...

– Fui eu; mas agora você vê enquanto eu conto; tinham guardado pra ele um castigo pior que a morte. Os índios eram mais adiantados que nós, ao meu ver, porque tinham castigos que superavam a própria morte.

Um menino da rua, despenteado e esfarrapado, com um sapato inteiro e o outro pela metade, entrou oferecendo o jornal em voz alta. Ramos comprou e enquanto desdobrava aquele lençol de papel com letras, devagarinho, pois a dor da hérnia não permitia muitos movimentos, Hilario disse:

– Já que comprou, vamos ler.

– Como vou ler no escuro, nem consigo; melhor irmos até a luz daquela lampadinha.

– Achei que você lia no escuro...

– Jenízaro, se continuar debochando de mim eu acerto tua cara! Olha, tem uma notícia do teu povoado! "Cor-rei-o que des-a-pa-re-ceu..." Não sei ler corrido, continue você!...

Hilario arrebatou o jornal das mãos de Benito; mas Ramos não aceitou ser espoliado desse jeito puxou de volta, segurando com força, para continuar a leitura:

– "São Miguel A-catán. Te-le-gra-fi-ca-men-te in-formam que o correio re-gu-lar, Di-oni-si-o A-qui-no Co-jay, de-sa-pa-re-ceu com dois sa-cos de co-cor-res-pondência. Se e-mi-tiu or-dem de cap-tu-ra. E..." – ajeitou os olhos, sempre que lia ficava um pouco vesgo – só diz isso, palerma, que o correio desapareceu, não diz nenhuma palavra a mais, poderiam ter dito... Conhecia ele?... Que pergunta a minha, se te mandaram atrás dele. Não tenho pacto com o diabo, mas pacto com o jornal, por isso adivinho as coisas...

– E disseram isso aí, foi... que vim atrás do correio?

– Quem está dizendo é você, Jenízaro. O jornal só diz o que li pra você. Ele ficou invisível. Se transformou em ninguém. Vai ver ficou sabendo que carregava muito dinheiro nas cartas. É perigoso mandar grana pelo correio. O dinheiro fala como as cartas; mas só diz coisas ruins, ao meu ver, por isso, quando preciso fazer um pagamento, vou eu mesmo e evito a perda, o desgosto; cédulas não são cartas.

Cuspiu. Sua boca se enchera de saliva de repente. Saliva de náusea por causa da dor. Um tremor suave latejava sob sua pele, como se não tremesse só ele, mas toda a terra.

– Bem, Benito Ramos, vou deitar um pouco, estou moído, por mim passava mais tempo proseando contigo; mas não me deitei nem preguei os olhos desde que saí de São Miguel; era pra ter alcançado o correio antes do Cume de María Tecún, mas ele deve ter pego um atalho e se perdeu; as coisas são todas tão esquisitas que às vezes nos sentimos em um sonho – bocejou grande – bom, bom, já estou dormindo de pé; se por acaso souber por onde anda o senhor Nicho, me diga, averigue, pra isso serve seu pacto com o...

– Milagre é você ser exatamente assim como é, um homem ruim! Um dia ainda quebro tua cara e – estirou o braço como se quisesse acertá-lo – vão precisar juntar de colherinha!

– E você, por onde andou?

– Andei passeando....

– Podia ter convidado – disse Hilario, estendendo sobre uma esteira de tule bem fria a roupa de cama aquecida pela mula.

– Devia mesmo, poxa, teriam se divertido comigo; visitar as meninas já é meia vida; não ganhamos nada, mas nos divertirmos; e é lindo se sentir amado, mesmo que seja a negócio... Ai, seu palerma, já levei um choque elétrico! Maldito pilar, e mais maldito sou eu, que bati com a ponta do cotovelo! Ai, esse formigamento... uiuiui, até os dedos. Deus me castigou por falar do que não devia!

Estendidos nas esteiras, usando as jaquetas de travesseiro, Hilario e Benito mantiveram um pouco a conversa antes de enfiarem a cabeça debaixo dos lençóis, como já havia feito

Casimiro Solares. Uma conversa sonolenta, por obrigação, pinguela de fios esguios sobre os roncos do rio embravecido do afortunado Solares.

– O importante da história que eu estava contando quando entrou o moleque vendendo jornal...

– Sim... – disse Hilario, mais dormindo que acordado –, e depois chegou Casimiro...

– O importante da história que eu estava contando é a conclusão, desde lá fiquei com fama de ter pacto com o diabo: tive uma visão antecipada do que ia acontecer com o coronel, do que estava acontecendo com ele; veja só, não sei se vi antes de acontecer, ou se vi no mesmo instante, mas estávamos muito longe. Claro, muitas pessoas têm esse dom de ver antes o que ainda vai acontecer, muitas pessoas, mas sempre serão poucas e por isso é algo raro; mas existem, e não fizeram pacto com o diabo. É algo natural ou sobrenatural, como o pensamento. E por que não pode ser um dom que Deus me deu, um dom divino? Agora não tenho mais. Antes me chegava de repente, vindo não sei de onde, como o voo de uma ave que eu não via e entrava por minhas narinas, meus olhos, meus ouvidos, minha testa, se apossava de mim. Depois eu precisava me concentrar muito pra ver alguma coisa. Agora não, nem isso, já perdi, a gente perde tudo com o passar dos anos... Está ouvindo, Hilario?...

– Sim, é interessante... vospê... você perdeu... o... dom...

– Nem consegue mais responder...

– Deve ser uma coisa doida – até aqui, palavra encadeada em palavra; depois, espaçadas – antever... o... que... vai... deve... acontecer... com alguém... se... não... é... você... pode... fugir dos problemas e fugir a tempo... – falando de novo normalmente –; se uma parede for cair em cima de você e você souber antes, dá pra fugir a tempo, e ainda cospe nela sem virar panqueca. Agora acordei. Perdi o sono...

– Devia ser assim; mas sei por experiência que é mil vezes melhor não saber o que vai acontecer. Basta dizer que vi a senhora minha mãe morrer antes de me darem a notícia, um galho de mangueira havia caído em cima dela; vi a velhinha caindo como uma folha aplastada contra o chão e estendi a mão, mas o meu braço não pôde fazer nada, claro, estava vinte léguas adiante, no coração da montanha.

– E tua mulher... – perguntou Hilario se virando na esteira, suas costas tinham a cor de uma sobremesa açucarada servida em palha de milho; não conseguia dormir por causa do cansaço, da conversa do passado com o diabo, dos roncos de Casimiro, fedendo a ovo podre, das andanças do correio pelo corpo, um pesar que começava no homem e terminava no coiote, dos santos com olhos de animais dissecados... um animal, aquele escultor!... colocar na Virgem Santíssima olhos de veado, se eu fosse Mincho Lobos ia pra cima dele...

– Minha mulher... – Ramos encolheu as pernas, queixando-se –, já faz tempo que andamos longe um do outro, resolveu ir morar com os filhos em Aguazarca, é uma bandoleira...

– E você ficou sozinho, não teve filhos com ela?...

– Não tive, não; por isso é normal ela acabar atraída por seu sangue; toda essa história de amor é baboseira, vontade de ter filho; a gente gosta de uma mulher e já tem vontade de ficar responsável por ela, e fazemos isso mesmo, e no calor do corpo e na confusão do cérebro está o filho, na saliva dos beijos que ela dá, no carinho que transparece em suas palavras... Foi embora com os filhos, isso acontece sempre que alguém se ajunta com mulher que já tem prole, quando envelhecem elas nos deixam falando sozinhos ao vento... Quer um cigarro?...

– Não gosto de fumar deitado...

– Passei a vida com ela e não me arrependo; Hilario; embora um pouco, porque sempre acabamos nos arrependendo, a velhice é um arrependimento tardio: tanto faz se nos demos bem ou mal na vida, depois que o tempo passa a gente sempre tem a impressão de ter desperdiçado a vida no próprio viver...

– Fume para tirar o fedor, esse Casimiro tá podre por dentro; é um Casipeido...

– Para isso servem os filhos, sabe, Hilario, pra gente não envelhecer com o desassossego de ter desperdiçado a vida no próprio viver, de ter perdido o tempo nos dias; a vida se desperdiça assim, devagarinho como carroça de mula, vivendo, e só os filhos dão a ilusão de que a carroça segue adiante, e o melhor é que como não dá pra comer nem vender um filho, eles ficam...

– Ei, Casipeido, olhe só o Ripalda, me dando sermão! Você está falando difícil; só entendi que você não tem filho, por que isso?

– Pela maldita maldição dos malditos bruxos dos vaga-lumes. Jogaram sal em todos nós que fomos pra cima dos índios de Gaspar Ilóm e fizemos picadinho deles, sem deixar ninguém vivo pra contar a história: a luz daquela manhã esgotou a luz da vida em nossos corpos, virou uma luz com sal, de maldição de bruxo, e morreram os filhos de quem tinha, morreram os netos, o filho do Macholhão foi roubado pelos próprios vaga-lumes, para a luminária do céu, e a gente que não tinha filho, secou a fonte. Mandei à merda umazinha aí que morava comigo depois que apareceu grávida. Como a encomenda poderia ser minha, se os bruxos estragaram nossas bolas, deixaram os ovos podres?

– Mas o major Musús tem um filho dele.

– Filho dele feito por outro, só pode ser, porque naquela época Musús era subtenente da linha, e não tem nada de especial pra escapar do sal, caiu em toda a montanha, caiu até nas pedras; tudo caiu murchinho no chão, e as pedras pareciam chamuscadas. Até hoje chamam de Lugar das Maldições.

– Estava trazendo uma rede cheia de milho.

– Essas redinhas... Malditos, até nisso os índios tinham razão! Quer comparar essas terras com o que eram quando eles cultivavam. Nem precisa saber muito de arestimética pra fazer a conta. Dá pra fazer nos dedos. O milho deve ser plantado, como plantavam e plantam ainda hoje os índios, pra alimentar a família e não pra negócio. O milho é sustento, permite a gente ir levando e levando. Onde se encontra, Hilario, um milheiro rico? Parece mentira, mas estamos todos mais pobres. Na minha casa às vezes não sobra nem pra vela.

Ricos são os donos de campo de cacau, de gado, de pomares, colmeias grandes... Ricos de interior, mas ricos, não é ruim ser peixe grande de um lago pequeno. E os índios já cultivavam tudo isso, além do milho, que é o nosso pão de cada dia; era pouquinho, concordo, mas dava, não eram gananciosos como nós, só que em nosso caso, Hilario, a ganância se transformou em necessidade... Uma necessidade, basta vermos o próprio milhinho: pobreza cultivada e colhida até a terra se cansar!... Hilario, você me deixou com a bíblia na boca, é malcriação ir dormir assim; não tem diferença entre o morto e o dormido, quando olhamos os dois vemos a mesma coisa... O milheiro acaba deixando a terra porque acaba com ela colheita após colheita, como se matasse uma cobra, e no fim abraça uma ideia que nem é sua, é do patrão, e se dispõe a queimar os bosques livremente, Deus nos perdoe... Eu vi arder as montanhas de Ilóm, no começo do século. Era o progresso avançando a passos de vencedor, em forma de lenha, explicava o coronel Godoy, divertindo-se muito ao ver o arvoredo de madeiras preciosas transformado em tição, cinza e fumaça, pois era o progresso que reduzia as árvores a lenha: mogno, ipês, sapotizeiros, mafumeiras, pinheiros, eucaliptos, cedros, e porque a justiça tinha chegado na floresta com a autoridade da espada, dando golpes de paulada em todo mundo em todos os cantos...

Em seus pensamentos se misturavam as lembranças de muitas coisas boas arruinadas pela dor de hérnia, ainda mais dolorida no frio das três da manhã, uma dor fria e asfixiante, como se o houvesse picado um marimbondo. Deitou a cabeça de lado e caiu em um sono profundo.

De fato, a vendedora de café não estava debaixo da mafumeira. A mesa virada de pernas para cima, e abaixo dela algumas pedras queimadas sobre um pedaço de saco chamuscado, um montículo de cinzas no local onde ela fazia o fogo, tudo varrido pelo frio da madrugada. Hilario soltou as rédeas da mula, já deixando a cidade, para se espreguiçar à vontade, mais zonzo que cansado de tanto ouvir Benito Ramos falando e Casimiro Solares roncando. O corpo parecendo uma manga machucada. A cabeça oca. Sem dúvida vinham da cabeça seus bocejões ocos, ocos. Pelas frestas de algumas casas a luz elétrica se mesclava ao vapor azulado das ruas. As padarias se abriam de duas em duas. O tempo o alcançara. Menos mal que em São Miguel, segundo dizia o jornal, já estavam inteirados do correio fugitivo. Levava o jornal no alforje. Benito Ramos fizera o favor de lhe dar de presente. Tomou o café em uma choça, já bem fora da cidade, café fervido e tortilhas tostadas, feijão e queijo fresco, uma pena não ter uma pimentinha! Atendiam duas garotinhas. Uma era muito bonita, mesmo estando despenteada e com a roupa um pouco amassada de ter dormido vestida. A mais velha das duas reparou que Hilario havia gostado da menorzinha e não saiu de perto deles. Melhor levar a boa impressão daquela belezura que a lembrança angustiante da hérnia e da filosofia de Benito Ramos, o homem do pacto com o diabo.

Sem esforço, enquanto passavam as árvores, as muretas de pedra, os gramados, as penhas, os trechos de rios, Sacaryón via como se estivesse pairando no ar o rostinho bonito da choça. Sobre todas as coisas que viajavam com ele, ao lado dele, onde quer que pousasse os olhos ela aparecia. A alma é tão afeita às vontades do corpo, quando se é jovem. Ao contrário dos velhos. Nos velhos, o corpo se inclina às vontades da alma, e a alma, passados os anos, começa a sentir vontade de voar.

Garota mais deliciosa... Bonita e bem-feitinha. Ficou tentado a voltar e propor casamento. Bastava dar meia-volta com a mula e seguir em frente, mas com o rosto voltado para a direção oposta, e ao final de sua andança encontraria novamente a choça com uns tantos vasos de barro e latas de gasolina abrigando flores e trepadeiras elevando-se em cortinas de folhas e flores até alcançarem a palha do teto.

Não se decidia a dar essa meia-volta. A mula se atravessou em um rio grande para beber água, ele nem precisou frear, bastou uma insinuação com as rédeas para o animal se deter.

Seria lindo, ao invés de atravessar o rio, voltar e fazer aquele traseiro de travesseiro. Traseiro?... Travessia... Travessa?... Travesseiro... – usou palavras duras para dissuadir-se da ideia, que garota, o quê, seu compromisso com Aleja Cuevas não era brincadeira. Estava levando o xaile para ela. Era do seu povoado. Tinha lá os seus trocados. Possuía, além do boteco, uma terrinha irrigada. E tinha algo mais valioso que todo o ouro do mundo, algo da Miguelita de Acatán, não fisicamente – a Miguelita era linda e Aleja era bem feinha –, mas por serem as duas de Acatán. Também pesava o fato de ela ser o exato oposto das "tecunas", por ser mulher sofrida e gostar muito de ficar em casa. Miguelita costura enquanto todos dormem, vela de noite para ganhar o pão do dia, não sai de casa e quando sai retorna. Encomendou sua alma à Virgem do Tronco, enquanto a mula, já satisfeita, roçava na água do rio as narinas repletas de deleitosa respiração animal.

Água peregrina do rio engolida pela mula antes de caminhar depressa por uma vereda desfeita, mais pedras que estrada, que algumas léguas depois foi se apagando até quase sumir. Ao lado do rio pedregoso, pespontado pelo rumor da correnteza que formava redemoinhos nas curvas, embrenhou-se em meio a imensos cerros acinzentados, azulões, até alcançar a beira de um lago com doze aldeões sentados à margem, como doze apóstolos nas pedras da montanha onde foram incrustadas choças e pessoas triguenhas com olhos de peixe.

Estava pegando um grande desvio para não passar pelo Cume de María Tecún. No alto, as montanhas investiam umas contra as outras feito carneiros. Avançando em paralelo ao rio caudaloso, teve a impressão de que o animal já não caminhava, e agora sua subida era anulada pela visão das montanhas ascendentes. Os solavancos da mula pela encosta inclinada tinham pouca importância diante dos montes que se empinavam cada vez mais até cortarem as nuvens. Jorrava uma cascata que ele não viu, um eco profundo em seus ouvidos, e essa sensação auditiva deixou-o ciente de que a terra não apenas subia junto com ele, chegando mais rápido nos cumes, mas também mergulhava, precipitando-se sobre abismos sonolentos.

O rio adquiriu um rumor confuso, como um voo de pássaros de penas líquidas. O perímetro do caminho daquela rota secundária cingia a barriga de uma montanha que aos seus olhos parecia um garanhão selvagem, em meio a árvores gulosas que se curvavam submissas ao sopro do vento, e o silêncio era maior quando cantava a cotovia do norte, porque se ouvia a cotovia e se ouvia o silêncio. Protegia-se contra os galhos soltos erguendo o braço e agachando a cabeça sob o chapéu de abas largas. Sentiu passar um veado. Unhas nas árvores. Mais adiante começariam as várzeas, os mosquitos, as colmeias de abelhas pretas. Ergueu-se para olhar para trás. Já havia subido o suficiente. Chegou a um bom trecho da estrada, terreno plano. Carros de mula, índios cargueiros, carretas de boi e gente a cavalo. Alguns na mesma direção que ele. Outros na oposta. Vinham, encontravam-no, cumprimentavam. Nenhum conhecido seu. Ficou deslumbrado com o lago. A mula repicava seus quatro sinos, depois de tanto ter sofrido no atalho, onde dar um passo hoje e outro amanhã já era andar ligeiro. Ele mesmo se empertigou para tirar das costas o cansaço da subida, mudou a posição dos dedos nas rédeas, dos pés nos estribos. Parou para acender um cigarro de palha que segurava mal apagado nos lábios tostados. Manchas de pássaros negros, bravios, pousavam já alçando voo nos potreiros, bicando o esterco sem atinar para os bois cabeçudos ou os terneiros cheios de sono e carrapatos. Freteiros passaram por ele como uma lufada de ar quente. Hilario Sacayón sentiu a vontade de retornar com eles avivando. Despediram-se. Assoviavam. Difícil acreditar na existência de gente que fica só deitada, ou sentada, ou se mexendo em um único lugar.

Uma voz feminina o fez virar os olhos.

– É triste ser pobre!

– Nem reparei que a sinhá abria a porta, quase nunca pisa

fora de casa! Como vai, Moça Cande? Sempre na venda. Não sobrou quase nada. Outro dia fiquei pensando como é gostoso carne de porco. Tem torresmo? Aí compro tudo o que tiver. Como vai a sinhá?

– Bem, graças a Deus. E o sinhô, aonde vai?... Já ia passar sem me dizer adeus.

– A São Miguel...

– Não trouxe mulas?

– Não...

– Veio sozinho; Dom Porfirio e Olegario também andam por aqui; não sei se não estão aí dentro.

– Não me diga; e seus irmãos?

– Agora estão aqui; vieram da montanha tem uns nove dias; entre e apeie, que já está ficando tarde e daqui em diante não tem onde ficar; além do mais, vai ter festa das boas...

– No fim das contas mais vale chegar na hora certa que ser convidado. Se me dá permissão, vou entrando.

– Já te dou atenção, fico feliz que tenha feito boa viagem.

Candelaria Reinosa continuava em sua venda de carne de porco à beira do caminho. Gorduchinha, vestida quase sempre de amarelo, sobre o dourado desbotado de sua camisa caía uma grossa trança preta, como uma torrente perene do luto que carregava na alma. Seus olhos doces fitavam o caminho com a mesma inquietação avivada do dia em que Macholhão deveria ter chegado para pedir sua mão. Sua vida era a estrada. Seus irmãos tentaram arrancá-la muitas vezes daquela venda de carne de porco, agora eram gente de possibilidades; mas ela nunca quis abandonar seu mirador, como se sua esperança se alimentasse da própria espera. Esperando alimentava sua esperança. Um lampião de azeite de figueira, ao pé de uma imagem da Virgem da Boa Esperança, era o único luxo de sua vendinha de chouriço, carne de porco e torresmo. Agora seus irmãos vendiam a manteiga na capital. O preço era melhor, e ainda tinham comprador garantido para a lenha; Candelaria Reinosa, por besteira, ficou triste sem saber o motivo, chegou a perder peso e sentir ataques de frio após os irmãos anunciarem que levariam a manteiga. Sentiu como se lhe tomassem o vestido branco que deveria ter usado no dia de seu casamento. Um vestido sem rendas, lambido em volta do seu corpo de caule de flor do campo. Tinha dezoito anos incompletos. O Macholhão, sempre que aparecia para vê-la, segurava sua mão, sem nada dizer, e passavam longos momentos calados, e quando falavam era para fazer o outro ver o que acontecia ao seu redor. "Escute só as galinhas, olha!", dizia o Macholhão, fazendo-a reparar no carcarejo de alguma galinha choca, pois ele próprio, verdade seja dita, demorara a fazê-lo, e o ruído chegava a eles como novidade, estranha à misteriosa língua em que os dois conversavam, bastando darem-se as mãos. "O foguinho", ela dizia quando a vela acesa chispava aos pés de Jesus Crucificado. "Como são chatos os cachorros, latem para quem passa só por latir; melhor seria ficarem quietos!". "A folhinha", articulava ela quando o vento carregava uma folha. Tudo tinha importância. Era isso; naquela época, tudo tinha importância. O chapéu do Macholhão. Onde ficasse, deixava cheiro por uns oito ou dez dias. Eca, às vezes a casa inteira fedia! Suas esporas repicando ao final do passo varonil. Enterrava os pés no chão ao andar, como fazem os homens. E sua voz rasa, também com solidão de homem.

Candelaria Reinosa desenrolou a tela usada para tapar a entrada da venda de carne porco e seguiu até o pátio da casa, onde os irmãos festejavam acompanhados de suas mulheres, seus filhos e seus amigos. Circulava de mão em mão um copo de aguardente, enchido para cada convidado. A marimba convidava a dançar. Em um canto esperavam os violões. Falar por falar. Riam. Abraçavam-se. Porfirio Mansilla estava abraçado a Hilario Sacayón, e atrás dele Olegario golpeava o chão para levantar poeira, usando um chicote comprido como o rabo de um mico.

Chamava a atenção um velho cor de açafrão. Seu apelido era "Piolho Branco". Surgiu curando. Adorava ser tratado por "doutor". Estava cercado pelos outros convidados. Candelaria percebeu que falavam dela. E que lhe importava! O doutor, desagradável como piolho branco, não dava o braço a torcer: sua meta era casar com ela. A idade dos dois, segundo os irmãos dela, dava direitinho, só que ela não queria.

Porfirio, Hilario e Olegario, os boiadeiros, foram até onde estava Candelaria, trocando disse-me-disse, risadinhas e provocações.

– Por que só ispia, por que não dança? – perguntou Hilario, um pouco atrás de Porfirio, que oferecia a mão para cumprimentá-la.

– Nem morta!

– Segure o meu braço – disse Porfirio enquanto lhe oferecia a mão –, e então eles vão ver o que é uma ventania.

– Tome juízo! – exclamou ela, desvencilhando seu braço do braço de Hilario.

– Em palavras resumidas – interveio Hilario –, o que estamos festejando?

– O pedido em casamento de uma filha de Andrés, meu irmão.

– A Chonita vai se casar... – acrescentou Porfirio –, estava tudo em segredo, vai ser assim quando você decidir nos dar uma surpresa, Candinha.

– Só se o sinhô quiser se casar comigo, Dom Porfirio, porque não existe mais ninguém com tanto mau gosto.

Calaram-se para escutar a marimba. Também já estavam preparando os violões. Um cachorro rengo uivava, berrava, fugindo da cozinha para a rua, onde levara uma bela paulada.

– Como é maldosa a Javiera! – disse Candelaria Reinosa.

Ela alisou com as mãos brancas o avental sobre o ventre de solteirona comilona e passou em meio aos convidados para repreender a moedeira, uma índia fedendo a *chilote*, grávida sabe-se lá de quem, pedinte, bêbada e dizem até que um pouco dada à vida fácil; mas, verdade seja dita, excelente trabalhadora; sabia fazer de tudo, embora fosse um pouco mão leve; sua devoção às coisas alheias a condenou à doce tortura do pilão. Não respondeu à reprimenda, nem sequer ergueu os olhos antes de terminar de preparar a massa espalhada sobre a pedra. Ergueu a mão para ajeitar o corpo e em seguida:

– Seus irmãos me disseram que não iam deixar você entrar na cozinha, e além disso... Seus irmãos dizem tanta coisa... E além disso... Usa qualquer pretexto... É dia de festa, vamos, pare de ficar olhando o fogo...

Candelaria Reinosa, imobilizada, os olhos cravados no coração de uma fornaça cheia de lenha, brasas, chamas, fumaça. Da fumaça à chama, da chama à brasa, da brasa à lenha, da lenha à árvore, da árvore à terra, da terra ao sonho. As duas sobrancelhas juntas. Mais juntas. O avental em sua mão trêmula pronto para apagar o pranto elementar, recôndito. Da fumaça à chama, da chama à brasa, da brasa à lenha...

A moedeira tocou em seu braço com dedos frios e azedos de água de milho. Candelaria, sem se dar conta, escapou da cozinha: precisava servir, ninguém estava servindo, todo mundo interessado apenas na discussão entre os Hilarios, como ela, com todo carinho, costumava chamar os boiadeiros.

– Se eu fosse Olegario, nunca teria deixado você comprar essas duas mulas, Porfirio, e olha que ele tem fama de conhecer bicho. E ainda pagou caro.

– Não venha pôr a culpa em mim, Hilario, fui contra a compra, ele mesmo pode confirmar. Tão certo como me chamo Olegario, falei que não compensava comprar essas mulas tão caro, porque essas mulas foram muito caro, sabe, Porfirio, pela Virgem Santa...

– Umas doses de aguardente vão cair bem pra vocês – disse Candelaria ao se aproximar dos boiadeiros, alcançando para Porfirio um prato com copinhos de bom trago.

Porfirio não se faz de rogado e se queixou com Hilario por vir agora com averiguações a respeito das mulas, desatando a contar todos acontecimentos de São Miguel Acatán provocados pelo desaparecimento do correio Nicho Aquino.

Foi calamidade pública. O padre Valentín anunciou que o Arcanjo São Miguel, o mais arcanjo dos arcanjos, despejaria a tempestade de sua espada contra o Cume de María Tecún, após a tempestade de São Francisco. Segundo diziam, o correio transportava um envelope lacrado

299

com fundos para a cúria. O diretor do correio recebeu ordens para depor, mas no caminho sofreu um ataque de apoplexia e ficou mal, sem conseguir falar. Dom Deféric quis organizar uma manifestação em protesto contra a evidente imprudência das autoridades locais, por terem despachado como correio um homem alvo de imputações "sui generis"...

– Uff... rapaz, onde foi aprender essas palavras!

– Foi o que Dom Deféric disse. Ouvi ele dizer umas noventa vezes: imputações "sui generis". Mas a manifestação não ocorreu. O major Secundino Musús, mesmo sendo compadre seu, ameaçou mandar prender. Só o chinês ficou indiferente; todo mundo perguntava, menos ele... até os presos: sua liberdade depende muito das coisas que o correio leva e traz; e até Aleja Cuevas, mas não por causa do correio, e sim de um falastrão que partiu no encalço do correio, mas não o encontrou, porque evaporou no meio do caminho, sem dúvida se transformou em coiote.

– Como você é espertinho, Porfirio!

– E veja só, Adelaido, não é bom deixar ela tão à vontade, solta por aí; melhor nem avisar que está de saída; pode vir outro pra comer seu quinhão.

– Só se for comida de porco!... E de todo modo, eu ainda teria a moça Candelaria, que está em idade de merecer o melhor. À sua saúde, querida Cande, ora, vamos brindar à felicidade da sinhá!

Um ligeiro tremor de mão fez os copos tilintarem no prato. A menção a ser "muito feliz" sacudiu o corpo de Candelaria Reinosa, o seu ser que era uma espécie de bagaço de angústias. Mas nenhum dos três boiadeiros, Porfirio, Hilario, Olegario, se deu conta porque estavam emborcando a bebida. Cotovelo para cima, trago para dentro e cabeça para baixo para cuspir o restinho de veneno.

Piolho branco, o "doutor", caminhava em direção à marimba quando se juntou ao grupo; tirou um copo do prato quase às cegas por estar olhando Candelaria nos olhos e bebeu como se fosse água, nem sequer cuspiu, mas sentiu o gosto nas duas bochechas e disse:

– A senhorita gosta da companhia dos cavaleiros, são muito simpáticos, muito francos, muito..."

Os boiadeiros agradeceram o confete. Uma fineza. Só Porfirio não gostou, a bebida estava subindo à cabeça e ele era bêbado de briga, ou talvez porque fosse durão e quisesse marcar terreno contra o Piolho Branco, sujeito intrometido, gente que passa um tempo na cidade e depois, como é do mato, não fica bem em lugar nenhum.

– Mas nós cavaleiros, Dom, não gostamos de piolho, e a moça Cande só é senhorita porque quis ficar senhorita, despachou dezenas e mais dezenas de bons partidos! Julián Socavalle, para ficarmos em um exemplo, se suicidou por causa dela; esse sim era um belo dum cavaleiro, mas ainda mais cavaleiro era o seu verdadeiro amor.

– É... atreveu-se Candelaria, lisonjeada em seu amor próprio, baixando seus belos olhos para os copos vazios devolvidos ao prato pelos boiadeiros e pelo doutor.

– É, diz ela, e tem razão, porque o amou, ama e vai amar pra sempre! Quem a gente ama, meu amigo, nunca está ausente! Morto, desaparecido, seja como for, mas sempre presente, enquanto viver a pessoa que nutre afeto por ele! Quiassim são as coisas com homem de verdade, como era Macholhão!

– Era?... É!...

– Sim, moça Cande – interveio Hilario –, é e será, enquanto tiver mulher pra amar ele, um homem a cavalo e no céu uma estrela.

– É assim que eu gosto – seguiu Porfirio, alegre pelas palavras e pelo álcool, e Olegario havia dito: bravo! –, e o melhor é nunca deixar nada pra resolver depois; e como essas bebidas também são para ser tomadas, com a licença da moça Cande; beba o senhor também, dom médico...

A marimba, os violonistas, os dançarinos e suas piruetas, Candelaria Reinosa com algumas cinzas na torrente de sua trança, sua blusa amarela, de festa, o tecido que jogava seus seios um pouco para cima e os Hilarios em silêncio, já passando dificuldade, tamanha sua vontade de baixar a noite estrelada aos pés de seus amores.

Aproximaram-se os noivos: Chonita Reinosa, filha de Andrés, irmão de Candelaria, e Zacarías Mencos, ela com a boca gordinha como flor de heliotrópio, ele com cheio de coelho, arisco apesar de seu aspecto sociável ao calçar sapatos, e as botas atrapalhavam tanto seus passos que parecia estar de ferradura. Aproximaram-se do grupo dos boiadeiros e do "doutor" para ouvir o que a tia Candelaria estava contando.

– Às vezes acordo à noite com o trote de seu cavalo... Saio para ver e na estrada há uma nuvem de vaga-lumes... Passa perto, mas como os vaga-lumes deixaram ele cego, não sabe que estou acordada à sua espera, um pouco como ficam acordadas as folhas da azinheira plúmbea em noite de lua. Passa tão perto e tão longe, fisicamente perto, longe porque não me vê. É simples e horrível – falava sem ver ninguém e sem se fixar em nada –, coisas que talvez nunca aconteçam e se acontecem é uma vez a cada dez séculos... o que se há de fazer, minha sina é ser ferida pelas fagulhas: é por isso que fui e sou a imagem do verdadeiro amor ferido, o amor deve ser entendido assim: o homem pode ser muitas coisas, a mulher deve ser apenas a boa imagem do homem que ama... – as últimas palavras foram quase um balbucio, franziu a boca, ia soltar o pranto, mas este se transformou em risada de mulher que permaneceu garota –... Lembro de uma vez que estávamos dançando aqui neste pátio. Vamos tentar um paço de dança, ele disse, e me deu uma rasteira, já me segurando, não para me derrubar, mas para ter pretexto de pôr a mão na minha bunda; dei um sopapo nele...

– E um beijinho, não foi, titia? – disse a sobrinha, os familiares e os amigos conheciam a história de cor.

– Eu me pergunto, bobo que sou – disse Olegario fumando a última pontinha de um charuto e deitando os olhos na noiva, mulher deliciosa para uns passos de dança –, é se todas as estrelas do céu são gente que partiu a cavalo.

Porfirio, antecipando-se ao "doutor" que estava prestes a responder, deu uma cotovelada em sua barriga, não pela pergunta, mas pela intenção adivinhada, rindo e dizendo:

– Precisa avisar o Zacarías que Olegario tá com desejo da noiva. Coma logo, Zacarías, não deixe esse pilantra crescer o olho demais que ela escapa entre os teus dedos.

– Você não é flor que se cheire, né, Chon? – cortou Zacarías Mencos, lutando para tirar as mãos das mangas da jaqueta nova, compridas para ele, com os bigodes alaranjados, porque além de guaro havia tomado cana de açúcar com milho torrado.

– Uma flor proibida e apetitosa, eu diria!

– Proibida para os outros, mas não pra eu – respondeu Zacarías, que conseguiu livrar uma mão e agora cofiava os bigodes hirsutos –, porque com o casamento, cada um colhe o seu quinhão!

– Mas veja bem, Zaca, ainda não estamos casados... – disse a Chonita, e ficou toda corada.

Ouvia-se a voz de um violonista que cantava:

Tronco infeliz, sem ramos e sem flores,
Você também foi machucado pela dor...

Os Morataya, Benigno, Eduviges e outros amigos estavam em roda sem se mexer, saboreando a canção. Eduviges era o mais velho. Debaixo da pele o osso e debaixo do osso a tristeza de sua importância. Seis vezes tinha sido prefeito, e da última por pouco não se deu mal, porque um fulano foi nomeado tesoureiro e sumiu com os fundos municipais, roubou até a prata dos punhos das bengalas das autoridades.

Os ouvidos mineralizados de duas antigas vizinhas impediam-nas de falar em voz baixa. Segredavam-se aos gritos, e não fosse a marimba todo mundo teria ficado a par de seus comentários acerca do senhor Eduviges Morataya e, agora, referentes ao médico.

– Verme de cemitério, como todo mundo que mora na cidade...

– Que cemitério, o quê! É traça de hipoteca!...

– Não sei, mas me parece que está querendo cortar as asinhas da Candelaria; ah, mas isso nem que a vaca tussa.

– Prove o licor de anis; estão dando café com pedaços de pão de ovo; os Reinosa são muito generosos, os avós eram igual...

– Mas esses são Reinosa ou Reinoso...

– Ué, não dá na mesma...? Os avós, quando faziam festa, jogavam a casa pela janela, e eu estava aqui, aqui onde estamos sentadas agora, quando prepararam tudo para pedirem a mão de Candelaria; era sua filha mais querida. O pai se chamava Gabriel. Gabriel Reinoso. Mataram uma rês, um montão de porcos, uns dezesseis leitões...

– Não seja exagerada; saboroso o licor; talvez tenha sido tanta pompa o que estragou tudo.

– Desgraça nunca falta; o Macholhão saiu de sua casa e não conseguiu chegar pro pedido...

– Ia ser aqui.

– É, aqui mesmo, onde agora vemos, passados tantos anos, o pedido da mão de Chonita; o destino...; o destino...

– Deve ter virado estrela – disse Candelaria na rodinha dos fornecedores de porco, alguns gordos e marcados pela varíola –, mas já escutei ele chorando como se fosse uma criança! Esses imensos pontos dourados que vemos iluminando a noite não são felizes, isso posso afirmar. Pelo contrário, quando olho pra eles, e vejam que de tanto olhar já me sinto parte da família, sinto que são luzes de saudade. O infinito firmamento está repleto de ausências...

– Titia – a prometida veio buscá-la –, os convidados querem beber com a família, ali na sala!

– E seu pai?

– Está lá com minha mãe, tão só esperando a senhora; é o "doutor" quem vai fazer o discurso.

A sala cheia de convidados. A porta cheia de gente espiando do corredor. O médico começou nervoso:

– ...A pomba não mais temerá o milhano; o charmoso galã escolheu a graciosa companheira para constituir o ninho; o copo da vida transborda o júbilo efervescente...

Escutava-se o vozeirão de Porfirio Mansilla em meio aos "psst", "psst", "psst" dos convidados que, incomodados com aquela malcriação do boiadeiro, só podia ser boiadeiro, exigiam silêncio. Hilario levou o amigo dali quase aos empurrões.

– Venha, Porfirio, você está atrapalhando. Venha comigo, homem, por Deus, vamos pedir pra nos cantarem alguma coisa, acabaram de chegar com violões os homens dos Regadios de Juan Rosendo!

Ouviram-se aplausos na sala ao término do brinde.

– Olegario já está dançando – apontou Hilario, para dissuadir Porfirio da ideia de brigar com Piolho Branco –, é bandido até na hora de dançar. Enfia a perna entre as pernas das mulheres. E o fedor de charuto. Como é bom não ser mulher e não ter que dançar com ele.

Porfirio coçava a orelha peluda, emburrado, sem dizer nada. Ficava contrariado quando o contradiziam. Não gostava de Piolho Branco, a começar pelo apelido: piolho branco, já era razão suficiente para comprar briga e dar uns sopapos caso ele se descuidasse ou, se ele preferisse brigar com ferro, acertar um belo dum golpe no rosto dele, e deixar ele mesmo se remendar, se era mesmo médico, porque parecia qualquer coisa, menos médico, nada mais que um espertalhão tentando tomar as posses da Candelaria.

– Qual é a sua... – objetou Hilario –, já está parecendo essas velhas surdas que reduzem o amor, a amizade, a vida, tudo a comida e grana...

– Cante alguma coisa, Flaviano; se finge de desentendido porque já sabe que vamos pedir – dizia uma moça vestida de vermelho a um jovem triguenho de dentes muito brancos, apelidado de "pão com queijo" pela cara de pão integral com um pedaço de queijo dentro.

Um dos violonistas se inclinou da cintura para cima, abaixando a cabeça para encostar a orelha na caixa do violão que mantinha sobre os joelhos, e começou a afiná-lo assim mesmo, de cabeça pra baixo, apertando e afrouxando as tarraxas; quando se deu por satisfeito com o som, dedilhou e de cabeça erguida fez sinal para Flaviano dizendo que já estava pronto.

– Vamos ver se vocês gostam – disse, mostrando os dentes brancos do rosto triguenho –, é uma toada de seu povoado.... Uma valsinha...

O rosto de Porfirio se alegrou enquanto ele apoiava o braço nos ombros de Hilario, que baixou os olhos para ouvir melhor a canção.

> *...À Virgem do Tronco lhe peço*
> *que me prendam os guardas rurais,*
> *me rodeiem, me algemem, me levem*
> *a prisão há de ser meu consolo.*
> *Miguelita, nome de batismo,*
> *Acatán, sobrenome de glória*
> *na cadeia, a Virgem do Tronco,*
> *como ela, de carne morena...*
> *Os boiadeiros fizeram o frete,*
> *o dinheiro em moedas de ouro,*
> *levado a caminho do Golfo*
> *esquecendo a Rainha do Céu.*
> *Na cadeia do tronco esquecida*
> *Até o dia em que foi Miguelita*
> *de Acatán, semelhante à Rainha,*
> *uma moça querida por todos...*
> *E essa moça, carvão para o fogo*
> *seus olhos, flor de cravo sua boca,*
> *quando enfim transportaram a Virgem*
> *a seu templo, partiu do local.*
> *San Miguel Acatán lembra dela,*
> *costureira que se ouve à noite*
> *avisando com luzes que vela*
> *as mulheres honradas da vila:*
> *O amor é amor quando espera,*
> *beijo a beijo criou minha corrente*
> *Miguelita costura no céu*
> *e eu fui preso por guardas rurais.*

17.

É triste partir, no dia seguinte, de onde houve festa. O gosto ruim na boca, o estômago fervido pelo trago e pela tristeza que é a cinza da alegria. Haviam combinado partir as quatro da manhã, mas às seis e meia ainda estavam na casa onde só haviam despertado os porcos, as galinhas, os cachorros. E nem sequer um bom chilate, nada além de um café puro preparado a partir da borra sobrada da festa. Hilario daria qualquer coisa para ouvir de novo a toada da Miguelita de Acatán, mas os músicos dos Regadios de Juan Rosendo já tinham partido havia muito tempo e da canção só restara a melodia e alguns versos da letra, como a fumaça quente que se levantava da terra após o nascer do sol que nem chegou a brilhar direito, obstruído por uma chuva ralinha que ia ganhando força. Adeus!, gritaram à moça Candelaria do portão externo, mas ninguém respondeu. O sol brilhava ao longe. Viam-se os picos dos montes dourados em azeite azul. Mas onde eles estavam só havia barro resvaladiço e pele úmida de ar molhado, cheirando a musgo. Ajoelharam-se para se protegerem um pouco do que começou como garoa e acabou se transformando em aguaceiro. Em meio ao sono das árvores molhadas, os animais vivos, mas também parecidos a sonhos.

Ao final de uma encosta não muito comprida, embora muito íngreme, monte dos mais traiçoeiros – e de excelente nome: Colina do Mau Ladrão –, em um ponto de terra coberta de cal, os boiadeiros decidiram se abrigar um pouco da água que caía com crescente intensidade. Meteram-se de supetão, um atrás do outro, debaixo do beiral de uma casa com animais e tudo. Quase nunca se via gente naquela casa; todavia, agora estavam ali os donos, ou, melhor dizendo, o dono, porque dia sim, dia não era ocupada por Dom Casualidón, um espanhol, espanholíssimo, embora de origem irlandesa, origem denunciada pelos olhos de porcelana azul sobre um rosto tostado de vermelho e acobreado pelo frio da região, sob mechas loiras que pareciam recobrir de mel sua testa, suas orelhas e sua nuca de touro. Esse físico atípico, assim como a estatura, o diferenciava dos vizinhos, todos eles franzinos, miúdos, cabeçudos e dotados de olhos de soldado com fome, saltados pela má qualidade da água que também os tornava propensos ao bócio, a inchaço nas veias e ao medo.

Campos e colinas cor de alho, varridos por ventos que ao transporem seus ímpetos oceânicos do Atlântico ao Pacífico não impediam toda vegetação de prosperar, à exceção de algumas rudimentares plantas rasteiras e das garras firmes de alguns cactos.

O alvoroço dos cinco animais, a fala dos boiadeiros ao se sentirem protegidos por um teto, quase intencional para ouvirem que se aproximava, fizeram um grupo de homens saírem se espreguiçando da casa de Dom Casualidón, o espanhol, quase cegos pelo tempo passado na penumbra com os olhos fixos em um único local. Porfirio conhecia-os bem.

– Ai ai, então os senhores estão mesmo trabalhando para o diabo!

– Olha só quem fala, até apeados alcançamos vocês, andem mais devagar! – respondeu um do grupo, o coto Melgar.

Ao deixar a casa, Dom Casualidón, o espanhol, enfiou as mãos de unhas compridas nos bolsos da calça; deixou só os polegares de fora, como gatilhos de pistolas.

– Pensamos que fosse a montada – saiu dizendo –; aqui a escolta se mete em todos os cantos, como morcegos...

O coto Melgar tomou a frente dele:

– Vamos para a minha choça, é mais capenga, mas mais seguro; a escolta já está atrás de Dom Casualidón. E tem o meu galo...

– É que estamos apressados – informou Porfirio, desgostoso pelo clima estranho do encontro –, é melhor deixarmos o desafio para outra ocasião, temos mais tempo que vida.

– Como acharem melhor – disse o coto Melgar, inteiro, carrancudo, com cara de penitência.

– Não é certo cortar a alegria de um homem desse jeito! – resmungou Olegario –; um homem sem vícios não seria homem, e por pouco não levam nossas mulas, ingratidã...

– Ou levam as minhas... – respondeu Melgar.

– Agora ele está nos tentando! – exclamou Hilario, enquanto Olegario perguntava: – Onde arrumou elas, coto?

– Entre cavalheiros não se pergunta onde, nem quando, nem como: arranjei arranjando. Não é, Sicambro, que se diz isso em espanhol? – dirigiu-se a Dom Casualidón, que gostava do apelido de Sicambro tanto quanto de um chute no traseiro –; e estão ali, são mulas, e isso basta para quem tiver interesse nelas.

– Ora, diabos, então me veja outra mula, aquela maiorzinha!

Essas palavras brotadas do fundo da boca de Hilario caíram no silêncio do grupo de homens, pois eles não falavam, só respiravam, amontoados todos ao redor de uma mesa, as cabeças acima da mesa, alheios à chuva que bicava o teto e as paredes de taquara, em um ambiente úmido e carregado de tabaco, olhando com olhos atiçados pela expectativa do que aconteceria no estranho mundo dos pontos assim que rodassem dois dados minúsculos e fatais: três, cincos, seis, "carnes", ganham; azes, dozes, quatros, "cus', perdem; no mundo estranho do que ainda não era e seria em um instante, como se a posse e a propriedade das coisas fossem combinações de sorte efetivamente fictícias.

309

– Deixa eu jogar!... – disse Olegario segurando o braço de Hilario, que já estava com os dados na mão e apostava a última das duas mulas que haviam comprado no litoral e levavam a San Miguel Acatán.

– E por que você jogaria... – Hilario conteve o braço e a mão fechada em torno dos dados; mediram forças –, primeiro solte o meu pulso.

– Porque você tem amor, e assim não dá certo; eu que não tenho ninguém; se tem carinho pela mulher que está à sua espera, me dê os dados... – entre eles nunca diziam o nome da mulher considerada seu verdadeiro amor, aludiam a ela indiretamente, pronunciar o nome era possuí-la em um sentido mágico, e essa prudência contrastava com a facilidade com que citavam o nome das mulheres com quem se divertiam na cama –; me dê os dados, me escute, você vai perder a mula...

– Me solte, Olegario!

– Não solto!

– Eu sei que vou ganhar!

– Eu sei que vai perder! Perder duas mulas assim! Deixe eu jogar, se não por ela, então que seja pela Miguelita de Acatán!

Ao ouvir ser invocado o nome da donzela de suas fantasias, para ele um ser tão real e vivente quanto qualquer outra pessoa, Hilario soltou os dados úmidos de suor da mão trêmula.

– Com ele é a mesma coisa?... Valendo a mula?... – perguntou Dom Casualidón, o espanhol, acotovelado ao coto de Melgar do lado em que lhe faltava um braço.

– Claro... – respondeu Porfirio com um peido brutal; homem forçudo e valente, não arredava pé quando a briga começava, mas no jogo era inútil e covarde, porque não havia ninguém para encarar, subjugar e quebrar com as mãos; a sorte... bá!... coisa de quem não é homem pra encarar o trabalho, inimigo que acaba se revelando amigo, só homens assim vivem dessa imundície, porque andam sempre trapaceando

– Bom, se o acordo é o mesmo – disse o coto –, vamos lá; dizia meu vô, pobre que não tem nada a perder valoriza o pouco que tem.

– Ande! – gritou Olegario, dando um soco na mesa, e na hora de soltar os dados se deteve; ergueu a aba do chapéu, alarmado pela presença de um galo com perna de saracura, depenado e inquieto.

– É esse galo que tá dando azar! Animal dos demônios! Tirem ele daqui! Botem pra rua! Com esse nosso azar e essa merda de animal andando dum lado pro outro.

O coto Melgar respondeu no ato:

– Não, homem, deixe o galo, não tá te fazendo nada...

– Talvez seja meu verdadeiro nêmese; se você tem pacto com o galo, diga logo duma vez, e aí não jogo os dados e você fica com o macho. São dois animais de sete cabeças, o galo, e você com os dados... Se soubesse, tinha trazido o meu galo.

– Pare de frescura e tenha compostura! Farsante, se soubesse teria trazido um dado viciado, isso sim; deixe o galo em paz!

– Vá se cagar!...

– O cheiro faria você se sentir em casa!

– Animal horrível, me dá até medo, não vou jogar se você não levar pro pátio, por que ele tem que ficar aqui com a gente?

– Se faz tanta questão...

– Porque te traz sorte…

– Cale a boca e jogue duma vez!

– Não enquanto o galo estiver aqui!

– Falando sério – exclamou Hilario –, a história teria sido outra sem esse animal faminto aqui, só metade vivo.

– Explique você, Sicambro! – bradou o coto com a cólera estampada em seus dentes incisivos, os únicos da parte de cima que restavam em sua boca.

Dom Casualidón, o espanhol, que detestava aquela história de Sicambro, tentou acalmar os ânimos explicando que o galo precisava estar presente pra avisar caso a montada aparecesse.

– Isso é balela... – disse Olegario –, o que uma coisa tem a ver com a outra. Não, velho, sou boiadeiro porque puxo boi, não pato, muito menos pato carregando moringa!

O coto Melgar, mostrando as presas de víbora manchadas de nicotina, viu-se obrigado a explicar melhor:

– O chão daqui é macio, ainda mais quando está molhado como hoje, e as montarias não fazem barulho, é como se caminhassem sobre um tapete; por isso a montada pode nos atacar sem termos chance de fugir.

– E o galo avisa? – perguntou Olegario com sarcasmo.

– Ponha os dados na mesa...

– Não é essa a questão, eu quero continuar jogando, ganharam uma de nossas mulas e quem sabe eu recupere.

Dada a insistência do coto, Olegario obedeceu, pôs os dados na mesa, não queria, mas cedeu, convencido de que continuariam até alguém ficar sem mula.

Mas assim que Olegario soltou os dados, o coto, sem que nenhum presente percebesse a tempo, derrubou-os no chão com o cotoco do braço que faltava, e o galo, nem bem haviam caído, precipitou-se, nhac, nhac, nhac, e não deixou nada, desapareceram.

– Como fez isso? Como ensinou o galo? – indagou Porfirio, para quem aquele esquema parecia ser coisa do diabo.

– Como você fez... como ensinou o galo...! – riu o coto na cara dele –, mantenho o bicho sempre com fome, e aí quando os dados caem ele acha que são grãozinhos de milho.

Apesar da explicação prática e do respeito conquistado pelo galo, cúmplice faminto, utilíssimo esqueleto que cumpriria suas funções com voracidade de fogo caso a montada surgisse sem fazer barulho, a carabina pronta e com vontade de atender ao dedo, precisaram tirar o animal dali. Galo pra fora. Dom Casualidón colocou outros dados sobre a mesa e Olegario e o coto se sentaram frente a frente para continuar jogando. Olegario recuperou a mula perdida e, como se fosse mudo, sem falar muito, ganhou as outras duas do coto, que ficou sem nada para apostar e deu o desafio por encerrado. Nas últimas jogadas, Melgar ainda tirou um número alto nos dados, mas nem assim ganhou: a sorte, quando vem, vem, e quando vai, vai. Quando é a vontade de Deus, pode até sair o sol em meio à chuva, como aconteceu naquele instante mesmo.

– Rapaz, meu gogó secou por causa do que vocês me fizeram passar; uma hora até senti o outro olho piscar – disse Porfirio, conduzindo seu cavalo pelo leve aclive da estrada, debaixo de um aguaceiro de espinhos de prata banhados pela luz do sol que lavava os pequenos morros ao redor deles, deixando-os cor de tamal de abóbora –; e o pior, vejam só, é que as mulas recém-compradas que o coto quase ganhou, chegou a ter uma em suas mãos, foram bem caras.

– Culpa desse Hilario mequetrefe, que agora virou jogador e arruaceiro!... – ao falar Olegario parecia querer chamuscá-lo com a voz, entre alegre e mal-humorado.

– Rá, rá, rá... – ria Hilario, ria e dizia – ...rá, rá, rá..., tirar o galo de lá acabou com ele; estava tão furioso que, se fizesse o sinal da cruz, arranhava a cara!

– Agora você ri, mas se o santo não se endireitasse comigo, agora estaríamos andando a pé, porque depois de perder aquelas duas mulas, "jogaríamos" as nossas, que diferença faria perder mais três, já tendo perdido duas!... Imagine só, tiramos até os animais dele, mesmo ele tendo saído na frente!

– Foi bem feito – gritou Porfirio – quem mandou querer fazer trapaça! Deus não joga mas fiscaliza!

– Eu gostava de Hilario quando era beberrão, não agora, que se meteu a jogador – prosseguiu Olegario –; tomava seus tragos, emborcava as garrafas e começava a recitar uns versinhos de memória, uma série de enigmas pra deixar qualquer um louco... Mas não devo falar assim, foi por causa de um verso desses que me entregou os dados; é mais apegado à ficção que à realidade, é um poeta; se não me ocorresse pedir pela Miguelita de Acatán, perdíamos até a camisa.

– Rá, rá... – continuava rindo Hilario –, o galo o tirou do sério; a Miguelita e o galo! Um ignorante, esse coto! Um animal!

– Pronto, agora ele insulta ... jogador!

– Por que diz isso; a questão é, se vejo uma mula, tenho vontade de pegar estrada; se vejo santos, viro bom e rezo, mesmo que os olhos sejam como esses que andam colocando agora, olhos que não são de santo; se vejo dados, aí jogo, e melhor eu não ver muleta na minha frente porque daí começo a mancar; e nem ver mulher, porque aí nem te conto.

Dom Casualidón, o espanhol, alcançou-os montado em um cavalo de pinta branca na testa. O cabresto, o freio, os estribos sarracenos, tudo de muita qualidade. Seus olhos claros de caramelo ensalivado, as abas erguidas do chapéu; diziam que ele era um cura arrependido, e havia mesmo um ar eclesiástico por baixo daquele chapéu, naquela jaqueta escura de montar fechada até o pescoço, nas guedelhas ruivas atrás das orelhas e no rosto juvenil, apesar dos anos.

Eclesiástico, flibusteiro ou as duas coisas, Dom Casualidón enterrou suas últimas auroras naquelas paragens de areais finos, ressecadores, terrivelmente nocivos aos pulmões, aonde as pessoas chegavam dispostas a ficar e de onde partiam com medo de se asfixiar pouco a pouco, e ninguém ficava senão de passagem.

Dom Casualidón se contorcia, se eriçava cada vez que o coto o chamava de Sicambro. As oito letras da palavra Sicambro sacudiam-no de cima a baixo, como o chicote do domador de uma fera encurralada. Na vivência cotidiana esquecia seu passado, mas à simples menção da palavra Sicambro sentia a boca encher do doce amargor do vômito, lembrando-se de que havia condenado a si mesmo a passar seus últimos dias naquele lugar onde só era possível viver por castigo, onde os animais eram magros e indispostos, a terra, despida e queimada pelo ar, a vegetação, tostada, rasteira, fugidia, e a caça, escassa. Pendurou a batina, por que esconder, quando sua ávida ganância fez dele um homem indigno de seu sagrado ministério, e recobriu-se de um negro remorso irlandês. Era irlandês por parte de mãe. Tivera sido espanhol, tivera sido apenas espanhol, dizia devagar, palavra por palavra: só espanhol, agarraria sua ambição e untaria o corpo com ela como se fosse um azeite perfumado, sem temer o irlandês dentro dele, que enfeava e condenava sua ganância, luta de paixões inflamadas que o reduziu à condição de um ser mesquinho. Por isso, por mesquinharia, condenou-se a morrer em um rincão onde nem a morte dava raiz, pois ali os esqueletos de homens e animais fenecidos logo se descarnavam e desgastavam, até se transformarem em lâminas de osso arrastadas pelo vento dos furacões como se fossem folhas de um outono sepulcral.

Mas vale a pena contar sua história desde quando Dom Casualidón foi nomeado cura pároco de um belo povoado de ladinos pobres, igual a tantos vilarejos das terras frias, mas pretensioso como poucos, por sua educação, que, embora não fosse tanta, bastava para garantir uma população letrada, gente de relevância, triste e importante. A doce pobreza aldeã dissimulada com bons modos, água, sabão e presentinhos fez com que o pároco recém-chegado se visse cercado de boa comida, livros de estudo e passatempos, visitas, tertúlias, jogos de baralho, dias no campo.

Sentado em sua cadeira de balanço antes de dormir, degustando a goles curtos uma tacinha de chá, Dom Casualidón soube, por uma das visitas, que um colega seu, encarregado de uma paróquia onde viviam índios trabalhadores dos garimpos de ouro, cogitava renunciar ao posto por questões de saúde. O irlandês, adormecido pelo chá, não teve chances contra o espanhol, que calculou em um instante de ambição toda a água que já havia passado pelos garimpos de ouro, e acabou com uma pepita de ouro presa entre os dentes, entre a língua e o céu da boca.

– Galinhas, cacau, tostões!

Já não era Dom Casualidón, mas aquele Dom Bernardino Villalpando, bispo da diocese em 1567, ladeado por clérigos portugueses, genoveses, seu sobrinho e a criada.

O papel aceita tudo. Dom Casualidón escreveu ao sacerdote enfermo propondo uma permuta de cargos, queixando-se muito por não ter sabido antes de seus percalços de saúde, caso contrário teria proposto antes, pois pouco lhe importava, de modo algum, renunciar aos benefícios de sua paróquia de terras férteis e bons cristãos.

O cura do povoado dos índios, um santo de madeira nobre desgastado pelo cupim dos anos, agradeceu por carta suas boas intenções, seu gesto generoso, mas não aceitou a proposta da permuta porque sua paróquia era formada por cinquenta mil índios indiferentes, um local esquecido pela mão da caridade, pobre, pobre, pobre.

O espanhol, ao ler a carta, sepultou a mão livre no bolso da batina, procurando um resto de rapé que estava espremido junto ao tecido. Em sua ganância, encarava a nua e crua verdade do cura adoentado como um exagero criado para esconder cinquenta mil índios que, por mais indiferentes que fossem, trabalhavam nos garimpos de ouro. Em sua imaginação, pepitas e farelos de ouro jorravam como de uma fonte, atravessando uma peneira onde a água parece um sorriso. Via os índios cor de cajazeira, com músculos divinos, trazendo a ele de presente, a cada domingo, uma dessas pepitas. Por mais hereges que fossem, valiam mais que aqueles ladinos catolicíssimos, mas com todos os bens hipotecados.

Para mim seria um grande peso na consciência, escreveu-lhe o cura dos índios, em uma segunda carta, aceitar essa permuta em que vossa mercê insiste, e por isso prefiro deixar sob vosso encargo os trâmites junto à cúria.

Dom Casualidón, o espanhol, viajou à capital, falou com o senhor arcebispo, que louvou imensamente seu desprendimento e sacrifício, e, em um dia sereno de março, adentrou o povoado dos índios das pepitas de ouro, deixando para seu colega a dourada pobreza de uma ampla casa conventual, ricamente mobiliada, com janelas voltadas para a praça principal, luz elétrica, água nos jarros do pátio, banheiro, papagaio e um sacristão afeminado.

Tão logo chegou à sua nova residência, Dom Casualidón, o espanhol, enfiou a cabeça por uma vigia para espiar a praça principal e por pouco não entalou pelo cangote na janelinha que iluminava o quarto, semelhante a um calabouço; o piso de pedras de rio, afixadas com uma mistura ordinária, as paredes sujas, as vigas manchadas de fuligem. A cama era um catre de tiras de couro. Uma mesa bamba. Ninguém aparecia. Chamou. Tudo parecia abandonado. O boiadeiro que o acompanhou carregando seus apetrechos logo dera meia volta. Por fim, de tanto clamar no deserto, apareceu um índio, dando boa tarde embora já fosse noite, e perguntou como podia ajudar.

– Alguém pra me servir alguma coisa... – respondeu o espanhol.

– Num tem – respondeu o índio.

– Quero comer alguma coisa, preciso fazer fogo.

– Num tem – respondeu o índio.

– Mas eu sou o novo pároco, avise às pessoas; quando o outro padre estava aqui, quem o servia?

– Ninguém servia – respondeu o índio.

– E o sacristão da igreja...

– Num tem...

Dom Casualidón, o espanhol, foi acomodando suas coisas, auxiliado pelo índio. Não era possível uma coisa daquelas. Subiu à sua cabeça o mais durão dos conquistadores, e ele trepou no campanário por uma escada rangendo. Um repicar violento dos sinos, como alarme de incêndio, anunciou sua chegada. Ao descer do campanário, entre teias de aranha e morcegos, encontrou o índio que encarregara de informar os vizinhos de sua chegada.

– Já foi avisar? – perguntou.

– Já...

– Avisou eles, todo mundo? – perguntou.

– Sim...

– E o que disseram?

– Que estava sabido que tinha chegado...

– E não vão vir me cumprimentar, dar as boas-vindas, ver se preciso de alguma coisa?

– Não.

Uma lenta escuridão baixava a passos de tartaruga pelos paredões amuralhados do templo que havia sido um orgulho da arquitetura no século XVI. Os cinquenta mil habitantes, espalhados pelos vales e colinas, estranhos ao mundo que piscava lá fora, debaixo das estrelas, dormiam seu cansaço de raça derrotada. As ruas aos pés de Dom Casualidón, o espanhol, pareciam línguas de lobo. Foi pessoalmente bater em cada porta. Respondiam sonolentos, em um idioma estranho de tartamudos, e em algumas casas, ao verem o desespero de seu chamado e de seu pedido de auxílio, apareceram para cumprimentá-lo rostos acobreados sem afeto e sem ódio.

Naquela noite compreendeu tudo. As estrelas brilhavam no céu como pepitas de ouro. Não foi preciso mais. Do mapa da Europa foram saindo terras católicas, amontoando-se sobre seus ombros, até cercá-lo de todo. A besta espanhola resistia a dobrar seus joelhos, como um touro ferido, e bufava olhando de um lado para o outro, com os olhos avermelhados, em brasa. Mas ele se ajoelhou nas pedras de seu dormitório, dobrado pelo peso do remorso, e assim permaneceu a noite toda. Pérolas de sol gelado nos fornos elevados de suas têmporas; canais de suor frio em suas costas derrotadas. Ao despontar o alvorecer, subiu ao campanário para convocar a missa, abriu o templo, acendeu os dois círios do altar, vestiu-se sozinho e saiu. Nunca um introito fez um *mea-culpa* com tanta força de vontade. Limpou as lágrimas antes de começar: *Confiteor Deo...*O índio dos "num tem" apareceu. Fez sinal para que se aproximasse e ajudasse. Alguma coisa sabia fazer. Alcançar as galhetas, passar o missal, ajoelhar-se, levantar-se, o sinal da cruz. Terminou a missa e precisou fazer fogo para o café da manhã. O índio foi arranjar café. Mais parecia milho tostado. O pão meio cru. Algumas laranjas. O café se tornou seu único alimento até passado o meio-dia, depois um pão cru e, como variante, duas bananas avermelhadas no lugar das laranjas. À tarde, nada, e à noite, menos ainda: café frio. A penitência foi longa: fome, silêncio, abandono, mas ele a aproveitou espiritualmente: todo o orgulho do católico espanhol minguando diante do sangue cristão irlandês. As privações fizeram dele um humilde. Adaptou-se a uma vida primitiva, longe da civilização que, de seu desapego e simplicidade, via como um amontoado de coisas inúteis. Os nativos eram índios pobres, cheios de necessidades por serem suas famílias numerosas. A riqueza que passava por suas mãos nos garimpos de ouro e no trabalho do campo não era deles. Salários de miséria para viverem doentes, raquíticos, alcoolizados. No início Dom Casualidón, o espanhol, quis injetar neles energia e uma saúde que, em seu caso, começava a faltar, diria Dom Quixote, sacudi-los como se fossem bonecos para arrancá-los de sua renúncia contemplativa, de seu silêncio meditabundo, do desapego às condições de sua vida terrena. Mas agora, passados os anos, não só os compreendia como também partilhava daquela postura de semisonho e semirrealidade na qual a existência se resumia ao ritmo contínuo das necessidades fisiológicas, sem outras complicações.

Uma visão obscura, obscura por ele não ousar afastá-la muito de sua consciência para examiná-la, conformando-se em entrevê-la assim, sem explicação; uma visão instável, formada a partir de manchas que se juntavam e separavam, como os cavalos que agora avançavam em meio a uma guedelha de arco-íris e novas nuvens carregadas de chuva, permitindo que ele compartilhasse da felicidade daquela boa gente, apegada à terra, à cabra, ao milho, ao silêncio, à água, à pedra, e depreciadores das pepitas de ouro, porque conheciam seu verdadeiro valor.

Era contraditório conhecer o valor de uma pepita de ouro e depreciá-la. Os índios nus nos rios que ao desembocarem formavam teias de aranha na água, madeixas capilares de sistemas líquidos, semelhantes a forças cegas que atiravam na fogueira dos interesses do mundo, o fogo de centenas de brasas vivas cujo verdadeiro valor era a total ruína do homem. Aqueles índios se vingavam de seus verdugos entregando em suas mãos o metal da perdição. Ouro e mais ouro para criar coisas inúteis, fábricas de escravos hediondos nas cidades, tormentos, preocupações, violências, sem se lembrarem de viver. Dom Casualidón levava as mãos às orelhas, para tapar os ouvidos, horrorizado por acreditar que voltava a escutar as confissões da gente civilizada que provocam grande repulsa.

Melhor seus índios, suas festas nos solstícios, suas bebedeiras, seus bailes endemoniados.

Noite após noite, Dom Casualidón repetia a si mesmo as palavras de São Remígio ao batizar o rei Clóvis na catedral de Reims: "Curva a cabeça, sicambro, ama o que queimaste, e queima o que adoraste", e apertava as pálpebras até arrancar delas lágrimas que, na escuridão, eram de tinta negra, para apagar das porcelanas azuis de seus olhos a imagem dos tesouros, contente com sua pobreza em meio àqueles pobrezinhos de Deus, que chamam de "naturais" para diferenciá-los dos homens civilizados, que deveriam ser chamados de "artificiais".

– Não vai ter bastante pra pagar o batismo do menino Juan, mas vou deixar isso pro sinhô... – disse a ele um índio, certa manhã, era um domingo.

Dom Casualidón, o espanhol, quase chegou a recusar a cabaça em forma de pera gigante, que o índio já retirava de um embrulho de lenços, mas, para seu mal, ouviu ali dentro um barulho que bem podia ser de moedas.

E, Villalpando, Villalpando, Villalpando, com dez sobrinhos ao invés de um, estendeu os dedos para aceitar a oferenda. Pesada. Só podia ser dinheiro, moedas ou... pepitas de ouro! Sacudiu com força, e o retinir metálico pareceu se comunicar com sua pressa, cada vez mais apressada para saber do que se tratava. Batizou a criança, segurada por uma indiazinha cor de canjica, de grandes tranças e olheiras, e assim que o casal deixou o batistério na companhia de um índio tarugo que serviu de padrinho, sem nem tirar a estola, sacudiu depressa o saquinho outra vez. Não havia a menor dúvida. Prata, moedas de prata. O som das moedas de prata se chocando umas com as outras. Abriu a cabaça, encaixando as unhas na tampa redonda e bem ajustada, para ver o conteúdo. Todas as engrenagens de seu rosto entraram em cena para transformar sua expressão de deleite no mais azedo aborrecimento. Guardou sua descoberta e saiu à rua em busca de um animal para viajar. Não encontrou. Então se fingiu de doente para que os índios organizassem seu traslado em maca até o primeiro povoado onde houvesse médico ou cavalo. E assim, deitado em uma maca de folhas, deixou aquela vila de índios Dom Casualidón, o espanhol, carregado por quatro rapazotes que ofegavam, falavam, ofegavam, falavam, acompanhados de um velho bigodudo que de vez em quando se aproximava para tirar a temperatura do doente, não fosse ele apanhar um resfriado. Desceu no primeiro povoado onde havia médico. Médico não, disse aos índios, que beijaram sua mão antes de voltarem, melhor um cavalo. Para ele, espanholíssimo, viajava como um dos reis mortos a caminho de El Escorial. Para os índios, era como um dos senhores carregados até a Grande Pirâmide. Levantou-se da maca, despediu-se dos índios e alugou um cavalo para se dirigir ao seu vicariato anterior. Seus sapatos, reduzidos quase somente à parte de cima, pois já não tinham sola, fizeram um barulho apagado nas lajotas brilhantes de sua antiga casa conventual. Ali estava o sacerdote com quem, pensando enganá-lo, havia permutado sua paróquia de ladinos endividados até as calças pelo vicariato de índios ricos.

Recebeu-o dando palmadinhas de alegria, apressou-se em dizer que estava em "sua casa" e deu ordens à criada para que preparasse chocolate e um quarto; passaria a noite ali.

Dom Casualidón, o espanhol, barbudo, desconjuntado, cheio de olheiras, não aceitou nada além do afeto até explicar a razão de sua visita. Uma viagem longuíssima, metade em maca, metade a cavalo, para pedir à sua Senhoria uma imensa graça. O que o senhor ordenar, disse o padre crioulo, contanto que seja para a glória maior de Deus.

Com dificuldade, Dom Casualidón, o espanhol, retirou alguma coisa da cabaça; precisou puxar de lado para que saísse, enquanto seu colega esperava, atento, sem saber ao certo o que sairia dali. Dom Casualidón finalmente exibiu o objeto em suas mãos. O clérigo amigo compreendeu ainda menos. Um freio. Dom Casualidón entregou a ele, dizendo: Ponha-o em mim, padre! Ponha!... e aproximava a boca aberta para que pusesse. Mereço, porque sou um cavalo! Uma besta! Um ambicioso...!

Dom Casualidón adotou o nome Sicambro, pendurou a batina e fugiu, convencido de não ter queimado o que amara, para as terras cobertas de cinzas onde nada era estável e duradouro, porque o vento tudo varria.

Francamente, era uma alegria percorrer a estrada acompanhado, e aquele Dom Casualidón, em seu cavalo de mancha branca na testa, ainda tinha pecha de bandoleiro. Separou-se deles antes de San Miguel Acatán, após uma breve despedida. Sempre em busca da fronteira, pensou Hilario Sacayón, e do que fica do outro lado, pensou Porfirio Mansilla: os rios navegáveis, os campos de lenha povoados por homens e bugios, o golpe de remo que empurra as canoas, os pavões silvestres sem igual no mundo inteiro, de penas negras e topete vermelho, as tartarugas-marinhas, as encostas por onde despejavam os troncos de madeira preciosa, entregando-os nas mãos divinas da espuma. Olegario pensou o mesmo. Só pensaram. Nenhum falou. Caíra sobre eles o silêncio de quem se aproxima de sua querência. De cima do cavalo, Hilario olhava Porfirio sobre outro. Poucas vezes alguém nutriu tanta admiração por um amigo. Porfirio Mansilla era perfeito. Adivinhou que não tinha encontrado o correio Nicho Aquino, porque se transformou em coiote. Mas Hilario só escutou, sem responder; não contou nada a ninguém, nem a Aleja Cuevas: temia que, se descobrissem que havia topado no Cume de María Tecún com o senhor Nicho transformado em seu nahual, algo de ruim pudesse lhe acontecer, que a má sorte caísse sobre ele: o encontro furtivo estabelecera entre eles um vínculo tão sagrado, uma amizade tão íntima, que revelá-lo resultaria em desgraça, pois isso significaria romper o mistério, violar a natureza secreta de certas relações profundas e distantes. Balbuciou algumas palavras quando estava sozinho e deixou de beber muitos tragos pelo medo de soltar a língua. Seis licores de anis e duas cervejas, contados. Não passou mais disso. Até mudou de personalidade; não tinha mais a boa risada de antes, a verborragia de piadista de velório. Dono de uma verdade oculta, calava-se, calava e em seus olhos, durante o sono, mesclavam-se a imagem do correio desaparecido, de quem nunca mais se teve notícia em San Miguel, com o sonho que era uma espécie de coiote suave, de coiote fluido, de coiote escuridão em cuja sombra se perdiam, em quatro patas, os dois pés do correio.

18.

Ao invés de cabelo, pelo de música de flauta de cana. Um pelo de fios finos que sua mão de folha com dedos penteava suavemente, porque quando afundava muito as unhas o som mudava, resvalava feito torrente. Assistia a grandes derramamentos de pedra com um sentimento de ferocidade na carne de sapoti não amadurecido e na penugem gelada, grama espalhada sobre seus membros. A afirmação de uma prisão de fibras musculares tensas, rejuvenescidas, banhadas por lava com raiva de sangue e que de sangue só tinha o vermelho puro, a voracidade solar de metal amalgamado que reduz a impotência do suave irmão que se juntou a ele em busca de proteção. Com um salto das narinas abandonou uma nuvem acolchoada de cheiro de ipecacuanha. Precisava chegar, sair através daquele enredo de presenças e ir até onde estava sua mulher, cujo rastro sentia nas narinas. O tecido trançado da jaqueta cedeu, a manta das calças cedeu para cair em pedaços de manchas e ser arrastada pela corrente de água preta do carvão. O chão se arranhava sem mãos, como ele, bastava sacudir-se. A região dos pinheiros, das coceiras. Ele tirava das bochechas de gloriosa cor de melancia os grandes dentes e, com movimento de tosquiadora, arranhava a barriga, as costas, as patas, os arredores do rabo cor de marmelo podre. Ao se coçar imitava a risada de um homem. Estranho ser assim como era: animal, puro animal. A pupila do olho redonda, talvez redonda demais, angustiosamente redonda. A visão redonda. Inexplicável. E por isso andando sempre em curvas. Se corria não era em linha reta, mas em pequenos círculos. Falando, falando, em uma espécie de sorvo profundo ou grito de espanto, engoliu a garganta, como se fosse uma cidade. Mudo, sem outro solilóquio além do longo uivo amoroso, corpo em luta fluida com o vento, chegou a sentir o alerta do instinto elementar, de seu apetite feroz guardado no estojo da boca sob o focinho. Correntes de saliva reluzentes de mares de apetites mais profundos e sensuais que a sombra guardada nos caroços negros das frutas. E o afinco para afiar as unhas, marfins ocultos em cebolas de borracha. Virou a cabeça em forma de machado para todos os lados, dava machadadas para a esquerda e a direita. Que animais tropeçavam ao lado dele? Dois monstros pesados sem patas nem cabeça. Arrancou-os com os dentes, farejando ao redor deles como se os banhasse de riso. A presença deles o consumia. Sacudi-los para longe. Tirá-los. Animais sem extremidades, sem cabeça, sem rabo. Só corpo. ...Ri, ri, ri... ri, ri, ri!... Deu uma patada no ar, como se soltasse inesperadamente um elástico, soltou o pé e quis fugir, mas tinha os sacos de correspondência presos no pescoço, animais sem pés nem cabeça, só o corpo, ri, ri, ri...

Notou que, apesar da caminhada ziguezagueante de suas pequenas cebolas, rápida como o trovão, também dava a cada certo tempo alguns passos penosos com seus pés arenosos de tamal. Em um desses passos inseguros, rolou barranca abaixo e chegou ao fundo de um desfiladeiro, mas, ao invés de ir batendo com o corpo e a cabeça, descia sobre as patinhas de pequenas cebolas ziguezagueantes.

Ao seu lado estava o homem das mãos negras, que viera com ele da aldeia "Três Águas", que prometera contar onde poderia encontrar sua mulher. Estava ao seu lado, mas desaparecido, já desvanecendo em meio a uma espessa nuvem de poeira. Detê-lo, falar com ele, defendê-lo, dizer que estava desaparecendo. Nada pôde. Só viu que levava o seu cachorro e fazia sinal para segui-lo até a caverna à frente deles.

Se acovardou. Sentia dor nos pés machucados de tanto andar sobre espinhos. Mas deu apenas uns poucos passos, e logo despencou junto ao velho das mãos negras até a entrada da caverna. Não saiu correndo? Correu muito e para longe. Sentou-se em um rochedo cor de fogo. O fogo gelado da terra. Sentou-se para ver o que faria. A estrada real. Lembrava-se dela como se fosse um ditado, tinha a vaga memória de já tê-la percorrido até o Cume de María Tecún. Passou por onde o velho não queria que ele passasse, junto com o velho. Um rápido ir e vir, ir, espiar e voltar. Sentou-se entre a boca da caverna e o espinheiro. Sombras de montanhas pontiagudas despontando em uma superfície de areia se erguiam, perseguindo umas às outras como agulhas gigantescas de relógios de sol, tempo que o senhor Nicho já não precisava contar. Um corvo cor de chave velha voltou a bicar seu ombro. O pássaro se surpreendeu ao encontrá-lo vivo. Dormia de olhos abertos ao lado dos sacos de correspondência. Decidiu entrar na caverna. Mas ao dar os primeiros passos temeu que aquelas presas de boca de fera desdentada pudessem fechar e engoli-lo. Em busca de claridade, espichou a cabeça para olhar o corvo. A fome lhe trazia gotas de sabores: churrascos, tortilhas, silabários de feijões como letras negras impressas em papel de pixtón, alfajores, rapaduras com anis, água de rosa. Mediu em distâncias de sabor a miséria na qual havia caído por ter peregrinado em busca de sua mulher. Pagava as consequências de sua necessidade. Não era necessidade. Um capricho, isso sim. Não era capricho. Era vontade de voltar a tê-la sob sua respiração quente. E por que não procurar outra. Porque não era a mesma coisa. Arrá! Esse era o segredo: por que não era a mesma coisa?...

A "tecuna" foge, mas deixa o espinho atravessado, e por isso essa história de "ausência é sinônimo do esquecimento" não funciona com ela. Procuram-na assim como quem tem sede sonha com água, como o bêbado daria uma volta ao mundo por um trago, como o fumante fica louco para conseguir um cigarro. Arrastou os sacos de correspondência e avançou pela caverna em busca de outra pedra para sentar. Estava mesmo muito cansado. Mas não se lembrava de ter caminhado muito naquele dia. Da aldeia Tres Cruces até o ponto da estrada real onde desviou por uma barranca ao lado do velho das mãos negras. Embora lembrasse vagamente de ter ido até o Cume de María Tecún. Uma pedra semelhante a um pequeno tamal lhe serviu de assento. Ia pensar bem, longe da luz, sozinho, debaixo da terra, em por que não conseguia ficar sem sua mulher.

As "tecunas" – menos direto pensar nelas no plural – têm, algumas, corpos de passarinhos palpitantes dentro de suas partes; outras, lanosidades de plantas aquáticas que vibram à passagem da corrente caudalosa do macho; e os sexos das mágicas são envoltórios plissados que se dobram e desdobram gradualmente no êxtase do amor, quando o sangue baliza suas últimas distâncias vivas em um organismo ao seu alcance, para torná-lo o princípio de outra vida. Existe-se mais. Nesses momentos, existe-se mais. A "tecuna" chora, se debate, morde, se encolhe, tenta se reincorporar, silaba, saboreia, sua, arranha, para depois ficar como marimbondo sem zumbido, como morta de sofrimento. Mas já deixou o ferrão em quem estava debaixo de sua respiração amorosa. Libertar-se para ficar preso!...

Agora, agora já sabem as pedras porque ele a procura. Agora, agora já sabem as árvores porque ele a procura. Agora, já sabem as estrelas porque ele a procura. Os rios porque ele a procura...

Lançando mão de pedrinhas de giz rubro-negro que encontrou espalhadas pelo chão, pintou olhos em seu rosto, nas mãos e nos pés, na planta dos pés, por indicação do velho das mãos negras, cara de verme de gerânio que foi embora com seu cachorro, e assim tatuado de olhos começou a andar para dentro, os sacos de correspondência nas costas, em meio a caranguejos brancos, morcegos e alguns escaravelhos cegos de antenas compridíssimas.

Nicho Aquino, aonde vai?, dizia ele mesmo debaixo da terra de rochas gotejantes, escutando o concerto das raízes sugando feito pontinhas de amor, em sexos de "tecunas", a vida dos terrenos, do perfumado ao fedorento, do doce ao amargo, e o picante, o venenoso, o queimante, o azedo e o gorduroso. Um fluido de meteoros ocultos empurrava o bruxo. Assim viajavam os correios velozes dos caciques, por subterrâneos conectando povoados. Os correios são como filhos dos chuchuzais. Os chuchuzais andam, andam e andam. Seus ramos definitivamente se esparramam por aqui, por ali, por todos os lados. De um dia para o outro, mais rápidos que o sol. De uma noite para a outra, mais rápidos que a sombra. E pronto. O homem da cara de verme explicou que chegaria à Cara Pintada, uma sala de luz solitária. Recuou surpreso, a boca escancarada, o passo interrompido. Por uma elevadíssima garganta, a luz do sol se derramava pelo interior com movimento de água; mas ao cair mais fundo, já sobre sua cabeça, voltava a ser água, água, água, mas água parada, água congelada em diamantes, em êxtase de diamantes. Mas não vinha só de cima, de baixo também chegava uma estranha verdura de cristais. Teve a sensação de estar dentro de uma pérola. Às vezes, a luz da garganta, sem dúvida quando o sol lá fora era mais forte, passava através das árvores que cobriam as altaneiras claraboias com suas copas espessas, e o mundo, um momento antes composto de diamantes, escurecia até se tornar noite verde da esmeralda, a noite dos lagartos, do sono frio dos cipós. De início galhinhos de lima verde, depois verdadeiras esmeraldas.

O senhor Nicho deixou de lado os sacos de correspondência, tirou o chapéu, como na igreja, e continuou olhando atordoado. Estava desperdiçando toda aquela beleza. Por que não voltar até San Miguel Acatán e avisar para todo mundo vir e se instalar aqui. Não era a gruta de uma história infantil. Era mesmo real. Tocou apressado, como se temesse que se desfizesse em suas mãos aquilo que julgava ser um sonho, as agulhas luminosas. Davam a sensação de estar mais frias que a terra, pois à vista pareciam corpos quentes, solares. O sol devia estar em seu ponto mais alto no céu, por isso iluminava tanto. O senhor Nicho continuava tocando as centenas, as milhares de pedras de vidro precioso ali soterradas, já ligeiramente alaranjadas, com a cor da lua. Sentiu frio. Ergueu a gola da jaqueta. Precisava fazer alguma coisa para sair dali, procurar a estrada real e seguir caminho, entregar os sacos de correspondência na Central do Correio. Se sua mulher morava em paragens tão magníficas, como poderia querer ir morar com ele no povoado, um amontoado de casas feias com uma igreja triste. Por que não vinham todos morar no subterrâneo, adotar essa Casa Pintada como igreja? Este sim era um lugar digno do altar de Deus. E o padre Valentín, e o piano de Dom Deféric, sua senhora branca, feita para estas paredes espelhadas, e o diretor gorducho do correio, fedendo a sebo de vela, e os boiadeiros com seus cavalos exalando majestade após receberem arreios feitos com algumas dessas belezas.

Um homem de cabelo azul, melhor dizendo, preto, reluzente, de qualquer modo, as mãos tisnadas, como o velho que lhe mostrou o caminho para procurar sua mulher nestes locais recônditos, as unhas com brilho de vaga-lumes, os olhos com o brilho úmido dos vaga-lumes, arrancou-o de seus pensamentos. Se gostava tanto, por que não ficava ali?

– Você acha – apressou-se em responder o correio, desejoso de falar com alguém, para ouvir como a voz humana soava naquele recinto. Como em qualquer lugar com abóbada. Mais uma prova de que não estava sonhando nem vivendo um conto de fadas.

O misterioso recém-aparecido disse para ele segui-lo, e Nicho caminhou atrás dele até chegar no extremo oposto da Casa Pintada, onde se ouvia o trinar de pássaros, cotovias, calandras, juruvas, tão próximos que pareciam cantar ali, quando cantavam lá fora, longe, onde?; ouvia-se fala de gente falando como papagaios, e ecos de remos conduzindo embarcações com movimento de asas de pássaros muito grandes.

A Casa Pintada ia dar na margem de um lago subterrâneo.

330

Na água escura, pequenas ilhas de milhões de algas verdes, manchas se juntando e separando ao pulsar tênue da corrente. Ali, por mais que o senhor Nicho tocasse a água, a realidade era mais sonho que o sonho. Por uma abertura delicada, as abóbadas cobertas de estalactites e estalagmites refletiam sobre o lago como laranjas pela metade. O líquido de um escuro azul de pena brilhante mostrava, em seu interior, como em um estojo de joias, as carretilhas do deslumbramento, os fantásticos colares acumulados pela mais índia das índias, a Terra. Fúlgidos grãos de espigas de milho incandescente.

– A primeira coisa – disse seu acompanhante – é saber quem eu sou, e também deve saber onde está.

Passou uma pequena embarcação carregada de homens e mulheres fantasmais, envoltos em mantas brancas.

– Sou um dos grandes bruxos dos vaga-lumes, moradores das tendas de pele de veada virgem, descendentes dos grandes entrechocadores de pederneiras; que cultivam sementes de luzes no ar negro da noite, para não faltarem estrelas-guia no inverno; que acendem fogueiras para ter com quem conversar sobre o calor que ressecará as terras se vier atacando com sua força amarela, dos carrapatos que enfraquecem o gado, do gafanhoto que seca a umidade do céu, das quebradas sem água, onde o barro se enruga e a cada ano fica com mais cara de velho bondoso.

Outra embarcação passou carregando frutas: bananas de ouro, cana-de-açúcar de ouro, cajus de polpa áspera cor de sangue, mel de sangue, pepinos listrados para alimentar as zebras, fruta-do-conde de polpa imaculada, caimitos que mais parecem flores de ametistas que frutos, mangas simulando em seus canastros uma geografia de terras em erupção, muricis como gotas de pranto de um deus dourado...

– Os alimentos... – disse a si mesmo o senhor Nicho ao ver aqueles alimentos ígneos, vulcânicos em presente vegetal, passando pelo mundo pretérito dos minerais rutilantes, fúlgidos, divididos entre a realidade e seu reflexo por todos os lados, acima e abaixo, por todos os lados.

– E sabendo quem sou, te direi onde estás. Tu viajaste para oeste, cruzaste terras de sabedoria e milharal, passaste sob as tumbas dos senhores de Chamá e agora te diriges à foz...

– Estou atrás de minha mulher...

– O mundo inteiro viaja contigo atrás dela, mas antes de seguir adiante é preciso destruir o conteúdo desses sacos de lona...

O correio, incumbido como estava de seu dever, protegeu instintivamente com o corpo os sacos de correspondência, recusando-se a deixá-los queimar. Era melhor seguir caminho. Foram para oeste e deram em um janelão imenso, aberto na escuridão das penhas, pelo qual contemplaram o vazio azul, leitoso, da bruma que subia do mar. Nuvenzinhas com patas de aranha passeavam ao sopro do vento pelo pó luminoso da luz solar, pó que se mesclaria à água para deixar a água clara, potável, chorosa. A água chovida é uma chorosa condutora de saudades. Quem bebe dela, homem ou mulher, sonha com verdes não vistos, viagens não feitas, paraísos que tiveram e perderam. O verdadeiro homem, a verdadeira mulher que existe, quer dizer, existiu dentro de cada homem e cada mulher, se ausentaram para sempre, e deles só resta a parte externa, o boneco, os bonecos com deveres de gente sedentária. O dever do correio, enquanto boneco, é defender a correspondência com sua vida – para isso carrega um facão – e entregá-la com segurança; mas acaba o boneco, o dever do boneco, quando surge sob sua casca o amargamente humano, o instintivamente animal.

Seu acompanhante, em cujo rosto se via a solidão de raiz arrancada, estendeu a imensa sombra verde que começava na terra e acabava no mar, suas mãos de lodo negro com as unhas lantejoulantes de vaga-lume, e disse:

– É irmão do correio o horizonte quando se perde no infinito para entregar a correspondência dos periquitos e das flores campestres às estrelas e às nuvens. São irmãos do correio os cometas que levam e trazem a correspondência das estrelas, madrinhas das "tecunas" e "tecunas" elas mesmas, pois depois de beberem espaços com andar de nuvem, se vão, desaparecem, perdem-se como estrelas fugazes! São irmãos do correio os ventos que trazem e levam a missiva das estações! A estação do mel, Primavera; a estação do sal, Verão; a estação dos peixes, Inverno; e o Outono, a estação da terra que conta os mortos do ano no cemitério: um, dois, três, dez, cem, mil, aqui, lá, mais adiante, e tantos e tantos e tantos em outros lugares! A carne provou da bebida de emigrar, pó, com andar de aranha, e cedo ou tarde ela também emigra como estrela fugaz, como a esposa fujona, escapa do esqueleto no qual precisou ficar rigidamente durante toda uma vida, parte, não fica; a carne também é "tecuna"...

O senhor Nicho ficou mudo de espanto ao ver o bruxo parar de falar e vir em sua direção, apertou contra as costas os sacos de correspondência, pronto para defender as cartas como se fossem parte de sua carne. Mas foi inútil. Há coisas fatais como a morte. Sua urgência, a urgência do macho de encontrar sua comichão, comichão de mulher em uma parte distante do corpo, fez com que cedesse, e caíram sobre um fogo de galhos secos os sacos de lona tatuadas com letras cabalísticas.

A fogueira demorou para morder a lona. Os dentes de fogo não a adentravam, estava úmida e pegajosa como se houvesse absorvido todo o suor de angústia do senhor Nicho sem saber o que fazer, dividido entre os deveres de boneco-correio e a comichão de sua mulher. Mas chamas de dentes de jaguar, chamas cor de tapir com língua penetrante, chamas de mechas embaraçadas de cabelo de ouro parecendo leõezinhos racharam a resistência dos sacos de lona listrada, e pelo vão do primeiro pedaço removido, uma mordida aberta preto-dourada, penetraram no interior de onde saltaram punhados de papeis ardendo: cartas em envelopes quadrados, envelopes grandes, pacotes de papel colorido, pedaços de lacre derretendo como crostas de sangue, pedaços de papelão, selos...

O Senhor Nicho Aquino fechou os olhos. Não quis ver mais. Não teve coragem para ver queimar o que não havia defendido, para ver despontar, igual à orelha de um coelho branco, a ponta da partitura que Dom Deféric enviara para a Alemanha; o retrato de um dos militares, algum oficial da guarnição, retorcendo-se no fogo como se fosse queimado vivo; as notas bancárias que não ardiam logo, começavam a arder pelas bordas gastas e sujas pelo manuseio das mil pessoas que as haviam contado, babado, protegido e, por último, perdido; os documentos do tribunal em um papel que parecia de osso; as cartas do padre Valentín, escritas em letra de passo de mosca, solicitando auxílio contra a praga das "tecunas".

O senhor Nicho, de olhos fechados, ouviu lançarem as cinzas da correspondência nos quatro cantos do céu. Era cinza de ruindade. Os bruxos se reuniram, enfeitados, enigmáticos; cabelo e barba; mais vegetais que humanos, sem sexo, sem idade. O senhor Nicho devia saber pela boca deles onde estava sua mulher, desaparecida da choça sem deixar rastro.

...Burburbur, burburbur, uma jarra de água fervendo. Um pano branco. Um pedaço de pano branco no varal do pátio, quase escuro após a convocatória para a oração. Cachorro procurando ansiosamente a pessoa que o acompanhava ao redor do local onde desapareceu. Vai e vem, para, bisbilhota, solta pequenos latidos de choro, vira a cabeça, empina-se sobre as patas dianteiras para ver mais adiante, coça, dá voltas, corre para um lado, corre para o outro lado, sem encontrar o que perdeu: uma mulher que saiu de sua casa com a moringa de transportar água na cabeça, sobre o suporte de pano branco, que ele seguira de perto, farejando os calcanhares, as anáguas. Desvaneceu-se, não estava mais, não a viu mais, por mais que a procurasse, nem a moringa, nem os pedaços da moringa, ausentou-se de repente com moringa e tudo da superfície do chão. Antes o cachorro achou que ela havia parado e se agachado em busca de algo, para recolher algo que havia caído, ou simplesmente para coçar um pé; mas não foi isso; faltava o corpo, faltava ela. Continuou a procurá-la por muito tempo, passados aqueles primeiros instantes de hesitação, com um desassossego mais angustiado, sofrimento de lançadeira, assustadiço, sem saber o que fazer. Fuçava o tempo todo pequenos trechos do terreno, para então erguer a cabeça e farejar no vento a ausência daquela que seguia com ele e, de um momento para o outro, no intervalo de um segundo, abandonou-o, deixou-o sozinho, como se houvesse se escondido. Aos saltinhos, entre latidos e choramingos gemebundos de animal aturdido temendo pela vida do dono, permaneceu no lugar, desorientado, e só com a noite já avançada voltou para casa, onde a água derramava da jarra ao ferver, apagou o fogo; o pano continuava no pátio escuro como uma mancha branca.

O senhor Nicho reuniu todas suas forças para enfrentar sua desgraça. Por fim, o cachorro!, foi só o que disse, reconhecendo em seu tom a fidelidade de Jazmín, único a testemunhar a tragédia na solidão daquele campo cercado de arames, para depois retornar à choça sozinho. E não a encontrou mais, ficou procurando pela casa; ao menos ouvir sua voz, sentir sua sombra quente de mulher limpa quando saía para pentear o cabelo ao sol. Naquela noite uivou desconsoladamente.

Os olhos do correio ficaram cheios de pedaços de obsidiana que foram se liquefazendo nos poços sem fundo de seus olhos. Ele também precisava engoli-la com os olhos. Ele também. Engoli-la. Engolir a imagem adorada como a terra havia feito sem deixar rastro, sem ter levantado do solo úmido, barroso, a frágil poeira levantada por quem cai. Nada. Ela caiu em um poço de sabe-se lá quantas varas de profundidade, desses poços que perfuram em busca de água e deixam abertos ao não encontrarem, sem alerta do perigo, sem broquel de tijolos. Sessenta, oitenta, cento e vinte varas, ali a água é raiz funda. Um poço oculto no matagal como réptil de corpo vazio e presas sem dentes. Suas palavras se transformavam em pranto e resgatava-a de sua memória, viva, linda, graciosa, e deixava-a cair por seus olhos molhados dentro de seu corpo dolorido, sem conseguir se acostumar, embora já fosse se acostumando, à ideia de não voltar a vê-la, a ouvi-la, a tocar suas mãos, a sentir o cheiro de seus cabelos banhados de água doce e dourados ao sol da manhã, de apartá-la quando a erguia de brincadeira do mesmo chão ingrato que a engoliu, para levá-la de um lugar a outro; ela chutava, enfurecia-se, ficava nervosa, mas logo a risada percorria as covinhas dos dois lados de sua boca. E lhe causava ainda mais dor – o pesar é um mundo de raízes doloridas – a perda da suave companheira de roupas de algodão com cheiro de guardanapo em que se embrulhou tortilha, dócil e manejável companhia de suas noites desatinadas pelo calor das telhas, pelo desejo de colocar o corpo dela embaixo de sua respiração. O pranto se formava na beirada das pálpebras, entre as pestanas, círculos líquidos, luminosos, mundo trêmulo de círculos concêntricos. Fora assumindo uma cor de espinho. Deixou sua carapaça de homem, boneco de pano com olhos gotejantes, seu trágico pesar de homem inseparável da lembrança de sua mulher transformada em um montículo de ossos, carne, cabelo, pano e pedaços de moringa, e frio de brincos e braceletes, e um suporte de jarro emaranhado, no fundo de um poço onde ela, por ter ido buscar água, foi ao encontro de suas trevas. Deixou sua carapaça de homem e saltou sobre um monte de areia, sentindo o piso morno, mas rígido, sob suas quatro extremidades de uivo com pelos. O bruxo dos vaga-lumes que o acompanhava desde que tinham se encontrado na Casa Pintada seguia ao seu lado e disse ser o Curandeiro-Veado das Sete-Queimas. Olhando bem, seu corpo era de veado, sua cabeça era de veado, suas patas eram de veado, seu rabo, seus modos, seu traseiro. Um veado com sete cinzas no cachaço, sete erupções brancas de vulcão entre os chifrezinhos de ferrão com mel dourado nascido de seus olhos de ouro escuro.

E ele, sem dizer, proclama ser coiote com seus dentes de grão de milho branco, seu corpo alargado de serrote serrando, projetado sempre à frente, suas quatro patas de chuva corredora, seus olhos queimantes de fogo líquido, sua língua, seu ofegar (o ofegar fazia sufufulufu...), sua inteligência, suas cosquinhas.

A vida além dos cerros que se juntam é tão real quanto qualquer outra vida. Não são muitos, porém, os que conseguiram ir além das trevas subterrâneas, chegar às grutas luminosas, ultrapassando os campos de minerais amarelos, enigmáticos, fosforescentes, de minerais, de arco-íris fixo, verdes frios imóveis, jades azuis, jades laranjas, jades índigo e plantas de sonâmbula majestade aquática. E os que conseguem ir além das trevas subterrâneas, ao voltar, contam não ter visto nada, calam-se coibidos, dando a entender que conhecem os segredos do mundo oculto debaixo dos cerros.

A névoa subterrânea não é invencível; mas cega totalmente, adormece os dedos, a língua, os pés, e esvazia pouco a pouco a cabeça pelos ouvidos, pelas narinas em forma de sangue de ouvido e sangue de narinas, daqueles que dispostos a tudo avançam pelas cavernas que ali se enroscam como couro pegajoso de serpentes que tivessem ficado vazios, onde não houvesse serpente, só o couro, ali se estendem em espaços abobadados como igrejas, mais adiante suas paredes se empapam de gotinhas de água condensada, e mais ao fundo se esquentam como se em suas cavidades silenciosas houvessem feito um churrasco, onde o calor ardia como pimenta em pó, um calor seco, salgado.

Quem, disposto a tudo, penetra algumas léguas no interior da terra, usando tochas de ocote como olhos, percorre muitas léguas entre lagunas cobertas de gorgulhos de escuridão em dobras de vermes, abismos onde povoados sepultados são acompanhados apenas pelo funesto canto do bacurau, e mais umas tantas léguas em meio a um tropel de formigas, saúvas, répteis e vermes talvez inofensivos na luz, mas apavorantes nas trevas mesmo em seus mais leves movimentos, quase todos os que retornam com vida voltam do mistério com os olhos escavados por olheiras profundas, os lábios queimados de fumar, os tornozelos frouxos de cansaço, congelados, tilintantes. Passaram por uma longa doença? Passaram por um longo sonho? Se tivessem olhos de animal da montanha, como o Curandeiro-Veado das Sete-Queimas e o Correio-Coiote, para enxergar mesmo nas trevas, teriam seguido impávidos até as grutas luminosas. Tinham olhos de animais da montanha, o Curandeiro e o Correio, veado e coiote. Os bruxos dos vaga-lumes, descendentes dos grandes entrechocadores de pederneiras, colocaram nos olhos, nas pupilas-bolinhas de vidro sereno, unto de vaga-lume para enxergarem nas profundezas da terra o caminho secreto que percorriam acompanhados de centenas de animais, de sombras de animais avós, de animais pais que chegavam a enterrar pedacinhos dos umbigos de seus netos e filhos, nascidos das tribos, junto ao coração do caracol, junto ao coração da tartaruga, junto ao mel verde das algas, o ninho vermelho do escorpião negro, o eco chacoalhante de tambores de madeira. Eles mesmos, seus netos, seus filhos, virão depois, se a vida lhes der licença, para os confrontos com seus nahuales ou animais protetores.

Quem desce às cavernas subterrâneas, para além dos cerros que se juntam, para além da névoa venenosa, vai ao encontro de seu nahual, seu eu-animal-protetor que se apresenta a eles ao vivo, tal e qual existem no fundo tenebroso e úmido de seu pelego. Animal e pessoa coexistentes neles por vontade de seus progenitores desde o nascimento, parentesco mais apreciado que o dos pais e irmãos, separam-se, para se confrontarem, mediante sacrifícios e cerimônias cumpridos naquele abobadado mundo retumbante e tenebroso, da mesma forma como a imagem refletida se separa do verdadeiro rosto. O Correio e o Curandeiro desceram para presenciar as cerimônias.

Quem desce, e só desce quem tem olhos com unto de vaga-lume, metade homem, metade animal da montanha, acomoda-se feito sombra humana nas grutas escuras, sobre colchões de folhas ou na terra pura, abstendo-se de comer, de beber, de falar, sem cumprimentar os amigos ou conhecidos, para cortar toda relação humana.

Sombras solitárias, mortos negros com olhos de pupilas iluminadas milhares de anos atrás, contemplam com indiferença a orfandade tenebrosa em que se movimentam.

Prolongam por até nove dias este abandono voluntário e enlouquecedor, do qual alguns escapam alucinados em busca do sol, chorando, soluçando, ao saírem das cavernas onde dizem ter se perdido. Só quem, às custas de uma coragem sossegada, esgota as próprias trevas alcança a preciosa luz.

Preparados por aquela longa noite de nove dias de escuridão e nove noites ainda mais escuras, os que não fogem, suportada toda esta provação, adentram uma gruta tenuemente iluminada, noturnos, tilintantes, como parte da treva em que estavam como morcegos de pelo de treva, como bonecos de pelo de treva, sacudidos pelo frio da morte em seus ponchos de lã, debaixo de seus chapéus de palha e ponta de teto de choça, e acusam em voz alta serem feitos de barro, estátuas de argila feitas em pedaços pela sede. Executam estas vociferações subindo e descendo os penhascos da gruta espaçosa e pouco iluminada pela qual se movimentam. Cair, saltar, resvalar, espremer-se de costas friccionando-se contra as rochas, deslizar contra as saliências os peitos, cotovelos, unhas, joelhos, tudo para correr o risco litúrgico sem cair no espanto do abismo ou na água profunda e estancada que nunca viu olhos de mulher. O cansaço os entorpece, às vezes lhes falta fôlego, abrem a boca para ajudar a respiração, vomitam, alguns desmaiam, outros perdem a cabeça e se lançam aos grandes barrancos, aos profundos barrancos, parecem folhas caindo, demoram a cair, destroçam-se nas pedras ao cair. Passam quatro dias multiplicando seus gestos torpes nesta dança descompassada, dando encontrões de bêbado, arrancando pedaços de terra com sabor de raízes para se alimentarem, mitigando sua sede de bagaços humanos no arenito úmido das penhas, gemendo, lastimando-se, hesitantes os mais viris, os outros desacordados em um sono profundo. Os bruxos dos vaga-lumes vêm em seu auxílio. Anunciam a eles que não são homens de barro, os bonecos tristes de argila desfeita foram destruídos. Surgem em plena noite aromas à espera do sol. Os que subsistem. A luz bela inunda-os, penetra por seus olhos, seus ouvidos, seus dedos, pelos milhões de olhinhos de esponja de seus poros abertos e deleitosos, até empapar seus corações de areia vermelha e voltar de seus corações transformada em uma luz que não é a luz que rodeia o homem, que esteve dentro do homem, a luz que por ser humana permite ver o nahual separado da pessoa, ver a pessoa tal e qual ela é e ao mesmo tempo sua imagem na forma primitiva que nela se oculta e que dela salta ao corpo de um animal, para ser animal, sem deixar de ser pessoa.

Relâmpago de pérola, choque de homem e sol. Quem se defronta assim com seu nahual, fora de si, é invencível na guerra com os homens e no amor com as mulheres, enterram-nos com suas armas e suas virilidades, possuem quantas riquezas quiserem, fazem as cobras respeitá-los, não ficam doentes de varíola e, se morrem, diz-se que seus ossos são de sílex.

Uma terceira provação os espera. Partem para o alto das selvas frias, mergulhadas em vapores formando uma escuridão branca que tudo apaga, tudo, como a escuridão negra das cavernas. Movimentam-se, como se nadassem, entre as folhas de árvores e mafumeiras que tecem com seus ramos uma planície de centenas de léguas verdes sobre o solo verdoso abaixo delas. Uma planície aérea suspensa pelos galhos sobre o rosto terrestre. Mundo de nuvem evaporando: orquídeas brancas, estáticas, imóveis; orquídeas carnívoras, ativas flores-animais de pele verde e gargantas de "de profundis" e erisipela; centopeias de passos peludos; aranhas enlouquecidas; escaravelhos rutilantes; corda fluida de víboras que parecem escutar címbalos ao dormir; esquilos espevitados; guaxinins carregando sua comida; micos-leões; esquilos; tamanduás remelentos; pombinhas em ninhos cheirando a cal e pena; aguamiel[48] de mel de borboleta e orvalho empoçado em ramos mutilados de bambu; sangue de galhos vegetais em espinhaços floridos de fogo; fogo verde de folhas de espinhos queimando; mechas de crinas compridas adormecidas em rolos; colmeias; enxames de ruído saponáceo...

Passam quatro dias nessa planície aérea suspensa sobre as colunas das mafumeiras acima da terra plana aqueles que

---

48 AGUAMIEL: Água misturada com cana de açúcar.

saíram da negra escuridão das cavernas para a branca escuridão das neblinas. Quatro dias e quatro noites sem dormir, invencíveis, entre os tecelões do cansaço e os urubus, sem outro alimento visível além das folhas das copas, sem outra fala além de seus gestos, andando sempre agarrados aos galhos, a cabeça baixa, golpeados na nuca, sem equilíbrio, os pés com movimentos de mãos, nus ou seminus, risos e risos, com o sexo ao vento. A luz provoca neles uma casta sonolência. Se amodorram. Se coçam. No quarto dia, quando o sol se volta ao poente, os bruxos anunciam que eles não são homens de madeira, não são bonecos dos bosques, e permitem sua passagem à terra plana, onde os espera o milho em todas suas formas, na carne de seus filhos feitos de milho, nos ossos de suas mulheres, milho deixado de molho para o prazer, porque o milho na carne da mulher jovem é como o grão umedecido pela terra, quando já está prestes a brotar; dentre os mantimentos, ingeridos ali mesmo para repor as forças após a ablução em banhos coletivos: tortilhas de onze camadas de milho amarelo com recheio de feijões pretos, entre uma camada e outra, por causa das onze jornadas nas cavernas tenebrosas; pixtón de milho branco, sois redondos, com quatro camadas e recheio da flor amarela de moranga, entre uma camada e outra, por causa das quatro jornada da terra evaporando; e tamales de milho velho, de milho tenro, pozole, atol, espigas assadas, cozidas.

Ali chegados, diante de tudo isso, o Curandeiro e o senhor Nicho, veado e coiote, sacudiram suas quatro patas ou verduras arrancadas da terra. Os invencíveis, banhados em correntes subterrâneas de rios gelados como metais, alimentados e vestindo suas roupas de festa, embarcam em canoas ligeiras rumo às grutas luminosas.

Minha adaga de pedra te proclama! Meu cabelo penteado com água! Meu ao redor de ti, eu! Eu ao teu redor, tu ao meu redor! Reta é a árvore do céu e nela, antes que na terra, tudo acontece: as vitórias e as derrotas, antes que na terra, antes que no lago, antes que no coração do homem! Tuas mãos cheias, tua testa verde, teu mundo entre joelhos de água, carne tornada flor por ficar ajoelhado!

O primeiro dia em uma cidade de camponeses com raízes de plantas medicinais se elevou para protegê-lo contra o morcego, para que tu, solar e vertebrado em uma medula de taquaras melodiosas, com o véu loiro do teu sexo na cabeça, fosses decapitado já maduro, entre as pirâmides de correntes de serpentes, o peixe lunar e a névoa dos desaparecidos!

Estruturas subterrâneas repetem sem lábios, voz direta, rígida, saída da garganta humana para a cavidade das grutas com gogó de diamante, o canto dos bruxos dos vaga-lumes. A voz estrala, é um petardo estourando dentro do ouvido secreto das pedras, mas o eco a recolhe e com barro de escultor de modulações modela-a outra vez, até deixá-la transformada em taça ressonante, taça na qual quem não foi derrotado no fundo da terra bebe o voo bebível das aves, para não ser derrotados no céu.

O Curandeiro aponta com a pata de veado, em meio aos invencíveis, Gaspar Ilóm. É reconhecível porque come muita pimenta picante, tem os olhos sigilosos e cabelo grisalho na cabeça.

O Coiote-Correio, Nicho Aquino, vê o Cacique de Ilóm em meio aos invencíveis enquanto o Curandeiro-Veado das Sete-Queimas explica a ele:

– À noite subiram os portadores do veneno para matá-lo, em meio a uma festa. Seus lábios chuparam o veneno branco de uma cuia de aguardente, bebendo aos pouquinhos com o licor. A Piolhosa Grande, sua mulher, desabou ao ver seus lábios embebidos de veneno. Gaspar quis matá-la, mas ela levava o filho dele às costas. Invencível como é, bebeu o rio para lavar o veneno e, superior à morte, voltou com a friaca da alvorada em busca de seus homens; mas, ai!, de seus homens só restavam os cadáveres com marcas de golpe de facão, tatuados pela pólvora nos disparos a queima-roupa. Então, perseguido pelos tiros de quem o buscava vivo ou morto, atirou-se outra vez na água, no rio, na corrente, invencível, como pode ser visto aqui entre os invencíveis. Eu me salvei da matança – prosseguiu o Curandeiro, uma nuvem de mosquitos voava perto de sua orelha de veado –, porque tive tempo de me transformar no que sou, de pôr para fora minhas quatro patas, senão teriam me derrubado ali mesmo, feito picadinho de minha carne, como fizeram com os outros bruxos dos vaga-lumes, vítimas das primeiras facadas enquanto dormiam, sem tempo de se transformarem em coelho. Pois eram coelhos, os coelhos de orelhas de palha de milho. Reduziram-nos a pedacinhos, mas os pedaços se juntaram, do corpo de cada bruxo rastejou um pedaço sobrevivente para formar um único bruxo, um bruxo feito de pedaços ensanguentados de bruxos, e todos a uma só voz, pela boca deste ser estranho de muitos braços e de muitas línguas, lançaram as maldições: Fogo do monte matará os condutores do veneno! Queimados morrerão Tomás Macholhão e a Vaca Manuela Macholhão. Fogo da sétima queima matará o coronel Gonzalo Godoy! Aparentemente, morreu em O Tremeterra, queimado, o chefe da montada.

– Aparentemente... – disse o Coiote, que queria dizer algo mais; ou melhor, disse o senhor Nicho escondido no coiote.

– Sim. Os bruxos dos vaga-lumes, descendentes dos grandes entrechocadores de pederneiras, condenaram-no a morrer queimado, e ao que parece a sentença se cumpriu, porque os olhos das corujas, fogo com sal e pimenta, cravaram-no poro por poro em uma tábua, onde ficou tal e qual era, tal e qual é, reduzido com montaria e tudo ao tamanho de um docinho de festa. Ele tentou se suicidar, mas a bala se aplastou em sua testa sem feri-lo. Um pequeno soldadinho de brinquedo, para cumprir sua vocação. Os militares têm vocação para brinquedo.

O Correio-Coiote balançou o rabo. Ouvir tudo aquilo que aconteceu antes como se estivesse acontecendo agora, às portas das grutas luminosas, em meio às pessoas desembarcando das canoas sigilosas, trazendo copal para alimentar os invencíveis, presentes como sonhos nas rochas revestidas de pedras preciosas; pessoas que se alimentam de fumaça perfumada e flores do ar, florezinhas desprendidas das embarcações com um fiozinho no lugar da raiz, soprando-as para subirem e se prenderem nos encaixes de diamantes e pérolas que caíam, que subiam, imantando-se mutuamente com suas finas antenas de borboletas mortas.

– E depois das maldições, o fogo – empinou-se com solenidade o veado, o Curandeiro, sacodindo a boca cingida de preto sobre os dentinhos brancos – se apagou de um sopro, como se apaga uma chama, a luz das tribos, a luz dos filhos das entranhas destes homens maus, como o pedregal que no inverno queima de frio e no verão queima aquecido pelo sol. Neles e em seus filhos e descendentes apagou-se a luz das tribos, a luz dos filhos. Macholhão, o primogênito de Tomás Macholhão, o condutor do veneno, foi transformado em estrela do céu quando ia pedir a mão de Candelaria Reinosa, e os Tecún decapitaram os Zacatón, ceifados da vida como o pasto é ceifado, todos ele descendentes, filhos ou netos, do farmacêutico Zacatón, que sabendo o que fazia vendera o mesmo veneno usado antes para matar um pobre vira-lata com impinge.

Relâmpagos de sol entre as árvores, através das galerias, alteravam a decoração das grutas, agora de esmeraldas, verde mineral que descendia em meio a uma atmosfera de jade verde-azul até a verdosidade sem reflexo das águas vegetais, profundas.

Cabiam muitas perguntas, mas o senhor Nicho apenas se atreveu a perguntar, não sem sentir um arrepio nervoso de coiote maligno na espinha, o que mais lhe intrigava.

– E a pedra de María Tecún?

– Tua pergunta, pelo grosso, pelo espetado, é um estribo para eu montar em minha resposta.

– Pelo grosso, pelo espetado te pergunta, porque muito se conta sobre María Tecún, sobre as "tecunas", as mulheres que fogem, e muitos são os homens que se perderam no Cume de María Tecún... – engoliu um bom volume de saliva de coiote, amálgama de lágrimas e alento de zarabatana para o uivo, antes de conseguir dizer –: ...e porque dali veio o meu distúrbio. Sofri algo que não se pode explicar a ninguém que não seja

344

animal e humano, como nós. Sentia o ciúme formando em minha cabeça coágulos de sangue gordo, arroxeado, entupindo minhas veias e se derramando em meu rosto, quente, para grudar por fora, até esfriar a minha vergonha com a morte, como uma mancha de câncer. Mas meus ciúmes ocultavam pústulas de lástima, e então eu me sentia capaz de perdoá-la: pobrezinha, deram pra ela tomar pó com andar de aranha!, e não era a lástima, eu sentia uma grande cosquinha no pomo de adão, apertando até dar náusea, ao mesmo tempo em que dois círculos, também de cosquinhas, passavam a mamar meus mamilos, e um círculo de água funda se enroscava em minha cintura, e então não só me sentia capaz de perdoá-la, mas também de amá-la de novo para meus desejos secretos, me deleitando por saber que em sua fuga outro a teria conhecido, gostado de sua carne, de seu interior de gruta luminosa, embora no fundo de caverna úmida de seu sexo as rochas se movam de ponta a ponta, como raízes animais. Ninguém que não seja animal e humano é capaz de me compreender. Depois, já sei o que ocorreu; mas para chegar a este triste consolo de sabê-la morta – só o cão testemunhou quando ela saiu para buscar água e, atravessando uma pastagem, caiu no poço –, passei por cada coisa: sem dúvida mordi animais indefesos, sem dúvida assustei os povoados, sem dúvida uivei ao lado dos cemitérios, sem dúvida enrolei o novelo de minha loucura em quatro patas, ao redor da pedra de María Tecún, entre neblinas e sombras...

– Saiamos do mundo subterrâneo, a estrada é curta e o relato é longo, e simples a explicação se voltarmos ao Cume de María Tecún...

19.

O senhor Nicho Aquino não podia voltar a San Miguel Acatán. Iriam queimá-lo vivo, como foram queimadas vivas as cartas destinadas ao correio central pelos bruxos das mãos negras e unhas de vaga-lumes. Depois de correr chão ora como homem, ora como coiote, apareceu num povoado que parecia ter sido erigido sobre buchas. Não havia dúvidas, era fácil ver, que havia sido construído sobre ferros, tábuas e pilastras de cimento e troncos de árvores surdidos na água do mar, tudo salobro e aparatado de febre palúdica. Os barracos flutuantes acessados por trilhas esquálidas de tábuas que davam nas varandas de piso de madeira carcomida, algumas com janelas envidraçadas de guilhotina, todas com grades metálicas, outras construídas direto na terra quente, terra fedendo a peixe, com tetos de palha e portas vazias como olhos vesgos. Dentro das casas, uma sensação de gatos com catarro. Os fogões de ferro. As cozinheiras negras. Cozinhavam com petróleo, embora em algumas casas houvesse forno de cristão, feito de pedra e argamassa, com grelhas, e nessas os alimentos eram cozidos com lenha ou carvão vegetal.

Tempo fresco, diziam as pessoas, e o senhor Nicho sentia-se como se o cozinhassem vivo. Chegava da montanha, fugitivo da justiça. Imputavam a ele, além do delito de infidelidade na posse de documentos, a morte de sua mulher, de quem não se teve mais notícias. Custa se acostumar à costa. A dona de um hotelzinho que mais parecia um hospital lhe deu abrigo em troca de serviços de recados. Os quartos dos hóspedes forrados com um tapete de flores desbotadas pelo sol. Um hotel com muitos gatos, cães, aves de criação, pássaros em gaiolas, papagaios e algumas araras que brilhavam, como arco-íris, em meio a tantas coisas sujas e serviam de amuletos contra incêndio.

Um só hóspede. Um hóspede incógnito. Descia de um barco a cada seis ou sete dias, de cachimbo na boca e jaqueta dobrada no braço de carne branca, rosto avermelhado de queimadura do sol, loiro, meio coxo. Substituía o guardanapo a cada refeição, para limpar os bigodes, e o senhor Nicho era o encarregado de entregar os pratos: caldo, arroz, carne, bananinhas, feijão e um pouco de pessegada. Soube que era belga. Jamais conseguiu averiguar por que o homem se metia no mar. Não pescava. Não trazia sobras de mercadorias, como os contrabandistas. Só ele, o casaco e o cachimbo. Conversando com a proprietária do hotel a Dona, ela disse suspeitar que ele se ocupava medindo a profundidade do mar, para ver se os barcos ingleses poderiam entrar ali em caso de conflito com a Inglaterra. O trem monótono da vida, comparável apenas ao trenzinho do molhe que leva e traz os caixotes de mercadorias. Um respiro nas tardes com cheiro de taquara fresca, já bem caído o sol.

Mas o senhor Nicho, um faz-tudo – aqui só não servi de mulher!, dizia à patroa –, gostava mesmo era de ir duas vezes por semana, às vezes três, dependendo de suas tarefas, a bordo de um barquinho guiado por um lancheiro até o Castelo do Porto.

Enquanto na porção de costa junto ao porto e em seus arredores, ficavam as palmeiras e o reflexo de seus troncos na água, como cobras saindo do mar, na direção contrária ia surgindo, na distância líquida, como um grande papa-figos, o Castelo do Porto.

Para ver as horas – o mar, como todos os animais, têm suas horas, e à noite se enfurece –, a Dona havia lhe dado o relógio que ele levava em uma corrente, quase de presidiário, presa na segunda casa de botão de sua camisa cáqui, e o tique--taque repercutia em seu esterno até o osso se acostumar a ficar entre dois pulsos, o do sangue e o do tempo. Enquanto a canoa repleta de mercadorias adentrava o mar, afiando-se, encompridando-se, mais estreita que um tronco, quase como um fio, o horizonte ia se ampliando, salpicado aqui e ali por cabeças e barbatanas de tubarões. Golpes de cauda, mordidas, ruídos grosseiros, voltas e meias-voltas no silêncio da água, sob o silêncio do céu.

Às vezes, algum passageiro ou passageira hospedado no Hotel King combinava o aluguel da lancha com a Dona para ir até o Castelo visitar algum dos presos. Nestes casos, o senhor Nicho ia de acompanhante e acertava com o lancheiro para viajar de graça, aproveitando a oportunidade para levar embrulhos aos presos.

Os presos do Castelo do Porto impressionavam Nicho Aquino, montanhês, em todos os sentidos, pois ele percebia como aqueles, por ficarem presos no meio do mar, iam se tornando seres aquáticos, nem homens, nem peixes. A cor da pele, das unhas, do cabelo, o movimento atrasado de suas pupilas, quase sempre fixas, a maneira de acionar, de mover a cabeça, de se virar, tudo era de peixe, até quando mostravam os dentes ao rir. De humano só tinham a aparência e a fala, e alguns falavam tão baixinho que pareciam abrir e fechar a boca soltando borbulhas.

Nesse Castelo do Porto, adaptado como prisão, em meio a esses homens-peixe, cumpriam sua pena por fabricação clandestina de aguardente, venda de aguardente sem licença, falso testemunho, roubo e insubordinação os réus Goyo Yic e Domingo Revolorio. Foram condenados a três anos e sete meses cada um, sem descontar o tempo de prisão cumprido em Santa Cruz das Cruzes. Os compadres eram os melhores clientes de folhas de palmeira, matéria-prima de chapéu, da

Dona do King. Passavam dias e dias sentados um de frente para o outro sobre duas pedras, já desgastadas antes de eles chegarem ali, trançando as folhas em faixas intermináveis que enrolavam até juntar um bom volume, para então costurar os chapéus, chapéus que fabricavam para vender às dúzias. Revolorio, sempre que terminava o cocuruto do topo de um chapéu, apoiava os cotovelos nos joelhos e, olhando para o mar, falava em ter material suficiente para criar um chapéu do tamanho do céu. Goyo Yic pensava girando em sua mão um chapéu já pronto, pensamentos que, como em um aquário invertido, nadavam dentro dele, desde o menor peixinho até o tubarão que a todos engole. As coisas da cabeça são como as coisas do mar. O pensamento grande come todos os outros. Um pensamento fixo e insaciável. E o pensamento-tubarão na cabeça de Goyo Yic ainda era sua mulher acompanhada de seus filhos, tal e qual estava ao abandoná-lo naquela manhã em sua casa, nos arredores de Pisigüilito. Tantos anos já! Pode-se dizer que foi ambulante até ir preso, procurando-a por todas as partes, dando instruções para dizerem onde ele estava caso alguém a visse, e nunca soube nada, nunca teve a menor notícia dela. Cego estava seu coração, depois de tanto tempo, para chamá-la por seu nome, como saiu ele, cego à época, de sua casa, gritando: María TecúúúÚÚÚn!... María TecúúúÚÚÚn!...

Os presos. Uns cento e vinte embrutecidos pelo comer e dormir, sem fazer nada. O sol secava a atmosfera e o ar salino que respiravam mantinha-os com sede. Uma gordura úmida de peixes lisos, sem escama. Os que enlouqueciam se lançavam dos torreões ao mar. A água os tragava, seguidos verticalmente pelos tubarões, e no livro da prisão se anotava uma baixa, sem precisar a data. A data era registrada quando o morto deixava de comer, às vésperas da chegada de algum figurão do porto. No meio tempo, o morto comia, para os bolsos do senhor diretor.

Não eram presos especiais. Eram presos esquecidos. Mandavam para lá a cada tanto o excedente das prisões. Questão

350

de sorte. Às vezes limpavam os canhões do castelo, ocupação que distraía alguns e irritava outros. Limpar tralha velha. Pior que não fazer nada é fazer coisas inúteis. Sebo e pano até o bronze ficar limpo, com os leões e águias em seus escudos imperiais.

Uma estranha placa de madeira gravada com ferro incandescente dizia: "PROIBIDO FALAR DE MULHERES". De quando datava aquela inscrição na tábua carcomida, seca de sol, seca de sal, madeira já reduzida a cinza? Dizia-se que aquela vontade em letras de forma navegou por todos os mares em um barco pirata. Na época heroica do castelo a advertência era cumprida sob pena de morte. Partidas as guarnições, chegaram os corvos para tirar os olhos das ausências de mulheres ali ocorrida, sem falar nelas, pensando nelas. Agora aquele local fedendo a urina era o cantinho mais abandonado da fortaleza.

– Por sorte, compadre, você não tava aqui quando esse letreiro era levado a sério.

– E o que teriam feito comigo? – respondeu Goyo Yic a Revolorio.

– Ora, não teriam feito quase nada: uma pedrinha de seis arrobas no pescoço, e ao mar.

– Sabe, compadre…

– Fale, compadre Goyo, mas não de mulheres...

– O castigo não deve ter valido para quem falava de sua mãe, talvez isso fosse permitido, a mãe vem sempre em primeiro lugar.

– Bem dito, compadre, e justo por isso também era proibido falar nas santas mães; não... essa placa é de uma sabedoria... Nada aflige mais que as conversas em que os homens tiram para dançar as autoras de seus dias. O soldado fica fraco quando começa a relembrar os doces dias passados. Deixa de ser soldado e volta a ser criança.

Um carcereiro com cara de chave torcida foi ao encontro deles apontando o céu limpo, sem nenhuma nuvem, e todo o azul asfixiante do mar atlântico.

– Tem que aproveitar agora pra ver se dá pra ver a outra ilha. É uma ilha grande. Se chama Eugropa.

Os compadres e o carcereiro subiram em um dos torreões. Um pontinho escuro na lâmina do mar. A barca do senhor Nicho retornando do castelo à terra firme. O senhor Nicho trocava umas poucas palavras com o barqueiro. Juliancito Coy, embora por erro de pronúncia dissesse "Juliantico", assim se apresentava o canoeiro. Nu, só com uma tanga. Sabia pouco e sabia muito. Poucas letras e muita canoa. Assim dizia a Nicho Aquino. Juliantico mostrava sua dentadura de peixe e, combinando a remada com a fala, entredizia: Muito tubarão aqui e lá pra fora na terra, muito lagarto; seja o que for, é comida, essas bestas querem comer. Por uma escada, subiram no molhe da pequena Aduana. O senhor Nicho desembarcou com suas tralhas, cestos e caixotes vazios e o barqueiro com seu remo no ombro, cada qual para sua casa, se te vi nem lembro.

– Compadre, a ilha Eugropa... – apontou Revolorio, enquanto dava uma cotovelada de leve em Goyo Yoc.

– É verdade, compadre, como conseguiu achar?...

O carcereiro cegueta e bigodudo enrugou o rosto, semicerrando os olhos para discernir no horizonte a ilha Eugropa. Não viu nada, mas ao descer disse que, não sendo a ilha de Cuba, tinham visto, bem vista, a ilha Eugropa.

Faltavam cinco meses para Goyo Yic (e seu compadre, é claro!) cumprirem sua pena, quando um dia – estava costurando um chapéu, um chapéu encomendado – ouviu gritarem seu nome com todas as letras na entrada do castelo, em meio aos nomes dos novos presos que estavam desembarcando de uma lancha a vapor, com bandeira, soldados e corneta, e que o diretor recebia em uma lista escrita.

– Goyo Yic! – bradou o diretor ao examinar a lista.

O compadre Tatagambá largou o que estava fazendo e foi conhecer aquele que devia ser seu parente. Afinal era seu duplo xará, de nome e sobrenome.

Um rapaz de uns vinte anos, magro, com o cabelo preto,

o rosto fresco, os olhos vivos, o porte altivo, era Goyo Yic.

Tatagambá perguntou a ele:

– Goyo Yic?

E o rapaz responde:

– Sou eu, deseja alguma coisa?...

– Não, só te conhecer. Reconheci o nome e vim ver quem era. Como foi a viagem? É cansativa. Trouxeram vocês a pé? Nos trouxeram assim. Mas aqui terá tempo para descansar, tanto quanto os mortos no cemitério.

Tatagambá, tão logo viu o rapaz, soube quem era. Balançou a cabeça grisalha de um lado para o outro, junto ao rapaz, os olhos pesados de pranto que não caía e na garganta palavras que o sufocavam. Mas em meio ao sabor amargo que lhe subiu à boca desde as entranhas, um fiozinho de esperança, como um fiozinho de saliva doce: pelo seu filho saberia o paradeiro de María Tecún.

Procurou o compadre Mingo para contar tudo e pedir que rezasse a estranhíssima oração dos "Doze Manueis" que tanta força e bom conselho traz, aquela que começa pelo "Primeiro Manuel", São Caralampio...

Goyo Yic soube, pelo compadre Mingo, que Tatagambá Goyo Yic era seu pai. Desde que o vira no portão do castelo seus olhos tiveram a impressão de reconhecer algo familiar, ali onde tudo lhe era estranho, adverso; mas só agora entendia o motivo dessa impressão, que na hora não soubera explicar. E por isso foi dormir ao lado dele. Se é que se pode chamar de dormir. Era a primeira noite em sua vida adulta que dormia protegido pela presença do senhor seu pai. No entanto, inconscientemente, fechou os olhos sem medo ao lado de um homem.

Tatagambá Goyo Yic indagou, temeroso do que lhe aconteceria por ser curioso: ficar com a imaginação feito um balão se afastando pelo céu azul; perguntou pelo paradeiro de María Tecún. Ao deixar a casa – contou seu filho – ela se embrenhou ainda mais na montanha, certa de que seu pai os buscaria no litoral.

– Dentro da montanha, qual... – perguntou Tatagambá.

– A montanha de cima. Ali passamos bons seis anos. Minha nana trabalhava na casa de uma fazenda grande. Deram uma choça pra ela morar e crescemos todos ali.

– Algotro pai?

– Não. Homem, não. Nós éramos muitos e mamãe, muito feia.

Feia, repetiu Tatagambá Goyo Yic para si. Feia, feia, e esteve a ponto de soltar um "Mas ela era bonita, moça bonita", quando se lembrou de que nunca a tinha visto, todos lhe diziam que era bonita.

– Depois fomos morar em Pisigüilito, procuramos meu pai, buscamos o senhor, mas não estava mais lá; vai ver foi embora, dizíamos, ou morreu, dizíamos tristes. Minha nana se casou de novo. Disseram que você havia despencado da montanha procurando minha nana. Já que era cego.

– Se casou com quem?

– Com um homem que tinha pacto com o Diabo, e devia ter mesmo, porque aconteciam coisas muito estranhas na casa: cada vez vinham homens diferentes ver minha nana; ele encontrava os homens, mas não batia neles, não reclamava, não dizia nada. Isso era pra ver se ela era boa, confiável, essas armadilhas.

– Era boa, acredito nela! – exclamou Tatagambá.

– Depois fomos fugindo de casa, um por um, só Damiancito, o mais moço, ficou com ela, e por ele soubemos que o Diabo se apaixonou por minha nana; eram coisas que diziam: deixou-a muito bonita, limpa, linda, pura estampa de botica; mas o homem casado com ela não saía de seu lado por nenhum segundo, e sempre que o Diabo vinha ele botava pra correr a pauladas; dava grandes surras no Diabo, e o coisa-ruim não podia fazer nada, porque foi esse o acordo: enquanto minha mãezinha recusasse os apaixonados, meu padrasto podia bater neles sem que pudessem lhe encostar um dedo; e como minha nana *não queria nem ouvir falar no Diabo, meu padrasto podia dar nele de relho,* e Satanás não podia tocar ele.

– E por que te jogaram aqui?

– Por rebelião... Queriam nos fazer trabalhar sem pagar... É tudo uma porcaria... Não existe justiça...

Tatagambá Goyo Yic contou ao filho como havia gasto a vida procurando-os por estradas e povoados. Primeiro, a operação. Chigüichón Culebro devolveu sua vista. Depois os dias como ambulante. Por último, o fiasco da aguardente, até a prisão. Procurava-os porque temia que a mulher tivesse descido com eles ao litoral, onde existe um verme que deixa as pessoas cegas, e queria resgatá-los; mas, graças a Deus, ela pensou direito e, embora ele tivesse perdido a vida, não tinha perdido os filhos.

Goyo Yic contou que sua nana, como era mais aguerrida que homem, uma legítima guerrilheira, havia se disposto a roubá-lo do castelo; mas tendo visto o lugar, toda a água bravia, com tanto tubarão e tantas outras coisas, mandaria dizer que não fizesse isso. De noite o mar fica muito revolto.

– Antes vai vir te visitar...

– Assim espero, ficou de me trazer uns paninhos, uma muda de roupa.

– Pois então, filho, deixa ela aparecer, quiassim verá pelos próprios olhos dela, vai se desiludir com esse mar tão perigoso, as pedras tão afiadas, esse maldito castelo ingrato.

– O senhor vai encontrar com ela...

– Ã? – fez um gesto de dúvida –, depois a gente vê; não é como se fosse vir amanhã. Tem tempo pra pensar. De qualquer modo, diga pra ela vir.

Uma cortina de nuvens escuras separou a terra costeira do castelo. Uma cortina de nuvens escuras retumbando com os estremecimentos do trovão que seguia os raios pintados como espinheiros de amoreiras douradas sobre o mar.

– Em diassim, meu filho, não sobra nem o consolo dos tubarões.

O vento rugia. Chicotadas de chuva. Ondas do tamanho de igrejas se erguiam e desabavam. A ilha e o castelo se afastavam.

– Pior, *tata*, se a ilha se soltar e nos levar pro mar...

– Se nos levar à ilha Eugropa, melhor; só que aí não ia mais ver a senhora sua mãe.

– Tem outra ilha então?

– É o que diz um dos carcereiros, o que chamam Português. Mas não deve existir nada pra além dessa corrente azul à nossa frente. Nós que somos da montanha podemos até pensar, mas nunca imaginamos o mar assim como é, assim como animal.

A produção de chapéus também sofria com o tempo ruim. Sem sol os dedos não andam, ficam emperrados, como se também ficassem trançados, imóveis sobre a folha de palma, que umedece demais e exige mais esforço para ser trançada.

– Presos velhos, filho – dizia Tatagambá, mudando de assunto –, presos com túneis de reumatismo nos ossos, as mãos relutantes, canelas que não obedecem mais; a gente que é velho aprende a gostar da dor.

O temporal golpeava furiosamente toda a extensão da praia. Até nos rincões mais afastados do castelo, soterrados entre muros de quatro e seis braças de pedra e uma mistura endurecida pelos séculos, ouviu-se um som como se algo muito frágil, mas ao mesmo tempo muito forte, se quebrasse na base do penhasco. Estava quase escuro. As vozes dos vigias, soldados e presos que observavam apagavam por instantes o grito nu de uma voz humana em meio à borrasca. Soldados e presos olhavam, já disforme e abatida, à mercê do temporal, uma embarcação.

Não conseguiram chegar até ela. Não se soube nada. Os presos ficaram enxutos de temor, mínimos, insignificantes frente aos elementos desenfreados. As ondas pareciam machadadas, golpes de picareta nas profundezas, revolvendo tudo, e as cristas espumosas da água saltavam de vez em quando, em rinhas de galo, até os torreões escuros, tenebrosos, silentes.

Os dois Goyo Yic, de olhos abertos, seguiram durante a noite inteira o mesmo fio de pensamentos na escuridão chuvosa. A embarcação desfeita. Levaram muito tempo para externar suas apreensões, seus temores, seus pensamentos, mas à meia-

-noite já não foi mais possível manter o silêncio, ainda mais por estarem ainda despertos. Suas palavras escaparam como os latidos escapam de um cão que não quer latir e depois, ao latir, assusta-se ele mesmo com o som. Mas não, não poderia ser ela, não podia ser ela. Antes ela virá trazer a roupa de Goyo Yic, seu filho, e depois falarão sobre como tirá-lo dali.

– Só se esse homem que tem parte com o Diabo – sussurrava Tatagambá Goyo Yic.

– Mas não, pai – respondeu após um bom tempo, após pouco tempo, de qualquer modo após um silêncio, Goyo Yic, filho –, diziam que esse meu padrasto andava livre.

– Como você disse que se chamava? Certos nomes não grudam na memória.

– Se chama Benito Ramos...

– O diabo largou ele, então?

– Sim, soltou...

Cobriram-se e, palavra aqui, palavra ali, acabaram adormecendo. Tatagambá Goyo Yic deixou a mão cair para tocar alguma parte do corpo de seu filho, pois assim descansava melhor durante o sono. Sangue velho e sangue novo da mesma entranha, a madeira velha e o broto, o tronco e uma lasca desse mesmo tronco em meio à tempestade.

Ao lado do porto, o Hotel King, emplastrado de água salgada, com as telas de mosquito destilando umidade como se fossem redes de pesca, a Dona consultava Nicho Aquino com os olhos, e Nicho Aquino estava bem ciente do tema, mas não se animava a articulá-lo em palavras na cavidade de sua boca, temendo que, ao articular certas palavras, o dito se tornasse verdadeiro, e uma vez transformado em realidade já não pudesse mais ser destruído.

Impelido pelos olhos da Dona, sem abrir a boca, decidiu subir ao segundo piso. Rangeu sob seus pés a escada em caracol. Após subir alguns degraus com as mãos firmes no corrimão pegajoso pela água e pelo sal, o pequeno corrimão do segundo andar, empurrou a porta do quarto do belga. Ninguém, ninguém. Só estavam ali suas pantufas, um chapéu de caubói – o senhor Nicho cravou bem os olhos nesta peça de roupa que avaliou rapidamente como uma espécie de herança, em razão do parentesco existente entre amo e criado –, um candelabro com uma vela queimada pela metade e alguns fósforos.

Sem que a Dona perguntasse, disse a ela:

– Não está...

– Veja só, pois é... – a Dona estava de costas ao lado do balcão quando ele entrou no salão da cantina – ...eu já sabia... a tempestade pegou ele no mar... – inclinou a cabeça para trás e se virou com a roupa vazia na mão – pois é, veja só, veja só...

– Mas será que tem perigo?

– A essa altura não mais...

A Dona encheu apressadamente outro copo de conhaque e bebeu tudo de um gole.

– Então não precisa se preocupar...

– Se embarcou não tem mais perigo, e se não embarcou também não tem mais perigo; Deus queira que tenha ido àqueles morros onde dizem que tem minério de ouro.

A notícia da embarcação destroçada ao pé do Castelo do Porto chegou ao Hotel King dias depois, quando a borrasca já ia se afastando pelo Caribe. Nesse dia a Dona bebeu a garrafa inteira de conhaque. Nicho Aquino abriu a bebida e levou até o quarto dela. Estava prostrada na cama, nua até a metade do corpo, como uma sereia velha. Nicho Aquino cumprimentou ao entrar e ao sair. A Dona não respondeu. Agia como se louca fosse. Não percebia que estava com os seios de fora, diante dos olhos de um homem estranho. Pelo contrário, coçava-os com a maior naturalidade. Seios tristes, chorosos de água de sal. O servente deixou a garrafa e o copo limpo na mesinha ao lado da cama. Bitucas de cigarros de gringo, fedendo a lixo perfumado. A Dona não o viu, ou fingiu não vê-lo, perdida em uma nuvem de fumaça. Apenas esticou os dedos manchados de nicotina pedindo que ele alcançasse outro cigarro. Depois de sair o senhor Nicho ficou escutando. Só ouviu o glu-glu-glu do conhaque ao passar pela garganta da Dona. Mais tarde ouviu ela se levantar. Por pouco não o flagra na porta. Saiu do quarto tão depressa que o alcançou ainda ao lado do corrimão. Mas nem assim o viu. Soltava guinchos angustiados, blasfemava, insultava Deus com palavras profanas. Os pelos do servente se eriçaram de medo. O mar erguia suas ondas côncavas, iguais a orelhas, e levava o seu ouvido ao fundo de todas as coisas, lá onde está Deus.

No Hotel King, tudo já estava normal no dia seguinte. A borrasca havia passado. Nas praias, milhares de peixinhos mortos. Os troncos das árvores inclinados até mergulharem no mar, banhados de substâncias marinhas, alguns mutilados, outros gingando com raiz e tudo, como náufragos com sapatos.

– Muito perigoso... – disse o senhor Nicho à Dona, que guardara no espartilho tudo o que ontem estava de fora.

– Prenda os cocos, não seja medroso...

– E depois cubro com quê...

– Com cera de fogueteiro, cera preta; assim ganhei meu dinheiro: vendendo cocos batizados. Depois desses dias de frio, os presos dão qualquer coisa por um coco batizado. Vai estragar tudo com esse medo, você nem parece homem; na vida pra tudo é preciso se arriscar... – ao dizer isso, a Dona pensou na embarcação estatelada contra as rochas do castelo, em seu homem –, por mais que você queira juntar seus trocados para tirar sua mulher do poço onde caiu... Com essa sua coragem não vai conseguir nada... Os ricos são ricos porque se arriscam pra roubar o dinheiro dos outros, fazendo comércio, fabricando coisas, o que você imaginar, pois quando tem muito dinheiro junto numa mão só sempre tem uma parte que foi roubada dos outros...

– Mas se o coco é gelado por natureza, quem vai acreditar que estou vendendo água de coco... Oferecer coco depois de uma borrasca... a senhora tem cada ideia!

– Molhe a mão do diretor; leve cem pesos e na chegada entregue, a ele disfarçando. Em seguida, grite: Cocos! Cocos!... Os presos já sabem... Quando vir o agradecimento estampado nos olhos deles, você sentirá que além de bom negócio está fazendo uma boa ação...

O negócio dos cocos saiu redondinho como os cocos. Todos compraram seu coco batizado. No lugar da água de coco, enchiam algumas cascas com aguardente e outras com rum. Os de rum eram mais caros. Era preciso pôr pra dentro muitas doses de rum ou aguardente para aliviar o mal-estar que a tempestade deixava no corpo e na alma.

Domingo Revolorio comprou um de rum e foi oferecer um gole ao compadre Yic, mas chegou anunciando que seria vendido, como a aguardente do garrafão que os levara à prisão. Os dois fizeram a mímica de vender um ao outro os tragos que bebiam. Tatagambá contou ao filho a história do garrafão. Vendemos por seis pesos à vista cada dose, e foram umas duzentas, no máximo, porque um pouco caiu do garrafão; seja como for, a seis pesos o copo, duzentas doses, daria mil e duzentos pesos; quando acordamos na cadeia não tínhamos mais nada, e só encontraram seis pesos conosco. O rapaz ficou olhando pra eles. Coisa do Diabo. Tiraram a prova com o coco de rum, vendendo as doses a um peso. Yic, pai, pagou uma dose a Revolorio. Entregou o peso a ele. Depois Revolorio quis comprar um trago do outro. Bebeu e pagou o peso. E assim até terminarem o coco: três tragos cada um. Ao terminarem deviam ter seis pesos e só tinham o maldito peso com que começaram a venda. Conta de magia. Vender à vista, acabar o produto, e ao final não ter os valores, muito menos o lucro esperado.

Os dias jorravam sol, sol que no Castelo do Porto era chumbo derretido. Pestes e vermes sufocados pelo calor saíam para tomar ar nos terraços de terra arenosa e grama cor de teia de aranha. Os presos caçavam-nos para atirá-los aos peixes, comemorando com risos alegres ao verem ratos, lagartixas e camundongos caírem na água limpa, verde-azul, transparente até onde o fundo começava a se converter em escuridão de porcelanas de penumbra e frio de medusas.

Os soldados da guarnição estavam proibidos de gastar munição, e por isso não abriam fogo contra os tubarões, mas, ai!, as mãos chegavam a coçar para atender aos desejos do dedo no gatilho, de paralisar com um disparo, se tivessem boa pontaria, algum dos magníficos exemplares de tubarão dos mares tropicais que nadavam à sua frente em um cardume, pequenos touros cujas nadadeiras eram salamandras iridescentes, obstinadas, com filas duplas de dentes piramidais. Os negros, dois ou três prisioneiros negros, nos dias de algazarra, lançavam-se ao mar para enfrentá-los como em uma tourada, sem faca, sem nada além do escárnio de sua esguia nudez. Esses negros exalavam um fedor de mostarda seca antes de se lançarem à arena marítima. Como os toureiros. É o cheiro da morte que sai do medo do homem, explicavam os carcereiros. Em um torreão, contudo, posicionava-se o melhor atirador da guarnição com a escopeta pronta, para disparar contra o tubarão em caso de perigo, embora, segundo contavam, anos antes houvera um caso em que, de tanta espuma na água, não viram em que momento, com um pulo de gato, o tubarão levou um dos toureiros negros. Era um espetáculo de bravura, com luxúria e mistério, e exercia tamanha atração sobre os espectadores que alguns caíam na água, cortando a palpitação incandescente das águas, mergulhos que passavam despercebidos, pois se em outras situações teriam sido motivo de riso para todos, não tinha espaço quando as atenções estavam centralizadas, imantadas pelo jogo de vida ou morte disputado entre o tubarão e o negro. Que formas fortuitas assumia a figura humana ao se apresentar e escapar do tubarão empacotado pelas jovens trevas de sua sombra marinha. A fera obstinada atrás do foguete humano, com explosão de borbulhas espumosas nos braços, nos pés, sem poder alcançá--lo. A massa escura do animal oscilava, estúpida, comprimida pela água, enquanto o acharoado corpo do negro rebrilhava, galvanizando os espectadores. No silêncio cheio de expectativas percebia-se cada pontinha de suor caindo no espelho líquido da margem desde as testas dos presos, e o blu-bu-blu-bi-blu dos corpos inimigos passando tão tortuosamente próximos um do outro que mal havia tempo para pensar no que estava acontecendo, pois outra vez os músculos de ébano violáceos, entre uma risada e um estalar de dentes, desviava do tubarão que ludibriado, mas não derrotado, descia rapidamente na água traçando uma espiral de espumas, para voltar de perfil, cambaleando entre anéis de cristal que por pouco não faziam barulho ao colidirem.

Os oficiais, os soldados, os presos, após o "drible de tubarão", retomavam seu caráter vazio de seres opacos, os nervos quase em frangalhos, alguns parecendo doentes, contorcendo um braço ou com os olhos esbugalhados como um farol.

As aves marinhas, pomposas, desbravavam distâncias e indolências, batendo asas com dificuldade, despencando das alturas para mal roçar a água a tempo de retomar o voo, entre peixes voadores que saltavam como fragmentos de giz de mesa de bilhar golpeada.

– Pai... – Goyo Yic se aproximou para dizer em um dia de grande claridade –, ali está minha mãe...

– Meu Deus, espero que não tenha dito que eu tava aqui!

– Já contei...

– Por que fiz isso, meu Deus..., eu não queria que ela soubesse, e o que ela disse!

– Nada. Pôs-se a chorar...

– E você contou que agora enxergo?

– Não. Isso eu não disse.

– Então vou juntar as pálpebras e você me leva pela mão...

– Acha que você é cego...

María Tecún ainda tinha as sardas, os fios sedosos do cabelo ruivo entremeados por mechas brancas. Escorou-se em uma lateral do portão para enxugar o pranto, assoando as narinas ataquaradas de velha, e esperou com as canelas tremendo por baixo das anáguas pelo filho e pelo pai cego que se aproximavam. Tatagambá Goyo Yic se aproximou muito, fingindo-se de cego, como se fosse para cima dela, até topar com o corpo de frente; ela recuou um pouco, segurou as mãos dele e ficou observando-o com olhinhos escrutinadores, titilantes sob as lágrimas gordas que saltavam de suas pálpebras.

– Tudo bem? – disse a ele, após um momento, com a voz cortada.

– E você, tudo bem…

– Por que te botaram aqui?

– Contrabando. Por causa dum garrafão de bebida que comprei com um compadre para revender na feira de Santa Cruz. Perdemos a licença e nos foderam.

– Veja só... E pra nós, não é, meu filho?... nos disseram que tinha morrido, que já era defunto. Tá aqui faz muito tempo?

– Faz...

– Muito?

– Dois anos. Me deram três...

– Santo Deus!

– E você, María Tecún, como vai... Casou de novo...

– Sim, Goyito já contou. Te deram por morto e me autorizaram a casar. Os meninos precisavam de um pai. Mão de mulher não serve com os homens. Homem quer homem, e graças a Deus saiu tudo bem; ao menos com eles foi diferente. Eu te abandonei....

Goyo Yic adotou uma expressão de incômodo, abrindo insensatamente os olhos mais que o necessário, o necessário para que ela, perdida em seus pensamentos, reparasse nas pupilas limpas, diferentes de antes.

– Deixe eu contar, já está na hora de falarmos diante de um dos nossos filhos. Te abandonei não porque não te amasse, mas porque, se tivesse ficado contigo, a essa altura teríamos outros dez filhos, e não dava: por você, por eles, por mim; o que as crianças teriam feito sem mim; você era doente da vista...

– E com seu marido de agora, não tem filhos?...

– Não. Os bruxos tiraram a capacidade do infeliz de engravidar mulher. Um adivinho me contou. Participou de uma matança de índios aí e amaldiçoaram ele, ficou seco por dentro.

– E eu, você iria me querer se eu enxergasse?

– Talvez... Mas você não ia me querer, porque sou bem feia, assustadora. Seu filho pode contar. Embora pros filhos não exista mãe feia.

– Nana – interveio Goyito filho rindo –, reparou bem no meu tata...

– Assim que vi ele, mas estava me fazendo de desentendida. Queria me abraçar quando veio pra cima de mim, fingindo não ver, tatinha.

Tatagambá abriu os olhos. As pupilas dele e dela titubea-
ram antes de se juntarem, se encontrarem, e ficarem fixas, a
luz do olhar oscilando.

– Que bom que agora tem olhos de verdade... – disse
María Tecún apertando um pedaço de pano em sua mão
fechada de emoção.

– Mas até agora não me serviram de nada, pois eu queria
para poder te ver, e te procurei... onde não procurei?... achei
que ia te reconhecer pela voz, já que de vista não conhecia,
e virei vendedor ambulante, ia pra cima e pra baixo falando
com toda a mulher que encontrava...

– Teria me reconhecido pela voz?

– Acho que não...

– A nossa voz muda com os anos. Pelo menos te ouvindo falar agora, Goyo Yic, me parece que você fala diferente de antes...

– Tenho a mesma impressão com sua voz; seu jeito de
falar era outro, María Tecún...

Domingo Revelorio, chamado por Tatagambá Goyo Yic,
aproximou-se para conhecer María Tecún.

– Aprochegue-se, compadre...

– Fui compadre por um garrafão que levei para o batismo! – esclareceu Revolorio festivamente. – A senhora não
pense que esse homem teve outros filhos...

– Então sou sua comadre...

– Isso mesmo, minha comadrinha...

– Sendo de um garrafão – interveio Tatagambá Goyo Yic,
cuja satisfação mal cabia no corpo – não é sua comadre, compadre, mas colega de copo.

– Tudo bem, mas aí você também é meu colega de copo...

A tarde se aproximava. A tinta do mar, a tinta do céu, as
nuvens já arreboladas e a quieta solenidade das palmeiras
adentrando o ocaso. Uma que outra embarcação cruzava
ao longe no horizonte, que de um instante para outro havia

adquirido um tom violeta escuro. O ensimesmamento das águas profundas, cor de garrafa, aumentava o enigma daquele momento de negação, de dúvida diante da noite.

Todo o dito e não dito já estava conversado. A ideia da fuga de Yic foi descartada por ser perigosa.

Tremia sua queixada de mulher velha ao se despedir do filho. Fez beiço. Não queria derramar o pranto, para não os afligir. Suas pálpebras tremiam. Limpava o nariz com a mão nervosa. As sardas, a boca contraída pelo pesar, as rugas do pescoço, o peito sem seios. Deu a volta encaixando a cabeça no ombro do filho. Voltaria. Por sorte trouxera algo para vender. Uns seis porcos. Amanhã me desfaço deles e volto para vê-los. Pensou isso ou disse?

Nicho Aquino se aproximou com o relógio da Dona na mão para avisar que já era hora de voltarem à terra firme. Entraram na barca, ele com suas tralhas, ela com seus pesares, e o lancheiro começou a remar. Uma brisa fria, vespertina, cortava a atmosfera de bagaço quente que vinha da terra. Ondas suavíssimas na baía quieta e amarela, rodeada de palmeiras negras, como uma balsa de trementina de ouro.

Nicho Aquino perguntou à viajante silenciosa, com expressão de poucos amigos apesar da ternura do pranto que secava em seu rosto.

– Como pretende vender os porquinhos?

– Depende. Se o milho não anda muito caro, talvez consiga um preço bom, embora, verdade seja dita, este ano os porcos estão valendo bastante. Ao menos na minha terra andam vendendo bem.

Juliantico, o barqueiro, remando e remando. Seu cabelo como se um morro houvesse subido em sua cabeça. Seus olhos de Menino Deus com fome iluminados pelos pontinhos das luzes acesas na escuridão navegante do porto.

Nicho Aquino soltou um pouco intempestivamente o que vinha pensando desde que embarcaram. Tomou conhecimento, ouvindo por cima a conversa dos Yic e de Revolorio no Castelo, que aquela mulher era...

365

– Quer dizer que a sinhá é a famosa María Tecún?

– Faça o favor... – suas palavras a pegaram de surpresa, mas respondeu de bons modos – ...famosa, por quê?

– Por causa da pedra, do cume, das "tecunas"... – apressou-se em dizer o correio de San Miguel Acatán, hoje transformado em ninguém; o braço direito da Dona do Hotel King e seu amante; mas um grande ninguém desde que deixara de ser correio.

– Então o sinhô também sabe da pedra, é... Então, pois é, sou eu; pedra lá e gente aqui...

O senhor Nicho Aquino navegava no mar ao lado de María Tecún, tal e qual era, um pobre ser humano, e ao mesmo tempo andava em forma de coiote pelo Cume de María Tecún, acompanhado pelo Curandeiro-Veado da Sete-Queimas. Dois animais de pelo duro cortavam a neblina espessa percorrendo a terra de poros abertos em torno da grande pedra. Voltavam das grutas luminosas, tendo conhecido os invencíveis nas cavernas de pederneiras mortas, mantendo a conversa para não se dissolverem, o veado-curandeiro na mansa escuridão branca do cume, tão parecido com a morte, e o coiote-correio na cálida e azul escuridão do mar, onde estava em corpo humano. Se não conversassem, o Curandeiro-Veado teria se dissolvido na neblina e o correio-coiote teria retornado por inteiro ao seu autêntico ser, ao seu corpo de homem que navegava ao lado de María Tecún.

O balanço do barco deixava-os cerimoniosos. Iam se aproximando do desembarcadouro miasmático, fedorento, água gordurosa, sujeira.

María Tecún explicou que não se chamava bem, bem Tecún, mas Zacatón, e o senhor Nicho, que ao mesmo tempo em que seguia no barco com María Tecún percorria o cume ao lado do Curandeiro em forma de coiote, contou a este com um uivo, ficou sabendo: Não é María Tecún, é María Zacatón, Zacatón...!

O Curandeiro-Veado das Sete-Queimas, que andava muito próximo a ele – marchavam junto à famosa escuridão branca do cume –, untou seu focinho de veado nos pelos da orelha

366

arisca para dizer-lhe com um sorriso cristalino de espuma em meio ao luto dos lábios:

– Você está longe de ser adivinho, meu parceiro coiote! Tem muito o que andar, muito o que ouvir, muito o que ver. Coma assado de codorniz, mastigue o umbigo de copal branco e escute, até se embriagar, o vinho de mel dos passarinhos que voam sobre o verde sentado nas árvores que é igual ao verde sentado no monte. Tornamo-nos adivinhos quando estamos sozinhos com o sol acima! E María Tecún, essa que você diz ver como se estivessem frente a frente, não tem o sobrenome Zacatón e por isso mesmo está viva: se tivesse sangue dos Zacatón teriam cortado sua cabeça de bebê de poucos meses na degola dos Zacatón que eu, Curandeiro-Veado das Sete-queimas, ordenei indiretamente por intermédio de Calistro Tecún quando a nana dos Tecún estava doente de soluço de grilo. Os Zacatón foram decapitados por serem filhos e netos do farmacêutico que vendeu e preparou conscientemente o veneno que deteve a guerra do invencível Gaspar Ilóm contra os milheiros que plantam milho para vender a colheita. Como se homens engravidassem mulheres para negociar a carne de seus filhos, para comercializar a vida de sua carne, com o sangue de seu sangue, são os milheiros que semeiam não para o seu sustento e o de sua família, mas gananciosamente, para enriquecerem! Mas a miséria os persegue, vestem o trapo da folha desgarrada pelo vento da impiedade e suas mãos são como caranguejos que, estando nas cavernas sagradas, vão ficando brancos.

– Se não é María Tecún nem María Zacatón, então, esta pedra é quem?, Veado das Sete-Queimas...

Por um momento o senhor Nicho ouviu sua voz se afogar no vaivém ruminante do golfo, mas a fala do Curandeiro o trouxe de volta à realidade do cume, e respondeu que naquela pedra se escondia a alma de María a Chuva.

– María a Chuva, ela se elevará nos tempos que estão por vir!

O Curandeiro abriu os braços para tocar a pedra, transformado na figura humana que via nela, também ele humano, antes de se dissolver no silêncio para sempre.

– María a Chuva, a Piolhosa Grande, a que se pôs a correr como água despencando, ao fugir da morte na noite da última festança no acampamento de Gaspar Ilóm! Levava às suas costas o filho do invencível Gaspar e foi paralisada ali onde está, entre o céu, a terra e o vazio! María a Chuva, é a Chuva! A Piolhosa Grande é a Chuva! Às suas costas de mulher de corpo de ar, só de ar, e de cabelo, muito cabelo, só cabelo, levava seu filho, filho também de Gaspar Ilóm, o homem de Ilóm, levava o milho, filho seu, o milho de Ilóm, e se elevará nos tempos que estão por vir, entre o céu, a terra e o vazio.

EPÍLOGO

Faróis enlouquecidos pelas picadas dos pernilongos e pernilongos enlouquecidos pela luz dos faróis. Pernilongos, mosquitos, muriçocas, carapanãs... o rosto do senhor Nicho escapou para um dos ombros, como o taco de um sapato retorcido. Os anos. Peso e solidão de chumbo. Rugas em forma de ferradura sustentavam a duras penas sua queixada, osso malévolo pendendo solto, irremediavelmente solto. Moscas. Entravam em sua boca. Cuspi-las vivas. A Dona morreu de febre perniciosa. Ficou preta, cor de alacrão. Perdeu o cabelo na última penteada. Herdeiro do Hotel King e suas dezesseis mil ratazanas, o senhor Nicho Aquino. Tatagambá Goyo Yic e Maria Tecún voltaram a Pisigüilito. Ela enviuvou do segundo marido, o falso. Só se tem um marido, todos os demais são falsos. Benito Ramos, do pacto com o Diabo, morreu de hérnia. Voltaram, então, a Pisigüilito. Golpes de enxada outra vez para construir uma choça maior, porque seus filhos casados tinham muitos filhos e todos foram morar com eles. Luxo de homens e luxo de mulheres, ter muitos filhos. Velhos, crianças, homens e mulheres se transformavam em formigas depois da colheita, para transportar o milho; formigas, formigas, formigas...

Guatemala, outubro de 1945.
Buenos Aires, 17 de maio de 1949.

POSFÁCIO
Adriana Junqueira Arantes

Caro leitor, o romance *Homens de milho* escrito pelo Nobel literário guatemalteco Miguel Ángel Asturias (1899-1974) que você acaba de ler foi elaborado entre as décadas de 1920 e 1940, passando, assim, por um longo processo de maturação. Tal amadurecimento inclui a escritura de uma série de textos prévios – o primeiro deles publicado ainda em 1927 – que vai esboçando as questões centrais do enredo do romance, cuja forma final só se desenvolveria anos mais tarde. Sua publicação original é de 1949.

Homens de milho é considerado o *opus magnum* de seu autor. E, embora se trate de uma obra ficcional em todo o seu teor, sua ideia central parte de uma história real: o assassinato do líder indígena Gaspar Hijóm pelas milícias de Manuel Estrada Cabrera, quem ocupou de forma ditatorial a presidência da Guatemala entre 1898 e 1920. É desse fato que o enredo romanesco arranca. Afinal, *Homens de milho* tem início com a contenda entre os indígenas que habitam tradicionalmente as terras de Ilóm e os ladinos que vivem nas cercanias, imersos no modo de produção do milho; alimento este sagrado para os indígenas e mercantil para os ladinos. Contrapartes necessárias, ambos são sujeitos na ação romanesca.

Das seis seções que compõem o romance, as quatro primeiras são dedicadas ao confronto entre indígenas e ladinos, enquanto as duas últimas servem ao resgate dos valores culturais indígenas perdidos durante o combate. O aparente isolamento entre as seções, ao final da leitura, revela uma grande unidade narrativa, contornando um mosaico, em função da heterogeneidade das vozes discursivas nelas presente.

Pois bem, o leitor há de recordar que Gaspar Ilóm, guerreiro e chefe da tribo, apesar de ser protegido pelos coelhos amarelos, é envenenado por Vaca Manuela, esposa de Tomás Macholhão, indígena traidor que se alia ao exército ladino (conhecido como montada) chefiado por Chalo Godoy. Piolhosa Grande, a esposa de Gaspar, foge ao vê-lo beber o veneno e, em seguida, o cacique mergulha no rio a fim de desfazer-se do efeito do envenenamento. Com o desaparecimento de Gaspar perece a comunidade de Ilóm. O cacique, que emerge salvo pelas águas do rio, não encontra vivos os membros de sua tribo e acaba optando por afogar-se para não sobreviver ao seu povo. Deste modo, a existência "real" de Gaspar no romance desaparece para dar lugar à figura lendária que irá se reatualizar nas seções seguintes, por meio de outras personagens.

Na segunda seção narram-se o desaparecimento do único filho de Tomás Macholhão e as queimadas sobre as terras malditas do traidor. Este, que em "Gaspar Ilóm" fora amaldiçoado pelos bruxos dos vaga-lumes, morre imolado pelo fogo, cumprindo a maldição (lenda) e transformando-a em realidade. Com efeito, todos os membros da família Macholhão perecem em meio ao fogo destruidor.

Mas a guerra continua e, assim, tem início a terceira seção. Afim de assegurar a saúde da senhora Yaca, seu filho Calistro Tecún participa de um ritual adivinhatório (xamânico) que irá revelar a origem do veneno que matou Gaspar Ilóm. Participam deste ritual seu irmão e o Curandeiro. E novamente a instância do mágico cobra vingança aos traidores: agora são os membros da família Zacatón, os fabricantes do veneno que pôs fim à vida de Gaspar, que serão imolados pelas chamas ardentes. Algum tempo depois do ritual adivinhatório morrem também – e simultaneamente – o Curandeiro e o recém-encontrado Veado das Sete-Queimas, estabelecendo-se de forma inequívoca no romance o tema do nahualismo.

E a guerra teima em continuar. Na quarta sessão, a maldição consumada aos assassinos de Gaspar pesa na memória de Chalo Godoy. Benito Ramos assume a posição de narrador e relata (por seu alcance à instância do mágico, uma vez que pactuou com o diabo) o momento da morte de Godoy, também em meio ao fogo. Morto o último dos matadores, abre-se uma nova perspectiva para o surgimento da lenda em torno à maldição dos executores de Gaspar Ilóm.

A quinta seção promove uma espécie de viragem e narra a história do esquecimento. Goyo Yic é um indígena cego que foi abandonado por sua mulher, como Gaspar também o fora. Ao recuperar a visão por meio de uma cirurgia realizada pelo ervanário, passa a vagar em busca da esposa. Porém, perde-se em meio a bebedeiras em meio à vida de errante, desviando-se de sua busca e deixando a imagem de sua esposa perder-se nos desvãos da memória. Ao penetrar no terreno da desmemória, Goyo Yic também se perde de seu nahual (o gambá). Como indivíduo, Goyo Yic tem o mesmo destino que o povo de Ilóm: vencido pela cultura dominante, perde sua origem, suas raízes e sua identidade. Mais adiante, o resgate que irá empreender é o da retomada de sua identidade, que se dará por meio da lenda.

Quando tem inicio a sexta seção, muitos anos se passaram e o passado – ou a memória – agora sobrevive nos contos. O leitor haverá de concordar que, para que o passado alimente o presente, é preciso, de algum modo, revivê-lo ou... contá-lo! Assim, o modo de ação do último protagonista do romance, que dá nome à última seção, Nicho Aquino/Correio-coiote, estabelece-se em função das lendas do passado. O correio-coiote realiza um mergulho nas histórias do passado e assim pode reencontrar o seu nahual. E mais: a partir daí, o passado também pode ser recontado inúmeras vezes.

As muitas formas de recontar o passado vão sendo apresentadas pelas diferentes vozes que o romance congrega. Nicho Aquino *é claramente o mensageiro entre dois mundos* e eis aí uma importante questão relacionada à cosmogonia dos povos maias anteriores à chegada dos europeus no Novo Continente – em particular, com o *Popol Vuh* – que vale atestar: estando em sua versão coiote, Nicho Aquino alcança o inframundo, o mundo dos deuses. E é ele quem entende o que é preciso fazer. Por isso, ele pode voltar para sua realidade anterior sendo um "ninguém" para o mundo social. A real função de Nicho no contexto da narrativa não é humana, mas sim mítica.

Nesse sentido, é possível afirmar que há uma espécie de triângulo simbólico que funciona assim: Gaspar Ilóm (o coelho, encarregado de semear o mundo) defende, Nicho Aquino (o coiote) entende e, mensageiro que é, transmite o saber ancestral a Goyo Yic (o gambá, o marsupial que carrega a família), quem cumpre o destino humano. Deste modo, o recontar da história de quem profanou o caráter sagrado do plantio do milho abre a possibilidade da restauração desse mesmo caráter sagrado que havia se perdido. Goyo Yic é Gaspar renascido e, ao retornar a Pisiguilito, terá como possibilidade o restauro do modo sagrado de cultivo do milho.

Entre as muitas vozes que recontam o passado encontra-se Hilario Sacayón. Diferentemente das personagens anteriormente consideradas, todas indígenas, Hilário Sacayón é um mestiço – um ladino, o único a figurar como personagem de primeira grandeza no romance. Mas os contos do passado pertencem a todos os homens, é justamente Hilario Sacayón quem irá costurar os pontos dessa história.

Peço que o leitor volte ao título do romance: *Homens de milho*. Momento inaugural da construção discursiva para seu autor, tal título tão alheio à cultura ocidental promove, de imediato, a interceptação de duas linhas de força: de um lado, a perspectiva das chamadas vanguardas históricas latino-americanas – geração a que pertencia Asturias – e de outro, a da cosmogonia ancestral maia. É dessa convergência entre os diferentes mundos que o romance se constrói. Daí se justifica a necessidade da figura de Hilario Sacayón. Ladino, mestiço, ele encarna a convergência ou intersecção dos dois mundos: o ocidental e o indígena.

Os procedimentos vanguardistas buscavam incorporar o popular, o autóctone, junto ao experimentalismo linguístico e estético. Embora a redação final do romance tenha se dado somente na segunda metade dos anos 1940, Asturias lança mão de tais procedimentos de vanguarda para a sua construção discursiva, dado que a maturação do romance, conforme já se disse, teve início ainda na década dos 1920. Os aspectos relacionados ao experimentalismo linguístico se evidenciam no uso inusitado da linguagem, que incorpora diferentes vocábulos, sentidos e diferentes modos de falar de suas personagens e de seus narradores. Além disso, a construção de uma estrutura romanesca em forma de mosaico (desarticulado apenas em aparência) evidencia uma escolha quase total pelos procedimentos de vanguarda no campo da elaboração estética.

No que diz respeito à outra linha de força da construção discursiva, fundamentada na cosmogonia originaria da região mesoamericana do *Mayab* observa-se, ao menos, três formas de tratamento do mito cosmogônico: a aceitação do mito como verdade, manifestado nas personagens indígenas; a manifestação fictícia e lendária, que pode ser percebida entre os diversos personagens ladinos; e, por fim, a da diluição das fronteiras entre realidade e mito, entre ficção e verdade, por meio da própria narrativa – o que se evidencia na figura de Hilario Sacayón. Convém aqui relembrar o leitor de que Nhá Moncha explica essa questão dentro do romance:

[...]

– Então me escute. A gente muitas vezes acha que inventou coisa que os outros esqueceram. Quando a gente conta o que não se conta mais, diz inventei, é meu. Mas o que estamos fazendo na verdade é lembrar; você lembrou em sua bebedeira o que a memória dos seus antepassados deixou em seu sangue, pois tenha em vista que você não faz parte só de Hilario Sacayón,

*mas também de todo Sacayón que já existiu, e pelo lado da senhora sua mãe,
dos Arriaza, gente que foi todinha daqui da região.*

[...]

Para os mortos não há nem longe nem perto...

Em *Homens de milho* não se vê a aventura de um determinado protagonista individual, como apregoa a tradição do romance moderno, pois Gaspar Ilóm é o herói inicial que se multiplica e se desdobra no decorrer da narrativa, adquirindo muitas faces, transformando-se em lenda, como ocorre com o herói épico, típico da narrativa clássica antiga, anterior ao gênero literário denominado romance. E o herói épico, em qualquer tempo, diz a História da literatura ocidental, é aquele que representa o seu povo. Nesse caso, Gaspar Ilóm representa o povo guatemalteco da primeira metade do século XX, período em que o romance está ambientado. Sua forma, contudo, não é completamente decalcada da épica antiga, pois em *Homens de milho* o herói não é figura linear; é decorrente da acumulação de tempos, conteúdos e sentidos. Tanto por isso que, após a sua morte, o herói (Gaspar Ilóm) aparecerá ainda com novas vestes, nas figuras do Curandeiro, de Goyo Yic, etc...

Gaspar Ilóm inscreve-se, de um lado, no universo da magia, do enigma, do nahualismo. Sendo guerreiro e cacique, deve proteger seu povo e prover sua gente do alimento sagrado, o milho. Os coelhos amarelos o protegem e é por meio deles que Gaspar Ilóm age. Na cosmogonia maia, os coelhos amarelos das orelhas de palha de milho são os espíritos relacionados à criação do mundo, à fertilidade e à abundância, pois foram designados pelos deuses para cuidar das sementeiras. Dessa forma, Gaspar Ilóm se inscreve no mundo épico, no mundo das origens, em que não há um herói individual, mas um herói coletivo, a quem cabe representar essa coletividade.

Talvez por isso se observe no romance um sentido tectônico: na abertura do romance é a terra quem fala, e é à terra que Goyo Yic e María Tecún retornam, no epílogo; pois o fio condutor da narrativa emerge da terra e das questões a ela relacionadas. Mas, há ainda outro sentido mais humano, mais ritual, e também mais social e econômico, no qual se observa o resgate ancestral promovido pelo romance tanto da cultura antiga do povo maia como das crenças populares e mestiças, dos maneirismos da fala coloquial dos diversos setores sociais da coletividade guatemalteca que são contemporâneos à sua escritura.

Ao unir o sentido tectônico ao sentido humano, Miguel Ángel Asturias propõe ao leitor a ideia de que essa narrativa se estabelece como uma estrutura cíclica e vital que permite o resgate do passado (a cultura clássica maia) para mover ou revolver o presente e alcançar alguma forma de futuro (o devir). Além disso, institui-se a ideia de que o passado engendra o futuro do mesmo modo que as textualidades pré--colombianas maias puderam, de alguma forma, engendrar a literatura moderna.

Daí mais um motivo para que a figura de Hilario Sacayón assuma essa posição de primeira grandeza no romance: Sacayón atua na fronteira entre verdade histórica, pulsão do presente e o território da invenção, da ficção e do resgate da memória coletiva. É por meio de sua figura que se dá o regime narrativo de acumulação em que vão se tecendo na seção "Correio-coiote" os elos entre as histórias que estavam dispersas nos relatos das seções anteriores. Ao aproximar-se da pedra de María Tecún, Hilario não só se depara com Nicho-Coiote, como também escuta o chamado agônico de Goyo Yic. Seria essa visão fruto de sua imaginação? Nesse momento, memória e imaginação se confundem, se tornam entidades indiferenciáveis – *"Dênticos"*, talvez exclamasse Gaudencio Tecún.

Gaspar Ilóm, Vaca Manuela, Chalo Godoy, María Tecún, Goyo Yic, o Curandeiro, antes disseminados em narrativas aparentemente autônomas e carentes de uma relação lógico-

-racional, aproximam-se e respondem a uma unidade narrativa até então insuspeita para o leitor. Tal unidade se dá em razão da aproximação promovida por Hilário Sacayón, uma vez que é ele quem narra as histórias do passado. De sua memória e de sua capacidade de contar, o romance irá articular os relatos decorridos de modo a conferir essa unidade de mosaico que é, afinal, a conformação ou, em última análise, a proposta de uma nova cosmogonia. Sacayón, inicialmente descrente, é absorvido pela cosmogonia ancestral maia e, a partir de seu discurso, constrói-se um novo caminho de compreensão do mundo, para os personagens, e um novo sentido ou nexo narrativo, para o leitor. O passado é, assim, também o presente e, ainda, o futuro.

Evidentemente que essas conexões que conformam a unidade de *Homens de milho* dizem respeito à estrutura narrativa. E *Homens de milho* alcança sua unidade narrativa resgatando – ou reatualizando – de um recurso muito em uso no período renascentista: o da acumulação em torno à figura do herói. No caso que nos ocupa, Gaspar Ilóm e suas reatualizações, com todos os passados no presente.

Tal resgate de recurso narrativo utilizado por Asturias deriva de seu olhar surrealista, que busca uma construção imagética no encadeamento analógico-associativo de metáforas a partir do recurso da acumulação. Isso lhe permite alcançar o imaginário presente na cosmogonia maia. Se Gaspar Ilóm se reatualiza por meio de outros personagens, também a própria narrativa épica se reatualiza por meio dos diferentes procedimentos estéticos utilizados por Asturias para escrever *Homens de milho*.

Neste sentido, *Homens de milho* opera segundo uma ordem que, embora não o desvincule das tradições literárias do ocidente sobre as quais o gênero romanesco moderno se apoia, prevê a inclusão de um universo cultural outro, que requer uma articulação igualmente diferenciada dos eventos na ação romanesca com a construção de uma língua literária que crie uma realidade nova, simbólica e primordialmente textual. A partir dessa realidade nova que o autor cria, talvez possamos dizer que *Homens de milho* alcança uma dimensão antecipatória. Uma nova visão de futuro; ou ainda, um tipo de visão de futuro fundado na ideia de uma nova cosmogonia.

Homens de milho, conforme foi apontado no inicio, parte não só das formulações conceituais e estéticas propostas pelas vanguardas e dos elementos extraídos das textualidades maias precedentes – inspirando-se em *Popol Vuh*, *Rabinal Achi*, *Chilám Balám*, entre outros – como também da retomada de um fato histórico: o assassinato de um líder indígena que lutava pela reforma agrária na Guatemala no início do século XX. É neste sentido que é possível vislumbrar uma dimensão antecipatória e neo-cosmogônica, pois o romance revela, muito precocemente, uma dimensão ético-ambiental que o coloca como leitura obrigatória para o ser humano do século XXI, que mais do que nunca se vê às voltas com a destruição de florestas e dos povos originários, com os desastres climáticos e o aquecimento global, circunstâncias estas que podem levar a humanidade a uma derrocada, tal qual a sofrida pelos Macholhão e pelos Zacatón: todos imolados pelo fogo.

Apoiadores

O livro não seria possível sem os 1.046 apoiadores da campanha de financiamento coletivo realizada entre os meses março e abril de 2022 na plataforma Catarse. A todos, um grande obrigado da equipe Pinard.

Adalberto Rafael Guimarães
Adla Kellen Dionisio Sousa De Oliveira
Adriana Junqueira Arantes
Adriana Santos
Adriane Cristini De Paula Araújo
Adyson Da Silva Diógenes
Ágabo Araújo
Aisha Morhy De Mendonça
Alan Gomes Freitas
Alan Santiago
Alberon De Lemos Gomes
Alberto Ferreira
Alessandra Garcia
Alessandro Lima
Alex Bastos
Alex Bonilha
Alice Antunes Fonseca
Alice M Rodrigues Lima
Aline Aparecida Matias
Aline Bona De Alencar Araripe
Aline Helena Teixeira
Aline Santiago Veras
Aline Vaz Barbosa
Aline Viviane Silva
Alyne Rosa
Alysson Mazzochin
Amanda Cardozo
Amanda Da Silva Rios
Amanda Hoelzel Mendes
Amanda Hoffstaedter
Amanda Vasconcelos Brito
Amarildo Ferreira Júnior
Amauri Hipolito
Amélia Karolina Novais Campos
Ana Beatriz Braga Pereira
Ana Carla Albuquerque De Oliveira
Ana Carolina Cauduro Rosa
Ana Carolina Fernandes Gonçalves
Ana Carolina Godi
Ana Carolina Leal De Oliveira
Ana Carolina Macedo Tinós
Ana Carolina Ribeiro De Moraes
Ana Carolina Silva Chuery

Ana Carolina Wagner Gouveia De Barros

Ana Claudia De Campos Godi

Ana Hajnal

Ana Julia Candea

Ana Lucia Carvalho Rohrer

Ana Luísa Fernandes Fangueiro

Ana Luiza Lima Ferreira

Ana Luiza Martins

Ana Luiza Vedovato

Ana Paula Antunes Ferreira

Ana Silvia Takizawa

Ana Vitória Baraldi

Anaís Freitas Silveira

Anderson Luis Nunes Da Mata

André Correa Da Silva De Araujo

André Luis Machado Galvão

André Luís Silva Rodrigues

André Luiz

André Luiz Dias De Carvalho

André Matiazzo

Andre Molina Borges

André Sposito Mendes

Andréa Bistafa Alves

Andrea Carla Pereira Cavalcante

Andrea Mattos

Andrea Oliveira Franco Queiroga

Andrea Vogler Da Silva

Ane Caroline Rangel Prado

Anelise A Carli

Angela Neto

Angelita Kazuyo Maeda

Angelo Defanti

Anielly Sampaio Clarindo

Anna Clara Oliveira Rupf

Anna Heloisa Segatta

Anna Luísa Barbosa Dias De Carvalho

Anna Luiza

Anna Regina Sarmento Rocha

Anna Rita Dornellas Camara De Almeida

Anna Samyra Oliveira Paiva

Anne Novaes

Antonia Mendes

Antonio Augusto Ribeiro Soares

Antonio Carlos Pimenta

Antônio Carmo Ferreira

Antônio Cazarine

Antonio Levenhagen

Antônio Marinho Dos Santos Neto

Antonio Vilamarque Carnauba De Sousa

Antonio Xerxenesky

Ariane Santana

Arianni Ginadaio

Ariel Engster

Arthur Magnum Mariano

Artur Cunha

Augusto César

Augusto Cesar Ferreira Barbosa

Bárbara Júlia Menezello Leitão

Barbara Luiza Krauss

Bárbara Oliveira

Barbara Ruggiero Nor

Barbara Saudino De Castro

Costa

Beatriz Favilla

Beatriz Fernandes Pipino

Beatriz Furtado

Beatriz Leonor De Mello

Beatriz Saly De Carvalho

Bella Gomes

Ben-Hur Demeneck

Bernardo De Castro

Bernardo Tadeu Silva Duarte

Berttoni Cláudio Licarião

Beta Corrêa

Bianca Da Hora

Bianca Milan

Bianca Patrícia De Medeiros
Nascimento

Bianca Silva

Brenda Cardoso De Castro

Breno Couto Kummel

Breno Vítor

Bruce Bezerra Torres

Bruna Aguiar Wagner

Bruno Caporrino

Bruno Cézar

Bruno Fiuza

Bruno Kramer

Bruno Moulin

Bruno Müller

Bruno Novaes Bezerra
Cavalcanti

Bruno Pinheiro Ivan

Bruno Pinto Soares

Bruno Schoenwetter

Bruno Sergio Procopio Junior

Bruno Velloso

Cadmo Soares Gomes

Caê Matta

Caetano Braun Cremonini

Caian Baratto De Souza

Caio Mathias Vaz Pereira

Caio Pereira Coelho

Camila Dell Agnolo Schmidt

Camila Dias

Camila Dias Do Nascimento

Camila Melluso Ferreira

Camila Miguel

Camila Oliveira Giacometo

Camila Piuco Preve Camila

Camila Soares Lippi

Camila Szabo

Carime Damous

Carla Curty Do Nascimento
Maravilha Pereira

Carla Ribeiro

Carlos Cruz

Carlos Eduardo Marconi

Carlos Henrique De Sousa
Guerra

Carlos Morais

Carlos Rodrigues

Carlos Xavier

Carmelo Ribeiro Do
Nascimento Filho

Carmem Hofstetter

Carolina Araújo

Carolina Da Cunha Rocha

Carolina Maluf

Carolina Martins

Carolina Rodrigues

Caroline Domingos De Souza

Caroline Lima

Caroline Pinto Duarte

Caroline Santos Neves
Cassiano Borowsky Braz
Catarina S. Wilhelms
Caterine Krauspenhar
Catharina Mattavelli Costa
Catharino Pereira Dos Santos
Cauê Soares Lopes
Celso Castro
Cesar Lopes Aguiar
Chagas Conceição
Charles Cooper
Christian Assunção
Christian Campos De Oliveira
Haritçalde
Christian Lucas Cunha Silva
Christianne Pessoa
Cintia Cristina Rodrigues
Ferreira
Cintia Fernandes
Cíntia Zoya Nunes
Cirilo Galdino Da Silva Neto
Clara Barbosa
Clarissa Archanjo
Clarissa Silva Anastácio
Claudia Avila Klein
Claudia Belem
Claudia De Araújo Lima
Claudia Sarpi
Claudio Cavalcanti Muniz Da
Rocha
Conceição Aparecida Rezende
Dos Santos
Conrado De Biasi
Cristhiano Aguiar
Crístian S. Paiva
Cristiane Leite Cunha

Cristina Rieth
Cyntia Micsik Rodrigues
Dafne Takano Da Rocha
Daniel Araújo
Daniel Chiaretti
Daniel Coelho De Oliveira
Daniel Falkemback Ribeiro
Daniel Melo Muller
Daniel Prestes Da Silva
Daniel Tomaz De Sousa
Daniel Werner Lenzi Jahnke
Daniela Cabral Dias De
Carvalho
Daniela Lêmes
Daniela Lilge
Daniela Maia
Daniele Cristina Godoy Gomes
De Andrade
Daniele Nayara Freire De
Oliveira
Daniele Oliveira Damacena
Danielle Da Cunha Sebba
Danielle Nunes
Danielle Valéria Macário
Danila Cristina Belchior
Danilo Albuquerque Mendes
Castro
Danilo Aquino Pelagio Gondim
Danilo Fontenele Sampaio
Cunha
Danilo Silva Monteiro
Dannilo Pires Fernandes
Dante Galvao
Darla Gonçalves Monteiro Da
Silva
Darwin Oliveira

Davi Oliveira Boaventura

Davi Silva Melo

David De Sousa Alves Raposo

David Miguel Costa

David Netto

Débora Rodrigues

Debora Sader

Deivid Fratta

Delson Oliveira

Denise Amazonas

Denise Marinho Cardoso

Desidério De Oliveira Fraga Neto

Diego Curcio

Diego Domingos

Diego Silveira Domingues

Dieguito

Dilma Maria Ferreira De Souza

Diogo De Andrade

Diogo Ferreira Da Rocha

Diogo Gomes

Diogo Meyer

Diogo Rodrigues De Miranda Brito

Diogo Souza Santos

Diogo Vasconcelos Barros Cronemberger

Dionatan Batirolla E Micaela Colombo

Djeison Hoerlle

Dk Correia

Duda Guerra

Dyuliane Oliveira

Edras Ribeiro Simões

Eduardo Bonzatto

Eduardo Carvalho

Eduardo Da Mata

Eduardo Dias

Eduardo Lima De Assis Filho

Eduardo Rodrigues Ferreira

Eduardo Vasconcelos

Elaine Cristina Gonçalves

Eliana Maria De Oliveira

Elisangela Regina De Oliveira

Elizabeth Diogo Gonçalves

Eliziane De Sousa Oliveira

Eloah Pina

Elton Alves Do Nascimento

Emanoel Pedro Martins Gomes

Emanuel Fonseca Lima

Emanuelle Karine Dos Reis Santos

Emerson Dylan Gomes Ribeiro

Erasmo Jorge Pilz De Andrade

Érico Zacchi

Estephanie Gonçalves Brum

Ester Nunes

Estêvão Silveira Rendeiro

Evandro José Braga

Evelyn Sartori

Fabiana Alves Das Neves De Araújo

Fabiana Bosi

Fabiano Costa Camilo

Fabiano L. Santos

Fabio Da Fonseca Said

Fabio Di Pietro

Fabio Henrique Gonçalves

Fábio Sousa

Fabíola Ratton Kummer

Fabrizio Veloso Rodrigues

Fátima Pessoa

Felipe Aires Ramos
Felipe Aveiro
Felipe Bergamasco Perri Cefali
Felipe Brito
Felipe Cuesta
Felipe Da Silva Mendonça
Felipe De Lima Da Silva
Felipe De Oliveira Campos
Felipe Duarte Da Silva
Felipe Esrenko
Felipe Junnot Vital Neri
Felipe Lima
Felipe Nishioka
Felipe Patron
Felipe Pessoa Ferro
Fernanda Couto
Fernanda Da Conceição
Felizardo
Fernanda Dalmonechi
Thompson De Paula
Fernanda Dias
Fernanda Espírito Santo Silva
Fernanda Fernandes De Lima
Melo
Fernanda Marão
Fernanda Martinez Tarran
Fernanda Moro
Fernanda Palo Prado
Fernando Bueno Da Fonseca
Neto
Fernando Cesar Tofoli Queiroz
Fernando Correa Prado
Fernando Costa
Fernando Da Silveira Couto
Fernando Feitosa
Fernando José Da Silva

Fernando Luz
Fernando Meyer
Fernando Mottin
Fernando Oikawa Garcia
Fernando Silva E Silva
Fernando Simoes
Filipe Bonita
Flavia Brandao
Flávia Godoy
Flavio Francisco De Morais
Flavio Francisco De Morais
Flavio Rocha Brito Marques
Franciane Breda
Francisco Alexsandro Da Silva
Francisco De Assis Rodrigues
Francisco Egger Moellwald
Francisco Ferreira Dos Santos
Francisco Figueiredo
Francisco Monteagudo
Fred Vidal Santos
Frederico De Melo
Gabriel Amato Bruno De Lima
Gabriel Da Matta
Gabriel De Oliveira
Gabriel De Paula Campos
Gabriel Farias Lima
Gabriel Fernandes Dias
Ferreira
Gabriel Nascimento
Gabriel Nonino
Gabriel Pinheiro
Gabriel Tavares
Gabriel Tavares Cezar Camara
Gabriel Tavares Florentino
Gabriel Valença
Gabriel Victor

386

Gabriela Bueno Denari

Gabriela Castro

Gabriela Madalena Milagres Coleti

Gabriela Tosi De Araújo

Gabriela Viana De Lima

Gabriella Malta

George Augusto Do Amaral

Georgia Seabra Nasseh

Geraldo Penna Da Fonseca

Germana Lúcia Batista De Almeida

Gerzianni Fontes

Geth Araújo

Getúlio Nascentes Da Cunha

Gicarlos Oliveira Dourado

Gilberto Junior

Gildeone Dos Santos Oliveira

Giovanna Fiorito

Giovanna Romiti

Giovanni Orso

Gislane Amoroso Oberleitner

Giulia Barão

Glaucia Dos P L R Alaves

Glaudiney Moreira Mendonça Junior

Gleyca Lazarino De Almeida

Guarda Chuva Edições

Guilherme Araujo

Guilherme Canassa

Guilherme Magalhães

Guilherme Priori

Guilherme Silva

Guilherme Torres Costa

Guilherme Zaccaro

Gustavo Bueno

Gustavo C. G.

Gustavo Coelho

Gustavo Farias

Gustavo Gindre Monteiro Soares

Gustavo Gomes Assunção

Gustavo Henrique Montes Frade

Gustavo Henrique Ramos Dutra

Gustavo Jansen De Souza Santos

Gustavo Pavanetti

Gustavo Peixoto

Gustavo Reis

Gustavo Stephani Pimenta

Gustavo Yrihoshi Pereira

Hádassa Bonilha Duarte

Haroldo Brito Silva

Helen Helena Almeida

Helena Coutinho

Helena Dozz

Helena Kober

Helil Neves

Heniane Passos Aleixo

Henri Cleiton

Henrique Carvalho Fontes Do Amaral

Henrique De Oliveira Rezende

Henrique De Villa Alves

Henrique Santiago

Hitomy Andressa Koga

Hugo Rodrigues Miranda

Humberto Gallucci Netto

Iago Silva De Paula

Igor Macedo De Miranda

Igor Rodrigues Santos
Ingrid Rocha
Ioannis Papadopoulos
Isa Lima Mendes
Isa Northfleet
Isabel Albuquerque De Almeida Lins
Isabel Gadelha Silva
Isabel Müller
Isabel Portella
Isabela Cristina Agibert De Souza
Isabela Dantas
Isabela Dos Anjos Dirk
Isabela Guidini Dutra
Isabela Hasui Rezende
Isabela Rodriguez Copola
Isabela Talhaferro
Isabella Noronha
Isabelle Swellen Ribeiro Lopes De Souza
Ítalo Lennon Sales
Itamar Torres Melo
Ivan Nery Cardoso
Ivandro Menezes
Ives Mizoguchi
Izabel Lima Dos Santos
Izabel Maria Bezerra Dos Santos
Jade Martins Leite Soares
Jaira Nádia Carvalho Pereira
Jalusa Endler De Sousa
Janaina Peres
Janete Barcelos
Janine Soarea De Oliveira
Jeane Nascimento Santos

Jeferson Bocchio
Jefferson Góes
Jelcy Rodrigues Correa Jr
Jessé Santana De Menezes
Jéssica Caliman
Jessica Caroline Dos Santos Simplicio
Jessica Regina Brustolim
Jéssica Ribeiro Daitx Dos Santos
Jéssica Santos
Jessica Torres Dias
Jéssica Vaz De Mattos
Jéssica Yoshioka Lima
Jheyscilane Cavalcante
Joabe Nunes
Joao Affonso
Joao Amadeu Nascimento Vieira
João Lúcio Xavier
Joao Paulo De Campos Dorini
João Pedro Fahrion Nüske
João Pedro Rudrigues De Souza
João Vianêis Feitosa De Siqueira
João Vitor
João Vítor De Lanna Souza
Joaquim Marçal Ferreira De Andrade
Joaquim Otavio Melo Lima
Joeser Silva
Jordan Da Silva Soeiro
Jordana Zola
Jorge Duarte
Jorge Henrique Vieira Santos

Jorge Luiz Valença Mariz

José Antonio Veras Júnior

José Carlos Barbosa Neto

José Carlos Sobrinho Neto

José De Carvalho

José Guilherme Pimentel Balestrero

José Mailson De Sousa

José Mário De Lima Chaves Júnior

Joseane Baratto

Josiane Nava

Joviana Fernandes Marques

Juan Manuel Wissocq

Juan Nogueira

Julia Alvarenga De Paiva

Júlia Flores

Júlia Salles Correia

Juliana Gonçalves Pereira

Juliana Guimarães Miranda

Juliana Machado

Juliana Matos Martins

Juliana Nasi

Juliana Silveira

Juliane Haan

Julianna Castro

Júlio Canterle

Julio Cesar Ferreira

Julius François Cunha Dos Santos

Julyane Silva Mendes Polycarpo

Junia Botkowski

Kalil Zaidan

Kalina Vanderlei Paiva Da Silva

Karina Aimi Okamoto

Karina Faria Barbosa

Karina Frensel Delgado

Karina Pizeta Brilhadori

Karina Silva Rosa

Karla Galdine De Souza Martins

Karolen Susan Pereira

Karyn Meyer

Kelfrenn Teixeira Rodrigues De Menezes

Kevynyn Onesko

Keyla Vericio

Laine Milan

Laíssa Dau

Laleska Aparecida Dos Santos

Lana Raquel Morais Rego Lima

Lara Almeida Mello

Lara Haje

Lara Maria Arantes Marques Ferreira

Lara P. Teixeira

Lara Prado

Larissa De Almeida Isquierdo

Larissa De Andrade Defendi

Larissa De Menezes

Larissa Dionisio

Larissa Jandrey Fraitag

Larissa M F S Andrade

Larissa Moisés

Laura Hanauer

Layssa Souza

Lázaro Marques De Oliveira Neto

Leandro Ferreira Da Silva

Leandro Pio De Sousa

Leila Brito

Leila Cardoso

Leila Jinkings

Leila Maria Torres De Menezes Flesch

Leíza Rosa

Lena Annes

Leonardo Baldessarelli

Leonardo Emídio Machado

Leonardo Gois Simião

Leonardo Petersen Lamha

Leonel Souza

Lethycia Santos Dias

Letícia Bueno Cardoso

Letícia Garozi Fiuzo

Leticia Santos Guilhon Albuquerque

Letycia Galhardi

Levi Gurgel Mota De Castro

Lígia Medeiros Nascimento Silva

Lígia Revorêdo

Ligia Rosental Buarque De Gusmao

Lilian Resende Cabral

Lilian Vieira Bitencourt

Lívia Magalhães

Livia Marinho

Lorenna Silva Arcanjo Soares

Luana Alves

Luana Gomes

Luana Maria

Luana Suzina

Luanna Nascimento Gomes De Figueiredo

Lucas

Lucas Cabral

Lucas Fernando Rodrigues Dos Santos

Lucas Freitas

Lucas Josijuan

Lucas Marchesini Palma

Lucas Mendes

Lucas Menezes Fonseca

Lucas Pereira Novaes

Lucas Perito

Lucas Simonette

Lucas Sipioni Furtado De Medeiros

Lucas Velloso Fernandes Ribeiro

Lucas Yashima Tavares

Lucca Farias Esposito

Lucca Sf

Lúcia Souza D'Aquino

Luciana Braga Luz De Mendonça

Luciana Harada

Luciana Maria Agoston Burr

Luciana Maria Truzzi

Luciana Morais

Luciano Caletti

Luciene Assoni Timbó De Souza

Lucio Dias Nascimento

Ludmila Macedo Correa

Ludymila Fonseca Da Silva

Luh Bernardes

Luis Antonio Jorge

Luise Castro Borges

Luiz Antônio Correia De Medeiros Gusmão

Luiz Antonio Goncalves De Abreu

Luiz Antonio Rocha
Luiz Eduardo Dos Santos Tavares
Luiz Felipe De Azevedo Macedo
Luiz Fernando Plastino Andrade
Luiz Guilherme Alves Alberto
Luiz Guilherme Puga
Luiz Kitano
Luíza Dias
Luiza Goulart Da Silva
Luiza Nunes Corrêa
Luiza Pimentel De Freitas
Luma Virgínia De Souza Medeiros
Lvpvs Voltolini
Lygia Beatriz Zagordi Ambrosio
Mabe Galvao
Maikhon Reinhr
Maíra Leal Corrêa
Manuel Antônio Simon Gomez
Manuela Belardi
Manuela Rodrigues Santos
Marcel Alexandrino
Marcel Luis De Moraes Oliveira
Marcel Milani
Marcelle De Saboya Ravanelli
Marcelle Marinho Costa De Assis
Marcelo Barbosa
Marcelo Bueno Catelan
Marcelo De Franceschi Dos Santos
Marcelo Farina
Marcelo Gabriel Da Silva
Marcelo Mendes Rosa

Marcelo Monteiro Costa
Marcelo Novo E Trigueiros
Marcelo Ottoni
Marcelo Scrideli
Márcia Garçon
Marcia Regina Dias
Marcia Tomie Takahashi
Márcio Thiago
Marco Antonio Cochiolito
Marco Antonio Da Costa
Marco Antonio De Toledo
Marco Aurélio Monteiro
Marco Severo
Marconi Soares De Moura
Marcus Vinícius Nascimento Reis
Mari Lannes Ribeiro
Maria Antonieta Rigueira Leal Gurgel
Maria Barbara Cristovão De Castro Menezes
Maria Beatriz Fontes De Andrade
Maria Celina Monteiro Gordilho
Maria Cristina Montezano
María Del Mar Paramos Cebey
Maria Eduarda Souza De Medeiros
María Elena Morán Atencio
Maria Elisa Noronha De Sá
Maria Eugenia
Maria Fernanda Ceccon Vomero
Maria Fernanda Oliveira
Maria Fernanda Penha Machado

Maria Góes
Maria Helena Fernandes Da Trindade Henriques Mueller
Maria Kos Pinheiro De Andrade
Maria Martins
Mariah Klüsener Pinheiro
Mariana Barreto
Mariana Bortolotti Capobiango
Mariana Bricio Serra
Mariana Camargo
Mariana Dal Chico
Mariana Moro Bassaco
Mariana Nunes Cavalcanti
Mariângela Marques
Marianne Maciel De Almeida
Marianne Teixeira
Marielli De Oliveira Bueno
Marielly Inácio Do Nascimento
Marilda Piccolo
Marília De Moraes Florindo
Marilia Ramos
Marina Da Rocha Rodrigues
Marina Dieguez De Moraes
Marina Silva Bichued
Maríndia Brites
Marise Correia
Marisol Bento Merino
Marjorie Sommer
Marriete Morgado
Mateus Dal Castel Trevizani
Mateus Gomes Sepúlvida Dos Reis
Mateus Pinho Bernardes
Matheus Brukiewa Rodrigues
Matheus Cohen De Francesco
Matheus Fellipe S. Dos S.

Magre Da Silva
Matheus Francez
Matheus Freire
Matheus Goulart
Matheus Lolli Pazeto
Matheus Miguel Brustolin Da Silva
Matheus Sanches
Maurício Tiefensee
Melissa Barth
Mellory Ferraz Carrero
Melly Fatima Goes Sena
Meriam Santos Da Conceicao
Merielly Juliana
Meritxell Almarza Bosch
Michel Ávila
Michel Barreto Soares
Micheli Andrea Lamb
Michelle Torre
Miguel Angel D'Ajuz Del Castillo
Miguel Lopes Da Silva Filho
Mirella Maria Pistilli
Miriam Borges Moura
Miriam Paula Dos Santos
Míriam Rebeca Rodeguero Stefanuto
Mirian Cobalchini
Miro Wagner
Moacir Rodrigues
Moira Adams
Mônica Geraldine Moreira
Mônica Sayuri Tomioka Nilsson
Monick Miranda Tavares
Moniege Almeida
Mylena Cortez Lomônaco
Naiara Bittencourt

Naiara Bttenc

Nalu Aline

Nancy Gomes Dos Santos

Nara Oliveira

Nara Rosane Machado De Oliveira

Natali Reis

Natália Alves Dos Santos

Natália Carolina Albissu

Natalia Lopes

Natasha Karenina

Natasha Lobo

Natasha Ribeiro Hennemann

Nathália A. Grippa

Nathalia Costa Val Vieira

Nathalia Lippo

Nathalia Medeiros

Nathália Mosteiro Gaspar

Nathalia Oliveira De Barros Carvalho

Nathália Torrente Moreira

Nathalya Porciuncula Rocha

Nayara Da Silva Santos

Nicholas Fernando De Lima Laurentino

Nicolas Guedes

Nielson Saulo Dos Santos Vilar

Nilton Resende

Nina Araujo Melo Leal

Norberto Rodrigo De Lima

Norma Venancio Pires

Núbia Esther De Oliveira Miranda

Nuno Costa

Óliver De Lawrence M De Souza

Opmichelli Opmichelli

Osvaldo S Oliveira

Othávio Augusto De Lima Canabarro

Pablo Otto

Pacheco Pacheco

Pâmela Narjara De Los Lira

Pamela P. Cabral Da Silva

Pamella Caroline Alberti Moreira

Pamina Rodrigues

Paola Borba Mariz De Oliveira

Parada Literária

Patricia Akemi Nakagawa

Patricia Borba

Patricia De Aguiar Dantas Caralo

Patrícia Ferreira Magalhães Alves

Patrícia Maia José

Patrícia Moreira

Paula Biazus

Paula Franco

Paula Lemos

Paula Maria Ladeira

Paula Ribeiro Barreto

Paula Vargas Gil

Paulo Diego Pereira Da Silva

Paulo Henrique Martins

Paulo José De Carvalho Moura

Paulo Olivera

Paulo Victor

Paulo Victor Grangeiro Lucena Torres

Paulo Victor Soares Teixeira

Pedro Américo Melo Ferreira

Pedro Cavalcanti Arraes

Pedro Fernandes
Pedro Figueiredo
Pedro Figueredo Durao
Pedro H.
Pedro Henrique Lopes Araújo
Pedro Henrique Viana De Moraes
Pedro Irio Angulo Ferreira De Mendonça
Pedro Maia Bizzotto
Pedro Mostardeiro
Pedro N. P. L. E. Esanto
Pedro Pacifico
Pedro Ricardo Viviani Da Silva
Peter Lenting
Pietra Vaz Diógenes Da Silva
Pollyana Rocha Silva
Pompéia Carvalho
Pricilla Ribeiro Da Costa
Priscila Kichler Pacheco
Priscila Sintia Donini
Queniel De Souza Andre
Rádio Santa Marta
Rafael Bassi
Rafael Fracalossisanches
Rafael Frizzo
Rafael José Oliveira Ofemann
Rafael Leite Mora
Rafael Machado Saldanha
Rafael Moura
Rafael Müller
Rafael Oliveira
Rafael Padial
Rafael Publio
Rafael S
Rafael Theodor Teodoro

Rafael Tourinho Raymundo
Rafael Vaz De Souza
Rafael Wüthrich
Rafaela Altran
Rafaela De Melo Rolemberg
Rafaela De Oliveira Massi
Rafaela Scheid
Randerson Tibúrcio De Medeiros
Raphael Augusto De Oliveira Santos
Raphael Frederico Acioli Moreira Da Silva
Raphael Scheffer Khalil
Raphael Seabra
Raphaela Vidotti Ruggia Vieira
Raquel Andrade
Raul Chatel
Raul Frota
Rayanne Pereira Oliveira
Rebeca Hennemann Vergara De Souza
Rebeca Prado Santos
Rebeca Waltenberg
Regiane Bandeira Da Silva Khan
Regina Kfuri
Renan Gustavo Parma Dos Reis
Renan Keller
Renata Bossle
Renata Gomes Da Silva
Renata Hein
Renata Sanches
Renata Sequeira
Renato Reis Palacio

Renato Tapioca Neto

René Duarte Gonçalves Junior

Ricardo Alexandre De Omena Rodrigues

Ricardo Bechelli Barreto

Ricardo Bilha Carvalho

Ricardo Braga Brito

Ricardo E Silva De Sant'Anna

Ricardo Elesbão Alves

Ricardo Munemassa Kayo

Rickson Augusto

Roberta Fagundes Carvalho

Roberta Lima Santos

Roberto Guimaraes

Roberto Rios

Robson Campanerut Da Silva

Rodrigo Barreto De Meneses

Rodrigo Barroso De Oliveira

Rodrigo Cantarelli

Rodrigo Ferreira

Rodrigo Kmiecik Passos

Rodrigo Mutuca

Rodrigo Novaes

Rodrigo Piber Dos Santos

Rodrigo Pontes De Lima

Rodrigo Robin De Oliveira

Rodrigo Rodrigues

Rodrigo Soares

Rodrigo Souza

Rogério Correa Laureano

Rogerio G. Giugliano

Rogério Mendes

Rogerio Santana Freitas

Rômulo Tesch Santana

Romulo Valle Salvino

Roney Vargas Barata

Roni Tomazelli

Rosana Vinguenbah Ferreira

Rosemary Lima Silveira

Ruben Maciel Franklin

Rubens Arley De Almeida Junior

Rudi Laps

Sabrina Da Paixão

Sabrina Dos Santos

Samantha Da Silva Brasil

Samantha Magalhães Rodrigues Peres

Samara Bernardo

Sammer Amantes Pires

Samuel Caetano

Samuel Vitor De Paula

Sanndy Victória Freitas Franklin Silva

Sebastião Lopes Jr.

Sérgio Abi-Sáber Rodrigues Pedrosa

Sergio Klar Velazquez

Sergio Luis Mascarenhas

Sheila Shirlei Zegarrundo Arcaya

Silas Costa

Silvana Perez

Silvia Helena Gonçalves Ribeiro

Silvia Massimini Felix

Silvia Pamplona De Araujo

Simone Caldas Vollbrecht

Simone Da Silva Ribeiro Gomes

Simone Marluce Da Conceição Mendes

Sine Nomine Sbardellini

Solange Kusaba

Sonia Aparecida Speglich

Stanis Junior

Stefano Matteo

Stephanie Fernandes

Stephanie Lorraine Gomes Reis

Stephany Tiveron Guerra

Suely Abreu De Magalhães Trindade

Sulaê Tainara Lopes

Tadeu Meyer Martins

Tais Cangussu Galvão Alves

Talita Lobato

Tânia Maria Florencio

Tania Ribeiro

Tania Vieira Rangel

Tanize Mocellin Ferreira

Tatiana Bonini

Tatiana Catecati

Tatiana De Aquino Mascarenhas

Tatiana Gonçalves De Oliveira

Tatiana Rocha De Souza

Tatiana Romero Rovaris

Tayana Oliveira De Almeida

Terena F Nery

Tereza Cristina Santos Machado

Tereza Gouveia

Thainá Lorrane Dos Santos Moraes

Thaís Campolina Martins

Thaís Coutinho

Thaís Molica

Thais Sayuri Iguma

Thais Terzi De Moura

Thales Veras Pereira De Matos

Filho

Thamiires Santos

Thamiris De Santana

Thayssa Cerqueira De Carvalho Escórcio

Thélio Farias

Thereza Cristina De Oliveira E Silva

Thereza Maria De Andrade Junqueira Arantes

Thiago Almicci

Thiago Augusto Moreira Da Rosa

Thiago Camelo Barrocas

Thiago Ernesto Possiede Da Silva

Thiago Magalhães

Thiago Rabelo Maia

Thiago Tonoli Boldo

Thiagosf

Thomas Lopes Whyte

Thuany Thayna Da Silva Gomes

Tiago Almeida De Araujo

Tiago Buttarello Lima

Tiago Castro

Tiago Germano

Tiago Nogueira De Noronha

Tobias V.

Uiny Manaia

Urraca Miramuri De Figueiredo Mendes

Úrsula Antunes

Uyrá Lopes Dos Santos

Valentina Brocker Junqueira

Valeria Soares De Assis

Valeria Sueli Vieira

Valquiria Gonçalves
Vanessa Coimbra Da Costa
Vanessa Santa Brigida Da Silva
Vera Lucia Vianna Ce
Verônica Meira
Veronica Vizotto Dos Santos
Vicente Pithan Burzlaff
Victor
Victor Cruzeiro
Victor De Barros Rodrigues
Victor Gabriel Menegassi
Victor Hugo Siqueira
Victor Otávio Tenani
Victória Correia Do Monte
Victoria Frazão Siqueira
Victória Gomes Cirino
Vinicius Eleuterio Pulitano
Vinicius Lazzaris Pedroso
Vinícius Lemos Postali
Vinicius Lourenço Barbosa
Vinícius Paschoal
Vinícius Portella Castro
Virgínia Gomes Paiva
Cerqueira
Virgínia Luz
Vitor Burgo
Vítor Fabri De Oliveira
Vitor Iago C.
Vitor Kenji De Souza Matsuo
Vitor Mamede
Vitor Pilatti
Vivian Osmari Uhlmann
Viviane Geralde De Oliveira
Wandeclarkson Alberto Santos
Wandson Barbosa
Wanessa Gabriela Rodrigues

Ferreira
Wasislewska Ramos
Wellington Silva
Wesley Fraga
Weslley Silva Ferreira
Wildson Confessor
William Abertoni
William Hidenare Arakawa
Willian Vanderlei Meira
Yasmin Oliveira Da Silva
Ybéria Soares
Ygor Amarante Rodrigues
Gouvêa
Zé Costa
Zulmira Guerrero Marques
Lacava
Zumbibs

Coleção Prosa Latino-americana

Originária do latim, a palavra *prosa* significa o discurso direto, livre por não ser sujeito à métricas e ritmos rígidos. Massaud Moisés a toma como a expressão de alguém que se dobra para fora de si e se interessa mais pelos outros "eus", pela realidade do mundo exterior. A prosa está no cotidiano, no rés do chão, nas vizinhas que conversam por cima do muro, nos parentes que plantam cadeiras nas calçadas para tomar ar fresco e ver a vida lá fora. Se ouvimos dois dedos de prosa, já sabemos que estamos em casa. Em "Las dos Américas", escrito em 1856, o poeta colombiano José María Torres Caicedo apresenta pela primeira vez a ideia de latino-americano ao falar de uma terra merecedora de futuro glorioso por conter "um povo que se proclama rei". Hoje o termo diz respeito a todo o território americano, exceto os Estados Unidos, abrangendo os 12 países da América do Sul, os 14 do Caribe, os 7 da América Central e 1 país da América do Norte. É a nossa casa. Dona de uma literatura rica pela diversidade, mas ainda com muitos títulos desconhecidos pelos leitores brasileiros, a prosa latino-americana vem composta pelos permanentes ideais de resistência, sendo possuidora de alto poder de contestação, dentro de uma realidade que insiste em isolá-la e esvaziá-la. Com esta coleção cumpre-se o objetivo de ampliar nosso acervo de literatura latino-americana, para corrermos e contemplarmos a casa por dentro, visitá-la em estâncias aconchegadas, de paredes sempre sempre bem revestidas.

1. Dona Bárbara, de Rómulo Gallegos
2. O aniversário de Juan Ángel, de Mario Benedetti
3. A família do Comendador, de Juana Manso
4. Homens de Milho, de Miguel Ángel Asturias

Copyright © 2025 Pinard
Copyright © Miguel Ángel Asturias, 1949 and Heirs of Miguel Ángel Asturias
Título original: *Hombres de maíz*

Grafia atualizada segundo o Acordo Ortográfico da Língua Portuguesa de 1990,
que entrou em vigor no Brasil em 2009

EDIÇÃO
Igor Miranda e Paulo Lannes
TRADUÇÃO
Bruno Cobalchini Mattos
APRESENTAÇÃO, POSFÁCIOS E NOTAS
Bruno Cobalchini Mattos
Adriana Junqueira Arantes
PREPARAÇÃO
Adriana Junqueira Arantes
REVISÃO
Maria Vitória Lima
COMUNICAÇÃO
Paulo Lannes e Pedro Cunha
CAPA E PROJETO GRÁFICO
Gabriela Heberle

**DADOS INTERNACIONAIS DE
CATALOGAÇÃO NA PUBLICAÇÃO (CIP)**

(Câmara Brasileira do Livro, SP, Brasil)
Asturias, Miguel Ángel, 1899-1974
Homens de milho / Miguel Ángel Asturias;
traduçãode Bruno Cobalchini Mattos. -- São Paulo, SP: Pinard, 2022.
Título original: Hombres de maiz.
ISBN 978-65-995810-3-8
1. Ficção guatemalteca I. Título.
CDD G863
Catalogação na fonte:
Eliete Marques da Silva - Bibliotecária - CRB-8/9380

PINARD
contato@pinard.com.br
instagram - @pinard.livros

PINARD

Impresso em janeiro de 2025. Ainda nesse mês, a Guatemala se colocou à disposição para receber cidadãos de outras nações latino-americanas que forem deportados dos Estados Unidos da América, em resposta à xenofobia do novo governo de Donald Trump.

Composto em
HK GOTHIC E DANTE

Impressão
GRÁFICA PALLOTTI

Papel
LUX CREAM 70g